KB161645

ANNE'S BOOKS
7
세라 사랑의 기쁨
루시 모드 몽고메리/김유경 옮김

동서문화사

세라 사랑의 기쁨
차례

고향집

"길이란 정말 재미있는 거예요. 도착하는 곳이 어떤 곳일까, 상상할 수 있으니까요."

언제였던가, '스토리 걸'은 그렇게 말했다.

펠릭스와 내가 토론토를 떠나 프린스에드워드 섬으로 향했던 5월 아침, 우리는 그녀가 그렇게 말하는 걸 직접 들었던 ·것도 아니고, '스토리 걸'이라는 인물이 있다는 것조차 알지 못했다. 그리고 그녀가 그런 이름으로 불리우고 있다는 사실조차도 몰랐었다.

오로지 우리가 알고 있는 거라곤, 지금은 돌아가신 펠리시티 고모의 딸 세라 스탠리가 칼라일에 있는 킹 할아버지의 농장과 이웃해 있는 농장에서 로저 킹 삼촌, 올리비어 킹 고모와 함께 살고 있다는 사실뿐이었다. 농장에 도착하면 우리는 그 여자아이와 친구가 될 것이다. 올리비어 고모가 아버지한테 보낸 편지로 짐작하건대 세라 스탠리는 꽤 재미있는 아이 같았다.

그러나 우리는 그 이상의 것은 생각하려고 하지 않았다. 그보다 우리의 관심은 펠리시티, 세실리, 댄에게 있었다. 이 세 사람은 할

아버지의 농장에 살고 있었는데, 앞으로 얼마 동안 우리와 한 지붕 아래서 생활하게 될 사람들이었다.

열차가 토론토를 출발했을 때 스토리 걸의 입에서는 아직 아무 말도 나오지 않았다. 우리는 지금 먼길을 달려가고 있다. 그 길 끝에 무엇이 기다리고 있을지 어렴풋이 짐작할 수 있을 뿐이지만, 거기에는 미지의 것에 대한 우리의 호기심과 상상력을 자극하는, 매력적인 어떤 것이 있었다.

우리는 아버지의 고향을 본다는, 아버지의 소년 시절을 추억할 수 있는 곳에서 지내게 된다는 생각에 가슴이 설렜다. 고향 이야기를 몇 번이나 해주며 그곳의 정경을 세세한 부분까지 그려 보였던 아버지는 아버지 마음 깊이 뿌리박혀 아무리 오래 떨어져 있어도 사라지지 않는 고향에 대한 애정을 우리 마음속에 불어 넣었다. 한 번도 본 적이 없는데도 우리는 뭔지 모르게 그곳, 한 집안의 발상지에 들어서 있는 듯한 기분이 들었다. 우리는 아버지가 언젠가는 '고향'으로, 가문비나무 숲이 있는 유명한 킹 과수원을 앞에 둔 오래된 집으로 데려다 줄 약속의 날을 고대하고 있었다. 그날이 오면 '스티븐 삼촌의 산책길'을 설레는 마음으로 걸어가고, 중국식 지붕으로 덮인 우물에서 물을 마시고, '설교바위' 위에 서서 우리의 '탄생 나무'에서 익은 사과를 따 먹을 수 있으리라.

그날은 우리가 기대했던 것보다 훨씬 일찍 찾아왔다. 하지만 아버지가 우리를 데리고 갈 수는 없었다. 아버지 회사에서 아버지에게 봄부터 지사를 열 예정인 리우데자네이루에 가 보지 않겠느냐는 이야기가 있었기 때문이다. 가난한 아버지로서는 월급이 오르고 승진을 할 수 있는 이 기회를 놓칠 수는 없었다. 그러나 그것은 동시에 한때나마 한 가족의 이별을 의미했다. 어머니는 우리 형제가 철이 들기 전에 돌아가셨다. 그리고 아버지는 우리를 도저히 리우데자네이루까지는 데리고 갈 수 없었다. 결국 아버지는 우리를 고향의 앨릭 삼촌과 재닛 숙모에게 맡기기로 결정했다. 그래서 여행하는 동안, 같은 섬 출신으로 고향에 돌아가게 된 우리 집 가정부 맥러렌 아주머니가 우리 둘을 돌보아 줄 책임을 맡았다. 가엾은 아주머니, 얼마나 신경이 쓰이는 여행이었을까. 우리가 미아나 되지 않을까, 죽지나 않을까 하는 두려움에 줄곧 떨어야 했다. 샬럿타운에 도착해 앨릭 삼촌의 손에 우리를 맡겼을 때 아주머니는 비로소 안심하는 것 같았다. 아주머니가 이렇게 말했으니까.

"뚱보 쪽은 좀 나은 편이었어요. 이쪽 말라깽이를 잠깐 쳐다보는 사이에 어디론가 사라질 수 있을 만큼 동작이 재빠르진 않았으니까요. 이 아이들과 안전하게 여행하는 방법은 딱 한 가지, 짧은 밧줄로 두 아이를 내 몸에 꼭 붙잡아 매어 두는 일이에요. 튼튼한 밧줄로 말이에요."

'뚱보'란 펠릭스를 말했다. 펠릭스는 자기가 뚱뚱한 것을 퍽 걱정하고 있었다. 살을 빼는 방법이라면 무엇이나 시도해 보지만 언제나 이전보다 더 뚱뚱해지는 참담한 결과로 끝났다. 입으로는 전혀 상관없다고 말하지만 실은 몹시 신경을 쓰고 있었다. 펠릭스는 맥러렌 아주머니를 아니꼬운 눈초리로 쏘아보았다. "머지않아 몸무게와 키가 같아져 버리겠구나" 하는 말을 들은 이후 펠릭스는 아주머니를 좋아한 적이 없었다.

아주머니와의 작별은 얼마쯤은 서운했다. 아주머니는 작별의 눈물을 흘렸고 게다가 내내 편안하기를 기도해 주었다. 그러나 우리는 만나자마자 한눈에 좋아진 앨릭 삼촌 양쪽에 앉아서 넓은 들판으로 마차를 달릴 때쯤이 되자, 아주머니 생각 따위는 까맣게 잊어버렸다.

삼촌은 몸집이 작은 분이었다. 갸름하고 부드러운 얼굴, 짧게 다듬은 잿빛 턱수염, 우수에 잠긴 듯한 커다랗고 파란 눈——아버지를 꼭 닮은 눈을 갖고 있었다. 앨릭 삼촌이 아이들을 좋아하고 '앨런의 꼬마들'을 진심으로 환영한다는 것을 이내 알 수 있었다. 삼촌 옆에서는 마음 편히 앉아 있을 수도 있고, 마음에 떠오른 어떤 궁금증도 망설임 없이 물어볼 수 있었다. 38킬로미터 남짓 되는 길을 드라이브 하는 동안 우리는 아주 단짝이 되었다.

칼라일에 도착했을 때는 실망스럽게도 이미 캄캄해져 있었다. 오래된 킹 농장 언덕으로 이어진 길을 오르는 동안 아무것도 똑똑히 볼 수 없을 정도였다. 평화스러운 봄빛으로 충만한 남서쪽 들에는 초승달이 떠 있고, 5월 밤의 촉촉한 어둠이 사방을 둘러싸고 있었다. 우리는 저녁 어스름 속을 유심히 바라보았다.

"저걸 봐, 베브. 큰 버드나무야."

문 앞에서 방향을 바꾸었을 때, 펠릭스가 흥분해서 속삭였다.

확실히 그렇다. 킹 할아버지가 심은 나무다. 할아버지가 어느 날 저녁, 개울가 밭갈이를 마치고 돌아올 때, 그날 하루 사용한 버드나무의 잔가지를 문 옆 기름진 땅에 꽂아 둔 것이다.

그 잔가지는 뿌리를 내려 세월이 흐른 후 무성한 잎을 지닌 나무가 되었고 아버지와 삼촌, 고모들은 그 나무그늘에서 놀았다고 한다. 지금 그 버드나무는 거목이 되어 있다. 줄기는 매우 굵고 나무 높이만큼 큰 가지는 사방으로 길게 뻗어 있다.

"내일은 저기에 기어 올라갈 거예요."

나는 기뻐서 말했다. 오른쪽으로 무성하게 뻗은 가지가 보였다. 그것은 한 눈에 봐도 금세 과수원임을 알 수 있었다. 왼쪽에는 바람에 흔들리는 가문비나무와 전나무에 둘러싸인 회벽을 바른 낡은 집 한 채가 있었다. 방금 열린 현관문에서 불빛이 새어 나왔다. 재닛 숙모가 활짝 핀 작약꽃 같은 얼굴로 우리를 맞으러 나왔다. 키가 크고 얼굴이 동그란 재닛 숙모는 분주히 움직이고 있었다.

이윽고 우리는 주방에서 저녁 식사를 했다. 천장은 낮고 어둠침침했다. 서까래에는 둥글둥글한 햄이나 베이컨 덩어리가 매달려 있었다. 모든 것이 아버지가 이야기해 준 그대로다. 우리는 긴 유랑 끝에 마침내 고향에 돌아온 듯한 기분이었다.

펠리시티, 세실리, 댄은 맞은편에 앉아 있었다. 우리가 먹는 데 바빠서 상대방을 바라볼 틈도 없다고 느꼈을 때 그들이 우리를 바라보았다. 우리는 우리대로 상대방이 식사를 할 때 바라보려고 했다. 그러다가 그들과 가끔 눈이 딱 마주치면 어쩐지 멋쩍었다.

댄이 제일 위였다. 나와 똑같은 13살이었다. 말라깽이에다 주근깨가 있고 길고 곧은 갈색 머리였다. 잘생긴 킹 집안의 코는 첫눈에 알아볼 수 있었다. 입 모양도 독특했다. 킹 집안에서도, 워드 집안에서도 그런 입은 찾아볼 수 없다. 좀처럼 볼 수 없는, 그런 입을 갖고 싶은 사람은 아무도 없으리라. 아무리 보아도 너무 못생긴 입이었기 때문이다. 입은 크고 입술은 얇았으며 약간 비뚤어져 보였다. 그런데도 아주 정답게 웃었으므로 펠릭스와 나는 댄을 곧 좋아하게 될 것 같았다.

펠리시티는 12살이었다. 이 아이는 펠릭스 삼촌과 쌍둥이인 펠리시티 고모의 이름을 물려받았다. 아버지가 몇 번이나 이야기해 주었는데, 펠릭스 삼촌과 펠리시티 고모는 멀리 떨어진 장소에서 같은 날에 돌아가셨다고 한다. 그래서 칼라일의 오래된 묘지에 나란히 매장되었다.

올리비어 고모가 편지에 펠리시티는 대단한 미인이라고 써서 나는 그녀를 꼭 보고 싶다고 줄곧 별러 왔다. 펠리시티는 나의 그런 기대를 저버리지 않았다. 그녀는 보조개가 지는 동그란 얼굴, 커다랗고 짙푸른 눈동자에 기다란 속눈썹, 새털 같은 황금빛 곱슬머리를 갖고 있었다. 그리고 엷은 복숭앗빛 살결은 '킹 집안의 피부색'이었다. 킹 집안의 특징은 코와 피부색으로 대표된다. 펠리시티는 손과 손목도 참으로 예뻤다. 그렇다면 틀림없이 팔도 아름다우리라…… 상상하는 것만으로도 나는 즐거웠다.

펠리시티는 가장자리에 주름이 진, 분홍색으로 날염한 모슬린으로 만든 앞치마를 입은 아름다운 차림이었다. 댄의 말로 미루어 보면, 그녀는 우리가 온다고 해서 특별히 차려 입은 것이었다. 댄의 말을 듣고 우리는 퍽 자랑스러운 기분이 들었다. 지금까지 어떤 여자도 우리를 위해 일부러 멋을 부린 일은 없었기 때문이다.

11살 세실리도 아름다웠을까? 펠리시티가 옆에 없었다면 아마도 아름다웠으리라. 펠리시티는 옆에 있는 다른 여자아이들에게서 빛을 빼앗아 가는 것같이 보였다. 펠리시티의 옆에 서면 세실리는 한결 창백하고 가냘퍼 보였다. 그러나 세실리는 귀엽고 깨끗한 얼굴에 새 틴처럼 빛나는 결 고운 갈색 머리, 착한 성품임을 나타내는 조용한 갈색 눈동자를 지니고 있었다. 올리비어 고모가 아버지에게 써보낸, 세실리는 전형적인 워드 집안 출신으로 유머 감각이 조금도 없다는 이야기를 떠올리게 했다. 어떤 뜻인지는 확실히 몰랐으나 칭찬의 말이 아니라는 것쯤은 알고 있었다.

아무튼 펠릭스와 나의 관심은 모두 펠리시티보다 세실리 쪽으로 기울었다. 분명히 펠리시티는 대단한 미인이었다. 그러나 어른들이 꽤 시간이 걸려 깨닫게 되는 일도 아이들이라면 한순간의 직감으로 그것을 알아차리는 경우가 있다. 우리는 펠리시티가 스스로 자신의 미모를 매우 자랑스럽게 생각한다는 것을 느낄 수 있었다. 요컨대 펠리시티는 자만심으로 가득 찬 소녀였다.

"스토리 걸이 너희들을 보러 오지 않는다는 게 이상하구나. 너희들이 오는 걸 즐겁게 기다리고 있었는데."

앨릭 삼촌이 말했다.

"오늘은 온종일 몸이 좋지 않았어요. 그래서 올리비어 고모가 밤바람을 쐬지 말고 일찍 자라고 하셨어요. 스토리 걸은 몹시 서운해하고 있을 거예요."

세실리가 덧붙였다.

"스토리 걸이 누군데?"

펠릭스가 물었다.

"응, 세라야. 세라 스탠리. 우리는 그 아이를 '스토리 걸'이라 부르고 있어. 왜냐하면 첫째로, 이야기를 시키면 잘하거든. 말로 표현할 수는 없지만. 두 번째 이유는, 언덕 기슭에 살고 있는 세라 레이가 우리 집에 자주 놀러 오는데, 한 모임에 같은 이름이 둘이라는 건 모양이 좋지 않아. 그런 데다 자기 이름을 좋아하지 않는 세라 스탠리는 '스토리 걸'이라고 불리는 것을 더 좋아하거든."

처음으로 입을 뗀 댄은, 피터도 오고 싶어했지만 자기 어머니에게 밀가루를 갖다 드리기 위해 돌아갔다고 좀 쑥스러워하는 말투로 덧붙여 설명했다.

"피터?"

내가 물었다. 피터라는 이름은 처음 들었기 때문이다.

"로저 삼촌의 아들이나 마찬가지야. 이름은 피터 크레이그. 머리가 좋은 아이지. 하지만 장난꾸러기야, 그 아이는."

앨릭 삼촌이 말했다.

"그 녀석은 펠리시티의 애인이 되고 싶어해."

댄이 심술궂게 말했다.

"바보 같은 말 하지 마라, 댄."

재닛 숙모가 엄하게 꾸짖었다.

펠리시티는 금빛 머리를 추스르면서 누이동생답지 않은 눈초리로 댄을 한 번 흘겨보았다.

"난 고용된 아이 따위를 애인으로 삼을 생각은 조금도 없어!"

펠리시티가 잘라 말했다.

펠리시티가 겸연쩍어서 그러는 것이 아니라 정말 화가 났다는 걸 알 수 있었다. 분명히 피터는 펠리시티가 자랑으로 여길 숭배자는 아니었다.

우리는 배가 너무 고팠다. 정말, 재닛 숙모는 우리를 위해 언제나 훌륭한 저녁 식사를 마련해 주셨다. 우리가 음식들을 먹을 만큼 먹고 나자, 우리는 우리가 피곤하다는 것, 너무 피곤해서 어둠을 무릅쓰고 선조 대대의 땅을 탐험한다는 것은 도저히 무리라는 걸 깨달았다.

우리는 자발적으로 침실로 향했다. 우리가 안내받아 간 곳은 동쪽으로 가문비나무 숲이 있는, 옛날에 아버지가 쓰던 바로 그 방이었다. 댄은 우리와 한방을 나누어 한쪽 구석에 자기 침대를 놓고 자기로 했다. 시트와 베갯잇에서는 라벤더 향기가 났으며 패치워크 (형겊 조각을 모은 것) 이불이 덮여 있었다. 창문이 열려 있어 개울가 습지의 개구리 울음소리가 들려왔다. 온타리오에서도 물론 개구리의 노래는 들은 적이 있다. 그러나 프린스에드워드 섬의 개구리 소리가 더욱 음색이 풍부하고 달콤했다. 어쩌면 옛 가족의 영광이 서려 있는 오랜 전통과 지금까지 귀로 들어왔던 이야기들이, 사방을 둘러싸고 있는 이곳 풍경과, 바깥에서 들리는 모든 소리에 마법을 걸었기 때문이 아닐까. 이곳은 고향이다. 아버지의 고향이며 우리의 고향이다. 지금까지 우리는 집에 대한 애정이 깊어질 만큼 한집에 오래 산 적이 없다. 그런데 킹 증조할아버지께서 90년 전에 엮은 이 지붕 판자 밑에서는 아직도 감미롭고 부드러운 애정이 우리의 마음 속을 생생하게 파고드는 것 같았다.

"잘 들어 봐. 저것은 아버지가 어렸을 적에 들으셨던 개구리 소리야."

펠릭스가 속삭였다.

"설마 같은 개구리는 아니겠지. 아버지가 집을 떠나신 지 20년이나 되었으니까."

개구리의 수명이 얼마나 되는지 잘 몰랐던 나는 의심스러운 표정으로 대꾸했다.

"아무튼 아버지가 들으셨던 그 개구리의 자손일 거야. 같은 늪에서 노래 부르고 있으니까. 꽤 가까운 곳인가 봐."

방문은 열려 있었다. 좁은 복도를 사이에 두고 건너편 방에서 여자아이들이 침대에 잠자리를 준비하면서 달콤하고 새침한 소리로, 자신들의 소리가 새나가는지도 모르는 채 재잘거렸다.

"남자애들을 어떻게 생각해?"

세실리가 물었다.

"베벌리는 잘생겼어. 그런데 펠릭스는 너무 뚱보야."

펠리시티가 곧 대답했다. 그러자 펠릭스는 이불을 당겨 올리면서 쌀쌀맞게 콧방귀를 뀌었다. 나는 펠리시티에게 호감이 갔다. 잘난 체한다는 게 그녀의 잘못이라고만 할 수는 없었다. 그것은 거울을 보게 되면 어쩔 수 없이 일어나는 일이다.

"나는 둘 다 미남이라서 좋다고 생각해."

세실리가 말했다.

얼마나 착한 아이인가!

"스토리 걸이 어떻게 생각할지 모르지."

펠리시티는 결국 그것이 중요한 요점이라고 말하고 싶은 것 같았다. 우리도 어렴풋이 그렇게 생각하고 있었다. 스토리 걸의 마음에 들지 않는다면 설령 다른 누구에게 귀염을 받더라도 그건 대수롭지 않는 일이 될 것이라는 느낌.

"스토리 걸은 미인일까?"

펠릭스는 큰 소리로 말했다.

"미인은 아니야. 그런데 그 애가 이야기하고 있는 동안은 미인으로 생각되는 거야. 모두 그래. 그랬다가 떨어져 보면 비로소 조금도 미인이 아니라는 걸 깨닫게 돼."

여자아이들의 방문이 '꽝' 하고 닫혔다. 집 안에는 곧 고요가 덮였다. 스토리 걸이 우리를 좋아할지 어떨지를 생각하면서 우리는 곧 꿈나라로 떠났다.

하트의 여왕

해가 뜨자마자 나는 잠에서 깨어났다. 5월 햇살이 약하게 가문비 나무의 잎 사이로 비쳐들고, 서늘한 산들바람이 나뭇가지를 흔들고 있었다.

"펠릭스, 일어나!"

나는 펠릭스를 흔들면서 속삭였다.

"뭐야?"

그는 내키지 않는 듯 웅얼거렸다.

"아침이야. 밖으로 나가자. 아버지가 이야기해주신 곳을 보러 가자. 1분도 더 기다릴 수 없어."

우리는 침대에서 빠져 나와 아직 곤히 자고 있는 댄이 깨지 않도록 조심하면서 옷을 갈아입었다. 댄은 입을 뻐끔 벌리고 자고 있었는데 이불은 발에 차여 방바닥에 떨어져 있었다. 펠릭스가 댄의 입에 구슬을 던져 넣고 싶어하는 걸 나는 겨우 말렸다. 그렇게 하면 댄은 잠에서 깨어나 같이 따라오려고 할 것이다. 처음에는 우리 둘만 가는 편이 더 즐거울 것 같았다.

조심스레 아래층에 내려가 보니 사방이 조용했다. 주방에서는 앨릭 삼촌인지 누군가가 불을 피우는 소리가 났다. 그러나 집의 심장부는 아직 하루의 고동(鼓動)을 시작하지 않고 있었다.

우리는 현관 마루에서 잠시 걸음을 멈추고 커다란 '할아버지' 시계를 보았다. 시계는 움직이지 않고 있었으나 3개의 뿔에 얹혀 있는 금빛 구슬, 달이 차고 기우는 것을 나타내는 작은 문자반과 바늘, 아버지가 어렸을 때 화가 나서 걷어차서 생긴 나무 문의 파인 자국 등을 보자 마치 그리운 옛 친구를 만난 듯한 느낌이 들었다.

이윽고 현관문을 열고 밖으로 나갔다. 그 순간 가슴에 기쁨이 솟구쳤다. 남쪽에서 기분 좋은 산들바람이 불어와 우리를 맞아주었다. 가문비나무의 그림자는 길고 선명해 보였고 바람이 부는 이른 아침 맑게 갠 파란 하늘이 머리 위에 펼쳐져 있었다. 멀리 서쪽의 시냇물이 흐르는 들에는 골짜기가 길게 뻗어 있었고, 전나무와 아직 싹이 돋지 않은 자작나무와 단풍나무로 인해서 자줏빛 안개처럼 흐려 보이는 언덕이 있었다.

집 뒤쪽에는 전나무와 가문비나무 숲이 있었고, 어두침침한 그곳에서는 살랑살랑 바람이 불고 언제나 향긋한 송진 냄새가 떠돌고 있었다. 숲 속으로 더 들어가면 늘씬한 은빛 자작나무와 바람이 일렁이는 포플러가 무성하게 자라 숲을 이루고 있었고, 그 건너편에는 로저 삼촌의 집이 있었다.

그리고 우리의 바로 앞에, 다듬어서 만든 가문비나무 산울타리에 둘러싸인 유명한 '킹 과수원'이 있었다. 과수원의 역사는 우리의 기억을 한참 거슬러 올라간 곳에서부터 시작된다. 아버지가 말해준 이야기를 통해 우리는 그곳을 구석구석까지 알고 있었으며, 상상의 나라에서는 몇 번이고 그 속을 헤매고 다녔다.

그 맨 처음은 60년 전에 킹 할아버지가 신부를 집에 데려왔을 때로 거슬러 올라간다. 결혼식에 앞서 할아버지는 양지 바른 남쪽 비

탈을 개간했다. 그곳은 농장 중에서도 가장 토질이 좋고 기름진 땅으로, 근처 사람들은 젊은 에이브러햄 킹에게 여기라면 질 좋은 밀을 풍성하게 수확할 수 있을 거라고 말했다. 에이브러햄 킹은 원래 말이 없는 남자였으므로 빙긋 웃었을 뿐 아무 말도 하지 않았다. 그러나 그는 마음속으로, 앞으로 다가올 인생을 꿈꾸고 있었다. 그가 그렸던 꿈이란 황금빛이 파도치는 몇 에이커의 토지가 아니라, 가지와 잎이 우거지고 아직 태어나지 않은 자식이나 손자들의 눈을 즐겁게 할 과일이 주렁주렁 열린 가로수 길이었다.

꿈은 천천히 실현되고 있었다. 킹 할아버지는 조금도 서두르지 않았다. 그는 단번에 과수원을 만든 것이 아니다. 과수원에서 자기 인생과 역사를 함께 키우고, 자기 집에 찾아드는 행복과 즐거움의 모든 것을 그곳과 결부시키려는 것이 그의 바람이었다. 그래서 젊은 아내를 새집으로 데리고 온 이튿날 아침, 두 사람은 함께 남쪽 들로 가서 결혼을 기념하는 나무를 심었다. 이제 그 나무들은 이곳에 남아 있지 않다. 그러나 아버지의 소년 시절에는 여전히 있었으며 봄마다 꽃이 만발했다고 한다. 그 꽃들은 남쪽 들을 걷던 젊은 엘리자베스 킹의 사랑으로 빛나는 얼굴빛을 닮은 진홍빛이었다고 한다.

에이브러햄 할아버지와 엘리자베스 할머니는 자식이 태어날 때마다 그 아이를 위해 과수원에 나무 한 그루를 심었다. 부부는 모두 14명의 자식을 낳았고, 그 아이들은 저마다 자기만의 '탄생 기념 나무'를 받았다. 집안 잔칫날마다 기념 나무가 불어났고, 하룻밤 잠자리 신세를 진 중요한 손님들에게도 모두 과수원에 나무 한 그루를 심도록 했다. 따라서 과수원에 자라난 한 그루 한 그루의 나무들은 지나간 세월의 사랑과 기쁨을 전해 주는 아름다운 초록 기념비가 되는 셈이었다. 손자, 손녀들까지 그곳에 자기 나무를 갖고 있었다. 그들이 태어났다는 소식을 들을 때마다 할아버지는 나무를 심었다. 사과뿐만 아니라 자두나 벚나무, 또는 배나무도 있었다. 다만 나무들은 어느 것이나 심은 사람, 또는 기념 식수와 연관된 주인공의 이름을 붙였다. 따라서 펠릭스도 나도 이 고장에서 자란 사람처럼 '펠리시티 고모의 배나무', '줄리아 고모의 벚나무', '앨릭 삼촌의 사과나무', '스콧 목사님의 자두나무' 등 그 이름을 잘 알고 있었다.

지금 우리는 그 과수원에 도착한 것이다. 과수원은 우리 눈앞에 있었다. 산울타리의 하얀 문을 열면 전설의 그 땅으로 들어갈 수 있다. 문까지 가기 전에 우리는 우선 왼쪽을 보았다. 그곳에는 로저 삼촌 집으로 가는 오솔길이 있었는데 가문비나무 사이로 난 그 길은 풀에 덮여 있었다. 그 오솔길 입구에 한 소녀가 발치에 잿빛 고양이를 거느리고 서 있는 것이 보였다. 소녀는 한쪽 손을 들고 반가운 듯 손짓을 했다. 순간, 우리는 과수원은 잊은 채 손짓에 이끌려 그곳으로 갔다. 우리는 그녀가 바로 스토리 걸이라는 것을 알았다. 아름답고 화려한 몸짓에는 거역할 수도 도망칠 수도 없는 매력이 배어 있었다.

우리는 쑥스러움도 잊고 흥미에 이끌려 가까이 다가가면서 소녀를 바라보았다. 미인은 아니었다. 14살치고는 키가 컸다. 후리후리하고 곧은 몸매였다. 하얗고 길쭉한 얼굴——조금 희고 조금 길지만——에는 짙은 갈색의 매끄러운 곱슬머리가 드리워져 있었다. 그 머리는 주홍빛 리본 장식으로 귀 뒤쪽에 묶여 있었다. 큰 곡선을 그리는 입술은 양귀비꽃처럼 붉고, 아몬드처럼 생긴 엷은 갈색 눈에서는 빛이 났다. 그러나 결코 아름답지 않았다.

소녀는 입을 떼어 말했다.

"안녕, 좋은 아침!"

나는 여태껏 그런 목소리를 들어본 적이 없었다. 말로는 표현할 수 없지만 맑다고도 할 수 있고 달콤하다고도 할 수 있는 목소리였다. 또 힘있고 마치 방울을 울리는 것 같았다. 지금 말한 모든 것이 진실이지만 그래도 스토리 걸의 목소리를 딱히 설명할 수는 없으리라.

그 목소리에 색깔을 붙인다면 그 목소리는 무지개 같다고 할 수 있다. 그녀의 목소리는 말에 생기를 불어넣는 힘이 있었다. 그녀가 말하면 모든 것이 숨을 쉬었다. 그것은 말과 음성뿐만이 아니었다. 펠릭스도 나도 자기가 받은 인상을 이해하거나 분석하기엔 어린 나이지만 그녀의 인사말을 들었을 때, 정말 좋은 아침이라고 생각하지 않을 수 없었다. 이 멋진 세상에서도 특별히 좋은 아침이라고.

"펠릭스와 베벌리로군."

그녀는 가까이 걸어와 격의 없는 호감을 보이며 우리 손을 잡았다. 펠리시티나 세실리의 내성적이며 여자다운 접근 방법과는 전혀 다른 것이었다. 그 순간부터 우리는 마치 아주 오래된 친구처럼 마음을 열어 놓았다.

"만나서 반가워. 어제저녁엔 찾아가지 못해서 정말 안타까웠어. 그래서 오늘 아침엔 일찍 일어났어. 너희들도 틀림없이 일찍 일어나서 나한테 여러 가지 이야기를 할 거라고 생각했기 때문이야. 나는 펠리시티나 세실리보다 훨씬 잘 얘기할 수 있어. 펠리시티가 정말 예쁘다고 생각하니?"

"지금까지 본 중에서 최고 미인이야."

나는 펠리시티가 '베벌리는 잘생겼어'라고 말했던 것을 떠올리면서 힘있게 대답했다.

"남자아이들은 모두 그렇게 생각하는구나."

스토리 걸은 못마땅한 말투로 말했다.

"나도 그렇게 생각해. 그런데 그 애는 겨우 12살인데도 훌륭한 요리사야. 나는 요리를 전혀 못해. 배우려고는 하지만 조금도 나아지지 않아. 올리비어 이모가 그러는데 나한테는 요리사가 될 재능이 모자란다고 했어. 나도 펠리시티가 만드는 것처럼 맛있는 파이나 케이크를 만들어 보고 싶어. 그건 그렇고, 펠리시티는 바보야.

내가 심술궂어서 하는 말이 아니라니까. 정말이야. 너희들도 곧 알게 돼. 난 펠리시티를 좋아해. 그렇지만 그 앤 바보야. 세실리 쪽이 훨씬 똑똑한걸. 세실리는 귀여운 아이야. 앨릭 외삼촌도, 재 닛 외숙모도 정말 좋은 분들이야."

"올리비어 고모는 어떤 분이지?"

펠릭스가 물었다.

"올리비어 이모는 굉장한 미인이야. 팬지 같아. 비로드처럼 매끌 매끌하고, 자줏빛을 띤 금빛이야."

펠릭스와 나는 스토리 걸의 말 그대로 비로드의 자줏빛과 금빛의 팬지 부인을 바로 눈앞에서 본 것 같았다.

"좋은 분이야?" 내가 물었다. 어른에 대해서는 가장 중요한 질문이었다. 겉모습은 별로 문제가 되지 않는다.

"좋은 분이지. 하지만 벌써 29살이야. 나이가 좀 든 셈이지. 이모는 별로 잔소리를 하지 않아. 재닛 외숙모는 내게 '만일 내가 없었더라면 넌 제대로 예의범절을 배우지 못했을 거다'라고 말해. 하지만 올리비어 이모는 아이들이란 되는 대로 크는 거라고 말했어. 태어나기 전에 모든 걸 갖추고 나온다는 말이야. 나로서는 전혀 알 수 없는 일이지만. 너흰 알겠니?"

우리도 알 수 없었다. 그러나 어른들은 자신들조차 뜻 모를 말을 잘 한다는 걸 우리는 경험으로 알고 있었다.

"로저 삼촌은 어떤 분이지?"

우리의 두 번째 질문이었다.

스토리 걸은 잠깐 생각하고 나서 말했다.

"글쎄⋯⋯, 나는 로저 외삼촌을 좋아해. 덩치가 크고 재미있는 분이야. 그런데 사람을 너무 놀려. 진지하게 무엇을 물어봐도 짓 궂은 대답을 해. 하지만 절대로 성을 내거나 언짢아하지는 않아. 바로 그 점이 중요해. 외삼촌은 중년의 독신자야."

"지금이라도 결혼하고 싶은 생각이 없을까?"

펠릭스가 물었다.

"모르겠어. 올리비어 이모는 외삼촌이 결혼했으면 좋겠다고 생각해. 외삼촌을 생각해서 살림을 맡아 하고 있지만 이제는 싫증이 나서 캘리포니아의 줄리아 이모에게 가고 싶어 해. 그런데도 외삼촌은 절대로 결혼하지 않을 거라고 했어. 완전한 이상형을 찾고 있기 때문이라는 거야. 하지만 만일 그런 여자를 찾아내더라도 상대편이 먼저 거절할 게 틀림없다고 이모는 말했어."

우리는 구불구불한 가문비나무의 뿌리에 나란히 걸터앉았다. 덩치 큰 잿빛 고양이는 우리와 친해졌다. 아름다운 은회색 짙은 무늬가 있는 털로 덮인 위풍당당한 짐승이었다. 이런 종류의 색깔을 가진 고양이는 대체로 발끝이 흰빛이거나 은백색인데, 이 고양이는 발끝과 코가 모두 검은빛이었다. 이런 점이 이 고양이에게 독특한 품격을 갖추게 했으며 흔히 있는 집고양이와는 전혀 다른 인상을 풍겼다. 꽤나 자부심이 있는 고양이인 듯 우리를 대하는 태도가 자못 은혜라도 베푸는 듯했다.

"이 고양이의 이름이 톱시는 아니겠지?"

나는 묻고 나서 곧 바보 같은 질문을 했다고 생각했다. 아버지가 이야기했던 그 고양이, 톱시가 건강하게 살아 있었던 것은 30년이나 전의 일이다. 그 고양이가 이렇게 오래 살아 있을 리가 없다.

"아니야, 그렇지만 톱시의 손자의 손자의 그 손자일 거야."

스토리 걸은 진지한 얼굴로 대답했다.

"이름은 패트야. 나를 따르는 특별한 고양이지. 헛간에 고양이가 여러 마리 있지만 패트는 그 고양이들과 절대로 어울리지 않아. 나는 고양이하고는 아주 친해. 고양이는 제 몸을 깨끗이 다듬고 게다가 침착하고 품위가 있기 때문이야. 그리고 고양이를 기쁘게 하는 건 아주 간단해. 난 너희 남자애들이 여기에서 살고자 왔다

는 게 너무 기뻐. 특별한 날을 빼고는 여기에서는 아무 일도 일어
나지 않기 때문에 우리들 스스로 즐거운 때를 만들어 가야 해. 지
금까지는 남자애들이 모자라서…… 여자애 넷과 댄 그리고 피터
뿐이었으니까. "

"넷이라니? 참, 세라 레이 말이구나. 펠리시티에게서 들었어. 어
떤 아이지? 어디에 살고 있어? "

"언덕 바로 밑에. 집은 가문비나무 덤불에 가려서 보이지 않아.
세라는 좋은 애야. 이제 겨우 11살이야. 그런데 그 애 어머니는
너무너무 엄격해서 세라더러 이야기책 따위는 읽어서는 안 된다
고 해.

생각해 봐! 어머니 마음에 들지 않는 일을 하게 되면 언제나
세라는 양심의 가책을 느껴. 그런데도 하지 않을 수 없는 거야.
그러니까 모든 즐거움이 아주 없어져 버리는 거야. 아무것도 해주
지 않는 어머니와 아무것도 즐길 수 없는 양심이 맞물려 있다고,
로저 외삼촌은 말하고 있어. 그렇기 때문에 세라가 핼쑥한 얼굴에
말라깽이고 겁쟁이라는 것도 이상한 일이 아니라는 거야.

그런데 우리끼리 하는 이야기지만, 진짜 이유는 세라의 어머니
가 세라에게 먹고 싶은 것의 양을 절반밖에 주지 않기 때문이라고
생각해. 성미가 나빠서가 아니야. 그 아주머니는 아이에게 배불리
먹이거나 이것 저것 가리지 않고 아무것이나 먹이는 것은 몸에 좋
지 않다고 생각하고 있어. 우린 그런 집에 태어나지 않아서 다행
이라고 생각하지 않니? "

"우린 모두 친척이라서 대단히 운이 좋다고 생각해. "

펠릭스가 맞장구쳤다.

"그러니? 나도 곧잘 그렇게 생각해. 그리고 이렇게도 생각해. 외
할아버지와 외할머니가 결혼하지 않았더라면 얼마나 무서운 일이
생겼을까 하고 말이야. 그랬더라면 우리들 누구 한 사람도 태어나

지 않았을 테고, 태어났더라도 다른 사람의 피가 섞였을 거야. 그런 건 싫어. 그런 일들을 생각해 보면 이 세상에 다른 상대도 많이 있었을 텐데, 때마침 외할아버지와 외할머니가 결혼했다는 건 정말 다행스러운 일이야."

펠릭스와 나는 몸을 떨었다. 별안간 자기들이 다른 사람으로 태어났을지도 모를, 소름이 끼칠 듯한 그 위험에서 빠져 나온 것을 깨달았기 때문이다. 우리가, 아니 우리의 부모님조차도 이 세상에 태어나기 몇 년 전에 우리가 몸에 지니고 있었을 공포와 무서운 위험을, 스토리 걸은 깨닫게 해 주었다.

"저기엔 누가 살고 있지?"

밭 저쪽에 있는 집을 가리키면서 나는 물어보았다.

"응, 저건 얼간이 아저씨의 집이야. 진짜 이름은 '재스퍼 데일'이라고 하지만, 모두 얼간이 아저씨라고 부르고 있어. 소문으로는 시를 쓴다고 해. 그는 저 집을 '황금의 이정표'라 부르고 있어. 나는 그 까닭을 알고 있어. 나는 롱펠로의 시를 읽었으니까. 얼간이 아저씨는 너무 얼간이 같아 세상과는 사귀지 않아. 여자 아이들의 웃음거리가 되는 게 싫은 거야. 그 사람 이야기를 알고 있으니까 언젠가 얘기해 줄게."

"저쪽 집에는 누가 살고 있지?"

펠릭스가 물었다. 서쪽 계곡에는 나무 사이로 보이는 조그만 잿빛 지붕이 있었다.

"페그 보엔 할머니 집이야. 정말 별난 사람이야. 겨울에는 많은 짐승들을 기르며 저 집에 살고 있지만, 여름이 되면 이집 저집 돌아다니면서 먹을 것을 구걸해. 머리가 이상해졌다는 소문이야.

어른들이 우리 같은 아이들에게 겁을 주면서 착한 아이로 길들이고 싶어할 때, 가령 말을 잘 듣지 않으면 '페그 보엔이 널 잡으러 온다'고 말해. 옛날에는 무서웠지만 지금은 아무렇지도 않아.

물론 붙잡히고 싶지도 않지만. 세라 레이는 그 할머니를 너무나도 두려워하고 있어.

피터 크레이그는 페그 할머니가 마녀라며 버터가 잘 만들어지지 않을 때는 저 할머니 탓을 해. 하지만 난 그런 건 믿지 않아. 마녀란 요즘엔 전혀 나타나지 않으니까. 그야 이 세상 어딘가에는 있을지도 모르지만. 프린스에드워드 섬에 한해서는 그런 건 없다고 생각해. 옛날에는 이 근처에도 있었어. 재미있는 마녀 얘기를 알고 있으니까, 언젠가 얘기해 줄게. 피가 얼어붙는 얘기 말이야."

그것은 의심할 여지가 없었다. 피를 얼어붙게 할 사람이 있다면 이 멋진 목소리의 소녀임에 틀림없다. 그러나 지금은 5월 아침이고 우리의 젊은 피는 쉬지 않고 혈관을 흐르고 있었다. 우리는 과수원에 들어가는 것이 더 좋지 않겠냐고 제안했다.

"좋아, 이곳 이야기도 알고 있으니까."

스토리 걸은 말했다. 우리는 꼬리를 살랑살랑 흔드는 패트와 함께 걸어갔다.

"지금이 봄이라서 즐겁지 않니? 겨울의 좋은 점은 봄의 가치를 알려 준다는 거야."

스토리 걸의 손 아래서 빗장이 덜커덩 소리를 내자 동시에 문이 열렸고 우리는 킹 과수원 안으로 들어섰다.

오래된 과수원의 전설

과수원 밖에서는 풀의 연둣빛 새순이 막 돋아나기 시작했다. 그러나 과수원 안쪽은 햇볕이 잘 드는 경사지인 데다 가문비나무 산울타리 덕분에 변덕스런 바람을 피할 수 있어 땅은 벌써 폭신폭신한 비로드 양탄자 같았다. 나뭇잎들은 솜털에 싸인 잿빛으로 싹트기 시작하였고, '설교바위' 밑에는 자줏빛 무늬가 있는 하얀 제비꽃이 피어났다.

"아버지가 이야기해주신 그대로야. 저것 봐, 중국식 지붕이 있는 우물도 있어."

펠릭스가 무척 행복한 듯 중얼거렸다.

우리는 후닥닥 그곳으로 뛰어가다가 그만 이제 막 돋아나기 시작한 박하 새싹을 밟아 버렸다. 우물은 대단히 깊었는데, 둘레는 다듬지 않은 꺼칠꺼칠한 돌로 쌓여 있었다. 기묘한 탑 모양의 지붕은 스티븐 삼촌이 중국 여행에서 돌아왔을 때 만든 것으로, 아직 잎도 생기지 않은 담쟁이덩굴이 지붕 전체를 뒤덮고 있었다.

"담쟁이덩굴이 잎을 달고 꽃줄기를 길게 드리우면 정말 아름다워.

새들이 그 속에 둥우리를 틀지. 여름이 되면 매년 두 쌍의 카나리
아가 찾아와. 그리고 우물 둘레의 돌 틈으로 양치식물들이 자라나
그 언저리를 덮어 버려. 물맛도 좋지. 에드워드 외삼촌이 했던 설
교 가운데 '다윗 왕의 병사들이 왕을 위해 물 뜨러 갔던 베들레헴
우물이야기'가 가장 훌륭했는데, 그때 고향의 우물, 바로 이 우물
모양을 이야기했어. 외국에 있을 때 얼마나 이 반짝이는 맑은 물
을 그리워했는지 말씀해 주셨지. 이 우물은 아주 유명하단다."

"아버지가 계셨을 때와 똑같은 컵이 있구나."

펠릭스는 이렇게 말한 뒤 우물 벽을 움푹 파서 만든 작은 선반에
놓여 있는, 푸른 무늬가 번지듯이 그려진 자그마한 낡은 도자기 컵
을 가리켰다.

스토리 걸은 감동하며 말했다.

"그 컵이야. 깜짝 놀랄 일일 거야. 그 컵은 이곳에 40년 동안이나
놓여 있었고, 몇백 명의 사람이 물을 마셨는데도 깨지지 않았어.
줄리아 이모가 한 번 우물 속에 떨어뜨렸지만 다시 꺼냈지. 가장
자리가 조금 떨어져 나갔을 뿐 아무렇지도 않았어.

이건 킹 집안의 운명과 연관이 있다고 생각해. 롱펠로의 시에
있는 이든홀의 운명과 같아. 이것은 이모의 두 번째로 좋은 컵 세
트 중에서 마지막 남은 컵이야.

가장 좋은 컵 세트는 아직 고스란히 남아 있어. 올리비어 이모
가 갖고 있어. 한번 부탁해서 보여 달라고 해봐. 정말 아름다워.
빨간 열매 그림이 여기저기 흩어져 있고, 중간에 꽃봉오리가 볼록
하게 양각되어 있는 크림 종지가 그 세트에 포함되어 있어. 올리
비어 이모는 집안 잔치라도 있지 않는 한 그 컵 세트를 사용하질
않아."

그 푸른 컵으로 샘물을 한 모금 마신 뒤 우리는 '탄생 나무'를 보
러 갔다. 실제로 보니 울퉁불퉁한 큰 나무여서 우리는 조금 실망했

다. 우리처럼 어린 나이에 어울리는 어린 나무로 생각했기 때문이다.

"네 나무의 사과는 그냥 먹어도 맛있어."

스토리 걸은 내게 말했다.

"하지만 펠릭스의 것은 파이로 만들어 쓸 수밖에 없어. 그 뒤에 있는 큰 나무 두 그루는 쌍둥이 나무라고 하는데 우리 어머니와 펠릭스 외삼촌의 것이야. 이 사과는 너무 달아서 애들과 프랑스 인 꼬마들밖에 먹을 수 없어.

저쪽에 있는 저 호리호리한 큰 나무, 가지가 모두 꼿꼿하게 자란 저 사과나무는 자연히 생겨난 거야. 저 나무의 사과는 너무 시고 쓰기 때문에 어떤 사람도 먹을 수가 없고, 심지어는 돼지들까지도 먹으려 하지를 않아.

재닛 외숙모는 한 번 저 사과로 파이를 만들려고 하신 적이 있어. 공연히 헛일이 될 줄 알면서 그걸 해봐야 한다는 건 화가 나는 일이라고 하셨지. 이젠 두 번 다시 그런 일은 하지 않으실 거야. 사과만 버리는 쪽이 사과와 설탕 모두를 버리는 것보다는 나을 거라고 말씀하셨어. 그 뒤로 프랑스 인 일꾼들에게 주려고 한 적이 있었지만 그 사람들도 가지고 가려 하지 않았지."

스토리 걸의 목소리는 마치 진주나 다이아몬드처럼 아침 공기 속에 방울방울 떨어졌다. 심지어 그녀가 사용하는 조사나 연결어조차도 신비와 웃음과 마법의 분위기를 띠고 있었다. 사과 파이와 신 사과와 돼지 이야기가 로맨틱한 소설 속에 나오는 얘기 같았다.

"난 네가 이야기하는 걸 듣는 게 참 좋다."

펠릭스가 여느 때처럼 분명하지 않은 말투로 말했다.

"모두 좋아하고 있어. 네가 내 이야기를 좋아한다니 고마워. 나도 네가 좋아해 주기를 바라고 있어. 네가 펠리시티나 세실리를 좋아하는 것처럼 말이야. 그 이상이 아니라도 좋아. 옛날에는 그러기를 바랐는데 이젠 그런 생각에서 졸업했어. 주일학교에서 목사님이 그런 생각은 이기적인 것이라고 말씀해 주셨을 때 깨달았지. 하지만 역시 네가 날 좋아해주었으면 해. 네가 그들을 좋아하는 만큼."

스토리 걸은 아무렇지도 않다는 듯이 말했다.

"좋아. 아무튼 난 널 좋아해!"

펠릭스는 힘주어 말했다. 펠리시티가 자신을 뚱보라고 불렀던 게 생각이 난 모양이다.

그때 세실리가 우리에게 다가왔다. 오늘 아침은 펠리시티가 아침 식사 준비를 도와줄 차례인지 그녀의 모습은 보이지 않았다. 우리는 모두 스티븐 삼촌의 산책길로 들어섰다.

그 길은 과수원 서쪽으로 내려가는, 양 옆으로 사과나무들이 심어져 있는 가로수 길이었다. 스티븐 삼촌은 에이브러햄 할아버지와 엘리자베스 할머니의 맏이였다. 삼촌은 숲과 목초지와 따뜻한 진흙땅에 대한 할아버지의 애정을 조금도 이어받지 않았다. 할머니는 워드 집안 출신인데 스티븐 삼촌 속에는 선원의 넋에 고인 피가 흐르는 모양이다. 그는 자신을 붙드는 어머니의 눈물과 애원을 뿌리치고 바다로 가지 않을 수 없었다. 그러고는 바다 저쪽에서 돌아와 이국에서 갖고 돌아온 묘목으로 과수원에 가로수 길을 만들었다.

그리고 그는 다시 선원이 되어 배를 타러 떠났다. 그런 뒤 삼촌이 타고 나간 배의 소식은 두 번 다시 들을 수 없었다. 그저 무작정 기다리기만 하는 몇 개월 동안 할머니의 갈색 머리에 처음으로 흰 머리가 생기고, 그 뒤 과수원에서는 다시 처음으로 울음소리가 났고 슬픔의 세례가 있었다.

"꽃이 필 무렵에 이곳을 걸으면 참 멋져. 꿈속의 요정 나라같아. 궁전을 걸어가는 것 같기도 하고. 사과도 맛있어. 또 겨울에는 썰매 타기에 안성맞춤이야."

산책길에서 설교바위가 있는 쪽으로 갔다. 그것은 남서쪽 구석에 있는 거대한 잿빛 옥돌인데 어른 키만큼 컸다. 앞면은 곧고 밋밋하지만 그 뒤쪽은 느슨한 사면으로 자연 계단이 만들어져 있었다. 그 중간 단에는 사람 하나가 설 수 있었다. 그 바위는 어린 시절 삼촌과 고모들의 멋진 놀이터였다. 때에 따라 성채가 되기도 했다가 인디언의 숲이나 왕좌, 설교단, 콘서트 지휘대 등이 되기도 했다. 에드워드 삼촌은 8살 때 이 잿빛 큰 바위에서 첫 설교를 했다. 몇천 명의 청중을 매혹시킬 만한 목소리를 갖고 있었던 줄리아 고모는 이곳에서 맨 처음 '마드리갈 (^{14세기와 16세기에 이탈리아에서
널리 불려진 세속적인 성악곡})'을 불렀다.

스토리 걸은 맨 위까지 올라가 그 가장자리에 앉아서 우리를 내려다보았다. 고양이 패트는 점잖게 바위 아래서 끝이 검은 앞발로 멋있게 얼굴을 닦고 있었다.

"이젠 과수원 이야기를 해줘."

나는 말했다.

"유명한 이야기가 두 가지 있어. 키스를 받은 시인 이야기와 선조 유령 이야기. 어느 쪽이 좋지?"

"어느 쪽이든 괜찮아. 하지만 유령 이야기를 먼저 해줘."

펠릭스가 용기를 내어 말했다.

"글쎄."

스토리 걸은 망설이고 있는 것 같았다.

"그런 이야기는 어두워져가는 해질녘에 적합하다고 생각해. 그러는 편이 무서움도 더하거든."

우리는 너무 무서운 것은 싫었기 때문에 선조 유령 이야기를 해달라고 했다.

"유령 이야기는 밝은 때 듣는 게 좋아."

펠릭스가 말했다.

스토리 걸이 이야기를 시작하자 우리는 열심히 귀를 기울였다. 몇 번이나 들은 적이 있는 세실리도 우리와 마찬가지로 열중해서 듣고 있었다. 나중에 세실리가 고백한 일이지만, 스토리 걸이 이야기를 하면 몇 번이나 들었는데도 언제나 처음 듣는 것처럼 새롭고 떨리는 느낌을 준다는 것이었다.

스토리 걸은 이야기를 시작했다. 그녀의 목소리는 저 먼 옛날의 숨소리를 전해 주는 듯했다.

"옛날 그 옛날에 킹 외할아버지가 태어나기 훨씬 전의 일이야. 외할아버지의 사촌이 부모님이 안 계셔서 킹 외할아버지의 부모님과 함께 살고 있었어. 그 아가씨 이름은 '에밀리 킹'이었어. 자그맣고 아주 귀여운 아가씨였지. 수줍음을 많이 타서 순해 보이는 갈색 눈은 남의 눈을 똑바로 볼 수조차 없었지.

세실리의 머리칼처럼 그녀의 머리칼은 길고 윤기 나는 갈색 머리칼에다, 내 머리칼처럼 곱슬머리였어. 아가씨의 한쪽 볼에는 나비를 닮은 핑크빛 점이 있었어. ……이 근처에 말이야.

물론 그 무렵에는 이곳에 과수원 따위는 없었어. 밋밋한 벌판이었지. 그런데 벌판 한가운데 자작나무 한 그루가 있었어. 앨릭 외삼촌의 큰 나무가 서 있는 저쪽 가까이였는데, 에밀리는 그 자작나무 아래 양치식물에 묻혀 앉아서 책을 읽거나 뜨개질하는 것을 좋아했어. 에밀리에겐 애인이 있었지. 이름은 '마컴 워드'였는데 왕자님처럼 잘생겼어. 에밀리는 마컴에게 마음이 사로잡혔고, 마컴도 에밀리에게 반했어.

그러나 두 사람은 그런 말은 입에도 담지 않았어. 언제나 두 사람은 자작나무 아래서 만나 사랑의 '사'자도 입 밖에 내지 않고 다른 이야기만 했어.

어느 날의 일이야. 마컴은 에밀리에게 내일이 되면 매우 중요한 것을 물어보겠다고 말했어. 그리고 자기가 올 때까지 자작나무 아래서 기다려 달라고 했어. 에밀리는 그곳에서 기다리겠다고 마컴

에게 약속했지. 아마도 그날 밤에 에밀리는 머릿속이 그 일로 가
득 차서 잠을 이룰 수 없었을 거야. 실은 어떤 이야기인지 잘 알
고 있었지만, 그 중대한 일이란 게 정말 그걸까 생각하고 있었지.
나라도 그랬을 거야.

　이튿날 에밀리는 가장 좋은 연푸른빛 모슬린 옷을 입고 화장을
하고 곱슬머리가 반들거리도록 머리를 풀고 생글생글 웃음지으며
자작나무가 있는 곳으로 걸어갔어. 그리고 달콤한 생각에 잠겨 기
다리고 있었지. 그런데 갑자기 동네 사내아이 한명이, 에밀리의
로맨스 따위는 전혀 모르는 사내아이가 달려 와서 마컴 워드가 총
기 오발 사고로 죽었다고 큰 소리로 알려 주었어. 그러자 에밀리
는 심장 바로 위에 손을 얹고 입술이 새파래져서 기절해 쓰러지고
말았어.

　정신이 들었을 때 에밀리는 한탄을 하지도 슬퍼하지도 않았어.
에밀리는 변해 버렸지. 그녀는 두 번 다시 예전으로 돌아가지 않
았어. 연푸른빛 모슬린 옷을 입고 자작나무 아래서 기다릴 때만
즐거운 표정이 되었지. 에밀리는 하루하루 지나면서 얼굴빛이 점
점 나빠졌어. 그러나 볼에 있는 핑크빛 점만은 점점 더 빨개져서
나중에는 흰 볼에 묻은 핏자국처럼 되어 버렸어. 겨울이 되자 에
밀리는 죽어 버렸어. 그런데 이듬해 봄이 되어……."

스토리 걸의 목소리는 그 순간 속삭이는 듯했다. 그런데도 지금까
지의 목소리와 같이 또렷하게 들리고 마음을 흔들어 놓는 울림이 담
겨 있었다.

"에밀리가 자작나무 아래서 기다리는 모습을 때때로 보았다는 소
문이 돌기 시작했지. 그러나 그 소문이 맨 처음 누구에게서 나온
건지 아무도 몰랐어. 하지만 그녀의 모습을 본 사람은 한두 사람
이 아니었어. 외삼촌도 어렸을 때 에밀리를 보셨다고 했어. 우리
어머니도 한 번 보신 일이 있었대."

"그럼 넌 본 적이 있니?"

펠릭스가 의심스럽게 물었다.

"아니. 하지만 언젠가는 보게 될 거야. 그 사실을 믿고 있으면 말이야."

스토리 걸은 자신 있게 말했다.

"난 보고 싶지 않아, 무서워."

떨리는 목소리로 세실리가 말했다.

"조금도 무서워할 것 없어. 다른 데서 온 유령이 아니야. 우리와 피가 통하는 유령이야. 나쁜 짓은 하지 않아."

스토리 걸은 용기를 주었다. 그것은 아무래도 믿을 수 없었다. 유령이라니, 피가 통한다니 더욱 무서웠다. 스토리 걸이 이야기하자 이야기는 더욱 긴박감이 느껴졌다.

저녁때가 아니었던 건 그나마 다행스러운 일이었다. 만일 저녁때였다면 우리는 어둑한 과수원의 나무 그늘이나 흔들리는 나뭇가지 사이를 무사히 빠져나와 집으로 돌아갈 수 있었을까? 연푸른빛 옷을 입고 사람을 기다리는 에밀리가, 앨릭 삼촌의 나무 아래 나타나지 않을까 무서워 눈조차 제대로 뜰 수 없었을 것이다.

그러나 우리 눈에 띈 것은 초록빛 잔디를 밟으며 걸어오는 펠리시티뿐이었다. 그녀의 곱슬머리는 금빛 구름처럼 바람에 나부끼고 있었다.

"펠리시티는 뭔가 제가 듣지 못한 이야기가 있지 않을까 신경 쓰고 있어."

스토리 걸은 은근히 즐겁다는 듯 말했다.

"아침 식사 준비는 다 했니, 펠리시티? 이 아이들에게 키스를 받은 시인 이야기를 할 여유가 아직 있을까?"

"아침 식사 준비는 끝냈어. 하지만 아버지가 병 걸린 소를 다 치료할 때까지는 식사할 수 없으니까 아직 여유가 있어."

펠릭스와 나는 펠리시티에게서 눈을 뗄 수 없었다. 서둘러 온 탓에 발그레해진 볼, 반짝반짝 빛나는 눈동자. 펠리시티의 얼굴은 마치 한송이 장미 꽃봉오리 같았다. 그러나 스토리 걸이 다시 입을 때자 우리는 펠리시티의 얼굴을 보는 것을 잊고 말았다.

"외할아버지와 외할머니가 결혼해서 10년쯤 지났을 때의 일이었어. 어느 날, 젊은 남자가 두 분을 찾아왔어. 그 젊은이는 외할머니의 먼 친척인데 시인이었지. 그 무렵 마침 그 시인은 이름이 알려지기 시작할 때였대. 그 뒤 더더욱 유명해졌지만. 그 시인은 시를 쓰려고 과수원엘 온 거야.

어느 날, 시인은 외삼촌 나무 아래 언제나 있었던 벤치에 머리를 기대고 잠이 들어 버렸어. 마침 그때 에디스 큰이모가 과수원에 와 있었지. 물론 그 무렵엔 아직 큰이모가 되기 전이었지만. 큰이모는 그때 겨우 18살로 입술은 빨갛고 눈과 머리는 범부채 열매처럼 새까만 빛이었어. 그녀는 언제나 짓궂은 장난꾸러기였던 모양이야. 에디스 이모는 잠시 집을 비우고 와 있었던 참이었는데 시인에 대해서는 아무것도 몰랐어.

그런데 잠들어 있는 그 사람을 보자 그가 틀림없이 스코틀랜드에서 오기로 되어 있는 사촌 동생임에 틀림없다고 생각했던 거야. 에디스 이모는 살금살금 다가가 그 사람 볼에 이리 '쪽' 저리 '쪽' 하고 키스를 했어. 그러자 젊은이는 커다란 파란 눈을 번쩍 뜨고 에디스의 얼굴을 찬찬히 쳐다보았어. 이모의 얼굴은 그 순간 장미처럼 새빨개졌어. 너무도 황당한 일을 저질렀기 때문이야.

그 젊은이는 스코틀랜드에서 온다는 사촌 동생이 아니었으니까. 사촌 동생은 편지로 자기 눈은 에디스 이모와 같은 검은빛이라고 써 보냈기 때문이야. 이모는 허둥지둥 도망쳐 숨어 버렸어. 이윽고 그가 유명한 시인이라는 걸 알았을 때 정말 겸연쩍은 생각이 들었을 거야. 그런데 그 시인은 얼마 뒤에 그 추억을 정말 아름다운 시로 만들어 보내 주었어. 그 시는 활자로 인쇄돼 책에 실려 있었다는 거야."

우리는 그 정경이 눈앞에 선하게 보이는 것만 같았다. 잠든 시인, 장난기 있는 빨간 입술의 소녀, 햇볕에 탄 볼에 장미 꽃잎 같은 입술, 가볍게 한 키스 등등.

"결혼했더라면 좋았을 텐데."

펠릭스가 말했다. 그러자 스토리 걸이 말했다.

"그렇구나. 이야기 속에서라면 두 사람은 결혼했을 거야. 하지만 이건 실제로 있었던 일이야. 우린 가끔 그 이야기를 연극으로 꾸며 놀이를 해. 피터가 시인 역에 어울려. 댄이 시인 역을 하는 건 어울리지 않아. 왜냐하면 주근깨투성이인 데다 눈도 이상하게 찌푸리기 때문이야. 하지만 피터를 치켜 올려 시인 역을 시킨다는 건 대단히 어려운 일이야. 펠리시티가 에디스 이모 역을 할 때는 별도로 치고 말이야. 게다가 댄은 그렇게 되면 몹시 긴장해 버려."

"피터란 어떤 아이야?"

나는 물었다.

"피터는 최고야. 그 애의 어머니는 마크데일 거리에서 생계 때문에 세탁일을 하고 있어. 피터의 아버지는 피터가 겨우 3살 때 두 사람을 버리고 집을 나갔어. 아버지는 두 번 다시 돌아오지도 않았고 살아 있는지 죽었는지조차 몰라. 너무 심했다고 생각하지 않니? 피터는 먹고 살기 위해 6살 때부터 일하고 있어. 로저 외삼촌은 피터를 학교에 보내고 여름에는 일을 시켜 품삯을 주지. 피터는 좋은 아이야. 펠리시티 말고는 모두 피터를 좋아해."

"나도 피터가 분수에 맞게 굴면 좋아할 거야. 하지만 우리 어머니가 그러셨어. 그쪽 집에서는 그 애의 응석을 너무 받아 준다고, 단순한 고용인 주제에. 예의도 제대로 배우지 못했고 학교도 제대로 다니지 못했는데 우리와 똑같이 대해서는 안 된다고 생각해."

펠리시티가 시큰둥하게 말했다.

바람이 한바탕 불때 익은 밀밭 위에 그림자 같은 물결이 지나가듯 스토리 걸의 얼굴에 빙그레 웃음이 떠올랐다.

"피터는 근본부터 신사야. 네가 백년 동안 예의를 배우고 학교에 다니더라도 그를 당해내진 못할걸. 지금의 피터가 훨씬 좋은 거야."

"글도 제대로 쓰지 못하잖아?"

"'정복왕 윌리엄'은 글을 전혀 쓰지 못했어."

스토리 걸이 가차없이 공격했다.

"교회도 가지 않고 기도도 드리지 않아."

꼼짝도 않고 펠리시티는 대꾸했다.

"기도는 해, 나도. 때때로 기도는 드리고 있어."

느닷없이 산울타리 틈새에서 피터가 불쑥 뛰어나오며 말했다.

피터는 날씬하고 체격이 좋은 소년으로, 늘 웃음을 담고있는 검은 눈과 새까만 머리를 하고 있었다. 아직 이른 봄인데도 피터는 맨발이었다. 그는 굵은 실을 격자로 짠 색바랜 무명셔츠와 헐렁한 코르덴 바지를 입고 있었다. 그러나 그런 차림새에도 불구하고 그것들은 피터의 분위기와 매우 조화를 이루어 어떤 기품있고 고급스러운 옷차림 못지않게 무척 맵시가 있어 보였다. 때문에 피터는 실제보다 훨씬 좋은 옷을 입고 있는 듯 했다.

"그렇게 몇 번씩 기도드릴 필요는 없잖아?"

펠리시티는 물러서지 않았다. 그러자 피터가 반격했다.

"하느님은 가끔 기도하면서 무리한 부탁을 하는 사람보다 기도를 자주하는 사람의 소원을 오히려 더 잘 들어 주셔."

이 말은 펠리시티에게는 이교도의 말로 들렸지만 스토리 걸은 사뭇 일리가 있다는 표정이었다.

"아무튼 넌 전혀 교회에 간 적이 없잖아."

펠리시티는 질 순 없다는 듯 재빠르게 공격했다.

"감리교파가 될지 장로교파가 될지 결심하기 전까지 난 교회에 다닐 생각이 없어. 제인 고모는 감리교파야. 우리 어머니는 어느 쪽이든 간에 아무래도 좋은 모양이지만, 난 어느 쪽인가를 먼저 선택할 거야. 아무것도 아닌 것보다 감리교파든 장로교파든 무엇이든 좋으니까 어느 한쪽을 택하는 편이 훨씬 의미가 있을 테니까. 무엇이 되느냐를 결정하고 나면 나도 너희들처럼 교회에 갈 거야."

"하지만 그건 모태신앙의 뜻에 위배되잖아."

펠리시티는 잘난 척하며 말했다.

"주위 사람들이 그러니까 자기도 그렇게 하는 것보다는, 자기 스스로 종파를 선택하는 편이 훨씬 좋다고 생각해."

피터는 반격했다.

"자, 이젠 싸우지 마."

세실리가 말했다.

"펠리시티도 피터를 야유하면 안 돼. 피터, 애는 베벌리 킹, 그리고 애는 펠릭스야. 우리 모두 사이좋게 멋진 여름을 보내자. 모두 어떤 놀이를 할 수 있는지 생각해 보자! 그렇게 둘이서 싸움만 하면 시간 낭비야. 피터는 오늘 뭘 할 거니?"

"숲속의 밭을 나무괭이로 일궈서 올리비어 아주머니의 꽃밭을 만들 거야."

"올리비어 이모와 나는 어제 스위트피(장미목 콩과의 덩굴식물) 씨를 뿌렸어. 내 조그마한 꽃밭에도 씨를 뿌렸지. 올해는 싹이 트는 것을 봐야 하니까 밭을 파진 않을 거야. 그러면 씨에 좋지 않다고 하니까. 싹이 트는 데 오랜 시간이 걸리더라도 참고 기다릴 거야."

스토리 걸이 말했다.

"난 오늘 어머니 채소밭에 씨뿌리는 걸 도울 거야."

펠리시티가 말했다.

"아, 난 채소밭이 아무래도 좋아지질 않아. 배가 고플 때는 예외지만. 그럴 때는 즐겁게 양파나 빨간 순무의 귀여운 순을 보러 가지. 난 꽃밭이 아주 좋아. 계속 꽃밭에서 살 수만 있다면 언제까지 착한 아이가 될 수 있을 거야."

스토리 걸이 말했다.

"아담과 이브도 줄곧 꽃밭에 살았지만 언제나 착한 사람은 아니었어."

펠리시티가 말했다. 그러자 스토리 걸이 말했다.

"만일 꽃밭에 살고 있지 않았더라면 그렇게 오래도록 착한 사람으로 있을 순 없었을 거야."

이윽고 아침 식사를 하라고 모두를 부르는 소리가 들려왔다. 피터와 스토리 걸은 산울타리 틈새로 패트와 함께 빠져 나갔고, 나머지 네 사람은 과수원으로 해서 집 쪽으로 갔다.

펠리시티가 물었다.

"이봐, 스토리 걸을 어떻게 생각하니?"

"어쨌든 좋은 아이야. 난 그렇게 말 잘하는 아이는 처음 봤어."

펠릭스는 힘주어 말했다.

"그 애는 요리를 할 줄 몰라. 피부도 곱지 않구. 알고 있니? 걔는 어른이 되면 여배우가 된다고 했어. 놀랍지 않니?"

우리는 무슨 뜻인지 잘 이해되지 않았다.

"들어 봐. 여배우란 신통치 않은 여자들뿐이야."

펠리시티는 마치 충격이라도 받은 듯 말했다.

"말해 두지만 스토리 걸은 조만간 그렇게 될 거야. 그 애 아버지가 도와주실 테니까. 아무튼 예술가인걸."

펠리시티는 예술가니 여배우니 하는 그런 계통의 사람들은 전부다 가엾은 쓰레기 같은 패거리라고 생각하는 게 분명했다.

"올리비어 고모가 스토리 걸에게는 매력이 있다고 말씀하셨어."

세실리가 말했다. 그렇다. 스토리 걸에게는 진짜로 매력이 있었다. 그야말로 그녀에게 딱 들어맞는 표현이었다.

댄은 아침 식사가 반쯤 끝날 때까지 내려오지 않았다. 재닛 숙모는 댄에게 설교를 했다. 명심해 두는 편이 좋을 거라고 우리에게도 들으라는 듯 거칠게 투박한 지방 사투리로 말했다.

이것으로 모든 준비는 다 끝났으며, 다가오는 여름을 어떻게 보낼지 기대할 일만 남았다. 보기만 해도 즐거운 펠리시티, 불가사의한 이야기를 해주는 스토리 걸, 우리를 감탄스럽게 바라보는 세실리, 놀이 친구인 댄과 피터……. 여기에서 어떻게 더 이상 이상적인 친구들을 바랄 것인가?

오만한 공주의 면사포

 칼라일에서 지내게 된 지 두 주가 지나자, 우리도 어느정도 이 고장에 익숙해져 이곳 아이들의 삶은 어느새 우리 것이 되어 버렸다. 피터와 댄, 펠리시티와 세실리, 스토리 걸, 그리고 파리한 얼굴에 잿빛 눈동자를 지닌 세라 레이. 그들과 우리는 친한 친구가 되었다. 우리는 물론 학교에도 같이 다녔다. 게다가 한 사람 한 사람이 저마다 집안의 자잘한 일들을 나누어 맡고 있었다. 그런데도 놀 시간은 충분했다. 파종이 끝나서 피터까지 한가해졌다.
 사소한 의견 차이가 아니면 대체로 우리는 마음이 잘 통했다. 우리들의 작은 세계는 어른들하고도 아무런 문제가 없었다.
 우리 둘은 올리비어 고모를 동경했다. 고모는 미인인 데다가 쾌활하고 친절했다. 게다가 아이들을 자유롭게 놀게 해주는 멋진 기술에서도 프로였다. 우리들이 크게 옷만 더럽히지 않고, 싸우지도 않고, 유행어만 입에 담지 않으면 올리비어 고모는 잔소리를 하지 않았다. 그러나 재닛 숙모는 올리비어 고모와는 아주 대조적으로 줄곧 잔소리를 늘어놓았다. 늘 이걸 해라, 이건 하면 안 된다고 말했기 때문에 숙모의 말은 절반도 머리에 들어오지 않았고, 따라서 우리에게 아무 영향도 미치질 못했다.

로저 삼촌은 전부터 알고있던 것처럼 명랑했고 밑도 끝도 없이 사람을 놀리는 걸 좋아했다. 삼촌을 좋아하기는 했지만, 그가 암시하는 말은 언제나 듣기에 즐겁지만은 않았다. 삼촌이 일부러 우리를 놀리는 것이 아닌가 생각될 때가 있어서, 종종 우리의 단순한 마음은 참을성을 필요로 할 때가 있었다.

우리는 앨릭 삼촌에게 누구보다도 따뜻한 애정을 쏟았다. 앨릭 삼촌의 멋진 정원에서는 우리가 무엇을 하든지, 또는 무엇을 남겨 두든지 언제나 친구 같은 기분이 들었다. 그리고 그가 하는 말은 뒤집어서 그 속뜻이 무언지 탐색할 필요도 없었다.

칼라일 아이들의 사교 생활은 낮 동안의 놀이와 주일학교가 그 중심이었다. 우리는 특히 주일학교에 마음이 더 끌렸다. 그리고 무엇보다 다행이었던 것은, 즐겁게 학과를 진행해 가는 여선생님을 만난 일이었다. 이젠 주일학교에 나가는 것을 지겨운 의무라고 생각하지 않게 되었다. 도리어 즐거운 마음으로 기다리게 되었으며, 선생님의 친절한 가르침을 실제로 실천해 보려고도 했다. 적어도 월요일과 화요일에는 말이다. 수요일 이후로는 아무래도 기억력이 점점 희미해지는 것 같다.

선생님은 전도에도 깊은 관심을 갖고 있었다.

언젠가 한번 그 말을 듣고 고무된 스토리 걸이 자기 힘으로 직접 전도를 해보겠다고 나섰다. 그때 그녀의 머릿속에 떠오른 것은 단 하나, 피터를 설득해서 교회에 나가게 하는 일이었다.

펠리시티는 이 계획이 내키지 않아 쌀쌀맞게 이렇게 말했다.

"예의도 모르잖아. 피터는 태어나서 한번도 교회에 간 적이 없어. 피터가 교회에 나가면 뭔가 엉뚱한 일을 저지르고 말 거야. 그렇게 되면 넌 '전도를 하지 말걸' 하고 금세 후회할 거야. 물론 우리도 모두 망신스럽게 될 거고. 미개인을 위한 모금함을 만들어 전도할 고장에 돈을 보내 주는 거라면 모르지만. 그런 미개인들은 아주 먼 곳에 있으니까 아무 상관도 없어. 하지만 난 교회에서 고용인의 아들과 나란히 앉는 건 싫어."

그러나 스토리 걸은 뜻을 굽히지 않고 피터에게 교회에 나갈 것을 계속 권유했다. 그것은 쉬운 일이 아니었다. 피터는 교회에 다니는 집안 출신이 아닌 데다가, 아직 감리교파가 될 것인지 장로교파가 될 것인지 마음을 정하지 않았다면서 완강하게 거절했다.

"어느 쪽으로 하든 다를 건 없어. 양 쪽 모두 결국엔 천국으로 갈 테니까."

스토리 걸은 그를 달랬다. 그러자 피터는 자기 주장을 내세웠다.

"하지만 어느 한쪽이 다른 한쪽보다 쉽게 갈 수 있는 건 틀림없어. 그렇지 않다면 모두 하나로 합쳐졌을 게 아냐? 나는 가장 쉬운 길을 찾을 거야. 그리고 나는 감리교파가 되고 싶어. 제인 고모는 감리교시니까"

"지금도 그래?"

펠리시티는 업신여기는 듯이 물었다.

피터는 성난 것처럼 대답했다.

"으음, 잘 몰라. 벌써 돌아가셨으니까. 사람은 죽은 뒤에도 같은 방법으로 살 테지?"

"아니야, 그렇지 않아. 죽으면 천사가 돼. 감리교인지 뭔가인지로 사는 게 아니고 아무튼 천사가 되는 거야. 천국에 가면 그렇게 돼!"

"다른 곳에 가면 어떻게 되지?"

펠리시티의 신학은 여기서 무너졌다. 그녀는 피터에게 홱 등을 돌리더니 노골적으로 그를 경멸하면서 가버렸다.

스토리 걸은 원래 이야기로 화제를 바꾸었다.

"우리 목사님은 참 좋은 분이야, 피터. 아버지가 보내 주신 성 요한의 그림과 꼭 닮았어. 성 요한보다 더 나이를 먹었고 머리가 흰 것뿐이야. 너도 틀림없이 좋아하게 될 거야. 게다가 앞으로 네가 감리교파가 되더라도 지금 장로교파 교회에 가는 게 조금도 나쁘지 않아. 감리교회는 가장 가까운 곳이 여기서 10킬로미터나 걸리는 마크데일에 있어. 지금은 거기까지 가는 건 무리야. 말을 살 수 있는 능력이 될 때까지는 장로교회에 나가도록 해."

피터가 물었다.

"그런데 장로교회가 아주 마음에 들어 바꿀 수 없게 되면 어떻게 하지?"

모든 일이 이런 식이어서 스토리 걸은 안타까운 시간을 보낼 수밖에 없었다. 그러나 그녀는 참았다. 마침내, 그녀는 어느 날 피터가 결국 뜻을 굽혔다는 소식을 가지고 우리에게 왔다.

"피터가 우리와 같이 교회에 가게 됐어."

그녀는 자랑스럽게 말했다.

우리는 로저 삼촌의 언덕 방목지에 있는 자작나무 그늘 아래 매끌매끌하고 둥그런 바위 위에 앉아 있었다. 뒤쪽에는 잿빛 울타리가 있었고, 그 구석에는 제비꽃과 민들레가 무리지어 피어 있었다. 또 내려다보면 칼라일 골짜기가 펼쳐져 있었고, 거기에는 과수원에 둘러싸인 농장과 비옥한 목초지가 보였다. 위쪽은 엷은 봄안개 속에 가려져 보이지 않았다. 바람이 들판 쪽에서 파도처럼 불어 올라와 고사리와 전나무 송진 내음을 함께 날려보냈다.

우리는 펠리시티가 만들어 준, 잼을 발라 조그맣게 접은 파이를 먹고 있었다. 그 파이는 정말로 맛있었다. 나는 펠리시티를 보면서 예쁜 데다가 이렇게 맛있는 파이까지 만들 수 있는 그녀에게 부족한 점이 있다는 게 이해가 되지 않았다. 그녀가 조금 더 재미있는 소녀였더라면! 말로 표현할 수 없는 매력, 스토리 걸의 어떤 몸짓에도,

간단한 말에도, 단순한 눈짓에도 뚜렷이 나타나는 매력. 그런 것을 펠리시티는 전혀 갖고 있지 않았다. 아, 물론 하늘은 두 가지 보배를 다 주진 않는다. 스토리 걸의 가늘고 햇볕에 탄 손목, 거기다 그녀는 펠리시티에게 두개나 있는 보조개조차 하나도 주어지질 않았다.

세라 레이 말고는 모두 파이를 맛있게 먹고 있었다. 세라는 파이를 먹고 있기는 했으나 그래서는 안 된다는 걸 알고 있었다. 잼을 바른 파이도, 어떤 간식도 세라의 어머니는 언제나 허락하지 않았다. 나는 세라가 멍하니 있을 때, 무엇을 생각하고 있는지 한번 물어본 일이 있었다.

"어머니가 하지 말라고 하는 것들을 생각하고 있어."

한숨을 쉬며 세라는 이렇게 대답했다.

피터가 교회에 간다는 말을 듣고 펠리시티를 제외한 모두가 기뻐했다. 펠리시티는 모든 불길한 예언과 충고를 아끼지 않았다.

"너무하구나, 펠리시티 킹. 가엾은 아이가 올바른 길로 들어서려고 하는데 기뻐해 주어야지."

세실리가 엄숙하게 말했다.

"피터는 가장 좋은 외출복 바지에도 커다랗게 꿰맨 자국이 있어."

펠리시티는 발을 동동거렸다.

"어머, 그건 구멍이 난 것보다는 나아."

파이를 점잖게 집으면서 스토리 걸이 말했다.

"하느님은 기운 것 따위에는 마음 쓰지 않으셔."

"하지만 칼라일 사람들은 신경 쓸걸."

칼라일 주민의 생각이 훨씬 중요하다는 것처럼 펠리시티는 대꾸했다.

"게다가 피터는 보기에 부끄럽지 않은 양말을 한 켤레라도 갖고 있니? 피터가 구멍 뚫린 양말을 신고 교회에 나가면 다른 사람들은 어떻게 생각할까, 스토리 걸?"

"어떻게 생각할 것도 없어. 피터는 예의를 잘 알고 있으니까."

스토리 걸은 조금도 동요하지 않았다.

"그래? 그나마 피터가 귀 뒤쪽이나 잘 씻고 나가 주기를 바랄 뿐이야."

펠리시티는 체념한 듯한 얼굴로 말했다.

"오늘 패트의 상태는 어때?"

세실리가 화제를 바꾸려고 했다.

"조금도 좋아지질 않아. 부엌에서 우울하게 웅크리고 있어. 헛간에 갔더니 쥐가 있었어. 마침 몽둥이를 쥐고 있었기 때문에 힘껏 휘둘렀지. 그래서 돌멩이처럼 완전히 죽여 버렸어. 그리고 그 쥐를 패트에게 갖다 주었단다. 그랬더니 웬걸? 그 녀석은 쥐를 거들떠보지도 않아. 몹시 걱정이 돼. 로저 삼촌은 약을 먹여야 한다고 하셨는데 어떻게 먹일 것인지, 그것이 문제야. 가루약을 우유에 타서 피터더러 고양이를 붙잡고 있으라고 하고 그 사이 목구멍에 흘려 넣으려고 했어. 그랬더니 이걸 봐. 패트가 할퀸 상처 좀 봐! 게다가 우유는 패트의 목구멍에 들어가지도 않고 모두 엎질러 졌어."

스토리 걸은 걱정스런 표정으로 말했다.

"대단했구나. 만일…… 만일 패트가 어떻게 된다면?"

세실리가 속삭였다.

"괜찮아. 재미있는 장례식이 될 거야."

댄이 말했다.

모두 언짢은 표정으로 댄을 보았기 때문에 댄은 당황해서 변명했다.

"패트가 죽으면 나도 몹시 슬퍼질 거야. 하지만 그렇게 된다면 제대로 된 장례식을 치러 줘야 해. 패트는 우리 가족이나 마찬가지니까."

스토리 걸은 파이를 다 먹자 풀 위에 몸을 뻗었다. 그리고 두 손을 턱에 괴고 하늘을 보았다. 그녀는 여느 때처럼 아무것도 쓰지 않고 진홍빛 리본만을 머리에 두르고 있었다. 방금 꺾은 민들레를 리본에 엮었기 때문에 윤기 있는 갈색 머리에 빛나는 황금 관을 쓰고 있는 것처럼 보였다. 그녀는 말했다.

"저 기다랗고 엷은 레이스 같은 구름을 봐. 여자애라면 무엇을 연상할까?"

"면사포!" 세실리가 말했다.

"그래 맞아. 교만한 공주의 면사포야. 나는 그 이야기를 알고 있어. 책에서 읽었어. 옛날 그 옛날……."

스토리 걸의 눈동자는 꿈꾸는 것 같았으며, 그녀의 말은 춤추는 장미꽃잎처럼 여름 바람을 타고 날아갔다.

"이 세상에서 가장 아름다운 공주가 있었어. 여러 나라에서 왕들이 찾아와 부디 자기의 신부가 되어 달라고 청혼했어. 그러나 공주는 아름다운 만큼 교만했지. 공주는 그들 모두를 업신여겼어. 마침내 부왕께서 그들 중에서 한 사람을 신랑으로 고르도록 재촉했어. 그러자 공주는 교만하게 턱을 높이 쳐들었어, 이렇게."

이야기하면서 스토리 걸은 벌떡 일어났다. 그래서 우리는 잠시 옛날이야기에 나오는 교만한 공주의 경멸에 찬 아름다운 모습을 눈앞에서 보았다. 스토리 걸은 다시 말을 이었다.

"공주는 말했어. '나는 왕이라는 왕들을 모두 거느리는 왕이 나타날 때까지는 결혼하지 않겠어요. 그렇게 하면 나는 세계를 지배하는 왕의 신부가 될 수 있고, 어떤 여자도 나보다 나은 왕후가 될 수는 없으니까요.'

왕들은 저마다 다른 왕을 모두 거느리는 장면을 공주에게 보여 주려고 전쟁에 나갔지. 많은 피가 흐르고 슬픈 일들이 생겼어. 그러나 교만한 공주는 웃고 노래만 부를 뿐이었어. 공주와 시녀들은 멋진 레이스의 베일을 만들고 있었어. 왕 중의 왕이 나타나면 공주는 그것을 쓸 작정이었지. 그것은 정말 아름다운 베일이었어. 그런데 그 베일을 만드는 한 바늘 한 바늘마다 왕 한 사람이 죽고 한 왕비의 마음이 찢어진다고 시녀들은 소문을 내기 시작했어.

한 왕이 자기야말로 모든 왕들을 거느렸다고 생각하는 순간 다른 왕이 또 와서 그 왕을 정복하고 말았던 거야. 몇 번이고 그런 일이 계속되다가 이제 교만한 공주에게 더 이상 신랑감은 나타나지 않았어. 그래도 공주의 교만함은 멈출 줄 몰랐지. 공주와 결혼하고 싶어하던 왕 말고 다른 사람들은 재앙이 모두 공주 때문이라며 그녀를 미워하고 싫어했는데도 공주는 여전히 마음을 바꾸려하지 않았어.

그러던 어느 날의 일이야. 성문에서 뿔피리 소리가 높이 들려왔어. 그리고 갑옷을 단단히 입고 투구로 얼굴을 가린 채 백마를 탄 키 큰 사나이 하나가 나타났어. 그 사나이가 공주와 결혼하기 위해 왔다고 하자, 모두들 웃었어. 그 사나이에겐 부하가 한 사람도 따르지 않았고, 화려한 옷이나 황금 관도 없었기 때문이야.

'하지만 나는 모든 왕들을 거느리는 왕이오.' 그 사나이는 말했어.

'나하고 결혼하기 전에 그것을 증명해 주세요.' 교만한 공주가 말했어. 그러나 공주는 몸을 떨며 얼굴이 창백해졌어. 남자의 목소리에는 공주를 무섭게 하는 무서운 힘이 들어 있었기 때문이야. 남자의 웃음소리에 소름이 끼치는 듯했어.

남자는 말했어. '그런 것쯤 간단히 증명해 보이겠소, 아름다운 공주님. 그런데 그러자면 그대와 우리나라에 함께 가지 않으면 안되오. 나하고 지금 곧 결혼해 주시오. 그대 부왕과 궁정 사람들도 모두 말을 타고 내 왕국까지 와 주길 바라오. 만일 당신이 모든 왕을 거느리는, 내가 통치하는 나라가 싫어진다면 나에게 반지를 돌려주오. 그리고 영원히 나 때문에 괴로워할 것 없이 그대의 성으로 돌아가면 될 것이오.'

그것은 이상한 청혼이었기 때문에 공주의 시녀들은 제발 거절하라고 부탁했어. 그런데 공주의 교만한 마음이 '세계의 왕의 왕비가 된다는 것은 멋진 일이다'라고 속삭였어. 공주는 고개를 끄덕였어.

시녀들은 공주를 아름답게 꾸미고, 완성하는 데 몇 년이나 걸린 긴 레이스 면사포를 씌웠어. 두 사람은 곧 결혼식을 했으나 신랑은 좀처럼 얼굴을 들려고 하지 않았고, 자기 얼굴을 누구에게도 보이지 않았어. 교만한 공주는 지금까지보다 더 교만하게 굴었으나 그녀의 얼굴은 왠지 베일처럼 새하얗게 변해갔어. 여느 때처럼 결혼식에 흔히 들리는 웃음소리도, 잔치 소동도 없이 모두의 눈에 두려운 빛이 깃들고 사람들은 서로의 얼굴을 쳐다보았지.

결혼식이 끝나자 신랑은 신부를 안고 백마에 올라 탔어. 공주의 아버지도 궁정 사람들도 모두 말을 타고 뒤따라갔지. 멀고 먼 곳까지 나아갔어. 이윽고 하늘은 어두워지고 바람이 구슬피 울었어. 점점 어둠이 내렸고, 하지만 황혼 빛 속에서 사람들은 계속 어둑한 골짜기로 내려갔어. 그곳에는 비석들이 가득 있었어.

'왜 나를 이런 곳에 데리고 왔어요?' 교만한 공주는 화가 나서 외쳤어.

'이것이 내 나라야. 여기 있는 것들은 모두 내가 거느리는 왕들의 무덤이야. 안아줘, 아름다운 공주여. 나는 죽음이야!' 하고 사나이는 말했어.

그 사나이는 얼굴을 들었어. 사람들은 모두 그 무서운 얼굴을 쳐다보았어. 교만한 공주는 비명을 질렀어.

'내 품에 와요, 신부. 나는 당당히 그대를 차지했어. 나야말로

모든 왕들을 거느리는 왕이야!'

　죽음의 신이 기절한 공주를 가슴에 안고 백마에 박차를 가하자 말은 비석들 가운데로 달려갔어. 소나기 같은 비가 계곡을 덮고 눈앞을 가렸어. 늙은 부왕과 성 사람들은 한숨을 쉬며 돌아갔어. 그 뒤로 공주는 두 번 다시 이 세상에 나타나는 일이 없었어. 다만 저 하늘에 떠 있는 기다란 흰 구름을 보면 공주가 있었던 나라의 사람들은 '저것 봐. 교만한 공주님의 면사포야'라고 말했지."

　스토리 걸이 이야기를 끝냈는데도 한동안 우리는 그 이야기의 무서운 주문에 걸린 채로 움직일 수 없었다. 우리는 공주와 함께 죽음의 나라를 걸어갔고, 교만하지만 가엾은 공주의 심장을 얼게 한 죽음의 공포에 간담이 서늘해졌다. 그때 댄이 주문을 풀었다.

　"너무 교만한 것도 좋지 않아. 피터의 기운 바지에 대해서 더이상 싫은 소리는 하지 마."

　댄은 말하면서 펠리시티의 옆구리를 쿡쿡 찔렀다.

피터, 교회에 나가다

목사님과 주일학교 선생님들이 마크데일에서 열리는 성찬식에 참석하기로 되어 있었기 때문에, 다음날 오후의 주일학교는 쉬기로 했다. 칼라일에서의 예배는 저녁때였으므로, 우리는 저녁 무렵 앨릭 삼촌 집 현관에서 피터와 스토리 걸을 기다리고 있었다.

올리비어 고모가 심한 두통을 앓고 있어서 로저 삼촌은 간호를 하기 위해 집에 남기로 했다. 앨릭 삼촌과 재닛 숙모는 마크데일의 성찬식에 가서 아직 돌아오지 않았다.

펠리시티와 세실리는 이날, 새로 지은 여름 모슬린 옷을 처음으로 입고 왔는데 그들은 그걸 몹시 의식하고 있었다. 펠리시티는 그 위에 물망초 꽃을 두른 밀짚모자를 썼다. 모자는 그 엷은 복숭앗빛 얼굴에 그늘을 지게 해서 펠리시티의 모습은 여느 때보다 훨씬 더 아름다웠다.

그런데 세실리는 하룻밤을 꼬박 종이를 말아 컬을 만드느라 고생한 머리가 커다란 산 모양의 곱슬머리로 바뀌어 평소의 고상한 용모를 지닌 귀여운 수녀 같던 세실리의 표정은 울상이 되어 있었다. 세실리는 다른 두 소녀처럼 곱슬머리로 태어나지 못한 자기 운명을 원망했다. 그러나 적어도 일요일에는 원하는 대로 머리 스타일을 바꿀 수 있어서 나름대로 꽤 만족하고 있었다. 그래서 부드러운 공단처럼 윤기가 흐르는 보통 때의 머리 모양이 훨씬 보기좋다고 아무리 설득해도 헛수고였다.

피터와 스토리 걸이 나타났다. 우리는 피터의 기운 바지에는 어쩔 수 없이 눈을 감아 주기로 했는데, 피터가 제법 말쑥한 차림새인 것을 보고 모두 다소나마 안심했다. 그의 얼굴은 적당히 발그레했고, 짙은 곱슬머리는 잘 빗어 넘겼고, 넥타이도 비교적 반듯하게 매어져 있었다. 그러나 우리가 가장 걱정하며 자세히 본 것은 발이었다. 얼핏 보기에 합격한 것 같았으나 자세히 살펴보자 여느 때와 다른 부분이 눈에 들어왔다.

"그 양말은 어떻게 된 거야, 피터?"

댄이 서슴없이 물었다.

"응, 구멍 나지 않은 양말이 하나도 없었어."

피터는 솔직하게 대답했다.

"이번 주에는 어머니도 기워 줄 틈이 없으셨어. 그래서 두 개를 겹으로 신고 왔어. 더는 구멍이 나지 않을 테니까 자세히 보지 않으면 몰라."

"헌금 1센트는 갖고 왔니?"

펠리시티가 물었다.

"미국 돈으로 1센트라면 갖고 있어. 쓸 수 있을 거라고 생각했는데, 안 되는 거야?"

펠리시티는 머리를 세게 저었다.

"안 돼, 안 돼, 그건 안 돼. 상점에서나 계란장수한테라면 쓸 수 있을지 몰라. 그러나 교회에선 절대로 안 돼!"

"그러면 헌금이 없는 사람들 편에 낄 테야. 따로 1센트가 없으니까. 난 한 주에 50센트밖에 못 벌어. 그건 어젯밤 어머니께 모두 드렸어."

그러나 피터는 1센트를 갖고 있어야 했다. 펠리시티는 피터를 한 푼도 없이 교회에 데려갈 참이라면 자기라도 헌금을 내놓을 작정이었다. 자기 돈에 대해서는 선심을 잘 쓰지 않는 펠리시티였지만, 댄으로부터 내주까지는 꼭 돌려주겠다는 확실한 약속을 받고 피터에게 동전 한 닢을 빌려 주었다.

로저 삼촌이 이때 불쑥 나타나 피터를 놀랍다는 듯 바라보았다.

"무엇이 네 마음을 변하게 만들었니, 피터? 올리비어의 상냥한 설득도 전혀 효과가 없었는데 무엇이 동기가 되어 너를 교회에 나가게 했지? 옛날 속담 탓이냐? '아름다움은 머리카락 하나로 우리를 유혹한다'고 하는 말 말이야."

로저 삼촌은 빈정거리는 얼굴로 펠리시티를 보았다. 그가 인용한 말뜻은 알 수 없었지만 삼촌은 피터가 교회에 나가게 된 것이 펠리시티 때문이라고 생각하는 걸 알 수 있었다. 펠리시티는 고개를 쳐들었다.

"피터가 교회에 나가게 된 건 저 때문이 아니에요. 스토리 걸 덕분이에요."

펠리시티는 대들 듯이 말했다.

로저 삼촌은 현관 층계에 앉아서 소리없이 웃었다. 그것은 또 다시 우리 모두의 비위를 자극했다. 드디어 삼촌은 커다란 금발 머리를 흔들며 눈을 감은 채 중얼거렸다.

"너 때문이 아니라고? 그래그래, 펠리시티, 펠리시티. 조심하지 않으면 너는 언젠가 이 사랑스런 삼촌을 죽이고 말겠구나."

펠리시티는 화가 나서 일어났다. 우리도 펠리시티를 따라 일어났다. 그리고 언덕 기슭에서 세라 레이를 불러내어 데리고 갔다.

칼라일 교회는 담쟁이덩굴이 덮인, 뾰족탑이 있는 낡은 건물이었다. 키가 큰 느릅나무가 그늘을 드리우고 있고, 주변을 묘지가 완전히 둘러싸고 있기 때문에 교회 창문 바로 밑에도 비석들이 많았다. 우리는 언제나 한구석의 오솔길을 지나 한 집안의 4대에 걸친 빛과 그림자 속으로, 지금은 초록색 고독 속에 깊이 잠든 킹 집안의 묘지 구역을 지나갔다.

그곳에는 이 섬에서 나는 거친 사암으로 만든, 킹 집안 증조할아버지의 편평한 묘석이 있었다. 담쟁이덩굴에 완전히 덮여 있어서 그의 생애를 간추려 기록한 묘비명은 거의 보이지 않았다. 그 글은 미망인이 손수 쓴 8행시로 되어 있었다. 시를 쓰는 것이 증조할머니의 특기였다고는 생각되지 않았다. 칼라일에 온 첫 주일에 그것을 읽은 펠릭스는 그것이 시처럼 보이긴 하지만 꼭 시로는 느껴지지 않는다고 알쏭달쏭한 말을 했다.

그곳에는, 지금도 과수원을 계속 헤매고 있을 에밀리의 순결한 영혼도 잠들어 있었다. 그러나 시인에게 키스를 한 에디스 큰고모는 이 일가와 같이 있지 않았다. 고모는 먼 외국에서 세상을 떠났고, 이국의 파도 소리만이 그녀의 무덤에 들려오는 듯했다.

수양버들이 장식되어 있는 흰 대리석 평석은 킹 집안의 할아버지 할머니가 매장된 곳을 나타내고, 스코틀랜드산의 빨간 화강암 기둥이 펠리시티 고모와 펠릭스 삼촌 무덤 사이에 서 있었다. 스토리 걸은 길에서 벗어나 안개 같은 푸른색과 달콤한 향기를 은은하게 풍기는 제비꽃다발을 어머니 무덤에 바치러 갔다. 그리고 그녀는 비석에 새겨진 말을 소리 높여 읽었다.

"살았을 때는 사랑스럽고 즐겁게, 죽었을 때도 함께."

그녀의 목소리는 듣는 이를 가슴 아프게 하는 불멸의 아름다움과 옛날에 일어났던 불가사의한 슬픔에 대한 애수를 자아냈다. 소녀들은 눈물을 흘렸고, 아무도 보고 있지 않았다면 아마 우리도 울었을 것이다. '살았을 때는 사랑스럽고 즐겁게.' 이 이상의 묘비명을 누가 바랄 수 있겠는가. 스토리 걸이 이 문장을 읽었을 때 나도 이런 묘비명에 어울리는 사람이 되려고 마음속으로 결심했다.

"내게도 가족 묘지가 있다면 좋겠어. 너희들과 같은 걸 나는 하나도 갖고 있지 않아. 크레이그 집안 사람은 그저 공동묘지에 묻힐 뿐이야."

피터는 부러운 듯이 말했다.

"나도 죽으면 여기 묻히고 싶어." 펠릭스가 말했다.

"하지만 아주 나중에."

교회로 가기 위해 몇 걸음 더 옮겼을 때, 펠릭스는 얼마쯤 힘있는 목소리로 덧붙여 말했다.

교회 내부는 외관 못잖게 오랜 시대를 거쳐 온 흔적이 보였다. 네모진 단상이 보이고 설교단은 포도주 잔 모양인데, 경사가 심한 좁은 계단이 곧장 이어져 있었다. 앨릭 삼촌의 가족석은 교회의 가장 위쪽에 있었고 설교단 바로 옆이었다.

피터의 등장은 우리가 기대했던 만큼 주의를 끌지 못했다. 사실 아무도 그가 오는 것을 예상치 못한 것 같았다. 불은 아직 켜져 있지 않았고 교회는 부드러운 황혼과 고요 속에 침잠해 있었다. 바깥 하늘은 자줏빛과 금빛, 은빛을 띤 초록색으로 보였고, 느릅나무 위에는 장밋빛 구름이 부드럽게 엉켜 있었다.

"이 안은 대단히 멋지고 신성한 것 같지 않아? 교회가 이런 줄은 몰랐어. 아주 훌륭해."

피터가 조심스럽게 속삭였다.

펠리시티는 미간을 찌푸렸고 스토리 걸은 실내화를 신은 발로 피터를 건드리며 교회에서는 말을 해서 안 된다는 주의를 주었다. 피터는 긴장해서 예배를 드리는 내내 애써 집중하고 있었다. 이 이상 훌륭한 예의를 지킨다는 건 누구에게도 무리한 일이었으리라. 그런데 설교가 끝나고 헌금시간, 피터는 들어올 때는 전혀 예상할 수 없었던 센세이션을 일으켰다.

엘더 프루언, 모랫빛 긴 턱수염을 기른 얼굴빛이 나쁜 사나이, 바로 그가 우리 좌석에 헌금함을 들고 나타난 것이다. 우리는 엘더 프루언과 친했으며 그를 좋아했다. 재닛 숙모의 사촌 동생인 그는 이따금 집에 놀러 오곤 했다. 여느 때의 명랑함과 주일날의 경건함, 이런 그의 상반된 표정과 행동은 언제나 충격을 줄 만큼 우스웠다. 그것이 피터에게도 자극을 준 것 같았다. 피터는 헌금함에 1센트를 넣는 순간, 그만 폭소를 터뜨리고 말았다.

모두가 우리 좌석 쪽을 보았다. 지금도 왜 펠리시티가 그 순간 창피함 때문에 죽지 않았는지 알 수 없다. 스토리 걸은 새파랗게 질렸고 세실리는 홍당무가 되었다. 가엾고 불행한 피터의, 민망함으로 가득 찬 표정은 차마 눈을 뜨고는 볼 수 없을 지경이었다. 남은 예배 시간 내내 그는 한번도 얼굴을 들지 못했다. 우리 뒤를 따라서 옆으로 나 있는 회랑을 지나 묘지로 걸어가는 그의 모습은 매맞은 개와 같았다. 5월 밤의 희부연 달빛이 내리 비치는 한길로 나갈 때까지 아무도 말이 없었다. 이윽고 펠리시티가 딱딱한 침묵을 깨뜨리고 스토리 걸에게 따졌다.

"그러니까 내가 뭐랬어!"

스토리 걸은 대답하지 않았다. 피터는 살금살금 다가섰다.

"정말 미안해. 난 웃으려고 하지 않았어. 그런데 참을 수가 없었어. 왜냐하면……."

"두 번 다시 내겐 말도 걸지 마! 감리교나 이슬람교나 무엇이 되든 상관없어. 내가 알 게 뭐야! 넌 내게 큰 창피를 주었어!"

스토리 걸은 심한 분노에 몸을 떨며 말했다.

스토리 걸은 세라 레이와 함께 재빨리 사라졌고, 피터는 겁먹은 듯 우리 쪽으로 돌아왔다. 그리고 속삭였다.

"내가 뭘 잘못했단 말이야? 왜 이렇게 야단이지?"

"뭘, 신경 쓰지 마."

나는 퉁명스럽게 내뱉었다. 피터가 우리 얼굴에 먹칠을 했다고 생각했기 때문이다.

"지금 모두 화가 머리끝까지 나 있는 거야. 당연하잖아! 왜 하필이면 그런 미친 짓을 했지, 피터?"

"응, 그럴 생각은 아니었어. 사실은 그 전에 두 번이나 웃음이 나왔지만 꾹 참고 있었어. 나를 웃긴 것은 스토리 걸의 이야기였어. 그러니까 나 때문에 그처럼 화를 내는 건 옳지 못하다고 생각해. 사람 얼굴을 보면서 웃게 하고 싶지 않다면 그런 이야기는 하지 말았어야지. 새뮤얼 워드의 얼굴을 보자, 그 사람이 모임 때나 일어나 싸울 때도, 넘어졌을 때도 '지도해 주십시오' 하고 말한 일이 생각났어. 스토리 걸이 그 흉내를 냈을 때 표정이 떠올라 하마터면 웃을 뻔했어.

다음에 설교단을 보았는데 늙은 스코틀랜드 출신의 목사님 이야기가 생각났어. 그분은 너무 뚱뚱해서 저 입구로 들어올 수가 없었어. 그래서 양손에 힘을 줘서 억지로 몸을 잡아 당겨야 했어. 그때 다른 한 목사님에게 속삭인 말이 모두에게 들려 버렸지. '이 설교단의 문은 살아 있는 사람을 위해서가 아니라 영혼용으로 만든 모양이군'이라고. 그래서 또 웃을 뻔했어.

다음으로 프루언 씨가 온 거야. 그러자 난 그 턱수염 얘기가 생각났어. 그분의 첫 번째 부인이 폐병으로 죽은 후, 프루언 씨는 실리어 워드에게 청혼을 하러 갔어. 그랬더니 실리어는 그 턱수염을 깎지 않으면 결혼하지 않겠다고 말했어. 그래도 그는 수염을 깎지 않았어. 단순히 고집 때문이었지.

그런데 어느 날, 솔을 태울 때 한쪽 턱수염에 불이 옮겨 붙었어. 그렇게 됐으니 남아 있는 다른 쪽도 깎아 버릴 것으로 모두 생각했어. 그런데 프루언 씨는 그러지 않았어. 타버린 수염이 다시 날 때까지 한쪽 수염만으로 돌아다녔던 거야. 할 수 없이 실리어가 양보하고 그 사람과 결혼했어. 상대방이 고집을 꺾을 가능성이 전혀 없다는 걸 알았기 때문이야. 나는 마침 그 이야기가 생각났어. 그 사람이 턱수염을 한쪽만 달고 그 고지식한 얼굴로 헌금을 걷는 장면이 눈앞에 선히 보이는 것만 같았어. 그래서 웃음소리가 제멋대로 터졌지. 그건 어쩔 수 없었다구. ”

여기까지 듣고 나자 우리는 모두 깔깔거리고 웃어 버렸다. 그것이 마침 그때 마차를 타고 지나가던 에이브러햄 워드 부인을 깜짝 놀라게 했다. 부인은 이튿날 우리 집에 와서, 교회에서 집으로 돌아오는 우리가 ‘매우 불손해 보였다’고 일러바쳤다. 우리도 그것을 부끄럽게 생각했다. 주일날의 산책은 엄격하고 질서 있게 자기 자신을 절제해야 한다는 걸 우리는 알고 있었기 때문이다. 그런데 우리는 피터와 마찬가지로 조심성 없이 멋대로 웃어 버렸던 것이다.

펠리시티조차 웃었다. 펠리시티는 우리가 생각했던 것만큼 피터에게 화를 내지 않았다. 그녀는 피터와 나란히 걸어갔으며 성경책을 그에게 들게 했다. 두 사람은 친하게 이야기까지 했다. 아마도 피터가 펠리시티의 예언이 맞는다는 걸 증명했고, 스토리 걸에 대한 뚜렷한 승리감을 안겨 주었기 때문에 펠리시티는 아주 간단히 피터를 용서한 것 같았다. 그녀는 피터에게 말했다.

“앞으로도 교회에 다니도록 해. ”

“설교는 생각보다 재미있었고 노래도 좋았어. 장로교회든 감리교회든 어느 쪽으로든 결정하는 게 좋겠어. 목사님에게 여쭤볼까? ”

“아니, 안 돼. 안 돼. 그러면 안 돼. ”

펠리시티는 황당했다.

“목사님은 그런 질문 때문에 괴로워하고 싶진 않을 거야. ”

“왜? 천국에 가는 방법을 가르치지 않으려면 뭣 때문에 목사님이 필요해?"

"그건, 어른이 뭔가를 물어보는 건 괜찮아. 그러나 어린애가……
더욱이 고용인의 아들이 물어본다는 건 예의에 벗어난다고 생각
해."

"그 까닭을 모르겠어. 여하튼 별 도움은 되지 않겠지. 장로교 목
사라면 장로교회에 다니라고 할 테고, 감리교 목사라면 감리교회
에 다니라고 할 테지. 펠리시티, 가르쳐 줘. 이 두 가지는 뭐가
다른 거야?"

"모, 모르겠어."

펠리시티는 말을 더듬거렸다.

"어린애들은 그런 것을 알 수 없을 거라고 생각해. 물론 큰 차이
가 있을 거야. 그것이 무엇인지 알게 되면 말이야. 어쨌든 나는
장로교파야. 그게 좋아."

우리는 얼마 동안 어린애다운 생각을 하면서 말없이 걸어갔다. 그
런데 얼마 뒤, 피터가 느닷없이 엉뚱한 질문으로 그 생각들을 날려
버렸다.

"하느님은 어떻게 생겼을까?"

우리 중에 그 누구도 알 수 없었다.

"스토리 걸이라면 알고 있을지 몰라."

세실리가 말했다.

"난 알고 싶어. 하느님의 얼굴을 그림으로 볼 수 있다면 좋겠어.
그러면 더 가깝게 느낄 수 있을 거야."

피터는 진지하게 말했다.

"어떤 얼굴을 하고 있는지 나도 잘 생각해 볼게."

펠리시티가 고백했다. 펠리시티한테도 때론 헤아리기 어려운 깊은
생각이 있는 모양이었다.

"예수님 그림이라면 본 적이 있어." 펠릭스가 황홀한 표정으로

말했다. "보통 사람과 같았어. 물론 훌륭하고 인정이 많은 것 같았어. 하지만 그런 말을 듣고 보니 하느님 그림을 본 기억은 없는 것 같아."

"그래, 토론토에 없으니까 다른 곳에도 없을 거야." 피터는 실망한 듯 말했다. 그리고 덧붙였다. "난 악마의 그림이라면 본 일이 있어. 제인 고모의 책에 있었어. 학교에서 상으로 받은 거라고 하셨어. 제인 고모는 머리가 좋으셨으니까."

"그런 그림이 들어 있다니 별로 좋은 책은 아닐 거야."

펠리시티가 말했다.

"아주 좋은 책임에 틀림없어. 제인 고모가 나쁜 책을 갖고 계셨을 리가 없어."

피터가 언짢아하는 투로 대꾸했다.

우리가 마음속으로 실망하고 있는 일에 피터는 더 이상 따지려고 하지 않았다. 피터가 말했듯 우리는 지금까지 하느님의 그림은 본 적이 없었기 때문에 호기심을 자극한 셈이었다.

"언젠가 기분이 좋을 때 피터에게 어떤 것인지 가르쳐 주자."

펠릭스가 속삭였다.

세라 레이가 자기 집 대문 안으로 들어가 버리자, 나는 가장 먼저 뛰어서 스토리 걸을 뒤쫓아 갔다. 그리고 나란히 걸어서 언덕으로 올라갔다. 스토리 걸은 마음의 평온을 되찾았으나 피터에 대한 말은 한마디도 하지 않았다. 집으로 이어진 오솔길로 접어든 우리는 킹 할아버지의 큰 수양버들 나무 밑을 지났다. 과수원의 향긋한 냄새가 물결처럼 밀려왔다. 나무들이 길게 늘어서 있었다. 우리는 달 속에 어린 하얗게 빛나는 기쁨을 보았다. 이 과수원은 지금까지 보아 온 여느 과수원과는 어딘지 다른 데가 있었다. 이 신비한 느낌을 분석하기에 우리는 나이가 너무 어렸다. 이 과수원이 다른 이유는, 사과 꽃뿐만 아니라 사랑과, 진실, 기쁨, 그런 것들을 만들어 내는 곳이고, 마음 설레며 이곳을 걷던 사람들의 순수한 행복과 슬픔도 꽃피어 있었기 때문이라는 것을 먼 훗날 이해하게 되었다.

스토리 걸은 꿈꾸듯 말했다.

"달빛 아래서 보니 과수원은 전혀 다르게 보여. 멋져. 어딘가 달라 보여. 더 어렸을 땐 달빛이 밝은 밤에는 요정들이 춤추고 있다고 믿었어. 지금도 그렇게 믿고 싶지만, 이젠 그럴 수 없어."

"왜?"

"왜냐하면, 사실이 아니라는 걸 알고 있는데 그걸 믿기란 어렵기 때문이야. 요정이 없다는 것을 가르쳐 준 분은 에드워드 외삼촌이야. 내가 7살 때였어. 외삼촌은 목사님이었으니까 사실대로 말씀하신다는 건 알고 있었어. 가르치는 것이 외삼촌의 의무였으니까. 그러니까 원망하지는 않지만 그 뒤부터는 에드워드 외삼촌에게 친밀한 느낌을 가질 수 없게 되었어."

그렇다. 자기의 공상을 파괴해 버린 사람에게 우리는 '친밀한 느낌'을 가질 수 없다! 산타클로스 따위는 없다고 맨 처음 가르쳐 준 잔인한 사람을 내가 용서할 수 있을까? 그는 나보다 3살 위의 소년이었다. 그 소년은 아마 지금은 가장 유능하고 존경할 만한 사회의 일원이 되어 가족의 사랑을 받고 있으리라. 그러나 나에게는……

우리 둘은 앨릭 삼촌 집 현관에서 다른 애들이 뒤따라오는 것을 기다렸다. 피터는 남몰래 겸연쩍은 듯 그늘 쪽으로 숨었다. 그러나 스토리 걸의 짧고 격렬한 노여움도 이젠 가라앉아 있었다.

스토리 걸은 피터에게 다가가 손을 내밀었다.

"피터, 기다려! 용서해 줄게."

스토리 걸은 붙임성 있게 말했다.

이렇게 사랑스런 목소리로 용서해 주다니 '스토리 걸을 화나게 할 필요도 충분히 있겠구나' 하고 펠릭스도 나도 생각했다. 피터는 스토리 걸의 손을 꼭 잡았다.

"스토리 걸, 교회에서 웃어서 정말 미안해. 그러나 내가 다시 그런 실수를 할까 걱정할 필요는 없어. 다시는 그러지 않겠어! 난 계속 교회의 주일학교에 나갈 것이고, 매일 밤 기도도 드릴 거야. 다른 애들처럼 살거야.

그리고 말야! 난 제인 고모가 고양이에게 약을 줄 때 어떻게 하는지 알고 있어. 가루약을 라드에 섞은 뒤 고양이 앞발 끝과 옆구리에 바르는 거야. 그러면 고양이는 자기 몸을 더럽히는 걸 몹시 싫어하니까 그걸 핥아먹어. 패트가 내일도 낫지 않으면 우리 그렇게 해 보자."

두 사람은 손을 잡고 자신들의 지혜로움을 자랑스럽게 생각하며 달그림자가 비치는 가문비나무의 오솔길을 걸어갔다. 상쾌하고 꽃이 만발한 이 마을에도, 우리의 조그마한 마음에도 평화가 찾아왔다.

'황금의 이정표' 수수께끼

바로 이튿날, 패트에게 가루약을 섞은 라드를 발랐다. 스토리 걸이 이 의식을 맡았는데 우리는 모두 모여서 그것을 지켜보았다. 폭신한 매트와 쿠션에서 쫓겨난 고양이는 몸을 깨끗이 핥을 때까지 곡물 창고에 갇혀 있었다. 이 치료를 1주일간 해주자 패트는 전처럼 건강을 되찾았다. 그러고 나서야 우리 마음에도 '학교 도서관 건립 기부금' 모으기를 즐길 수 있는 여유가 생겼다.

우리 선생님은 학교에 부속 도서관이 있으면 참 좋을 거라고 생각했다. 그래서 선생님은 6월 중에 이 계획을 위해 학생 하나하나에게 얼마만큼의 돈을 모을 수 있을지 시험해 보자고 말했다. 우리는 그 돈을 정당한 노동을 해서 벌거나 아는 분의 기부로 모아야만 했다.

그 결과, 어느 학생이 최고액을 모으는가 하는 노골적인 경쟁이 시작되었다. 우리는 특히 이 경쟁에 열을 올리게 되었다.

어른들은 처음엔 한 아이에게 25센트씩을 주었다. 나머지는 자기의 노력에 달려 있는 것이었다. 피터에게는 처음부터 재정을 지원해 줄 친척이 없다는 약점이 있었다.

"제인 고모가 살아 계셨더라면 조금은 도와주셨을 텐데. 게다가 아버지도 가출하시지 않았더라면 좋았을 거고. 하지만 난 할 수 있는 데까지 해볼 거야. 올리비어 아주머니가 계란 모으는 일을 주겠다고 하셨어. 한 꾸러미에 한 개씩, 내 마음대로 팔 수 있는 달걀을 얻을 수 있어."

피터는 말했다.

펠리시티도 어머니하고 이와 똑같은 계약을 맺었다. 스토리 걸과 세실리는 저마다 자기 집에서 설거지를 해서 1주일에 10센트씩 받기로 했다. 펠릭스와 댄은 뜰에서 잡초를 뽑겠다는 약속을 했다. 나는 가문비나무 계곡 서쪽에서 송어를 잡아 한 마리에 1센트씩 팔았다.

그런데 세라 레이 혼자 불행한 존재가 되었다. 그녀는 아무 일도 할 수 없었다. 어머니 말고는 칼라일에 친척이 한 명도 없었고 어머니는 학교 도서관 계획을 좋게 생각하지 않았기 때문에 세라에겐 1센트도 주지 않았다. 뿐만 아니라 그 돈을 벌 방법도 모두 차단해 버렸다. 이것은 세라에겐 도저히 말로 표현할 수 없는 수치였다. 세라는 바삐 움직이는 우리 작은 동아리에서 왕따당한 것처럼 남이 된 기분을 맛보고 있었다. 다른 친구들은 저마다 매일 번 돈을 계산하고 돈 액수가 불어 가는 것을 자그마한 기쁨으로 여기고 있었다.

"하느님께 돈을 주십사 기도드릴 수밖에 없어. 하느님은 많은 것을 주시지만 돈은 주시지 않아. 사람이 제 손으로 벌어야 해."

드디어 세라는 체념한 듯 말했다.

"기도드린다고 해서 뭐가 당장 되는 건 아냐."

댄이 말했다.

"난 한 푼도 벌 수 없어! 하느님이 그런 사정까지 알아주시리라고 생각해?"

세라는 화가 나서 대들었다.

"걱정하지 마. 네가 1센트도 모으지 못하더라도 네 탓이 아니라는 걸 모두 아니까."

언제나 위로를 아끼지 않는 세실리가 말했다.

"학교 도서관을 위해 아무것도 할 수 없으니까 책을 한 권도 읽을 수 없을 것 같은 기분이 들어."

세라는 한탄했다.

댄과 여자애들과 나는 올리비어 고모의 뜰 울타리에 나란히 앉아 펠릭스가 잡초를 뽑고 있는 것을 바라보고 있었다. 펠릭스는 잡초 뽑기를 좋아하지 않았지만 일은 열심히 하고 있었다. "뚱보인 네가 할 수 있을 것 같아?" 하고 펠리시티가 말했기 때문이었다. 펠릭스는 못 들은 척했지만 나는 알고 있었다. 펠릭스의 귀가 새빨개지는 걸 본 것이다. 얼굴까지 빨개지지 않았지만 귀는 언제나 정직하게 빨개졌다. 펠리시티는 나쁜 뜻에서 그런 말을 한 것은 아니었다. 펠릭스가 뚱보라고 불리는 것을 싫어한다는 건 꿈에도 생각하지 못했던 것이다.

"언제나 저 가엾은 잡초 때문에 마음이 아플 거야. 뽑힌다는 건 아픈 일이야."

꿈꾸듯 스토리 걸은 말했다.

"잘못된 장소에 생겨나지 않으면 되는 거야."

펠리시티가 무정하게 대꾸했다.

"잡초는 천국에 가면 꽃이 될 거야." 스토리 걸이 말했다.

"그런 이상한 생각은 너만 할 거야." 다시 펠리시티가 말했다.

"토론토의 부자 중에 뜰에 꽃시계를 만들어 놓은 사람이 있어. 진짜 시계의 문자반처럼 시간마다 다른 꽃이 피기 때문에 언제나 시간을 알 수 있어."

내가 말했다.

"어머, 여기에도 그런 것이 있으면 좋겠어."

세실리가 큰 소리로 말했다.

"무슨 도움이 되지? 정원에서 시간을 알고 싶어하는 사람은 별로 없을 거야."

스토리 걸이 말했다.

이때 갑자기 나는 '마법의 씨'를 먹을 시간이 된 것이 생각나 친구들로부터 떨어져 나왔다. 사흘 전 학교에서 빌리 로빈슨으로부터 산 것이었다. 그것을 먹으면 키가 커진다고 빌리는 장담했다.

나는 키가 크지 않는 것을 은근히 고민하고 있었다. 재닛 숙모가 나를 두고 앨릭 삼촌처럼 키가 작을 것 같다고 한 말을 얼핏 들었기 때문이다. 앨릭 삼촌은 좋아하지만 나는 삼촌보다 키가 크고 싶다. 그래서 빌리가 엄숙한 비밀 선서를 하고 나서 그가 갖고 있는 키를 크게 하는 '마법의 씨'를 한 상자에 10센트에 팔겠다고 했을 때, 나는 두말할 것도 없이 사기로 했다. 빌리는 칼라일에 있는 같은 나이 또래 소년 중에서는 가장 키가 컸는데, 그것이 모두 마법의 씨를 먹었기 때문이라고 귀띔해 주었다.

"나도 이걸 먹기 전에는 보통 키였어. 그런데 이걸 봐. 이건 페그 보엔 아주머니에게서 얻었어. 그 아주머니는 마녀일 거야. 마법의 씨 1부셸(약 36리터) 때문이었지만, 더 이상은 가까이 하지 않을 거야. 끔찍한 경험이었으니까. 이제 별로 남지 않았지만 바라던 만큼 키는 자랐다고 생각해. 3시간마다 한 움큼씩, 뒷걸음치면서 먹어야 해. 그리고 약을 먹는다고 아무에게도 얘기해선 안 돼. 그러면 효과가 없어지니까. 널 위해서 남겨 두었던 거야."

나는 빌리에게 깊이 감사했다. 그러나 그를 좋아할 수 없는 것은 진심으로 미안한 일이었다. 빌리 로빈슨을 좋아하는 사람은 거의 없었다. 그러나 나는 앞으로 꼭 좋아할 거라고 마음속으로 다짐했다. 나는 기분 좋게 10센트를 주고 처방대로 마법의 씨를 먹고, 매일 현관 문 위 표시를 해둔 곳에 맞춰 서서 조심스럽게 키를 쟀다. 현재로선 조금도 자란 증거를 찾아볼 수 없다. 아직 사흘밖에 먹지 않았으니 더 기다려 봐야겠다.

어느 날, 스토리 걸에게 한 가지 영감이 떠올랐다.

"얼간이 아저씨와 캠벨 씨를 찾아가서 도서관 기부금을 부탁해 보기로 하자. 아직 아무도 부탁하지 않았을 거야. 두 분 다 칼라일에는 친척들이 없으니까. 모두 같이 가 보자. 두 분이 얼마쯤 기부금을 주면 모두 골고루 나누어 가지면 돼."

그것은 대담하고 아주 기발한 생각이었다. 우리는 캠벨 씨도 얼간이 아저씨도 특이한 사람으로 보고 있었기 때문이다. 게다가 캠벨 씨는 아이들을 싫어한다고 했다. 그러나 스토리 걸이 간다면 우리는 죽으러 가는 자리라도 따라 갈 수 있었다. 다음날은 토요일이어서 오후에 떠나기로 했다.

우리는 '황금의 이정표' 쪽과 가까운 길을 택했다. 햇빛이 조는 듯한가한 목초지가 이어진 초록빛 시원한 들을 넘어갔다. 처음에는 우리 모두의 마음이 하나로 뭉쳐지지 않았다. 펠리시티는 기분이 좋지 않았다. 펠리시티는 두 번째로 좋은 옷을 입고 싶었지만 재닛 숙모가 먼지 속을 돌아다닐 텐데 학교 갈 때 입는 옷으로 충분하다고 판단 내렸던 것이다.

그때 스토리 걸이 도착했다. 두 번째로 좋은 옷 정도가 아니라, 스토리 걸은 파리에서 아버지가 보내준 최고급 드레스에 모자를 쓰고 있었다. 진홍빛 부드러운 실크드레스와 불처럼 빨간 양귀비꽃을 두른 흰 밀짚모자가 그것이었다. 펠리시티나 세실리에게도 이 옷은 어울리지 않을 것이다. 그런데 스토리 걸에게는 완벽하게 어울렸다. 이 드레스를 걸친 스토리 걸은 불과, 웃음과, 빛으로 만들어진 존재처럼 보였다. 마치 눈이 번쩍 뜨일 것 같은 빛깔과 반들반들한 옷감 속에 세라 스탠리의 매력이 하나도 빠짐없이, 손에 만져질 것처럼 드러나 보였다.

"도서관 기부금을 부탁하러 가는데 제일 좋은 옷을 입는다는 건 좋지 않다고 생각해."

펠리시티가 언짢은 듯이 말했다.

"어른들께 중요한 부탁을 드릴 때는 가장 좋은 차림새로 가라고 올리비어 이모가 말씀하셨어."

스토리 걸은 이 말을 한 뒤에 한번 빙 돌며 스커트가 번쩍거리는 효과를 한껏 자랑했다.

"올리비어 고모는 너무 응석을 받아 주셔."

펠리시티가 말했다.

"천만에, 펠리시티 킹. 이모는 상냥하실 뿐이야. 이모는 매일 밤 잘 자라는 키스를 해주셔. 하지만 너의 어머닌 도무지 키스를 해 주시지 않는다면서?"

"우리 어머니는 키스를 그렇게 헤프게 하시지 않아. 대신 우리 어머닌 매일 밤 식사 때 파이를 만들어 주셔."

펠리시티가 대꾸했다.

"올리비어 이모도 파이를 만들어 주셔."

"하지만 크기를 비교해 봐. 게다가 올리비어 고모는 탈지 우유밖에 주지 않잖아? 우리 어머니는 진짜 우유를 주셔."

"올리비어 이모의 탈지 우유는 네 어머니가 주시는 진짜 우유보다 더 맛있어."

스토리 걸은 화를 내며 소리쳤다.

"부탁이니 제발 그만둬. 이렇게 날씨가 좋은데 싸움질로 일을 망쳐 버리지 않는다면 즐거운 날이 될 거야."

평화주의자인 세실리가 말했다.

"싸우는 게 아니야. 나도 올리비어 고모를 좋아해. 하지만 우리 어머니도 올리비어 고모와 마찬가지로 좋아하니까 하는 말이야. 그것뿐이야."

"맞는 말이야. 재닛 외숙모는 최고야."

스토리 걸도 인정했다.

두 사람은 사이좋게 빙긋 웃음을 나누었다. 여느 때 일어나는 기묘한 불화도 사실 한 껍질 벗기고 보면 표면적인 것에 불과했다. 스토리 걸도 펠리시티도 마음속으로는 서로 좋아하고 있음을 알 수 있었다.

펠릭스가 말했다.

"언젠가 '얼간이 아저씨'에 대한 이야기를 한 가지 알고 있다고 했잖아? 그 이야기를 해 줘."

스토리 걸은 고개를 끄덕거렸다.

"좋아. 미안하지만 그 이야기를 다는 몰라. 그러니까 알고 있는 부분까지만 얘기해줄게. '황금의 이정표의 수수께끼'라 부르는 것이지."

"어머, 그 이야기를 진짜라고 믿지는 않겠지? 그리그스 부인이 거짓말을 한 거야. 그분은 거짓말쟁이야. 우리 어머니가 그러셨어."

펠리시티가 말했다.

"아냐. 그 부인 혼자서 그런 이야기를 만들어냈다곤 생각되지 않아. 그러니까 진짜일 거야. 아무튼 이야기로만 들어 줘. 얼간이 아저씨가 10년 전에 어머니를 여읜 뒤부터 혼자 살고 있다는 건 알고 있지?

에이블 그리그스 씨는 얼간이 아저씨네 고용인인데 얼간이 아저씨네 집 조금 아래쪽 조그마한 집에서 부인과 같이 살고 있어. 그리그스 부인은 빵을 구워다 주고 이따금 집안 청소를 하러 가지. 집안은 잘 정돈되어 있대. 그런데 지난해 가을까지 그리그스 부인이 한 번도 들어가본 적이 없는 방이 하나 있었어. 언제나 자물쇠가 잠겨 있었지……. 서쪽에 있는, 바로 정원을 바라보는 방이야.

 그런데 지난 해 가을 어느 날, 얼간이 아저씨는 서머사이드로 가고 없었어. 그리그스 부인은 주방을 청소하고 있었지. 청소를 끝내고 집 안을 돌아다니다가 서쪽 방문을 열어 보았어. 그리그스 부인은 무슨 일에나 참견하기를 좋아하는 사람이야. 로저 외삼촌이 원래 여자란 모두 참견하기를 좋아한다고 했지만, 그리그스 부인은 그 정도가 너무 지나친 거야. 부인은 여느 때처럼 문에 열쇠가 잠겨 있을 걸로 생각했었지. 그런데 잠겨 있지 않았던 거야! 문을 열고 안으로 들어가 보았어. 그때 방 안에 무엇이 있었으리라고 생각해?"

 "서, 설마, '푸른 수염'의 지하실같이……." 펠릭스가 떨리는 목소리로 말했다.

 "설마, 그랬을라구! 그런 일은 프린스에드워드 섬에선 있을 수 없지. 그러나 만일 벽 사방에 아름다운 여자들의 몸이 머리카락으로 매달려 있었다고 해도 그리그스 부인은 그처럼 놀라지 않았으리라고 생각해.

 얼간이 아저씨 어머니가 살아 계셨을 때 그 방에는 가구가 놓여 있지 않았어. 그런데 멋진 가구가 갖추어져 있었다지 뭐야? 게다가 그리그스 부인 말에 따르면 언제, 어떻게 가구가 운반돼 들어왔는지 모르겠다는 거야. 시골 농가에서 그런 방은 일찍이 본 적이 없다고 했어.

 그것은 침실과 거실 겸용 방 같았어. 방바닥에는 초록색 비로드 비슷한 양탄자가 깔려 있었어. 창문에는 고급 레이스 커튼이, 벽에는 아름다운 그림이 걸려 있었고. 방에는 작은 흰 침대, 경대, 책이 가득 꽂힌 책장, 재봉 바구니를 얹은 테이블, 흔들의자 등이 있었어. 책장 위에는 여자 초상이 걸려 있었고. 컬러사진이었던 모양인데 그리그스 부인으로선 그녀가 누군지 알 수 없었대.

그건 그렇고, 그 사진의 아가씨는 정말 아름다웠어. 그런데 무엇보다 놀라운 것은 테이블 옆 의자에 여자 옷이 걸쳐져 있었다는 거야. 그리그스 부인은 절대로 재스퍼 데일의 어머니 것은 아니었다고 말했어. 그 어머니는 날염 직물과 혼방 직물 이외의 것을 입는 것은 죄라고 생각한 사람이었는데, 그 옷은 푸른색 실크 가운이었거든. 그 밖에 실크 가운 옆에는 푸른색 자수가 새겨진 굽 높은 실내화가 놓여 있었어. 게다가 책마다 표지 안쪽에 모두 '앨리스'라는 이름이 적혀 있었다는 거야. 그런데 데일 집안에는 '앨리스'라는 이름의 여자는 한 사람도 없었어. 얼간이 아저씨에게 애인이 있다는 이야기를 들었다는 사람도 아무도 없었지. 생각해봐. 이 얼마나 아름다운 수수께끼인지 말이야!"

"아름답고 불가사의하게 꼬인 실 같아. 정말일까? ……그렇다면 무슨 사연일까?"

펠릭스가 말했다.

"내가 밝혀낼 테야. 언젠가는 얼간이 아저씨하고 친해질 작정이야. 그러면 앨리스의 수수께끼도 풀리겠지."

스토리 걸이 말했다.

"어떤 방법으로 친해질 생각이니? 그 사람은 교회 말고 다른 곳에는 절대로 가지 않아. 일이 없을 때는 집에 틀어박혀 책만 읽고 있어. 그 사람은 세상과는 담을 쌓은 사람이야. 우리 어머니가 그렇게 말씀하셨어."

"어떻게든 해볼 거야."

펠리시티의 말에 스토리 걸이 이렇게 대답하자, 우리는 모두 그녀가 어떻게든 해낼 것임을 의심하지 않았다.

"하지만 조금 더 어른이 될 때까지 기다려야 해. 조그마한 여자애에게는 서쪽 방 비밀 이야기를 해주지 않을 거야. 하지만 너무 어른이 될 때까지 기다리는 것도 안 돼. 얼간이 아저씨는 자신의 어리석은 짓을 비웃는 거라고 생각할 거야. 얼간이 아저씨는 여자애를 무서워하고 있으니까. 얼간이 아저씨를 좋아하게 될 것 같아. 얼간이일지는 모르지만 대단히 잘생긴 얼굴이야. 비밀 이야기를 간직하고 있을 것 같은 사람이야."

"나는 자기 발로 넘어지지 않고 걸어갈 수 있는 사람이면 좋아할 수 있어. 그런데 그 사람 생김새는 이상해! 키다리에 호리호리하게 길고 말라깽이인 데다 너무 약해 보인다고 로저 삼촌이 그러셨어."

펠리시티가 말했다.

"로저 외삼촌이 이야기하시면 무엇이든 실제보다 나쁘게 들려."

스토리 걸이 말을 계속했다.

"에드워드 외삼촌이 말씀하셨지만 '재스퍼 데일'은 머리가 퍽 좋은 사람인데, 대학을 졸업하지 못한 건 정말 아깝다고 했어. 2년 동안 대학을 다녔대. 그랬는데 아버지가 돌아가시자 몸이 약한 어머니를 돌보느라 집에 머물지 않을 수 없게 되었대. 나 같으면 그 사람을 영웅이라 부르겠어. 시를 쓰다니 정말일까? 그리그스 부인은 정말이라고 했어. 갈색 노트에 쓰는 것을 보았대. 가까이 다가가 읽어보지는 않았지만 그 모양으로도 시란 걸 알 수 있었다고 했어."

"있음직한 일이야. '푸른색 실크 가운 이야기'가 정말이라면, 나는 무엇이든지 믿겠어."

펠리시티가 말했다.

이제 '황금의 이정표' 근처까지 왔다. 집은 커다란 비구름 색깔인데 담쟁이덩굴과 줄장미에 덮여 있었다. 2층 창문 세 개가 담쟁이덩굴 안쪽에서 친밀한 눈짓을 하고 있는 것처럼 보였다. 스토리 걸이 그렇게 말했는데, 일단 그녀가 그렇게 표현하면 우리 눈에도 정말 그렇게 보였다.

그러나 우리는 집 안에 들어가진 않았다. 얼간이 아저씨와는 뜰에서 만났는데, 그는 도서관 건립을 위해 한 사람당 25센트씩 주었다. 얼간이 아저씨는 얼간이로도 내성적인 사람으로도 보이지 않았다. 우리가 아직 어려서인지 우리 눈엔 그의 발이 땅바닥을 탄탄히 밟고 있는 사람처럼 보였다.

그는 키가 큰 날씬한 사나이로 40살로는 보이지 않았다. 수려한 흰 이마에는 주름살이 하나도 없었고, 짙은 푸른빛 눈은 맑게 반짝였다. 손발은 컸으며 등을 좀 구부정하게 굽히고 걸었다. 스토리 걸이 그와 이야기하고 있는 동안 우리는 무례하게 그를 너무 찬찬히 뜯어보고 있었는지도 모른다. 그러나 세상과 담을 쌓고, 자물쇠 잠근 방에는 푸른색 실크 가운을 감추어 두고, 시를 쓰기도 한다는 얼간이 아저씨는 당연히 우리에게는 호기심의 대상이 될 만한 사람이 아니었을까? 그 판단은 여러분에게 맡기기로 한다.

밖으로 나온 우리는 그의 인상에 대해 서로 비교하며 말했는데, 모두 그를 마음에 들어했다는 것을 알았다. 그는 거의 말도 하지 않았으며 우리를 쉽게 떼어 버린 것을 기뻐하는 것 같기도 했다.

"저분은 신사처럼 돈을 주셨어. 돈을 아까워하는 분이 아니야. 다음은 캠벨 씨야. 내가 빨간 실크드레스를 입고 온 것도 캠벨 씨 때문이야. 얼간이 아저씨는 눈치채지도 못했을 거야. 하지만 캠벨 씨는 눈치챌걸. 만약에 그렇지 않다면 예상이 빗나간 거야."

스토리 걸이 말했다.

베티 셔먼은 어떻게 남편과 결혼했는가

우리는 캠벨 씨 댁을 방문하자는 스토리 걸의 강력한 제의를 쉽게 받아들일 수 없었다. 우린 마음속으로 은근히 떨고 있었다. 만일 소문대로 캠벨 씨가 아이들을 싫어한다면 어떤 대접을 받을지 알 수 없었기 때문이다.

캠벨 씨는 유복한 농부로서 은퇴하고 비교적 마음 편히 살아가는 사람이었다. 뉴욕·보스턴·토론토·몬트리올 등지를 방문한 적이 있었고, 태평양 연안에도 간 적이 있었다. 그래서 칼라일에서는 그를 여행에 대해 아주 박식한 사람으로 보고 있었다. 또한 그는 '책을 자주 읽는' 교양인으로 알려져 있었다.

그러나 캠벨 씨는 몹시 까다로운 성격으로도 유명했다. 만일 누구든 그의 마음에 들기만 하면 무엇이든 해주지 않는 일이 없을 정도로 인심좋은 사람이 되지만, 반대로 미움을 받으면 지독하게 운이 나쁜 그 사람의 앞날은 캄캄해졌다. 소문으로는 캠벨 씨가 이마 한가운데에 곱슬머리를 드리운 유명한 여자 아이를 닮았다고들 했다.

'좋을 때는 한도 없이 좋은 사람이지만 나쁠 때는 감히 가까이 갈

수 없을 정도야.'

오늘이 만일 가까이 갈 수 없는 날이면 어쩌나?

"우리에게 무슨 해를 끼칠 까닭이 없잖아? 실례가 되는 얘긴지 모르지만 그건 자기 자신에게 상처를 줄 뿐이야."

스토리 걸이 말했다.

"아무리 심한 말도 상처의 원인은 되지 않을 거야."

펠릭스가 철학적인 말을 인용했다.

"하지만 기분이 상할걸. 난 캠벨 씨가 무서워."

세실리가 정직하게 말했다.

"단념하고 돌아가는 게 좋을 것 같아."

댄이 끼어들었다.

"돌아가고 싶거든 돌아가. 나는 캠벨 씨를 만나고 돌아갈 테니까. 충분히 해낼 수 있어. 하지만 내가 혼자 가서 돈을 받게 되면 그건 모두 내 몫이 돼, 알겠니?"

여기서 결정이 났다. 다들 모금 일을 놓고 스토리 걸을 앞장세울 생각은 없었다. 캠벨 씨의 가정부는 우리를 거실로 안내한 뒤 나가 버렸다. 곧 캠벨 씨가 문가에 나타나 우리를 한 번 훑어보았다.

우리는 용기를 냈다. 오늘은 어쩐지 좋은 날 같았다. 날카로운 눈과 코를 갖춘, 깨끗이 수염을 깎은 커다란 그의 얼굴에 빙그레 웃음이 떠올라 있었기 때문이다. 캠벨 씨는 커다란 머리에 잿빛 줄이 있는 짙은 머리칼이 더부룩한, 몸집이 큰 사나이였다. 크고 검은 눈 언저리에는 주름이 가득했고 얇고 길쭉한 입술을 지니고 있었다. 우리는 캠벨 씨가 늙은이치고는 잘생겼다고 생각했다.

그의 눈길은 냉담하고 무관심하게 우리를 지나서 팔걸이의자에 기대앉은 스토리 걸에게서 멎었다. 스토리 걸은 몸에 밴 우아한 몸짓 덕분에 날씬하고 빨간 백합같이 보였다. 캠벨 씨의 검은 눈동자에 불꽃이 반짝였다.

"주일학교 대표단인가?"

그는 비아냥거리는 듯 물었다.

"아뇨, 부탁드릴 일이 있어서 찾아왔어요." 스토리 걸이 말했다.

매력 있는 스토리 걸의 목소리는 다른 사람에게 그러하듯 캠벨 씨에게도 같은 효과를 거두었다. 캠벨 씨는 안으로 들어와 앉으며 엄지손가락을 조끼 호주머니에 걸쳤다. 그리고 그녀에게 빙긋 웃음을 지었다.

"무슨 일로 왔냐?"

"저희는 학교 도서관 기금을 모으고 있어요. 캠벨 씨에게도 기부금을 부탁드리고 싶어서요."

"왜 나까지 학교 도서관에 기부를 해야 하지?"

캠벨 씨는 따졌다.

이것은 어려운 질문이었다. 그는 분명히 말했다, 왜냐고. 그러나 스토리 걸은 침착했다. 몸을 앞으로 내밀고 목소리와 눈짓과 얼굴에 말로는 다할 수 없는 매력을 담아서 빙긋 웃어보이고는 말했다.

"숙녀가 부탁드리고 있기 때문이죠."

캠벨 씨는 키들키들 웃었다.

"이유 중의 이유로군. 그러나 내 말을 들어봐, 꼬마 숙녀님. 들었는지 모르지만 나는 유명한 구두쇠 늙은이야. 좋은 일이든 아니든 어쨌든 돈 내주는 걸 몹시 싫어해. 돈을 낼 만큼의 가치가 없는 일에는 어떤 일에도 돈을 내주지 않아.

그런데 너희들 여섯 사람 몫을 내면 학교 도서관에서 나에겐 어떤 보답이 돌아오게 되지? 아무것도 없잖아. 그래서 말인데 내가 공평한 제안을 하겠다. 나는 가정부의 아들 녀석에게서, 아가씨의 이야기 솜씨가 전문가 뺨친다는 말을 들었어. 여기서 당장 그 이야기들 가운데 하나를 해 주렴. 아가씨가 나를 즐겁게 해준 몫만큼 보답해 줄 테니까. 자, 그것도 제일 재미있는 이야기로 말이야."

그의 목소리에는 비아냥거리는 투가 섞여 있었다. 그것이 스토리 걸로 하여금 용기를 솟게 했다. 갑자기 벌떡 일어난 그녀에게 눈에 뜨이는 변화가 생겼다. 그녀의 눈이 순간 불꽃처럼 빛을 발했다. 볼에는 빨간 점이 선명하게 드러났다.

"셔먼 집안 여자 얘기를 하겠어요. 베티 셔먼은 어떻게 남편과 결혼했는가."

우리는 숨을 삼켰다. 스토리 걸이 정신이 나간 건가? 아니면 베티 셔먼이 다름 아닌 캠벨 씨의 증조할머니이고, 게다가 그 남편과 결혼한 방법이 숙녀답지 않았다는 걸 잊어버렸단 말인가?

그런데 캠벨 씨는 다시 키들키들 웃었다.

"정말 좋은 테스트거리로구나. 아가씨가 그 이야기로 나를 즐겁게 한다면 그건 기적이야. 나는 그 얘기라면 너무 많이 들어서 이젠 알파벳의 A자만큼도 재미가 없어졌으니까."

"80년 전 어느 추운 겨울날이었어요."

필요 없는 말 한마디 하지 않고 스토리 걸은 이야기를 시작했다.

"도널드 프레이저는 새로 지은 집 창가에 앉아 피들(^{영국 민속음악에서 쓰인} 바이올린의 한 종류)을 켜면서, 눈과 코 사이처럼 현관과 가깝게 있는, 하얗게 얼어붙은 만(灣)을 바라보고 있었어요. 매섭도록 추운 날씨였는데 태풍도 금세 올 것 같았어요.

그런데 태풍이 오거나 말거나 오늘 밤 도널드는 낸시 셔먼을 만나러 만 건너로 갈 작정이었어요. 도널드는 〈애니 로리〉를 켜면서 낸시 생각을 했어요. 낸시는 노래에 나오는 아가씨보다 훨씬 미인이었어요. '그 아름다움은 천하에 비길 여자가 없도다.' 도널드는 작은 목소리로 노래를 불러 보았어요.

그래요, 그도 같은 생각이었어요. 낸시가 자기를 좋아할 것인지 어떤지는 알 수 없었어요. 연적들도 많이 있었어요. 그렇지만 낸시 외에는 다른 어떤 여자도 이 새 집의 여주인이 될 수 없다는 걸 도널드는 알고 있었어요. 그래서 그날 저녁 그는 흘러간 달콤한 멜로디라든지 경쾌한 〈지그(아일랜드 민속 무용곡)〉를 켜면서 낸시를 그리워하고 있었어요.

피들을 켜고 있으려니까 문가에 썰매 하나가 와 닿더니 닐 캠벨이 들어왔어요. 도널드는 그 얼굴을 보자 기분이 좋지 않았어요. 그가 어딜 가려고 하는 길인지, 나쁜 예감이 들었어요. 닐 캠벨은 고지(高地) 스코틀랜드 인으로 베리크에 살고 있었는데 그도 낸시 셔먼에게 청혼하려고 한다는 걸 도널드도 알고 있었거든요. 게다가 더 불리한 일은 그는 낸시 아버지의 호감을 사고 있다는 것이었어요. 도널드 프레이저보다는 부자였으니까요. 그렇다고 해서 도널드는 자기 기분을 솔직히 나타내 보일 생각은 없었어요. 스코틀랜드 인은 그런 일을 하지 않아요. 그래서 도널드는 닐을 기쁜 표정으로 따뜻이 맞았어요.

닐은 기세 좋게 타는 불 옆에 앉아 자기에게 아주 만족하고 있는 것처럼 보였어요. 베리크에서 만의 연안까지는 16킬로미터나 되어요. 가는 길 중간쯤에서 아는 사람을 찾아보는 것도 당연한 일이었지요. 그래서 도널드는 위스키를 내놓았어요. 80년 전에는 당연한 풍습이었어요. 여자라면 손님에게 차를 권하는 것도 좋겠지요. 어엿한 사나이로서 위스키 한잔을 권하지 않는다면 인색하고 세상사를 모르는 사람으로 취급받았을 거예요.

도널드는 따스한 정이 담긴 목소리로 말했어요. '추워 보이는군. 좀더 불 가까이 앉게나. 들른 김에 자네 몸도 좀 따뜻하게 녹이게. 추위가 매우 심한 날이로군. 베리크의 소식을 들려주게나. 진 매클린은 이제 애인과 사이가 좋아졌나? 그리고 샌디 매컬리가 케이트 퍼킨스와 결혼한다는 건 정말인가? 어울리겠군. 사실 그 애의 빨강머리라면 첫날 밤 잠이 깬 뒤에도 신부를 잃어버릴

염려가 없을 거야.'

닐은 이야기할 것이 산처럼 많았어요. 그래서인지 위스키를 마시면서 점점 말수도 많아졌어요. 도널드가 별로 술을 마시지 않는다는 것을 닐은 알아채지 못했어요. 술을 계속 마신 닐은 떠벌리고 또 떠벌리다가 얼마 뒤에는 말해서는 안 될 것까지 떠벌리고 말았어요. 마침내 닐은 도널드에게 오늘 밤, 낸시 셔먼에게 청혼하러 만을 건너갈 작정이라고 말해 버렸어요. 만일 그녀가 승낙하면 도널드에게도 아는 사람들에게도 그야말로 멋진 결혼식을 보여 줄 거라고 말했어요.

이 말에 도널드는 너무나 놀랐어요. 이것은 짐작보다도 더 나빴어요. 닐은 낸시에게 그다지 오랫동안 구애한 것도 아니었기에, 도널드는 설마 그가 이렇게 빨리 청혼을 하리라고는 생각지 못했거든요.

처음에 도널드는 어떻게 하면 좋을지 몰랐어요. 마음속으로는 낸시가 자기를 좋아하고 있다는 자신감이 있긴 했어요. 낸시는 매우 내성적이고 소극적이었지만 아가씨들이란 자기가 좋아하는 상대에게 직접 말하지 않고도 알아채도록 할 수 있으니까요.

하지만 닐이 맨 먼저 프로포즈하면 닐로서는 누구보다도 먼저 기회를 얻을 수 있다는 것도 알고 있었어요. 닐은 부자였지만 셔먼 집안은 가난뱅이였거든요. 그리고 셔먼 노인은 이 일에 대해서 누구보다도 강력한 결정권이 있었어요. 만일 셔먼 노인이 닐 캠벨을 선택하라고 한다면 낸시는 꿈에라도 거역할 수가 없었던 거예요. 일라이어스 셔먼 노인은 사람을 거느리고 싶어하는 분이에요. ……하지만 혹시 낸시가 먼저 누군가 다른 남자와 약속을 했다면 아버지도 그 약속을 취소할 수는 없었을 거예요.

가엾은 도널드로서는 정말 안타까운 입장이었어요. 하지만 도널드는 알려진 바와 같이 스코틀랜드 사나이였어요. 스코틀랜드 사나이는 여간한 일로는 굴복하지 않아요. 이윽고 그의 눈에는 반짝 빛이 떠올랐어요. 사랑과 전쟁에서는 무슨 짓을 하든지 상관없다는 생각을 도널드는 떠올린 거지요. 그래서 도널드는 닐에게 말을 걸었어요, 아주 교묘하게.

'조금 더 마셔, 친구. 조금 더. 이렇게 바람이 찰 때는 술이 몸을 따뜻이 해줘. 실컷 마셔. 우리 집엔 술이 얼마든지 있어.'

사실 닐에게는 별로 집요하게 권할 필요도 없었지요. 닐은 계속 술을 마셨고 도널드의 속이 훤히 들여다 보인다는 듯 음흉하게 말했어요.

'오늘 밤, 만을 건너려는 건 자네가 하고 싶었던 일 아닌가?'

도널드는 머리를 저었어요.

'그런 생각은 했어. 하지만 아무래도 태풍이 불 것 같군. 내 썰매는 미끄럼쇠를 박으려고 대장간에 보냈어. 가려면 블랙 댄을 타고 가야 하는데 그 말도 나처럼 눈보라를 무릅쓰고 얼음 위를 달려가는 걸 별로 좋아하지 않아. 이런 밤에는 불 옆이 제일이야, 캠벨. 한잔 더 해. 한잔 더.'

닐은 술을 한잔씩 계속 마셨고 엉큼한 도널드는 태연한 얼굴로 눈에는 살짝 웃음을 떠올리고 계속 그를 속였어요. 마침내 닐은 고개가 앞으로 덜렁 떨어지고 기분 좋게 잠들어 버렸어요. 도널드는 일어나 코트를 입고 모자를 썼어요. 그리고 문가에서 그는 비웃으면서 말했어요.

'푹 자면서 좋은 꿈꾸게, 친구. 깨어나는 순간 운명의 갈림길에 서게 될 걸세.'

도널드는 닐의 말 고삐를 풀더니 닐의 썰매를 타고 미국산 들소 가죽으로 만든 닐의 무릎가리개를 덮었어요.

'이것 봐, 베스. 귀여운 암말아. 내 말을 잘 들어. 이 일은 네가 생각하고 있는 것보다 훨씬 더 중요해. 네 발의 속도에 모든 것이 달려 있어. 캠벨 녀석이 잠에서 일찍 깨면 아무리 네가 먼저 출발했다 하더라도 블랙 댄이 재빨리 따라붙을지 몰라, 자, 달려. 암말아.'

브라운 베스는 사슴처럼 얼음 위를 달려갔어요. 도널드는 낸시에게 뭐라고 말할까, 아니 그것보다 낸시는 대체 뭐라고 대답할까를 계속 생각하고 있었어요.

'만일 내 예상이 어긋난다면, 만일 그녀가 '노'라고 말한다면……'

그렇게 되면 닐 녀석은 껄껄 웃을 거야. 하지만 그는 지금 푹 잠들어 있어. 곧 눈이 내릴 거야. 얼마 뒤엔 많은 눈보라가 휘몰아칠 거야. 닐이 만을 넘으려다가 위험한 일이나 만나지 않았으면 좋겠어. 잠에서 깨면 틀림없이 기질이 센 고지 사람의 기분이 될 거야. 한숨 쉰 뒤 위험을 무릅쓰려는 기분이 되지 않았으면 좋으련만. 이것 봐, 베스. 어서 달려. 도널드 프레이저, 정신 차려. 사나이답게 해보는 거야. 그 멋진 아가씨가 세계 제일의 파란 눈동자로 쏘아보더라도 기가 죽으면 안 돼.'

하지만 이런 대담한 말과는 전혀 반대로 셔먼네 집으로 들어가는 동안 도널드의 심장은 빠른 북소리처럼 쿵쿵거렸어요. 낸시는 외양간 문가에서 젖을 짜고 있었는데 도널드의 모습을 보자 일어섰어요. 아, 낸시는 정말로 아름다웠어요. 그녀의 머리칼은 금빛 비단 타래 같았고, 눈은 폭풍우 뒤 태양이 얼굴을 내밀었을 때 만의 물처럼 파란빛이었어요. 도널드는 전보다 더 벌벌 떨었어요. 하지만 이 기회를 반드시 놓치면 안 된다고 생각했지요. 닐이 오기 전까지 낸시가 혼자 있는 것을 볼 시간은 지금밖에 없었어요. 도널드는 그녀의 손을 잡고 더듬거리며 말했어요.

'낸시, 사랑스러운 낸시. 난 네가 제일 좋아. 너무 성급하게 결혼 신청한다고 생각할지 모르지만 그 이유는 나중에 천천히 얘기하겠어. 네가 나한테는 과분하다는 걸 알고 있어. 하지만 진정한 사랑이 남자를 훌륭하게 만드는 것이라면 난 곧 너를 행복하게 해 줄 수 있을 거야. 낸시, 나하고 한몸이 되어 주겠어?'

낸시는 한몸이 되어 준다고는 말하지 않았어요. 다만 표정으로 나타냈을 뿐이었어요. 그러자 도널드는 그녀를 눈 속에서 꼭 안고 키스했어요.

이튿날 아침, 태풍은 멎었어요. 닐이 곧 뒤쫓아 올 것을 도널드는 알고 있었어요. 셔먼의 집에서 싸우고 싶지 않았기 때문에, 도널드는 캠벨이 닿기 전에 그 자리를 떠남으로써 이 일을 처리했어요. 도널드는 다른 개척지에 있는 친구를 같이 방문하자면서 낸시를 설득했어요. 그가 닐의 썰매를 문가까지 끌고 나왔을 때, 만저쪽에 자그마한 검은 점이 보였어요. 도널드는 웃었어요.

'블랙 댄도 애쓰고 있군. 하지만 아직 속도가 너무 느려.'

반 시간 뒤에 닐 캠벨이 셔먼 댁의 부엌으로 뛰어들었어요. 닐은 정말 화가 나서 노발대발하였어요! 그곳에는 베티 셔먼밖에 없었어요. 그런데 베티 셔먼은 닐을 두려워하지 않았어요. 베티는 무서워하는 것이 없었어요.

베티는 참 예뻤지요. 10월의 호두 같은 갈색 머리, 까만 눈동자에 붉은 볼. 베티는 훨씬 전부터 닐 캠벨을 좋아하고 있었어요.

'어머 캠벨 씨, 안녕하셨어요?' 머리를 들고 베티는 말했어요.

'정말 일찍 오셨군요. 게다가 블랙 댄을 타고요. 제가 착각했다면 용서하세요. 그런데 도널드 프레이저는 자기의 사랑하는 말이 절대로 늦는 일은 없다고 하던데 사실이 아니었나요? 아무튼 말썽 없는 말 교환은 도둑질이 아니지요. 브라운 베스는 그런대로 좋은 암말이에요.'

'도널드 프레이저는 어디 있지? 내가 찾고 있는 것은 그 녀석이야. 내가 붙잡고 싶은 건 그 녀석이라구. 그 녀석은 어디 있어,

베티 셔먼 !' 닐은 주먹을 번쩍 들었어요.

'도널드 프레이저면 지금쯤 벌써 손도 닿지 않는 곳에 있을 거예요.' 베티는 비아냥거렸어요. '그는 판단력이 있는 사람이죠. 게다가 그 모랫빛 머리는 제법 재치가 있구요. 어제저녁 무렵 이곳에 왔어요. 최근에 손에 넣은 말썰매를 타구요. 오자마자 외양간 앞에 있던 낸시에게 청혼을 했어요. 소 바로 옆에서 우유통을 만지고 있던 나한테 결혼 신청을 했더라면 고생스럽게 일하던 나는 냉담한 대답밖에 못했을 거예요. 하지만 낸시는 잘 생각했어요.

두 사람은 어제저녁 늦게까지 같이 있었어요. 낸시는 침대에 돌아와 퍽 재미있는 이야기로 내 잠을 깨워 버렸어요. 위스키를 마시고 머리가 몽롱해졌을 때 깜박 자기도 모르는 사이 비밀을 누설해 버리고, 연적이 상대 아가씨를 차지하려고 서둘고 있는 새에도 쿨쿨 자기만 했다는 멋진 남자 이야기였어요. 그런 이야기를 들은 적이 있나요, 캠벨 씨 ?'

'암, 있지. 그런 이야기를 퍼뜨려 나를 이 고장의 웃음거리로 만들자는 것이 도널드 프레이저의 속셈일 테지, 엉 ? 하지만 내가 그 녀석을 만나면 웃을 일로 끝나지는 않을 거야. 암, 무서운 일이 생길걸.' 닐은 큰 소리로 말했어요.

'어머, 그 사람에게 손을 대면 못 써요.' 베티가 외쳤어요. '귀여운 아가씨가 고지 사람의 검은 머리와 파란 눈보다, 모랫빛 머리와 잿빛 눈 쪽을 좋아한다고 해서 그렇게 행동하면 되겠어요 ? 당신은 생각보다 마음이 좁군요, 닐 캠벨 씨. 내가 당신이라면 저지의 어떤 스코틀랜드 인에게도 뒤지지 않을 만큼 아가씨를 재빨리 자기 것으로 만들 수 있다는 걸 도널드 프레이저에게 보여 주겠어요. 암, 보여 주고말고요. 당신이 한마디만 하면 '예스'라고 말할 아가씨는 수두룩하게 있어요. 보세요, 여기도 한 사람 있어요 ! 왜 나하고 결혼하지 않는 거예요, 닐 캠벨 ? 나도 낸시 못지

않게 예쁘다고 모두들 말해요. 그리고 낸시가 도널드를 좋아하는
만큼 난 당신을 좋아해요. 아니, 그것보다 10배나 더!'

그래서 캠벨은 어떻게 했을까요? 물론 그가 택할 길은 하나였
어요. 닐은 그 자리에서 베티의 말을 받아들였어요. 그리고 얼마
뒤 두 쌍의 결혼식이 한꺼번에 거행되었지요. 닐과 베티는 도널드
와 낸시보다 더, 아니 이 세상 그 어느 쌍보다도 더 행복한 짝이
라고 지금도 소문나 있어요. 끝이 좋으면 모든 것이 좋다고 했잖
아요!"

스토리 걸은 실크스커트가 방바닥에 끌릴 만큼 깊이 고개를 숙였
다. 그러고는 다시 의자에 앉아 캠벨 씨를 보았다. 대담하고 의기양
양하게 승리를 자랑하는 것 같았다.

그 이야기는 우리 귀에 익은 것이었다. 한번 샬럿타운의 신문에
실렸고, 우리는 올리비어 고모의 스크랩북에서 그것을 읽었으며 스
토리 걸도 거기서 이야기를 알게 된 것이었다. 그럼에도 우리는 황
홀해하며 귀를 기울였다. 나는 내용만은 그녀가 이야기했듯 적어 두
었으나 그녀가 자신의 이야기 속에 불어넣은 매력이나 색채나 정서
를 재현할 수는 없다. 그 이야기는 우리 눈앞에서 현실적인 것이 되
었다. 도널드, 닐, 낸시, 베티는 우리와 함께 그 방에 있었다. 우리
는 그들 얼굴에 나타나는 표정의 변화를 보았다. 그들이 화를 내는
빛, 부드러운 빛, 야유하는 빛, 또는 명랑한 목소리로 내는 고지 사
투리와 저지 사투리를 들었다. 우리는 베티 셔먼의 대담한 말 속에
섞여 있는 교태, 상상, 도전, 재치 등을 느꼈다. 그러면서 우린 캠
벨 씨의 존재조차 완전히 잊고 있었다.

캠벨 씨는 묵묵히 지갑을 꺼내 거기서 지폐 한 장을 빼내더니 엄
숙한 표정으로 스토리 걸에게 주었다.

"아가씨에게 5달러를 주지. 아가씨의 이야기는 그만한 값어치가
있었어. 아가씨는 기적 같아. 언젠가 세상에 그것을 알리게 될 거

야. 나는 얼마쯤 바깥세상도 보았고 재미있는 이야기도 들었어. 그런데 지금 아가씨가 해준 요람 때부터 들어온 이 옛 이야기만큼 재미있는 것은 없었어. 그런데 아가씨, 내 부탁을 들어주겠나?"

"물론이죠."

얼굴을 빛내며 스토리 걸은 말했다.

"곱셈표를 외워 보렴." 캠벨 씨가 말했다.

우리는 눈을 크게 뜨고 쳐다보았다. 분명히 캠벨 씨는 별난 사람이라고 불리기에 마땅했다. 대체 뭣 때문에 그는 곱셈표를 암송하라고 하는 것일까. 스토리 걸조차 놀랐다. 그러나 스토리 걸은 기꺼이 외우기 시작했다. 1×1부터 12×12까지 계속했다. 스토리 걸은 단순히 그것을 암송한 것에 지나지 않았지만, 그 목소리는 한 절이 끝날 때마다 다음에서 다음으로 가락이 변했다. 곱셈표에 이렇게 많은 느낌이 들어있으리라고는 우리는 꿈에도 생각한 적이 없었다. 그녀가 입으로 암송하자 3×3=9의 사실은 퍽 바보스럽게 들렸고, 5×5는 눈물이 나올 것처럼 슬펐고, 7×7은 여태껏 들어본 적이 없었던 듯 비극적인 무서운 것이었고, 12×12는 승리를 알리는 트럼펫 소리처럼 들렸다.

캠벨 씨는 만족스러운 듯이 고개를 끄덕였다.

"아가씨라면 할 수 있을 것으로 생각했어. 나는 지난번에 책에서 이런 글을 읽었어. '그 사람 목소리는 곱셈표조차 매력적인 것으로 만들었다'라고. 아가씨 목소리를 들었을 때, 그 생각이 났어. 그런 건 믿지 않았는데 지금은 믿을 수 있어."

그러면서 그는 우리를 보내 주었다.

"그것 봐!"

돌아가는 도중 스토리 걸은 말했다.

"사람을 무서워할 필요는 없어."

"하지만 우리 모두가 스토리 걸은 아니잖아." 세실리가 말했다.

그날 밤, 우리는 여자 방에서 펠리시티가 세실리에게 하는 말을 들었다.

"캠벨 씨는 스토리 걸 말고는 우리 중에 누구도 거들떠보지 않았어. 하지만 만일 내가 그녀처럼 제일 좋은 옷을 입었더라면 스토리 걸만 관심을 끌지는 못했을 거야."

"너 같으면 베티 셔먼이 한 것 같은 일을 할 수 있을 것 같니?"

세실리가 건성으로 물었다.

"아니, 하지만 스토리 걸이라면 할 수 있었을 거야."

펠리시티는 무뚝뚝하게 대답했다.

어린 마음의 슬픔

6월 어느 한 주 동안, 스토리 걸은 샬럿타운으로 루이자 이모를 찾아갔다. 스토리 걸이 없어지자 삶이 건조해지고 펠리시티마저 쓸쓸함을 느꼈다. 그러나 그녀가 떠나고 사흘 뒤, 펠릭스가 학교에서 돌아오는 길에 우리 인생에 곧바로 달콤한 양념을 쳐 줄 이야기를 하나 갖고 왔다.

"어떻게 생각해? 제리 카우안이 오후 쉬는 시간에 하느님 그림을 본 일이 있다고 말했어. 자기 집에 있는 빨간 표지의 낡은 세계사 책에 들어 있는 걸 몇 번이나 보았다는 거야."

펠릭스는 아주 잘난 체하면서 흥분된 목소리로 말했다.

제리 카우안이 그런 그림을 몇 번이나 보았다니! 우리는 펠릭스가 기대한 만큼 깊은 감동을 받았다.

"어떻게 생겼는지 물어봤니?"

피터가 말했다.

"응. 그런데 에덴 동산을 걸어가시는 하느님 그림뿐이래."

"어머."

펠리시티가 속삭였다. 우리는 모두 낮은 목소리로 말했다. 호기심이 일었지만 우리의 본능과 여태껏 받은 교육으로 인해 위대하신 이름을 존경스럽게 생각하고 또한 늘 그렇게 말해 왔기 때문이다.

"제리 카우안이 그것을 학교에 갖고 와 보여 주었으면 좋겠구나. "

"그 이야기가 나왔을 때 나도 곧 그에게 그렇게 부탁했어. 그랬더니 갖고 올 수 있을지 모르겠다고 했어. 약속할 수는 없다는 거야. 왜냐하면 그 책을 학교에 갖고 가도 좋은지 어머니에게 물어봐야 한댔어. 허락을 받으면 갖고 온다고 했어. "

"어머, 그걸 보는 것은 무서울 것 같아. "

세라 레이가 떨리는 목소리로 말했다.

우리도 세라의 두려움을 어느 정도 공감하고 있었다. 그럼에도 우리는 이튿날 아침 호기심에 불타서 학교에 갔다. 그러고는 실망했다. 아마 밤이 그에게 뭐라고 속삭였는지, 아니면 어머니가 뭐라 부추겼는지도 모른다. 여하튼 그는 빨간 표지 세계사책을 학교에 갖고 올 수 없다면서 만약 우리가 그 그림만 사겠다면 제리는 그 책에서 그 페이지를 찢어내 50센트에 팔겠다고 제시했다.

우리는 그날 저녁 과수원에서 심각하게 비밀회의를 열고 그 일에 대해 의논했다. 지금까지 모았던 돈은 거의 학교 도서관 기금으로 낸 뒤였으므로, 모두 용돈이 부족했다. 그러나 어떤 금전상의 희생을 치르더라도 그 그림을 손에 넣어야 한다는 것이 일치된 의견이었다. 7센트씩 내면 그 액수가 된다. 피터는 4센트밖에 낼 수 없었지만 댄이 11센트 낸다고 해서 일은 해결되었다.

"50센트라면 그림치고는 너무 비싼 편이지만 이건 경우가 다르니까. "

댄이 말했다.

"게다가 에덴 동산 그림도 들어 있으니까. "

펠리시티가 덧붙였다.

"하느님 그림을 팔다니!"

세실리가 두려운 듯이 말했다.

"카우안 집안 사람이 아니고선 할 수 있는 일이 아니야. 정말 그래."

댄이 말했다.

"손에 들어오거든 집에 있는 성경책에 꽂아 두자. 그곳밖엔 어울리는 곳이 없으니까."

펠리시티가 말했다.

"아, 어떤 그림일까?"

세실리가 한숨을 쉬었다.

우리도 모두 알고 싶었다. 이튿날 학교에서 우리는 제리 카우안의 조건을 받아들였다. 제리는 다음날 오후에 앨릭 삼촌 집으로 그 그림을 갖고 오기로 약속했다.

토요일 아침, 우리는 모두 몹시 흥분하고 있었다. 그러나 점심 시간 바로 전부터 비가 내리기 시작하면서 우리의 기대는 어긋날 것 같았다.

"비 때문에 오늘 제리가 그림을 갖고 오지 않으면 어떻게 하지?"

내가 말을 꺼냈다.

"걱정할 것 없어. 카우안 집안 사람은 50센트를 위해서라면 비가 아니라 무엇이 내리더라도 틀림없이 가져와."

펠리시티가 단호하게 말했다.

점심 식사가 끝나자 모두들 말없는 약속이나 한 듯이 얼굴을 씻고 머리를 손질했다. 여자애들은 두 번째로 좋은 옷을 입었고 우리는 흰 칼라를 달았다. 우리 모두는 다름 아닌 그 그림에 최대한의 경의를 나타내야 한다는 생각을 갖고 있었다. 펠리시티와 댄은 사소한 일로 다투기 시작했는데 세실리가 엄숙한 목소리로 주의를 주자 곧 그만두었다.

"이제부터 하느님 그림을 보게 될 텐데 싸움질 따위를 해서 되겠어?"

비 때문에, 제리와 거래를 할 작정이었던 과수원에서는 모일 수 없었다. 중대한 순간에 어른들이 옆에 있기를 바라지 않았기 때문에, 우리는 가문비나무 숲 속에 있는 곡물 창고 다락방에 가기로 했다. 거기라면 한길을 내다보고 제리를 불러 세울 수 있었다. 세라 레이도 우리에게 가담했다. 그 애는 얼굴이 퍽 창백하고 겁에 질려 있었다. 비가 오는데 언덕까지 올라가면서 어머니와 의견 차이로 싸웠던 것이 그 애 얼굴에 나타나 있었다.

"어머니 생각을 거역하고 오다니 잘못한 것 같아. 하지만 도저히 참을 수 없었어. 너희들과 함께 그 그림을 보고 싶었기 때문이야."
세라 레이는 괴로운 듯 말했다.

우리는 창가에서 내내 밖을 지켜보면서 기다렸다. 골짜기는 안개 때문에 흐려 보였고 가문비나무 가지 사이로 비스듬히 비가 내리고 있었다. 그러나 기다리는 동안, 구름은 걷히고 해가 반짝이며 나타났다. 가문비나무의 큰 가지에서 빗방울이 다이아몬드처럼 반짝였다.

"제리가 올 것 같지 않아. 틀림없이 그 어머니가 그 그림을 파는 일은 벌 받는 일이라고 말씀하셨을 거야."
세실리가 절망스럽게 말했다.

"앗, 저기 왔어!"
댄이 창문에서 손을 마구 흔들며 말했다.

"생선 바구니를 들고 있어."
펠리시티가 말했다.

"하필이면 그 그림을 생선 바구니에 넣어서 갖고 오다니 있을 수 없는 일이야."

이윽고 제리가 곡물 창고의 계단을 올라왔을 때 알게 된 일이지만, 그 애는 그 그림을 진짜로 생선 바구니에 넣어서 갖고 왔다. 바구니 가득 말린 청어를 넣고 그 위에 접어서 신문지에 싼 그림을 얹어 놓았던 것이다. 우리는 약속한 돈을 주었다. 그가 가 버릴 때까지 우리는 신문지 포장을 열지 않았다.

"세실리, 네가 가장 착한 아이니까. 네가 포장지를 풀어봐."

펠리시티가 소리를 낮추어 말했다.

"어머, 나 말이야? 너희들에 비해서 사실은 조금도 착하지 않아. 하지만 그렇게 하길 바란다면 내가 풀어보겠어."

세실리는 숨을 삼켰다.

떨리는 손가락으로 세실리는 포장지를 풀었다. 우리는 모두 숨을 죽이고 그 주위에 모였다. 그녀는 포장지를 다 풀고 그림을 꺼냈다. 우리는 보았다.

갑자기 세라가 울기 시작했다.

"오, 오, 오, 하느님이 이런 얼굴을 하고 있다니!"

펠릭스도 나도 말이 나오지 않았다. 실망과 더 나쁜 그 무엇인가가 말을 가로막고 있었다. 하느님이 이런 모습일까. 세실리가 들고 있는 그림에는, 긴 머리와 긴 수염을 드리우고 험상궂고 노여움에 차서 얼굴을 찌푸린 고약한 노인의 모습이 있었다.

"틀림없이 하느님 그림일 거야."

댄이 괴로운 듯 말했다.

"굉장히 기분이 나빠."

피터가 솔직히 말했다.

"아, 이런 건 보지 않았으면 좋았을걸."

세실리는 울기 시작했다.

우리도 모두 그렇게 생각했지만, 이미 늦었다. 우리의 호기심은 우리를, 사람 눈으로 더럽혀져서는 안 될 성스런 내부의 더 성스러운 장소로 발을 들여놓게 했다. 이것은 그 벌이었던 것이다.

"이렇게 될 것 같은 느낌이 들었어."

세라는 훌쩍훌쩍 울었다.

"이걸 사다니……. 아냐, 보는 것도 좋은 일이 아니었어. 하느님
의 그림을."

우리가 모두 실망하고 서 있는 곳 바로 아래에서 가벼운 발소리와
쾌활하게 우리를 부르는 소리가 들려왔다.

"모두 어디 있니?"

스토리 걸이 돌아온 것이다! 다른 때라면 우리는 아주 기뻐하며
'와' 하고 그녀에게 우르르 몰려갔을 것이다. 그러나 지금은 너무 실
망했고 불행한 마음으로 가득 차서 움직일 수조차 없었다.

"도대체 모두 어떻게 된 거야?"

스토리 걸은 계단 위에 모습을 나타내자마자 물었다.

"세라는 무엇 때문에 울고 있니? 거기 있는 건 뭐야?"

"하느님 그림이야."

세실리는 울음 섞인 목소리로 대답했다.

"이, 이분이 너무 무섭고 못생겼어. 이걸 좀 봐!"

스토리 걸은 그림을 보았다. 경멸의 표정이 그녀의 얼굴에 나타났
다.

"설마 너희들은 하느님이 이런 모습이라고 믿고 있진 않겠지? 이
렇지 않아, 이럴 까닭이 없어. 하느님은 훌륭하시고 아름다우셔.
물론 모두 당치도 않다고 생각할 테지? 이건 얼굴을 찌푸린 할아
버지 그림에 지나지 않아!"

스토리 걸의 목소리는 초조하게 들렸으며, 그 눈은 매섭게 빛나고
있었다.

완전히 이해가 가진 않았지만 희망이 우리 마음에 솟아났다.

"그런데……. '에덴 동산의 하느님'이라고 그림 밑에 적혀 있어.
그렇게 인쇄되어 있는걸." 댄은 긴가민가했다.

"그렇구나. 이건 이 그림을 그린 사람이 하느님은 이렇다고 생각하고 있는 것뿐이야. 하지만 그 사람도 하느님을 우리보다 더 잘 알고 있을 리가 없어. 하느님을 만나본 적이 없으니까."

스토리 걸은 명쾌하게 말했다.

"그런 식으로 말해 주니까 정말 좋아. 그런데 하느님을 모르는 건 너도 마찬가지잖아. 이 그림이 하느님이 아니라는 걸 믿고 싶은 마음은 굴뚝 같지만…… 하지만 무엇을 믿어야 할지 모르겠어." 펠리시티가 말했다.

"그렇겠지, 내 말을 믿고 싶지 않으면 목사님을 믿으면 돼. 가서 물어봐. 지금 집에 계실 테니까. 마차를 타고 가셨어."

다른 때라면 무엇이든 목사님에게 질문하는 일은 감히 엄두조차 내지 못했을 것이다. 그러나 물에 빠진 사람은 지푸라기라도 잡는다고 했다. 우리는 누가 갈 것인가 제비를 뽑았다. 그것이 펠릭스에게 떨어졌다.

"모드 목사님이 나올 때까지 기다렸다가 밖에서 붙잡아야 해. 집 안에는 옆에 어른들뿐이야."

스토리 걸이 조언해 주었다.

펠릭스는 그녀의 조언을 받아들였다.

모드 목사님이 오솔길을 평온한 얼굴로 걸어오는 것을, 창백한 얼굴에 무슨 생각에 잠긴 듯한 눈을 한 뚱보 펠릭스가 막아섰다. 우리는 그 뒤에서, 그러나 말소리가 들리는 범위 안에서 숨어 대기하고 있었다.

"아니, 펠릭스. 무슨 일이냐?"

모드 목사님이 다정하게 물었다.

"죄송합니다, 목사님. 하느님이란 정말 이런 분인가요? 그렇지 않았으면 좋겠어요. 하지만 우린 진실을 알고 싶어요. 이렇게 폐를 끼치는 것은 이것 때문이에요. 제발 용서해 주세요. 그리고 가르쳐 주세요."

펠릭스는 그림을 보이면서 물었다.

목사님은 그 그림을 보았다. 그의 침착한 파란 눈동자가 험상궂은 눈빛으로 변하더니, 그로서는 가장 성난 표정이 되었다.

"어디서 이런 것을 손에 넣었지?"

이런 것이라니? 우리는 겨우 숨을 편히 쉬게 되었다.

"제리 카우안에게서 샀어요. 제리는 이것을 빨간 표지의 세계사 책에서 발견했다고 말했어요. 하느님의 그림이라고 쓰여져 있었대요."

"이런 것이 하느님일 까닭이 없지 않니! 하느님 그림이라는 건 이 세상에는 없다, 펠릭스. 하느님이 어떤 모습인지 아무도 몰라 ……. 아무도 알 수 없어. 주님의 모습이 어떤 것인지 생각해서도 안 돼. 하지만 펠릭스, 하느님은 우리가 상상해서 그리는 그 어떤 모습보다 훨씬 아름답고 사랑이 충만하신 정다운 분이란다. 그 밖의 것을 믿어서는 안 돼. 이런…… 이런 불경스러운 것은 갖고 가서 불에 태워 버려라."

모드 목사님은 화가 난 듯이 말을 계속했다.

우리는 '불경'이란 말뜻은 몰랐지만 모드 목사님이 그 그림이 하느님을 닮지 않았다고 단언한 것임을 알아들었다. 우리에겐 그것으로 충분했다. 우린 가슴에서 커다란 짐을 내려놓은 듯한 기분이었다.

"스토리 걸이 말한 것은 믿을 수 없지만 목사님이라면 확실하니까."

댄이 기쁜 듯 말했다.

"그것 때문에 50센트나 손해를 봤어."

펠리시티는 원망스러운 투로 말했다.

그때는 그렇다고 알아차리지 못했지만 우리는 50센트보다 훨씬 값어치 있는 물건을 잃어버렸다. 목사님의 말은 우리 마음에서, 하느님이 이 그림과 같은 모습이라는 쓰디쓴 믿음을 몰아내 주었다. 그러나 마음보다 더 깊은, 더 영원한 부분에 지워버릴 수 없는 어떤 인상이 각인되었다. 사탄은 결국 그 목적을 달성한 것이다. 그날부터 오늘에 이르기까지 하느님이란 관념이나 말은 자신도 모르게 그 험상궂고 노여움에 찬 얼굴을 한 노인의 모습으로 나타났다. 이것만은 우리가 세라 레이처럼 마음속으로 충족시켜서는 안 된다고 느끼고 있었던 호기심에 대한 일종의 대가였던 셈이다.

"모드 목사님은 불에 태워 버리라고 하셨어."

펠릭스는 말했다.

"그렇게 하다니 딱한 일이야. 가령 하느님의 그림이 아니더라도 거기 이름이 써 있잖아."

세실리가 말했다.

"땅속에 묻어 버려."

스토리 걸이 말했다.

우리는 차를 마신 뒤, 그것을 가문비나무 숲 속 깊은 곳에 묻어 버렸다. 그리고 과수원으로 나왔다. 스토리 걸이 돌아와 줘서 우린 기뻤다. 스토리 걸은 머리에 잔대의 한 종류인 캔터베리 벨의 화환을 쓰고 있었는데, 그 모습이 마치 시와 이야기와 꿈의 화신처럼 보였다.

"캔터베리 벨이란, 꽃에 어울리는 이름 같지 않니? 대성당이나 종소리를 연상시켜. 스티븐 외삼촌의 산책길로 가서 큰 나뭇가지에 앉자. 풀 위는 젖어 있으니까. 그리고 할 이야기가 있어. 진짜 이야기야. 샬럿타운의 루이자 이모 집에서 만난 할머니 이야기야. 아름다운 은빛 곱슬머리를 한 멋있는 할머니야."

비 그친 뒤의 공기는 따사한 서풍의 향기, 즉 전나무의 나무진, 박하 향기, 양치식물의 야생적인 숲 내음, 햇빛 속에 자라는 풀 향기에 더하여, 멀리 언덕 목초지의 감미롭고 야성적인 기운 같은 것이 넘치고 있었다. '스티븐 삼촌의 산책길' 풀밭에는 아무리 생각해도 이름을 알 수 없는 가냘픈 하얀 꽃이 여기저기 흩어져 피어 있었다. 아무도 그 꽃에 대해서는 몰랐다. 킹 할아버지가 이 토지를 샀을 무렵부터 그 꽃은 있었다. 나는 다른 곳에서는 이 꽃을 본 적이 없었고 어떤 꽃 카탈로그에서도 본 일이 없었다. 우리는 그것을 '하얀 귀부인'이라 불렀다. 스토리 걸이 붙인 이름이었다. 그녀는 그 꽃이 이 세상에서 고생이 많았고 게다가 인내심까지 강했던 한 선량한 부인의 넋 같다고 말했다. '하얀 귀부인'은 아주 품위 있는 꽃으로, 조금 떨어진 곳에서는 그 향긋한 내음이 느껴지지만 꽃 위로 가까이 가면 이상하게도 향기가 없어져버리는 불가사의하고 신비한 꽃이었다. 그 꽃은 꺾으면 곧 시들었다. 그리고 그 꽃에 몹시 이끌린 사람들이 줄기나 종자를 갖고 가더라도 다른 땅에서는 결코 뿌리를 내리지 않았다.

"댄버 부인과 패니호 선장님의 이야기야."

스토리 걸은 옹이투성이의 줄기에 갈색 머리를 기대고 큰 나뭇가지에 편히 걸터앉아서 말했다.

"슬프고도 아름다우며 게다가 진짜 이야기야. 진짜 있었던 일이야. 그런 이야기를 한다는 건 나로선 정말 신나. 댄버 부인은 마을에서 루이자 이모의 이웃에 살고 있어. 정말 좋은 분이야. 겉보기만으로는 그녀의 인생에 슬픔이 있었다고는 생각할 수 없는 사람이지.

그런데 그런 일이 있었대. 루이자 이모가 내게 얘기해 주었어. 모두 먼 옛날에 있었던 일이야. 이 이야기도 그래. 정말 재미있는 일은 모두 옛날에 일어났나 봐. 지금 시대에는 아무 일도 일어나지 않아. 이것은 1848년, 누구나가 캘리포니아 평원으로 황금을 찾으러 떠날 때의 이야기야. 마치 열병 같았다고 루이자 이모는 말씀하셨어. 이 섬 사람들에게도 그 열병이 옮겨졌었지. 그래서 많은 젊은이가 캘리포니아로 가려고 마음속으로 결심했어.

지금은 캘리포니아로 가는 건 쉽지만 그 무렵엔 지금과는 아주 달랐어. 지금처럼 대륙 횡단철도가 없었으니까. 캘리포니아로 가기 위해서는 혼 곶을 돌아가는 배를 타지 않을 수 없었어. 길고 위험이 따르는 항해였어. 게다가 때로는 여섯 달이나 걸리는 일도 있었어. 목적지에 도착하더라도 같은 코스를 이용하지 않는 한 집에 연락할 방법도 없었어. 그러니까 집에서 기다리고 있는 가족이 소식을 들으려면 1년 이상 걸리는 경우도 있었지. 대체 그 사람들 기분은 어땠을까?

하지만 젊은이들은 그런 일까지 생각하지 않았지. 황금 꿈에 사로잡혀 있었기 때문이야. 젊은이들은 계획을 철저하게 세우고 캘리포니아까지 항해하기 위해 돛 2개 달린 범선을 빌렸어.

이 범선의 이름이 '패니호'였는데 패니호의 선장이 바로 이 이야기의 주인공이야. 그 사람 이름은 '앨런 댄버'라고 했어. 그는 젊고 잘생겼었어. 주인공이란 언제나 그렇지. 루이자 이모는 그 사람이 정말 잘생겼었다고 말했어. 그는 사랑에 빠져 있었어. 열렬한 사랑에, 마거릿 그란트하고. 마거릿은 꿈처럼 아름답고 부드러운 파란 눈과 금빛 머리를 갖고 있었어. 마거릿은 앨런을, 앨런이 마거릿을 사랑하는 것만큼 열렬히 사랑하고 있었어. 그런데 마거릿의 부모님은 몹시 반대했어. 그래서 만나는 것은 물론 말하는 것조차 금하고 있었어. 부모님은 남자로서의 그에 대해선 아무 불평도 없었어. 하지만 딸을 선원의 팔에 안겨 주고 싶지 않았던 거야.

그 즈음, 앨런 댄버는 패니호를 타고 먼 캘리포니아까지 가야 한다는 걸 알고 아주 절망했어. 그렇게 먼 곳에, 그렇게도 오랫동안 마거릿을 두고 갈 수는 없다고 생각했어. 난 마거릿의 기분을 다 알 수 있을 것 같아."

"어떻게 알지? 넌 애인을 가질 나이도 아니면서 어떻게 알 수 있지?"

피터가 갑자기 물었다.

스토리 걸은 불끈 화를 내면서 피터를 쏘아보았다. 스토리 걸은 이야기 도중에 방해받는 것을 좋아하지 않았다.

"그건 알 수 있는 게 아냐. 느끼는 거지."

그녀는 위엄 있게 말했다.

피터는 그녀에게 압도되어 제대로 이해하지도 못한 채 양보를 해야했다. 그러자 스토리 걸은 계속했다.

"드디어 마거릿은 앨런과 사랑의 도피행을 감행했어. 둘은 샬럿타운에서 결혼했지. 앨런은 아내를 패니호에 태워서 캘리포니아로 데리고 갈 작정이었어. 남자에게 힘든 여행이라면 여자에게는 더 힘든 여행일 테지만, 마거릿은 앨런을 위해서라면 무엇이나 할 생각이었어.

둘은 행복한 사흘, 단 사흘 동안을 보냈어. 그 시간은 정말 황금의 꽃 같았어.

그런데 패니호의 선원과 승객들은 댄버 선장이 아내를 데리고 가는 것을 반대했어. 모두가 아내를 남겨두고 가라고 선장에게 말했어. 그의 기도는 아무 도움도 되지 않았어. 패니호의 갑판에 서서 사람들에게 호소하고 있는 동안 눈물이 선장의 볼을 타고 흘러내렸다는 거야. 그래도 선원과 승객들은 양보하려 하지 않았고, 결국 선장은 마거릿을 두고 갈 수밖에 없었어. 얼마나 슬픈 이별이었을까."

스토리 걸의 목소리는 찢어지는 듯 고통스러워 모두의 마음을 울렸고, 우리의 눈에서는 눈물이 넘쳐흘렀다. '스티븐 삼촌의 산책길'의 나무 그늘에서, 우리는 몇십 년이나 옛날부터 전해 오는 이별의 아픔을 느끼고 눈물을 흘렸다.

"모든 것이 끝나자 마거릿의 부모님은 딸을 용서하였고, 마거릿은 기다리기 위해, 다만 기다리기 위해 집으로 돌아갔어. 오로지 기다리기만 하고 아무것도 하지 않는다는 건, 아, 얼마나 무서운 일인가!

마거릿은 1년 남짓 기다렸어. 그녀에겐 얼마나 길게 느껴졌을까. 이윽고 겨우 편지가 왔어. 그러나 앨런에게서 온 것이 아니었어. 앨런은 죽었어. 그는 캘리포니아에서 죽었고 그곳에 묻혔어. 마거릿이 그를 생각하고 그를 그리워하며 그를 위해 기도드리고 있는 동안, 그는 먼 나라에서 쓸쓸한 무덤 속에 잠들어 있었던 거야."

세실리는 벌떡 일어나 주르르 눈물을 흘리며 전율했다.

"그만! 이제 그만둬! 더 이상 들을 수 없어."

"그뿐이야. 이것이 이야기의 끝이야……. 마거릿에게는 모든 것이 끝이었어. 마거릿은 죽지 않았어. 하지만 그 마음은 죽었어."

스토리 걸은 말했다.

"선장에게 아내를 데려가지 못하게 한 녀석들을 혼내줘야겠어."

피터가 분한 듯이 말했다.

"정말이야. 정말 불쌍해."

펠리시티는 눈물을 닦으며 말했다.

"그러나 모두 옛날 일이어서 지금은 우는 일밖에 할 수 없어. 자, 뭘 좀 먹으러 가자. 난 오늘 아침 대황 타트(파이 과자의 하나)를 구워 놓았어."

우리는 돌아갔다. 새로운 실망과 오랜 실의에 빠져 있었지만 우리에게는 식욕이 남아 있었다. 게다가 펠리시티가 만든 타트는 그야말로 일품이었다!

마법의 씨앗

도서관 건립 기부금을 내는 날이 되었다. 피터가 3달러로 제일 많았다. 펠리시티는 2달러 50센트로 당당하게 2위였다. 이것은 오로지 암탉이 알을 잘 낳아 준 덕분이었다.

"들어봐, 펠리시티. 네가 암탉에게 몰래 준 여분의 밀 값을 아버지께 갚아야 했다면 그렇게 많은 돈을 모으지 못했을 거야."

댄이 심술궂게 말했다.

"그런 일은 있을 수 없어. 올리비어 고모댁 닭을 봐. 고모도 여느 때와 같은 모이밖에 주질 않아."

펠리시티는 화를 내며 대꾸했다.

"내버려 둬. 우리 모두 조금씩은 기부금을 마련했어. 가엾은 세라 레이처럼 기부금을 한 푼도 모으지 못했다면 정말 괴로울 거야."

세실리가 말했다.

그런데 세라 레이가 기부금을 손에 넣었다. 세라 레이는 차를 마신 뒤 얼굴에 빛나는 웃음을 띠고 언덕을 올라왔다. 세라 레이가 빙긋 웃자——세라 레이는 웃음을 값싸게 파는 사람이 아니었다——

세라 레이는 슬픈 듯이 '미안해요' 하는 것 같은 표정이 되었으나 그 것이 도리어 귀엽게 보였다. 보조개가 한두 개 들어가고 이가 매우 아름다웠다. 세라 레이의 이는 조그맣고 새하얀 빛으로 그야말로 진 주가 알알이 박혀 있는 것 같았다. 세라는 말했다.

"이걸 봐. 여기 3달러가 있어. 이걸 모두 도서관에 기부하겠어. 오늘 위니펙에 있는 아서 삼촌으로부터 편지가 왔는데 3달러를 보내 주시며 무엇이든 좋아하는 일에 써 달라고 하셨어. 그러니까 어머니도 내가 이 돈을 기부하는 데 반대하지 못하시지. 어머니는 그런 일을 쓸데없는 낭비라고 생각하시지만, 언제나 아서 삼촌의 말대로 하시니까. 난 어딘가에서 돈이 굴러들어오도록 열심히 기 도드렸어. 그랬더니 이렇게 돈이 생겼어. 기도란 효력이 있어."

우리는 세라의 행운을 진심으로 자기 일처럼 기뻐해 주려고 했으 나 그럴 자신이 없었다. 우리는 이마에 땀을 흘리고, 또는 마지못해 머리를 숙이고 부탁해서 기부금을 모았다. 그런데 세라는 기적이라 고 생각할 수밖에 없는 공돈이 생기지 않았는가.

"세라는 기도를 드렸기 때문이야."

세라가 돌아간 뒤 펠릭스가 말했다.

"돈을 버는 데는 가만히 있는 것도 한 방법이군. 우리가 멍하니 앉은 채 아무 일도 하지 않고 기도만 드리고 있었다면 얼마나 벌 수 있었겠어? 그런 일은 공평치 않아."

피터가 원망스럽다는 듯이 말했다.

"응, 그래. 하지만 세라는 별개야. 우린 돈을 스스로 벌 수 있지 만 세라는 그럴 수 없어. 그렇잖아? 과수원에 가자. 스토리 걸이 오늘 아버지로부터 받은 편지를 읽어 준댔어."

댄이 말했다.

우리는 곧 따라갔다. 스토리 걸의 아버지에게서 온 편지는 언제나 하나의 사건이었다. 스토리 걸이 그것을 읽는 것은 스토리 걸의 이야기를 듣는 것과 마찬가지로 재미있는 일이었다.

칼라일에 오기 전에 블레어 스탠리 고모부는 우리에게는 단순히 이름뿐이었다. 그러나 지금은 하나의 살아있는 인격체였다. 스토리 걸에게 쓰는 편지, 보내오는 그림이나 스케치, 스토리 걸에 대한 관심이 넘치는 여러 번의 언급, 그것들이 모두 하나로 엮어져 그를 매우 친근한 존재로 만들고 있었다.

다만 훗날까지 이유는 알 수 없었지만 친척 어른들이 반드시 블레어 고모부를 존경하거나 좋아하지 않는다는 것을 우리는 느낄 수 있었다. 그는 다른 세계에 사는 사람이었다. 집안 어른들은 그와 친하게 지내지도 못했고 이해하지도 못했다. 지금 생각해 보니 블레어 고모부는 이를테면 보헤미안, 잘 차려입은 방랑자와 같은 사람이었다.

블레어 고모부가 가난했더라면 더 성공한 예술가가 되었을지도 모른다. 그러나 그에게는 얼마쯤 재산이 있었기 때문에 생활에 쫓기는 일이나 야심 때문에 조급해할 필요가 없었다. 그는 재간 있는 아마추어보다 약간 나은 정도에 머물러 있었다. 때때로 그는 자기 솜씨를 보여주기 위해 그림을 그렸다. 그것 말고는 다만 세계 여기저기를 가벼운 마음으로 즐거이 방랑하는 것만으로 만족하고 있었다.

우리는 스토리 걸이 얼굴도 성격도 아버지를 많이 닮았다는 것을 알고 있었다. 하지만 스토리 걸은 아버지보다 정열이나 힘, 그리고 의지가 훨씬 강한 편이었다. 킹 집안과 워드 집안으로부터의 유전이었다. 스토리 걸은 취미만으로 만족할 사람이 아니었다. 앞으로 무엇이 되든 그것을 몸과 마음을 다해 헤쳐 나갈 것이다.

그렇지만 블레어 고모부는 남과는 달리 적어도 한 가지 멋진 일을 할 수 있었다. 그는 편지를 쓸 수 있었다. 편지라는 것을! 펠릭스도 나도 아버지가 써 보내는 편지를 마음속으로는 은근히 부끄러워하고 있었다. 아버지는 말씀은 잘 하신다. 그러나 펠릭스가 말했듯이 아버지는 한 푼의 값어치 있는 글도 쓰질 못했다. 리우데자네이루에 도착한 뒤부터 우리가 받은 편지는 어느 것이나 다 갈겨 쓴 정도의 것이었다. 착한 아이가 되도록, 재닛 숙모에게 폐를 끼치지 말도록, 그리고 간혹 아버지도 건강하지만 쓸쓸하다는 말을 덧붙이는 것이 고작이었다. 펠릭스도 나도 아버지로부터 편지를 받는 일은 기뻤지만 과수원의 사랑스러운 친구들 앞에서 소리 내어 읽는 일은 하지 않았다.

블레어 고모부는 그 여름을 스위스에서 보내고 있었다.

서쪽 바람이 처음에는 아무 기척도 없다가 점점 그 손길을 뻗어 우리의 얼굴을 마치 삽주(국화과의 다년초)의 솜털처럼 부드럽게 어루만지고 지나갔다. 아름답지만 금세 지고 마는 '하얀 귀부인'들 사이에서 스토리 걸이 읽어 주는 편지로 우리는 어느덧 산에 둘러싸인 호수의 반짝거리는 빛, 스위스의 자줏빛 오두막집, '이야기로 친숙해진 눈 덮인 산봉우리'로 둘러싸여 있었다. 우리는 또 몽블랑을 오르고 융프라우를 바라보고 보리밭 감옥의 암울한 기둥 사이를 걸어갔다. 끝으로 스토리 걸이 숀의 포로 이야기를 바이런의 말로, 그러나 그녀 자신의 목소리로 이야기해 주었다.

"유럽에 가는 건 멋진 일일 거야."

세실리가 동경하며 한숨을 쉬었다.

"난 갈 거야, 언젠가는."

가볍게 스토리 걸이 말했다.

우리는 그녀를 얼마쯤 의심스러운 두려움을 가지고 쳐다보았다. 그 무렵, 우리에게 유럽은 달처럼 먼, 손이 닿지 않는 곳에 있었다. 우리 친구들 가운데 하나가 그곳에 간다는 건 믿겨지지 않는 일이다. 그러나 줄리아 고모는 갔다. 줄리어 고모도 바로 이 농장에서 자랐다. 그렇다면 스토리 걸이 간다는 것도 반드시 꿈같은 얘기라고 단정할 수는 없다.

"거기서 무엇을 할 거야?"

피터가 현실적인 질문을 했다.

"온 세계를 향해 이야기하는 방법을 배울 거야."

스토리 걸은 황홀한 듯 대답했다.

기분 좋은 금갈색 저녁이었다. 과수원 아래쪽 농토는 루비의 반짝이는 빛과 같은 그림자로 덮여 있었다. 동쪽 얼간이 아저씨 집 위에는 하늘을 가로질러 '교만한 공주의 면사포'가 나부끼고, 공주의 심장에서 방금 스며 나온 피처럼 검붉은 장밋빛으로 하늘 전체가 물들어 가고 있었다. 우리는 그곳에 앉아서 첫 번째 별이 자작나무 언덕 위에 하얀 등불을 켤 때까지 이야기를 나누었다.

그때 나는 마법의 씨를 먹는 것을 잊었다는 걸 깨닫고 서둘러 집으로 가지러 갔다. 사실 그 효능에 대한 믿음은 점점 희미해지고 있었다.

실망스럽게도 내 키가 전혀 자라지 않았다는 사실은 현관문이 증명해 주고 있었다.

나는 어둑한 방에서 트렁크 속 상자를 꺼내 정해진 양을 집어 먹었다. 그 순간 뒤에서 댄의 목소리가 들려왔다.

"베벌리 킹, 뭘 먹었지?"

나는 당황해서 상자를 서둘러 트렁크 속에 넣은 다음 댄을 마주 보았다.

"너하곤 아무 상관도 없는 일이야."

싸움을 걸려는 듯이 나는 말했다.

"아냐, 상관 있어."

댄은 나의 무례한 말에 화를 내지도 않고 아주 진지한 태도로 말했다.

"여봐, 베벌리. 그것은 마법의 씨지? 빌리 로빈슨에게서 샀지?"

댄과 나는 얼굴을 마주 보았다. 의혹에 찬 그림자가 우리들의 사이에 어른거렸다.

"빌리 로빈슨의 마법의 씨에 대해서 뭔가 알고 있는 거야?"

나는 따졌다.

"그래, 나는 한 통, 그…… 무슨…… 이유 때문에 샀어. 다른 사람 누구에게도 팔지 않겠다고 했는데…… 네게도 팔았어?"

"응."

나는 정나미가 떨어졌다. 빌리의 이 마법의 씨가 터무니없는 속임수라는 것을 알았기 때문이다.

"무엇 때문에 샀지? 네 입은 잘생겼는데."

"입? 내 입하고는 상관없어. 키가 커진다고 했거든. 그런데 커지지 않았어. 1센티미터도 말이야! 네가 왜 그걸 샀는지 모르겠어. 키가 충분히 큰데."

"나는 입 때문이야."

댄은 쑥스러운 듯이 말을 이었다.

"학교 여학생들이 날 보고 몹시 바보 취급하며 웃었기 때문이야. 내 입이 파이가 쪼개진 자국 같다고 놀리거든. 빌리는 이 씨가 입을 작게 만들어 준다고 했어."

흠, 그런 일이 있었구나! 빌리는 우리 두 사람을 다 속였다. 아니, 희생자들은 우리만이 아니었다. 우리는 아직 그 내용을 잘 모르고 있었다. 실제로 수치심을 모르는 빌리 로빈슨의 부정한 사기행각의 전모가 밝혀진 것은 여름이 다 지나갈 무렵이었다. 이 장(章)에서 그 뒷이야기를 미리 말할 수밖에 없다. 실제로 밝혀진 바에 따르면 칼라일 학교 학생들은 그 누구나 엄숙한 비밀 약속을 하고 마법의 씨를 그에게서 샀던 것이다. 펠릭스는 고맙게도 그 약이 자기를 날씬하게 만들어 준다고 믿고 있었다. 세실리의 머리칼은 천연 곱슬머리가 될 터였고, 세라 레이는 페그 보엔을 두려워하지 않게 될 터였다. 게다가 펠리시티를 스토리 걸처럼 현명하게, 스토리 걸은 펠리시티처럼 요리 잘하는 여자로 만들어 줄 터였다. 피터가 마법의 씨를 산 이유는, 다른 누구의 비밀보다도 오래 밝혀지지 않았다. 마침내, 우리가 최후의 심판날이 온다고 믿고 있었던 전날 밤에 피터는 펠리시티가 자기를 좋아하도록 하기 위해 씨를 샀다고 나에게 살짝 고백했다. 지금까지 그 교활한 빌리는 정말 교묘하게 우리의 약점을 마음대로 주무르고 놀았던 것이다.

마법의 씨가 마크데일의 빌리 아저씨 집에서 과잉 수확된 회향 ^(산형과의 다년초) 씨라는 것이 알려졌을 때, 우리의 굴욕감은 극에 달했다. 페그 보엔 아주머니와는 전혀 관계가 없었던 것이다.

우리는 이렇게 모두 크게 속았지만 이 실수가 밖으로 새나가지 않도록 저마다 입을 꾹 다물고 있었다. 빌리의 해명도 바라지 않았다. 이런 일은 말이 적을수록 빨리 수습된다고 생각했다. 우리는 어른들이, 특히 무서운 로저 삼촌이 이 일을 알지 못하도록 정말 신중히 처신했다.

"빌리 로빈슨 따위는 믿지 말고 더 현명하게 생각했으면 좋았을 걸 그랬어."

모든 일이 밝혀진 저녁 때, 이 사건의 총결론으로 펠리시티는 다음과 같이 마무리 지었다.

"결국 돼지는 돼지 울음소리밖에 낼 수 없는 거야."

빌리 로빈슨의 학교 도서관 건립 기부금이, 학교 학생들 그 누구보다도 많았다는 걸 알고도 우리는 놀라지 않았다. 세실리는 그의 양심을 생각하면 조금도 부럽지 않다고 말했다. 그러나 세실리는 그의 양심을 자기 기준으로만 잰 것은 아닐까? 빌리의 양심이 정말 스스로를 괴롭혔을지 나는 지금도 의심스럽다.

이브의 딸

"어른이 된다는 건 끔찍해! 더 이상 맨발로 다닐 수가 없잖아. 그러면 내 발이 얼마나 예쁜지 아무에게도 보여줄 수 없을 거야." 곰곰이 생각하던 스토리 걸이 말했다.

스토리 걸은, 7월의 햇빛이 내리쬐는, 로저 삼촌의 커다란 건초창고의 열린 창문가에 앉아 있었다. 프린트 옷감의 귀여운 스커트 아래로 보이는 스토리 걸의 다리는 정말 아름다웠다. 날씬하고, 공단처럼 매끄러운 발등, 품위 있는 발가락, 꽃조개 같은 발톱.

우리는 건초창고에 모여 있었다. 스토리 걸은 거기서 '그립고 슬픈, 옛날 어린이의 그 옛날 싸움터' 이야기를 해주고 있었다.

펠리시티와 세실리는 한구석에 앉아 있었다. 남자애들은 햇볕을 받아 따뜻해진 건초더미 위에서 건초 냄새를 맡으며 손발을 쭉 뻗고 있었다. 우리는 그날 아침 로저 삼촌을 도와 건초를 다락창고에 날랐기 때문에 이 정겨운 냄새가 배인 침대에서 당연히 놀아도 된다고 생각했다. 이 헛간은 적당한 어둠으로 비밀스럽고 불가사의한 분위기를 만들고 있었다. 황홀한 기분이 드는 장소였다. 제비는 머리 위를 날아 둥지를 찾아오고, 햇빛이 틈새로 비쳐드는 곳에서는 어디나 공기가 황금빛 먼지로 가득 차 있는 게 보였다. 헛간 바깥으로는 햇빛 가득한 푸른 하늘과 달콤한 공기가 가득 찬 만이 있었고, 부드러운 구름이 마치 커다란 상선의 대열처럼 떠다녔다. 그리고 단풍나무나 가문비나무의 우듬지가 하늘 높이 떠올라 있었다.

패트는 물론 우리와 함께 있었다. 여기저기 돌아다니다가 제비를 보면 거의 미친 듯이, 그러나 허사로 끝나는 도약을 계속 되풀이했다. 창고는 고양이에게 꼭 어울리는 전형적인 곳이었다. 그런 대비는 들은 적이 없지만, 우리 모두 패트는 건초 창고와 안성맞춤이라고 생각했다.

펠리시티가 자기 의견을 말했다.

"자기의 좋은 점을 이야기하는 건 자만심이 너무 지나친 거라고 난 생각해."

그러자, 스토리 걸이 아주 솔직하게 말했다.

"난 조금도 자만심으로 자랑하지 않았어. 자기의 아름다운 점을 알고 있다는 건 자만이 아니야. 그걸 모르는 사람이 오히려 바보야. 아름다운 점을 자랑할 때에만 자만이라고 생각해. 나는 조금도 아름답게 생기진 않았어. 나의 좋은 점은 머리칼과 눈과 발뿐이야. 그러니까 그런 것을 줄곧 감추고 있어야 한다는 건 정말 끔찍한 일이라고 생각해. 난 맨발로 걸어 다닐 수 있을 정도로 날씨가 따뜻하면 언제나 기뻐. 하지만 어른이 되면 줄곧 감추지 않으면 안 돼. 그것이 애석할 뿐이야."

"오늘 밤 사진영상회에 갈 때는 양말도 구두도 신고 가지 않으면 안 돼."

펠리시티가 만족스러운 듯한 목소리로 말했다.

"그래? 난 맨발로 가려고 했는데."

"어머, 안 돼. 스토리 걸! 너 제정신이니?"

두려운 빛을 가득 담은 파란 눈동자의 펠리시티가 외쳤다.

스토리 걸은 펠릭스와 나를 향해 있는 얼굴 쪽 눈으로 윙크해 보였다. 그러나 여자애들을 향한 쪽은 전혀 움직이지 않았다. 스토리 걸은 때때로 펠리시티를 '자극하는' 일을 속으로 즐기고 있는 듯 했다.

"정말이야. 나는 마음만 먹으면 할 수 있어. 왜 안 된다는 거야? 맨발이 왜 맨살을 드러낸 손이나 얼굴과 같이 아름다움을 드러내선 안 된다는 거지?"

"글쎄, 안 된대두! 그런 부끄러운 짓을!"

가엾은 펠리시티는 정말로 당황하고 있었다.

"우린 6월 내내 맨발로 학교에 다녔어."

심술궂은 스토리 걸은 계속해서 괴롭혔다.

"같은 학교에, 낮에 맨발로 가는 것과 밤에 맨발로 가는 것이 뭐 그렇게 다르다는 거야?"

"어머, 다르다면 달라. 난 설명할 순 없지만 다르다는 건 누구나 다 알고 있어. 너도 알고 있으면서. 제발 부탁이니 그런 짓은 하지 마, 스토리 걸."

"그럼 하지 않겠어. 그렇게까지 말한다면."

맨발로 '공적인 장소'에 참석하라고 한다면 차라리 죽는 편이 낫다고 생각하는 펠리시티 앞에서, 스토리 걸은 할 수 없다는 듯 말했다.

그날 밤 우리는 순회 강사가 학교에서 개최하는 사진영상회 일로 몹시 흥분하고 있었다. 그런 모임을 여러 번 보아 온 펠릭스나 나도 재미있어했으며 나머지 아이들도 모두 기대에 차 있었다. 칼라일에서는 여태껏 그런 모임이 없었다. 우리는 피터를 포함해 모두 거기에 참석할 예정이었다. 지금은 어디든 피터와 함께 갔다. 피터는 교회와 주일학교의 정기 출석자이며 그곳에서 피터의 행실은 마치 귀족가문에서 자란 것처럼 흠잡을 데가 없었다. 그것은 스토리 걸의 자랑거리였다. 스토리 걸이야말로 처음부터 피터에게 옳은 길을 걷도록 권유한 장본인이며, 그에 대한 책임과 우리 모두의 명예까지 떠안고 있었기 때문이다.

펠리시티는 체념했다. 무엇보다 피터가 외출할 때 입는 바지의 '숙명'과도 같은 기운 자리는 여전히 눈에 거슬렸다. 노래 부를 때는 마음이 조마조마했다. 피터도 그때만큼은 일어서야 했기 때문에 펠리시티는 모두에게 기운 자리가 보인다고 피터에게 말하곤 했다. 우리 바로 뒤에 앉아 있는 제임스 클러크 부인은 그것에 좀처럼 눈을 떼지 않았다고, 펠리시티는 덧붙여 말했다.

피터의 양말은 언제나 기워져 있었다. 첫 주일에 있었던 피터의 더할 나위 없는 연구를 엿들은 올리비어 고모가 그날부터 눈여겨보았기 때문이었다. 고모는 피터에게 성경책도 주었다. 피터는 그것을 자랑으로 생각한 나머지 더럽혀서는 안 된다고 하면서 사용하려 하지 않았다.

"깨끗이 싸서 상자에 넣어 둘 거야. 집에 돌아가면 제인 고모의 낡은 성경책이 있으니까 그걸 보면 돼. 낡은 책이지만 똑같다고 생각해. 안 그래?"

"그래, 같고말고. 성경은 언제나 같으니까."

세실리가 맞장구를 쳤다.

"어쩌면 성경책이 제인 고모 시대보다 좋아졌을지도 모른다고 생각했거든."

피터가 마음이 놓이는 듯 말했다.

"세라 레이가 저기 걸어오고 있어. 울고 있구나."

다락방 반대편에서 틈새로 바깥을 엿보던 댄이 알려 주었다.

"세라 레이는 평소에도 반나절은 울고 살아."

세실리는 대수롭지 않은 듯 말했다.

"저 애는 한 달에 눈물을 1리터는 흘릴 거야. 그야 아무래도 울고 싶은 때가 있긴 하지. 하지만 나 같으면 숨길 거야. 세라는 사람들 앞에서 울기 위해 찾아오는 것 같아."

우리는 곧 세라가 엄청나게 흘린 눈물의 원인을 알게 되었다.

그것은 매우 유감스럽고도 슬픈 일이 아닐 수 없었다. 세라의 어머니가 밤에 열리는 사진영상회에 그녀가 가는 것을 금지시킨 것이다.

"레이 아주머니는 어저께는 가도 좋다고 말씀하셨잖아. 왜 마음이 변하셨지?"

스토리 걸은 분하다는 듯 말했다.

"마크데일의 홍역 때문이야."

세라는 여전히 훌쩍거렸다.

"어머니는 마크데일이 홍역투성이라고 하셨어. 그리고 마크데일 사람들도 틀림없이 보러 올 거라구. 그러니까 나는 가선 안 된다는 거야. 난 사진영상회를 본 적도 없는데, 한번도 본 적이 없는데 말야."

"홍역이 위험하다곤 생각하지 않아. 그렇다면 우리도 보내 주지 않았을걸."

"전염되는 것이라면 홍역에 걸리고 싶어. 그렇게 되면 나도 어머니의 소중한 딸이 될 거야."

세라는 반항적으로 말했다.

"세실리가 같이 가서 아주머니를 설득하면 어떨까? 그러면 보내 주실지 몰라. 아주머니는 세실리를 좋아하시니까. 펠리시티와 나는 아주머니가 마음에 들어하지 않으니까 우리 둘이 가면 더 나쁘게 될지 모르잖아."

스토리 걸이 조언을 했다.

"어머니는 마을에 가셨어. 아버지하고 저녁 때 떠나셨어…… 내일까진 돌아오시지 않아. 집에는 주디 피노와 나밖에 없어. "

"그렇다면 왜 사진영상회에 가지 않는 거지? 주디에게 잠자코 있
으라고 부탁하면 어머니는 알지 못하실 거야. "

스토리 걸은 말했다. 그러자 펠리시티가 말했다.

"어머, 그건 잘못이야. 세라를 어머니에게 거역하도록 부추기면
안 돼. "

그렇다. 그런 경우 펠리시티의 말은 틀림없이 옳았다. 스토리 걸
의 조언은 잘못되어 있었다. 만일 충고한 사람이 펠리시티가 아니라
세실리였다면 스토리 걸은 아마 귀를 기울였을 것이고 아무 일도 일
어나진 않았을 것이다. 그런데 펠리시티는 불행한 종족 가운데 한
사람이었다. 잘못을 저지르지 말라고 충고하는 자신의 말을 듣고 잘
못을 저지르는 사람이 있었기 때문이다.

스토리 걸은 펠리시티의 교만한 태도에 화가 나서 이번에는 진짜
로 세라를 부추기기 시작했다. 다른 아이들은 입을 다물고 있었다.
'이것은 세라의 문제니까' 하면서 모두들 자기 자신에게 타일렀다.

세라가 말했다.

"난 사진영상회에 가고 싶은 생각뿐이야. 하지만 좋은 옷이 없어.
응접실에 있는데 내가 프루트케이크를 먹을지 모른다고 어머니는
자물쇠를 잠가버렸어. 학교 갈 때 입는 체크무늬 무명 옷밖에 없
어. "

"그래? 하지만 새것이고 깨끗해 보이니까 괜찮을 거야. 우린 너
에게 여러 가지를 빌려줄 수 있어. 내 레이스 칼라를 네가 달면
좋을 거야. 무명옷이 아주 멋있게 보일 테지. 게다가 세실리가 두
번째로 좋은 모자를 너에게 빌려준댔어. "

"그렇지만 구두도 양말도 없어. 그것들도 모두 잠가버린 응접실
안에 있거든. "

"내 것을 신으면 돼. "

어차피 세라가 유혹에 넘어간 이상, 장소에 어울리게 차려 입혀야 한다고 생각한 모양인지 펠리시티가 말을 꺼냈다.

세라는 결국 마음이 시키는대로 하기로 했다. 스토리 걸의 목소리가 은근해지자 설사 거역하려 해도 도저히 그 유혹을 뿌리칠 수 없었다. 그날 밤, 학교를 향해 출발했을 때 세라 레이는 빌린 옷을 입고 우리와 함께 했다.

"만일 진짜로 홍역에 걸리면 어떻게 하지?"

펠리시티가 옆에서 물었다.

"마크데일 사람들은 오지 않을 거야. 강사는 내주에 마크데일로 갈 거고, 모두 그때까지 기다릴 거야."

스토리 걸이 들뜬 목소리로 말했다.

그날은 이슬이 내린 서늘한 저녁이었으며, 우리는 아주 좋은 기분으로 길고 붉은 언덕을 내려갔다. 자작나무와 가문비나무가 덮인 계곡에는 저녁놀의 마지막 빛이 떠돌고 있었다. 저녁놀에는 크림빛을 띤 노랑과 옅은 빨간빛이 섞여 있었고 그 속에 초승달이 얕게 걸려 있었다. 풀을 벤 자리에 남은 클로버가 빛 속에 드러나 보이고 목초지는 숨쉬고 있었으며 공기는 달콤했다. 들장미는 담을 따라 엷은 복숭앗빛으로 피었고 길가에는 미나리아재비가 별을 뿌려 놓은 것처럼 만발해 있었다.

양심에 아무 거리낌도 없이 우리는 골짜기에 있는 작고 하얀 건물로 가 산책을 즐기고 있었다. 펠리시티와 세실리는 모든 남성을 향한 공격의 칼날을 간직하고 있었다. 스토리 걸은 빨간 실크드레스를 입어서 마치 불길같이 활기 차게 걸어가고 있었다. 칼라일 여학생들의 선망의 표적인 스토리 걸의 아름다운 발은 단추 달린 파리제 갈색 가죽 부츠에 가려져 있었다.

그러나 세라 레이는 즐거워하지 않았다. 세라의 얼굴이 너무 우울했기 때문에 스토리 걸은 마음이 초조했다. 스토리 걸 자신도 마음이 가볍지는 않았다. 아마 세라 자신의 양심이 스토리 걸을 괴롭히고 있었으리라. 그러나 스토리 걸은 그것을 결코 인정하려고 하지 않았다.

스토리 걸이 입을 열었다.

"애, 세라. 내 말을 듣고 진심으로 기꺼이 참가해야 돼. 참가할 생각이라면 말이야. '참가할 수 없는 게 아닐까' 하고 염려하지마. 언제나 착한 아이로 있으려는 생각 때문에 즐거울 수 있는 기회를 허사로 만들 필요는 없잖아. 나쁜 아이가 돼도 어쩔 수 없어. 나중에 후회하더라도 두 가지 것이 뒤섞여 버리면 아무것도 안 돼."

"후회 따위는 하지 않을 거야. 다만 어머니에게 알려지지 않을까 두려울 뿐이야."

세라는 말했다.

"어쩌면!"

스토리 걸의 목소리에는 경멸의 빛이 담겨 있었다. 양심에 대해서라면 스토리 걸은 이해도 동정도 할 수 있었다. 그러나 세라 레이의 이 공포심은 스토리 걸로서는 이해할 수 없는 것이었다.

"주디 피노는 절대로 이야기하지 않겠다고 너하고 약속했잖아?"

"약속했어. 하지만 그곳에서 날 본 사람이 어머니에게 말할지도 몰라."

"어머, 그렇게 무섭거든 안 가는 편이 좋아. 아직 늦진 않았어. 저것 봐. 너네 집 문이 보인다."

세실리가 말했다.

그러나 세라는 사진영상회의 즐거움을 단념할 수 없었다. 그래서 세라는 계속 걸었다. 비록 11살짜리 소녀라고는 해도 죄인의 앞길은 결코 평탄하지 않음을 보여주는 애처로운 방증이었다.

사진영상회는 멋졌다. 사진도 좋았고 강연자도 훌륭했다. 우리는 돌아가는 길 내내 그의 이야기를 되풀이했다. 사진영상회를 조금도 즐기지 못했던 세라는 끝난 뒤 오히려 활기를 되찾아 집으로 향했다. 반대로 스토리 걸은 침울해져 있었다.

"마크데일 사람이 있었어, 그곳에."

스토리 걸은 털어놓았다.

"윌리엄슨 집안 사람들은 홍역에 걸린 카우안 집 옆에 살고 있어. 세라를 부추겨 오게 하는 게 아니었어. 하지만 내가 그렇게 말했다고 펠리시티에겐 말하지 마. 세라 레이가 사진영상회를 정말로 즐겼다면 상관없지만 그렇지 않았잖아. 그 애의 표정을 보고서야 깨달았어. 그러니까 나는 잘못된 일을 했고, 또 그런 일을 시킨 셈이야. 그런데도 아무 보람도 없어."

밤은 향기가 그윽했고 신비스러웠다. 개울의 갈대숲에서는 바람이 스쳐 지나가며 저승에서 들려오는 것 같은 멜로디를 연주하였다. 하늘은 캄캄했으나 별이 반짝거리고 하늘을 가로질러 은하수의 희끗한 띠가 반짝반짝 빛을 내고 있었다.

"은하수에는 4억 개의 별이 있어."

고용인의 아들이라 하기에는 놀라울 정도로 박식하고 언제나 우리를 놀라게 하는 피터가 말했다. 피터는 뛰어난 기억력을 지니고 있어서 듣거나 읽거나 한 것을 절대로 잊지 않았다. 피터가 말할 때마다 빠뜨리지 않는 제인 고모의 얼마 되지 않는 책들이 그의 마음에 여러 가지 지식을 가져다 주었다. 그리고 그것을 들은 펠릭스나 나는 '대체 우리는 피터만큼 지식을 갖고 있는 것일까' 하고 때때로 의심해 보는 것이었다.

펠릭스는 피터의 천문 지식에 완전히 감동받아 여자애들보다 얼마쯤 뒤떨어져 피터의 옆을 걸어가고 있었다. 지금까지는 피터가 맨발로 다닌다며 절대 가까이 가려 하지 않았는데 말이다. 교회에서 거행되는 행사가 아니라면 고용인의 아들이 공개적인 모임에 맨발로 참가하는 일은 문제될 게 없었고 아무런 수치감도 느낄 일이 아니었다. 하지만 펠리시티는 맨발의 친구와 같이 걸어가고 싶지 않았다. 하지만 지금은 어두워서 아무도 피터의 맨발을 눈치채지 못했을 것이다.

"나는 은하수 이야기를 알고 있어."

스토리 걸의 눈빛이 반짝였다.

"마을의 루이자 이모 집에서 책으로 읽었어. 암송할 만큼 외워 버렸어. 옛날, 하늘에는 '제라'와 '주라미스'라는 대천사가 있었어."

"천사에도 이름이 있니? 사람처럼?"

피터가 물었다.

"있고말고. 물론이지. 있는 것이 당연해. 그렇지 않으면 분간하기 어려우니까."

"내가 천사가 된다면…… 될 수 있다면 말이야, 이름은 똑같이 피터라고 하니?"

"아냐. 천국에서는 새 이름을 받게 돼. 참, 그건 성경책에 써 있어."

세실리가 친절하게 말했다.

"아, 그럼 됐어. 피터라는 건 천사 이름으론 이상하잖아. 그런데 천사와 대천사는 어떻게 다르지?"

"말하자면 대천사라는 건 오랫동안 천사였기 때문에 방금 된 천사보다는 훨씬 더 훌륭하고 현명하고 아름다운 천사를 말하는 거야."

피터를 잠자코 있게 하기 위해 스토리 걸은 그 자리에서 이런 설명을 만들어냈다.

"천사가 대천사로 되려면 시간이 얼마나 걸리지?"

피터는 계속 물었다.

"글쎄, 모르겠어. 몇백만 년이 걸리지 않을까? 그리고 천사가 모두 그렇게 된다고는 생각되지 않아. 대부분의 천사는 계속 보통 천사로 있어야 하는 것 같아."

"나 같으면 그냥 보통 천사로 있는 것에 만족할 거야."

펠리시티가 조심스럽게 말했다.

"제발, 기다려. 모두 방해만 하고, 말참견만 하니까 아무리 기다려도 이야기를 들을 수 없잖아. 모두 잠자코 있어. 스토리 걸이 이야기를 계속할 수 있게."

펠릭스가 말했다.

우리는 입을 다물었고 스토리 걸은 이야기를 계속했다.

"질러와 드라미스는 서로 사랑하고 있었어. 마치 이 세상 사람처럼. 그러나 그것은 전능하신 하느님 계율로 금지되어 있었어. 질러와 드라미스는 하느님의 계율을 어긴 벌로 하느님 앞에서 쫓겨나 우주의 저 먼 끝으로 추방되었어.

두 사람이 함께 추방되어서는 벌이 되지 않지. 그래서 질러는 우주의 한쪽 끝에 있는 별로 추방되었고, 드라미스는 그 반대쪽 끝에 있는 별로 추방되었어. 두 별 사이에는 도저히 넘을 수 없는, 끝도 알 수 없는 깊은 우주가 입을 벌리고 있었어. 하지만 단한 가지! 그 심연을 건널 수 있는 것, 그것은 사랑이었지. 드라미스는 질러를 위한 진실한 사모와 그리움에 마음이 초조한 나머지 자기 별에서 빛의 다리를 놓기 시작했어.

그러나 질러는 그것도 모르고 그에 대한 사랑과 그리움으로 조급해져 자기도 별에서 빛의 다리를 놓기 시작했지. 몇만 년, 몇십만 년, 몇백만 년, 둘은 빛의 다리를 계속 놓아 이윽고 둘은 만나서 서로의 품 안으로 뛰어들었어. 둘의 슬픔과 괴로움과 쓸쓸함은 모두 사라지고, 둘이 만든 다리는 추방되었던 두 별 사이의 깊은 심연 위에 걸리게 되었어.

다른 대천사들은 이 일을 보자 두려움과 분노에 떨며 하느님의 하얀 옥좌를 향해 서둘러 가서 이렇게 호소했어.

'보십시오. 저 모반자들이 한 짓을! 우주를 건너는 빛의 다리를 놓고, 떨어져 있으라는 하느님 말씀을 거역했습니다. 하느님 제발 팔을 뻗으셔서, 거치적거리는 저 다리를 없애 주옵소서.'

대천사들은 입을 다물고, 온 천국이 침묵했지. 그 정적을 깨뜨리고 전지전능하신 하느님 소리가 울렸어.

'그럴 순 없다. 나의 우주에 진실한 사랑으로 만들어진 것은 나라도 없앨 수 없다. 그 다리는 영원히 남겨져야 한다.' 그래서……."

이렇게 말하면서 스토리 걸은 하늘을 쳐다보며 별빛이 가득 담긴 커다란 눈동자를 빛냈다.

"지금도 저기 있어. 저 은하수가 그 다리야."

"얼마나 멋진 이야기인지!"

세라 레이가 한숨을 쉬었다. 세라는 이야기의 신비한 힘에 취해 자기 괴로움을 한때나마 잊었던 것이다.

다른 아이들은 하늘의 주인들 사이를 헤매다가 깨어나 지상으로 돌아온 기분이었다. 우리는 전설이 갖고 있는 멋진 교훈을 완전히 이해할 만큼 어른은 아니었다. 그러나 그 아름다움과 매력은 느낄 수 있었다. 은하수는 우리에게 피터가 말한 것처럼 영원한 태양과 연결된 끝없는 꽃 밧줄이 아니라, 추방된 두 천사가 별에서 별로 걸쳐 놓은 사랑으로 만들어진 빛나는 다리였다.

우리는 세라 레이의 집으로 가는 오솔길로 들어가 세라를 문 앞까지 바래다 주지 않을 수 없었다. 세라는 혼자 걸어가면 페그 보엔이 붙잡으러 올 것 같다고 무서워했기 때문이다. 그리고 나서, 스토리 걸과 나는 나란히 언덕을 올라갔다. 피터와 펠리시티는 뒤에서 따라왔다. 세실리, 댄, 펠릭스는 찬송가를 부르며 손을 맞잡고 우리 앞을 걸었다. 세실리의 목소리는 퍽 아름다워서 나는 황홀경에 빠져들고 있었다. 그러나 스토리 걸은 한숨을 쉬었다.

"만일 세라가 홍역에 걸리면 어떻게 하지?"

스토리 걸은 걱정스러운 듯이 물었다.

"누구라도 언젠가는 홍역에 걸리는 법이야. 기왕이면 어려서 걸리는 편이 좋대."

나는 위로하는 얼굴로 말했다.

스토리 걸의 고행

그로부터 열흘이 지난 날 밤, 올리비어 고모와 로저 삼촌이 마을에 가서 하룻밤 묵고 이튿날도 온종일 집을 나가 있게 되었다. 피터와 스토리 걸은 두 분이 집을 비운 동안 앨릭 삼촌 집에서 지낼 예정이었다.

우리는 해질녘 과수원에서 코페투아 왕과 거지 아가씨 이야기를 듣고 있었다. 순무를 캐고 있는 피터와 언덕 기슭의 레이 아주머니 댁에 심부름을 간 펠리시티 말고는 모두가 이야기에 귀를 기울이고 있었다.

스토리 걸이 거지 아가씨를 생생하게 미의 화신으로 꾸며서 연출했기 때문에 우리는 아가씨에 대한 왕의 애정을 조금도 의심하지 않았다. 나는 전에 이 이야기를 읽었는데 '시시하다'는 것이 그때 내 의견이었다. 왕의 배필이 될 만한 아가씨들이 얼마든지 있는데 하필이면 거지 아가씨와 결혼할 리가 없다는 생각이었다. 그런데 지금 나는 그 이야기를 잘 이해할 수 있었다.

펠리시티가 돌아왔을 때, 그 표정을 보고 무슨 뉴스가 있다는 걸 알았다. 짐작대로였다.

"세라가 심한 병에 걸렸대. 오한이 들어 목도 아프고 열도 있대. 레이 아주머니는 내일 아침까지 좋아지지 않으면 의사를 부른다고 했어. 홍역일지도 모른다고 하면서."

그 목소리에는 동정하는 뜻이 섞여 있지는 않았으나 어쨌든 가엾다는 듯이 말했다. 펠리시티는 마지막 말을 스토리 걸에게 던졌다. 스토리 걸은 새파래졌다.

"어머, 사진영상회에서 옮았다고 말하고 싶은 거야?"

괴로운 듯이 스토리 걸은 말했다.

"그곳이 아니라면 어디서 전염됐겠니? 물론 세라는 만나지 못했어. 아주머니는 문간에서 나를 보더니 안에 들어가지 말라고 하셨어. 아주머니는 또 이렇게 말했어. 레이 집안 사람들은 언제나 홍역을 심하게 앓는다고 하셨어. 죽을 만큼은 아니더라도 귀가 들리지 않게 되거나, 혹은 눈이 잘 보이지 않게 되는 등 여러 가지 후유증이 생긴대."

펠리시티는 거리낌없이 말했다.

스토리 걸의 눈에서 안타까워하는 괴로움의 빛을 보자 마음이 풀린 펠리시티는 이렇게 덧붙였다.

"물론 레이 아주머니는 언제나 나쁜 쪽으로만 보는 사람이야. 세라가 걸린 건 어쩌면 홍역이 아닐지도 몰라."

펠리시티는 너무나 완벽하게 일을 꾸몄다. 그러나 스토리 걸에게는 이젠 그런 위로의 말이 효과가 없었다.

"내가 세라를 그 사진영상회에 가자고 하지 않았더라면 얼마나 좋았을까. 난 뭐든지 다 줄 수 있을 텐데. 아무튼 내가 나빴어. 그런데 벌은 세라가 받았어. 이건 공평하지 못해. 난 지금 곧 레이 아주머니를 찾아가 모든 걸 고백하고 싶지만 그렇게 하면 세라를 더욱 곤란한 입장으로 만들 테니 그럴 수도 없어. 오늘 밤은 한잠도 잘 수 없을 거야."

이튿날 아침 스토리 걸은 간밤에 말했던 것처럼 잠을 못 잔 것 같았다. 아침 식사를 하러 내려왔을 때 보니, 얼굴빛이 몹시 나빴으며 슬픔에 잠겨 있었다. 그럼에도 어딘지 모르게 명랑한 분위기가 감돌았다.

"난 세라가 어머니 말씀을 거역하도록 부추긴 죄를 속죄하기 위해 하루 동안 고행할 거야."

득의에 찬 얼굴빛을 애써 감추면서 스토리 걸은 선언하듯 말했다.

"고행?"

우리는 어리벙벙하여 입 속으로 그 말을 되풀이했다.

"그래. 내가 좋아하는 건 전혀 하지 않고, 내가 하고 싶지 않은 것은 모두 할 거야. 나쁜 아이였던 나 자신을 벌주기 위해서야. 그러니까 내가 하지 말았으면 하는 것이 생각나면 곧 말해줘. 이건 어제저녁에 생각한 거야. 하느님도 내가 정말 뉘우치고 있다는 걸 아시게 되면 세라의 병도 더 나빠지게 하지 않으실 거야."

"네가 아무것도 하지 않더라도 결국 아시게 될 거야."

세실리가 말했다.

"그래, 양심은 편해지겠지."

"장로교인이라면 고행 같은 걸 하진 않을 거야. 그런 일을 했다는 사람 이야기를 들은 적이 없어."

펠리시티가 모호하게 말했다.

그러나 나머지 아이들은 스토리 걸의 생각을 도리어 호의로서 받아들였다. 스토리 걸이 다른 어떤 일을 할 때와 같이 고행을 독창적으로 철저히 하리라는 것을 우리는 믿었다.

"구두 속에 콩을 넣으면 좋을 거야."

피터가 조언을 했다.

"바로 그거야! 그런 건 생각하지 못했어. 아침 식사가 끝나면 콩

을 얻어야지. 게다가 하루 종일 빵과 물 말고는——그것도 조금
만——아무것도 먹지 않을 거야."

스토리 걸에게는 이것이 마치 영웅적인 일로 생각되었다. 정상적
인 건강과 식욕이 있으면서 재닛 숙모 식탁에 앉아서 빵과 물 말고
아무것도 먹지 않는다는 건 누가 뭐라고 해도 고행이다. 우리 같으
면 절대로 할 수 없는 일이다. 그러나 스토리 걸은 해냈다. 우리는
그 애를 칭찬하면서도 동정했다.

그러나 지금 생각해 보니 스토리 걸은 우리의 동정도 필요하지 않
았고 칭찬을 받을 가치도 없었던 것 같다. 고행의 성찬은 그녀에겐
히메티우스(그리스의 아테네 교외에 있는 곳. 대리석과 벌꿀의 산지로 유명함)의 꿀보다 달았다. 그녀는 비록 무의식
적이긴 하지만 어떤 연극을 연출하여 그 어떤 물질적인 쾌감보다도
짜릿한 예술가의 불가사의한 기쁨을 마음껏 맛보고 있었다.

재닛 숙모는 물론 스토리 걸의 단식을 눈치채고, 어디 몸이 좋지
않으냐고 물었다.

"아뇨, 재닛 외숙모. 저는 속죄함을 받기 위해 고행하고 있어요.
고백할 순 없어요. 다른 사람에게 폐가 되니까요. 하루 동안 고행
을 계속할 작정이에요. 염려하지 마세요."

재닛 숙모는 그날 아침 기분이 퍽 좋았기 때문에 웃어 넘겼을 뿐
이었다.

"그 바보 같은 소란이 어서 지나갔으면 좋겠다."

숙모는 너그럽게 말했다.

"고마워요. 그리고 아침 식사 뒤에 딱딱한 콩을 좀 주시겠어요,
구두 속에 넣으려고요."

"하나도 없구나. 어저께 마지막 남은 걸 수프에 써 버렸지."

스토리 걸은 실망하며 말했다.

"어머나! 그럼 콩 없이 지내야지. 어차피 새 콩은 별로 아프지
않을 거고, 연해서 밟으면 쪼그라들 거야."

"그렇다면 킹 씨네 현관 앞에서 동그란 잔 돌멩이를 많이 주워 와. 콩과 마찬가지일 테니까."

피터가 말했다.

"그건 안 돼. 그런 식으로 고행해서는 안 돼. 양말에 구멍이 생기고 발을 크게 다칠지도 몰라."

재닛 숙모가 말했다.

"채찍을 갖고 와서 피가 나올 만큼 맨살을 드러낸 어깨를 매질한다면 외숙모는 뭐라고 하시겠어요?"

불만스러운 듯이 스토리 걸이 물었다.

"아무 말도 하지 않겠어. 너를 내 무릎 위에 엎드리게 해서 실컷 때려 주겠다, 세라 스탠리. 그 고행이면 충분할 것 같으니까."

스토리 걸은 몹시 화가 나서 얼굴이 새빨개졌다. 14살 반이 된 아가씨에게 그런 말을 하다니. 게다가 남자애들 앞에서! 사실 재닛 숙모는 터무니없이 성질을 부릴 수 있는 사람이었다.

여름 방학이었기 때문에 그날 할 일은 별로 없었다. 우리는 곧 쉬는 시간이 생겨 과수원으로 갔다. 그러나 스토리 걸은 함께 가려고 하지 않았다. 그녀는 손에 낡은 무명 천조각을 쥐고 부엌에서 가장 어둡고 더운 구석에 앉아 있었다.

"난 오늘 놀러 가지 않을 거야. 이야기도 하지 않겠어. 재닛 외숙모가 구두에 돌멩이를 넣어 주시지는 않았지만, 그 대신 등 안의 살이 닿는 곳에 삽주잎(국화과 다년초로 잎 가장자리에 톱니가 있음)을 넣었어. 조금이라도 뒤로 기대면 찔려. 이제부터 이 무명 천에 단추 구멍을 만들겠어. 난 단추 구멍 만드는 일을 무엇보다 싫어하니까. 온종일 그 일을 하고 있을 테야."

"낡은 누더기 천에 단추 구멍 따위를 만든다고 무슨 좋은 일이 생길 것 같니?"

펠리시티가 물었다.

"좋은 일 따위는 없어. 고행의 목적은 자기를 괴롭히는 데 있으니까. 도움이 되든 말든 싫어하는 일이라면 무엇이든 상관없어. 그런데 오늘 아침 세라의 상태는 어때?"

"어머니가 점심 때 보러 가신댔어. 홍역인지 아닌지 알게 될 때까지는 우리 중 그 누구도 그곳에 가까이 가서는 안 된다고 그랬어."

펠리시티가 말했다.

"굉장한 고행을 생각해냈어! 오늘 밤 전도 집회에는 가지 않는 게 어때, 스토리 걸?"

세실리가 진지한 소리로 말했다.

스토리 걸은 애절한 표정으로 말했다.

"그건 나도 생각했어. 하지만 집에 있다니 도저히 그럴 순 없어, 세실리. 그런 일은 사람으로서 참을 수 있는 게 아니야. 난 아무튼 전도사님 이야기를 듣고 싶어. 자칫 잘못했더라면 식인종에게 먹힐 뻔했다는 거야. 그분 이야기를 들은 뒤 내가 이야기해 줄 새로운 이야깃거리가 몇 가지나 만들어질 수 있을지 생각해 봐. 나는 꼭 가봐야 해. 내가 어떻게 할 것인지 말해 줄게. 난 학교 갈 때 입는 옷을 입고, 학교 갈 때 쓰는 모자를 쓸 거야. 그렇게 하면 고행이 될 거야. 펠리시티, 넌 점심 식사 준비를 할 때, 손잡이가 망가진 나이프를 내 자리에 놓아 줘. 난 그게 제일 싫거든. 그리고 2시간마다 멕시코 차를 마실 거야. 그건 맛이 형편없으니까. 하지만 피를 아주 맑게 해준대. 그러니까 재닛 외숙모도 반대할 순 없어."

스토리 걸은 자기 자신에게 내린 고행을 다 실행했다. 하루종일 부엌에 쪼그리고 앉아서 단추 구멍을 만들었으며, 빵과 물, 그리고 멕시코 차만으로 살았다.

펠리시티는 심술궂은 짓을 했다. 펠리시티는 부엌에 있는 스토리 걸 바로 코앞에서 일부러 조그마한 건포도 파이를 만들었다. 건포도 파이의 냄새는 속세를 떠난 사람도 유혹할 만한 것으로, 스토리 걸은 그 파이를 아주 좋아했다. 펠리시티는 스토리 걸 앞에서 2개를 먹고 나머지는 과수원에 모여있는 우리에게 가져왔다. 스토리 걸은 창문 너머로, 우리가 건포도 파이와 에드워드 삼촌의 버찌를 주저없이 먹고 여기저기 버리는 모양을 볼 수 있었다. 그래도 스토리 걸은 단추 구멍 만들기를 계속했다. 스토리 걸은 댄이 우체국에서 가지고 온 잡지의 재미있는 연재물을 보려고도 하지 않았을 뿐 아니라, 아버지에게서 온 편지도 열어 보지 않았다. 패트가 왔지만, 매우 유혹적인 고양이의 목소리도, 고양이를 만져 주는 즐거움도 거절한 여주인 스토리 걸의 주목을 끌 수는 없었다.

재닛 숙모는 마크데일에서 온 손님 밀워드 부부가 차 시간에 방문했기 때문에 오후에 언덕을 내려가 세라의 병세를 보러 갈 수 없었다. 밀워드 씨는 박사이고 밀워드 부인은 문학사였다. 재닛 숙모는 모든 것이 가능한 한 멋지게 보이기를 바랐기 때문에 우리 모두를 차 시간 전에 얼굴을 씻고 좋은 옷으로 갈아입으라고 집으로 보냈다. 스토리 걸도 집으로 서둘러 돌아갔다. 돌아온 스토리 걸의 모습을 보고 모두 숨을 삼켰다. 스토리 걸은 머리를 곱게 빗질하여 단단하고 굵게 땋아 내렸다. 그리고 색이 바랜 낡은 프린트 원피스를 입고 있었는데 팔꿈치에는 구멍이 나 있었고, 옷 아랫단은 너덜너덜했으며 게다가 길이가 짧았다.

"세라 스탠리, 너 정신 나갔니? 그런 누더기옷을 입고 어떻게 할 작정이냐? 차 시간에 손님을 초대한 것을 모르니?"

재닛 숙모가 꾸짖었다.

"알고 있어요. 그래서 이런 모양을 한 거예요, 재닛 외숙모. 전제 자신을 괴롭히려구요……."

"만일 그런 모양으로 밀워드 부부 앞에 나타난다면 이 외숙모는 너를 진짜로 괴롭혀서 따끔한 맛을 보여 줄 테다. 어서 집에 돌아가 제대로 된 옷을 갈아입고 오너라. 그러지 않으려거든 부엌에서 먹어라."

스토리 걸은 후자를 선택했다. 그리고 그것을 몹시 분하게 여겼다. 누더기 같은 낡은 원피스를 입고 가장 못나 보이는 자기 모습을 의식하면서 식당 테이블에 앉아서, 말 많은 밀워드 부부 앞에서 빵과 물만으로 식사를 한다는 것. 그일이야말로 스토리 걸에게는 의심할 바 없는 행복이었을 것임에 틀림없다고 나는 확신한다.

그날 밤, 전도 집회에 갈 때 펠리시티와 세실리가 아름다운 모슬린 옷을 입고 온 반면, 스토리 걸은 학교용 옷과 모자를 몸에 걸치고 있었다. 게다가 전혀 어울리지 않는 갈색 리본을 머리에 두르고 있었다.

교회 현관에서 우리가 맨 처음 만난 사람은 레이 아주머니였다. 아주머니는 세라가 보통 감기였다고 알려 주었다.

그날 밤의 전도사에게는 적어도 일곱 사람의 행복한 청중이 있었다. 세라가 홍역이 아니었기 때문에 우리 모두는 기뻐하고 있었고 스토리 걸의 얼굴은 환해 보였다.

집에 돌아가는 길에 우리는 페그 보엔이 돌아다닌다는 소문이 나 있었기 때문에 서로 몸을 바짝 붙이고 걸었는데 그때 펠리시티가 말했다.

"모처럼의 고행이 모두 헛수고가 되어 버렸네."

"정말 그럴까? 난 내 자신에게 벌을 주었기 때문에 기분이 좋아. 하지만 내일은 못한 것들을 한꺼번에 다 할 거야. 사실은 오늘 밤부터. 집에 돌아가면 식료품 저장실에 들어갈 거야. 그리고 침대에 들어가기 전에 아버지의 편지를 읽겠어. 오늘 전도회는 정말 좋았어. 그렇지 않니? 식인종 이야기는 아주 굉장했어. 난 한 마디도 놓치지 않고 기억해 두겠어. 그렇게 하면 나도 그분이 한 이

야기와 똑같이 이야기할 수 있으니까. 전도사님은 아주 아는 게
많은 분이야."

"나도 전도사가 되어 그런 모험을 하고 싶어."

펠릭스가 말했다.

"그 전도사님처럼 다행히도 식인종을 저지할 수 있다면 전도사가
되어 보는 것도 괜찮을 거야."

댄이 말했다.

"펠릭스를 붙잡았다면 무슨 일이 있어도 식인종은 펠릭스를 먹고
말았을 거야. 왜냐하면 저렇게 살이 쪄서 맛있게 보이니까 말이
야."

펠리시티는 키득키득 웃었다.

그 순간 펠릭스는 전혀 전도사답지 않은 감정을 느꼈을 거라고 나
는 생각한다.

"난 헌금함에 지금까지 냈던 것보다 한 주에 2센트씩 더 넣겠어."

세실리는 분명히 말했다.

세실리가 달걀 모으는 품값에서 한 주에 2센트나 더 헌금하겠다
는 것은 자기 희생이 지나친 것이었다. 그래서 그 일은 우리의 용기
를 북돋아 주었다. 우리는 모두 한 주에 1센트쯤 더 기부금을 늘리
기로 결의했다. 그리고 전도함을 한번도 가져본 적이 없었던 피터는
이 기회에 아예 하나 마련하기로 결정했다.

"난 너희들처럼 전도사님의 이야기가 재미있지 않았지만 나도 기
부를 시작하면 관심이 생길 거야. 하지만 내 돈이 어떻게 쓰이는
지 알고 싶어. 난 그렇게 많이 기부할 순 없어. 아버지는 가출하
셨고 어머니는 세탁 일을 나가시고, 나는 아직 어려서 한 주에 50
센트밖에 벌지 못하니까 미개인에게 그렇게 많은 돈을 줄 수는 없
어. 하지만 최선을 다하겠어. 제인 고모는 전도를 좋아하셨어. 감
리교파에 미개인이 있을까? 장로교파에 있는 미개인보다는 그쪽

에 내 전도함을 주고 싶은데."

"그런 건 없어. 먼저 개종하지 않으면 특별히 뭔가 될 순 없어. 그 전에는 누구든 보통 미개인일 뿐이야. 그런데 돈을 감리교 전도사에게 보내고 싶거든 마크데일의 감리교파 목사님에게 드리면 돼. 장로교파는 네 돈이 없더라도 해나갈 수 있을 거야. 그리고 장로교파는 다른 미개인을 찾게 되겠지."

펠리시티가 말했다.

"샘플링 부인의 꽃 냄새를 맡아 봐."

길가의 작은 흰 울타리를 지나면서 세실리가 말했다. 거기에서는 아라비아 해변에 떠도는 향료보다 더 달콤한 냄새가 풍기고 있었다.

"장미는 이제 모두 졌지만 저 스위트 윌리엄^(미국 패랭이 꽃) 꽃밭은 아직 낮동안은 볼 만해."

"스위트 윌리엄이라니, 꽃에는 어울리지 않는 이름이야. 윌리엄은 남자 이름이고, 남자란 조금도 귀엽지 않으니까. 남자란 아주 멋지기는 하지만 귀엽지는 않아. 귀여우면 곤란해. 귀엽다는 말은 여자의 것이야. 저걸 봐. 가문비나무 사이에서 길쪽으로 비쳐드는 달빛을 봐. 난 별로 만든 단추를 단 달빛 드레스를 갖고 싶어."

스토리 걸이 말했다.

그러자 펠리시티가 단호하게 말했다.

"그건 안 돼. 투명해서 속이 훤히 비칠테니까."

이 말은 달빛 드레스 문제를 일축했다.

레이철 워드의 '푸른 옷궤'

"그런 건 절대 문제 밖의 일이에요."

재닛 숙모가 심각한 얼굴로 말했다. 재닛 숙모가 심각한 얼굴로
어떤 것을 '절대 문제 밖의 일'이라고 했을 경우는, 숙모가 그 일을
마음속에 간직했다가 결국은 그 일을 하게 될 것이라는 뜻이 담겨
있었다. 만일 어떤 일이 정말 문제 밖인 경우, 숙모는 다만 웃기만
하고 상대하지 않았을 것이다.

8월 초순쯤에 생긴 '문제 밖의 일', 내지는 '문제가 된 특별한 일'
이란, 에드워드 삼촌이 갖고 온 것이었다. 에드워드 삼촌의 막내딸
이 결혼하게 되어, 삼촌은 앨릭 삼촌, 재닛 숙모, 올리비어 고모들
에게 핼리팩스까지 와서 결혼식에 참석하고 1주일 동안 머물렀다
가지 않겠느냐는 초대장을 보내 왔다.

앨릭 삼촌과 올리비어 고모는 아주 좋아하면서 가고 싶어했다. 그
러나 재닛 숙모는 처음부터 그럴 수 없다고 주장했다.

"이런 어린아이들에게 집을 맡기고 갈 수 있겠어요?"

숙모는 물러서지 않았다.

"돌아오면 모두 병에 걸려 있고 게다가 집은 완전히 불타 흔적도 남아있지 않을 거예요."

"아무것도 걱정할 게 없어요. 펠리시티는 당신처럼 집안일에 능숙한 데다가 내가 여기 와서 모두 돌볼 거요. 그리고 집을 태우지 않도록 할 테니까. 벌써 몇 해 동안이나 에드워드네 집을 방문한다고 약속했으니, 이런 기회는 두 번 다시 없을 거요. 건초 만들기는 끝났고 가을걷이는 아직 멀었어요. 그리고 앨릭에게는 기분 전환이 필요해요. 얼굴빛이 너무 안 좋잖소."

로저 삼촌이 말참견했다.

로저 삼촌이 말한 마지막 이유가 재닛 숙모를 포기시킨 모양이다. 마침내 숙모는 가기로 결정했다. 로저 삼촌네 집은 잠가 버리고 아저씨와 피터와 스토리 걸은 이쪽으로 옮겨와서 지내기로 했다.

우리는 모두 아주 기뻤다. 특히 펠리시티는 더할 수 없는 행복을 느끼는 것 같았다. 큰 집을 자기 손으로 맡는다는 것, 하루에 세 번의 식단을 짜고 준비한다는 것, 새장과 암소를 돌보고 젖짜는 곳과 정원을 관리한다는 것, 이런 일들을 한다는 것은 바로 평소 펠리시티가 생각하던 낙원을 이루는 것이었다. 물론 우리 모두 돕기는 하겠지만 펠리시티가 모든 것을 '감독하는' 것이고, 그녀는 그것에 우월감을 느끼고 있었다.

스토리 걸도 기쁜 모양이었다.

"펠리시티는 나에게 요리 강습을 해준댔어!"

둘이서 과수원을 걸어갈 때 펠리시티는 내게 터놓고 말했다.

"멋있는 일이야. 한 주 동안이면 뭔가 배울 수 있을 거라고 생각하지 않니? 옆에는 나를 겁먹게 하거나 잘못했다고 비웃는 어른들도 없으니까 쉽게 할 수 있을 거야."

앨릭 삼촌과 재닛 숙모는 월요일 아침에 출발했다. 재닛 숙모는 불길한 예감에 사로잡혀서 너무 많은 설교와 경고를 했기 때문에 우리는 어느 것 하나 기억할 기분이 나지 않았다. 앨릭 삼촌은 단지 착하게 로저 삼촌의 말을 잘 들으라고 했을 뿐이었다. 올리비어 고모는 블루 팬지 빛 눈동자에 웃음을 띠고 우리의 지금 기분을 다 이해할 수 있다면서 즐겁게 지내라고 말했다.

"정해진 시간에 재우도록 해요."

문에서부터 마차를 타고 나갈때까지도 재닛 숙모는 쉬지 않고 로저 삼촌에게 외쳤다.

"뭔가 나쁜 일이 있으면 전보를 쳐요."

드디어 그들은 정말 떠났으며 우리는 모두 '집을 지키기 위해' 남았다. 로저 삼촌과 피터는 자기 일터로 떠났다. 펠리시티는 곧 점심 식사 준비를 시작했다. 우리 한 사람 한 사람에게 저마다 거들어 줄 역할을 지시했다. 스토리 걸은 감자 껍질 벗기기, 펠릭스와 댄은 콩 까기, 세실리는 화덕 당번, 나는 순무껍질 벗기기……. 펠리시티는 점심 식사로 잼을 넣은 소용돌이 모양 푸딩을 만든다고 선언하여 우리 입에 군침이 돌게 했다.

나는 뒤꼍에서 순무껍질을 벗기고 냄비에 넣어 스토브에 올려놓았다. 그래서 시간이 더 걸리는 일을 하고 있는 다른 아이들을 볼 수 있는 여유가 생겼다. 부엌에서는 즐거운 노동이라고 이름 붙일 만한 장면들이 벌어졌다. 스토리 걸은 감자 껍질을 벗기고 있었다. 얼마쯤 천천히 서툴게. 왜냐하면 그녀는 집안 일에는 솜씨가 없었기 때문이다. 댄과 피터는 콩 꼬투리를 까고 있었는데 그 꼬투리로 패트의 귀며 꼬리를 쿡쿡 찔러 괴롭히고 있었다. 펠리시티는 빨개진 얼굴에 심각한 표정으로 푸딩 재료를 휘젓고 있었다.

"난 지금 '비극' 위에 앉아 있어."

갑자기 스토리 걸이 말했다.

피터와 나는 눈이 휘둥그레졌다. 우리는 '비극'이 무엇인지는 잘 몰랐지만 자기 눈을 믿는다 해도 설마 그것이 지금 스토리 걸이 분명히 앉아 있는 푸른색 낡은 나무궤짝을 가리키는 것인 줄은 꿈에도 몰랐다.

그 낡은 옷궤는 테이블과 벽 사이 한구석을 차지하고 있었다. 피터도 나도 특별히 그것에는 관심을 두지 않았다. 그것은 대단히 크고 무거웠다. 펠리시티는 부엌을 청소할 때마다 불평하곤 했다.

"이 푸른색 옷궤는 비극을 담고 있어. 난 이 이야기를 알고 있어."

스토리 걸이 설명했다.

"어머니의 사촌 언니인 레이철 워드 이모의 결혼 혼수품이 그 낡은 옷궤에 들어 있어." 펠리시티가 말했다.

재닛 숙모의 사촌 언니인 레이철 워드는 누구일까? 그리고 왜 그녀의 혼수품이 푸른색 낡은 옷궤에 들어 있으며 앨릭 삼촌의 부엌에 있는 것일까? 우리는 곧 그 이야기를 해달라고 졸랐다. 스토리 걸은 감자 껍질을 벗기면서 이야기해 주었다. 아마 감자는 그 때문에 억울한 피해를 입었을 것이다. 펠리시티는 스토리 걸이 감자는 전혀 쳐다보지도 않는다고 말했다. 그러나 이야기는 시작되었다.

"슬픈 이야기야. 그 일은 50년 전, 앨릭 외삼촌과 재닛 외숙모가 아주 어렸을 때 일어났어. 외숙모의 사촌인 레이철 워드가 이곳에서 한겨울을 지내려고 왔었지. 레이철은 몬트리올에 살고 있었고 선조의 유령 에밀리 킹처럼 고아였어. 레이철이 어떻게 생겼는지 들은 적은 없지만 꽤 미인이었음에 틀림없어. 맞아, 분명해."

스토리 걸은 말했다.

"어머니가 그분은 굉장히 감상적이고 로맨틱했다고 그러셨어."

펠리시티가 한마디 했다.

"어떻든 그 겨울, 그녀는 윌 몬터규를 만났어. 그는 잘생긴 남자였어. ……모두들 그렇게 말했어."

"그리고 굉장한 바람둥이였지."

펠리시티가 말했다.

"펠리시티, 제발 부탁이니 내 이야기를 방해하지 말아줘. 흥이 깨지잖아. 만일 내가 그 푸딩에 넣어서는 안 될 것을 넣고 휘저어버린다면 넌 어떤 기분이 들겠어? 난 바로 그런 기분이야. 그건 그렇고 어쨌든, 윌 몬터규는 레이철 워드를 사랑했고 레이철 또한 윌을 사랑했어. 두 사람이 사랑에 빠져 버린 것이지. 봄에는 둘이 여기서 결혼하도록 모든 준비가 갖추어졌어. 레이철은 그 겨울 동안 정말 행복했어. 레이철은 혼수감을 모두 손수 바느질해서 만들었어. 그 무렵 아가씨들은 모두 그랬었지. 재봉틀이라는 것이 없었으니까. 그래서 마침내 4월이 되어 결혼식날이 됐어. 손님들은 모두 모였고, 레이철은 웨딩드레스를 입고 신랑을 기다렸지. 그런데……."

스토리 걸은 감자와 식칼을 놓은 뒤 젖은 손을 잡았다.

"윌 몬터규는 아무리 기다려도 나타나지 않았어!"

우리는 마치 우리가 거기서 기다리고 있었던 손님들 중 한 사람이었던 것처럼 심한 충격을 받았다.

"어떻게 됐지? 그 사람도 죽었니?"

펠릭스가 물었다.

스토리 걸은 한숨을 쉬고 다시 일을 시작하며 말했다.

"아냐, 그렇지 않아. 그랬더라면 좋았을 텐데 말야. 그런 편이 어울리고 로맨틱했을 거야. 그런데 실은 정말 무서운 일이었어. 윌은 빚 때문에 도망치지 않을 수 없었어! 도대체 말이 돼? 재닛 외숙모는 윌이 더할 수 없이 잔혹한 짓을 했다고 원망하셨지. 윌은 레이철에게 말 한마디도 없이 떠났고 레이철은 두 번 다시 그에게서 소식을 듣지 못했어."

"돼지 같은 녀석이야!"

펠리시티가 힘을 주어 말했다.

"그녀는 물론 절망의 밑바닥에 떨어졌어. 나중에서야 자초지종을 겨우 알게 된 그녀는 혼수품들, 시트 종류의 리넨이라든지 간직해 두었던 선물 등을 모아서 이 푸른색 옷궤에 모조리 집어 넣었어. 그런 뒤 열쇠를 갖고 몬트리올로 돌아가 버렸어. 그 이후 프린스 에드워드 섬에는 두 번 다시 돌아오지 않았지. 몹시 참을 수 없었던 거야. 그 뒤 레이철은 줄곧 몬트리올에서 살면서 지금까지 결혼하지 않았어. 지금은 벌써 할머니야. 75살쯤 되었어. 이 옷궤는 그때부터 한번도 열린 일이 없어."

세실리가 뒤를 이어 입을 열었다.

"어머니는 10년 전, 레이철에게 편지를 보내 벌레가 들어가지 않았는지 보고 싶으니까 옷궤를 열어 봐도 괜찮겠느냐고 물어보셨어. 옷궤 뒤쪽에 손가락 크기만한 구멍이 나 있어. 레이철은 옷궤속에 들어 있는 물건만 아니라면 어머니에게 열어 보고 좋을 대로 정리하라고 하고 싶지만, '그 물건'만은 자기 말고 누구도 보거나만져서는 안되므로 그대로 두고 싶다고 써 보냈어. 어머니는 벌레가 먹거나 말거나 더 이상 그 옷궤에는 신경을 끊겠다고 말씀하셨어. 만일 레이철 언니가 바닥을 닦으며 청소할 때마다 이 옷궤를움직이게 된다면 그 바보스러운 감상주의에서 벗어날 수 있을 거라고 어머니는 말씀하셨어. 하지만 난 그런 입장이 되면 레이철과같은 기분이 될 거라고 생각해."

세실리가 이렇게 마무리를 지었다.

"누구에게도 보이고 싶지 않은 '그 물건'이란 도대체 무엇일까?"

내가 물었다.

"어머니는 웨딩드레스라고 생각하고 계셔. 하지만 아버지는 윌 몬터규의 사진일 거라고 하셨어. 아버지는 레이철이 그것을 넣는 것을 보셨대. 그러니까 옷궤 속의 물건 몇 가지는 알고 계셔. 레이철이 짐을 꾸렸을 때 아버지는 10살이었으니까. 그 속에는 흰 모슬린 웨딩드레스와 면사포, 그리고 저……저……."

펠리시티는 눈을 내리뜨고 말을 잇기 어려운 듯이 얼굴을 붉혔다.

"옷단부터 벨트까지 손으로 수를 놓은 페티코트였어."

스토리 걸이 시치미를 떼고 대신 말했다.

"그리고 손잡이에 사과모양 장식이 붙은, 도자기로 만든 과일 바구니, 찻잔 세트와 푸른 촛대……."

호기심이 한껏 달아오른 펠리시티가 말했다.

"안에 있는 게 뭔지 모두 보고 싶어."

스토리 걸이 말했다.

"레이철의 허락 없이는 절대로 열 수 없다고 아버지가 말씀하셨어."

세실리가 말했다.

펠릭스와 나는 옷궤를 정중하게 살펴보았다. 그것은 우리에게 새로운 의미를 부여했으며, 이미 죽어서 사라진 옛날의 로맨스를 간직한 묘석처럼 보였다.

"윌 몬터규는 어떻게 되었지?"

내가 물었다.

"아무렇지도 않았어. 계속 멀쩡하게 살아서 성공했지. 얼마 뒤에 돈을 빌려준 사람들과 원만하게 일을 정리하고 섬으로 돌아왔어. 그리고 뒤에 부자인 멋진 여자랑 결혼해서 대단히 행복하게 살았대. 이런 불공평한 이야기를 들어본 일 있니?"

스토리 걸이 쌀쌀맞게 말했다.

"베벌리 킹!"

갑자기 냄비를 들여다보던 펠리시티가 외쳤다.

"넌 순무를 감자처럼 몽땅 익혀 버렸구나."

"그러면 안 돼?"

부끄러워서 나도 외쳤다.

펠리시티는 별말 없었지만 벌써 순무를 건져내 썰기 시작했으므로 다른 아이들은 모두 나를 비웃었다. 나는 집안의 역사에 내 일화를 하나 더 덧붙인 셈이 되었다.

로저 삼촌은 그 말을 듣고 껄껄 웃었다. 삼촌은 밤에 펠릭스의 암소 젖짜기 체험담을 피터에게서 들었을 때도 껄껄 웃었다. 펠릭스는 일을 하기 전에 젖꼭지에서 젖을 짜내는 요령을 배웠다. 그러나 '한 마리의 암소'에게서도 젖을 짜내진 못했다. 펠릭스가 실수를 했기 때문이다. 암소가 발을 버둥거려 양동이를 완전히 엎어 버리고 말았으니까.

"암소가 똑바로 서 있지 않는데 어쩔 도리가 없잖아?"

펠릭스는 침을 튀기며 화를 내고 있었다.

"그게 문제야."

진지한 표정으로 머리를 저으며 로저 삼촌이 말했다.

로저 삼촌의 웃음소리는 도저히 견딜 수 없었는데, 그 진지한 얼굴 표정은 더욱 끔찍했다.

그 동안에 스토리 걸은 식료품 저장실에서 에이프런을 두르고 빵 만드는 비법을 배우고 있었다. 펠리시티가 지켜보는 가운데 스토리 걸은 빵 만들 준비를 하고 다음날 아침 그것을 구울 예정이었다.

"아침에 눈뜨자마자 해야 할 일은 우선 제일 먼저 빵을 굽는 일이야. 요즘처럼 밤기온이 높은 때는 빵 굽는 시간이 이르면 이를수록 좋은 법이니까."

펠리시티가 말했다.

그것이 끝나자 우리는 모두 침대에 들어가 푸른색의 낡은 옷궤, 순무, 심술궂은 암소의 비극 따위의 일들은 모두에게 아무 상관 없다는 듯 곤히 잠들었다.

격언의 새로운 해석

우리 남자애들이 이튿날 아침 일어난 것은 5시 반이었다. 하품을 하고 기지개를 켜던 우리는 층계에서 장밋빛 얼굴의 펠리시티와 마주쳤다.

"아, 너무 많이 잤어. 로저 삼촌은 6시에 아침 식사를 달라고 하셨는데. 그런데 화덕에 불은 지핀 모양이야. 스토리 걸이 일어나 있으니까. 빵 반죽을 하려고 아침 일찍부터 일어났나 봐. 걱정스러워서 밤에 잠을 제대로 잘 수 없었을 테지."

펠리시티의 말대로 화덕에는 불이 지펴져 있었다. 그리고 얼굴이 빨갛게 상기된 스토리 걸이 빵 한 덩어리를 화덕에서 꺼내 자랑스럽게 보여 주었다.

"이걸 봐! 내가 이 빵을 처음부터 끝까지 구웠어. 3시에 일어났거든. 기분도 좋았고 불도 아주 밝았어. 그래서 충분히 반죽해서 화덕에 밀어 넣었지. 덕분에 모든 일이 멋지게 끝났어. 하지만 빵 덩이의 크기가 예상대로 되진 않은 것 같아……."

스토리 걸은 의심스럽게 덧붙여 말했다.

"세라 스탠리!"

펠리시티가 재빨리 부엌을 가로질렀다.

"그 빵을 반죽한 다음 곧…… 두 번째로 부풀 때까지 재우지 않고 화덕 안에 넣었다는 거니?"

스토리 걸은 얼굴이 새파래졌다.

"응, 그랬어. 그래, 내가 뭘 잘못한 거야, 펠리시티?"

스토리 걸은 더듬거렸다.

"넌 빵을 엉망으로 만들어 버렸어."

펠리시티는 쌀쌀맞게 말했다.

"돌멩이처럼 딱딱해. 내 말 들어봐, 세라 스탠리. 뛰어난 이야기꾼이 되기보다 넌 얼마쯤 상식을 갖추는 편이 낫겠어."

가엾은 스토리 걸은 너무나 쓰디쓴 굴욕감을 느꼈다.

"로저 외삼촌에게는 말하지 마."

스토리 걸은 고개를 숙이며 부탁했다.

"그래, 말하지 않겠어."

펠리시티는 너그럽게 약속했다.

"오늘 먹을 만큼의 남은 빵이 있으니 다행이야. 이것은 닭 모이감이야. 좋은 밀가루를 낭비한 셈이지."

댄과 피터가 헛간에 일을 하러 간 사이 스토리 걸과 펠릭스와 나는 함께 아침 과수원으로 몰래 나갔다.

"요리를 배우려고 노력해봐도 번번이 헛수고야."

"걱정하지 마. 넌 재미있는 이야기를 할 수 있잖아."

나는 스토리 걸을 위로했다.

"하지만 그런 건 배 고픈 남자애들한테는 도움이 되지 않아."

스토리 걸은 울상을 지었다.

"그건 어떻든 간에, 노력하면 언젠가는 요리를 배우게 돼."

살아 있는 동안은 희망이 있다는 듯 펠릭스가 덧붙여 말했다.

"하지만 올리비어 이모는 재료를 공짜로 쓰지 못 하게 해. 이번 주 안에 배우는 것이 내 바람이었어. 그런데 펠리시티는 내게 실망했으니까 이젠 더 가르쳐 주지 않을 거야."

"괜찮아. 요리 따윈 잘 못하더라도 난 펠리시티보다 네가 좋아. 빵을 만들 수 있는 사람은 많아. 그렇지만 너처럼 이야기를 잘하는 사람은 그다지 많지 않아."

펠릭스가 말했다.

"하지만 재미있는 것보다 도움이 되는 편이 좋아."

스토리 걸은 한심스러운 표정으로 한숨을 내쉬었다.

그러나 누군가에게 도움이 되는 펠리시티는, 내심 재미있는 사람이 되기 위해서라면 무엇이라도 하려고 생각하고 있었다. 그것이 사람의 마음이다.

그날 오후, 손님이 몰려왔다. 먼저 재닛 숙모의 언니인 패터슨 부인이 16살 된 딸과 2살 된 아들을 데리고 왔다. 그들에게는 마차한 대의 마크데일 마을 사람들이 따라붙어왔다. 그리고 마지막으로 엘더 프루언 부인이 어린 딸 둘을 거느린 여동생과 함께 도착했다.

"퍼부으려니까 억수같이 퍼붓는군."

로저 삼촌은 손님들의 말을 잡아매러 나가면서 이렇게 말했다. 그러나 펠리시티는 마치 물 만난 물고기 같았다. 펠리시티는 오후 내내 화덕과 씨름했다.

게다가 비스킷, 쿠키, 케이크, 파이 따위가 가득 들어 있는 식료품 저장실이 있었기 때문에 칼라일 마을의 여러 사람이 차를 마시러 오더라도 펠리시티는 조금도 당황하지 않았을 것이다. 세실리가 테이블을 준비하고 스토리 걸이 기다렸다가 다 쓰고 난 접시를 씻었다. 그러나 빛나는 영광은 모두 펠리시티에게 쏟아졌고 감사의 말에 둘러싸인 펠리시티의 거드름은 그 주 내내 참을 수 없을 정도였다. 12살 나이의 다섯 배나 되는 위엄과 예의를 갖춘 펠리시티는 테이블

윗자리에 앉아서 누가 설탕을 사용하는지 않는지 본능으로 알아보는 모양이었다. 펠리시티는 기쁨과 흥분으로 얼굴이 빨개져 너무 아름다워 보였으므로 나는 먹는 것도 잊고 쳐다보고만 있었다. ……이것은 소년으로서 줄 수 있는 최대의 찬사였다.

스토리 걸은 아주 대조적으로 빛을 잃고 있었다. 깊이 잠들지 못한 밤을 보내고 아침 일찍 일어났으므로 얼굴빛이 나빴고 생기가 없었으며, 게다가 모두를 감동시킬 이야기를 할 기회도 주어지지 않았다. 그 누구도 스토리 걸에게는 눈길을 보내지 않았다. 오늘은 '펠리시티의 날'이었다.

차를 마신 뒤 프루언 부인 자매는 칼라일 묘지의 아버지 무덤을 참배하기로 했다.

다들 같이 가고 싶어했다. 하지만 누군가가 집에 남아 부엌 소파에서 곤히 잠들어 있는 지미 패터슨을 돌봐야 했다. 결국 댄이 지키는 역할을 맡았다. 마침 전부터 읽고 싶었던 신간 서적이 있었으므로, 그걸 읽는 편이 묘지로 산책하러 가는 것보다 재미있을 거라고 댄은 말했다.

"이 아이가 잠에서 깨기 전에 돌아올 거다. 이 아이는 착한 아이니까 번거롭진 않을 거야. 하지만 바깥에는 내보내지 마라. 감기에 걸렸으니까."

패터슨 부인이 말했다.

우리는 책을 읽고 있는 댄을 집에 남겨두고 떠났다. 그리고 지미 패터슨은 소파 위에서 행복하게 코를 골고 있었다. 우리가 돌아왔을 때 펠릭스, 소녀들, 그리고 나는 일행의 맨 앞에 있었다. 댄은 똑같은 장소에 같은 자세로 앉아 있었다. 그런데 지미는 어디에도 보이지 않았다.

"댄, 아기는 어떻게 된 거지?"

펠리시티가 큰 소리로 외쳤다.

댄은 주위를 둘러보았다. 그의 턱이 멍하니 아래로 떨어졌다. 이 때의 댄만큼 사람이 바보처럼 보인 적은 없었으리라.

"뭐라구? 난 몰라."

댄이 더듬더듬 말했다.

"그런 시시한 책에 정신을 팔고 있으니까 아기가 어딜 간지도 모르잖아. 대체 어디 있다는 거야?"

펠리시티는 자제심을 잃고 외쳤다. 그러자 댄도 같이 외쳤다.

"그럴 리가 없어! 이 집 안에 있을 게 틀림없어. 모두 떠난 뒤 나는 줄곧 문을 막고 여기 있었어. 나를 기어올라 넘지 않고선 나갈 수 없어. 이 집 안에 있는 게 틀림없어."

"부엌에도 없는데."

이리저리 뛰어 다니면서 펠리시티가 말했다.

"다른 방에 갈 순 없을 텐데. 복도로 나가는 문은 꼭 닫아 두었으니까 아기가 열 수 없을 테고……. 지금도 꼭 닫혀 있어. 창문도 그렇구. 아기는 이 문으로 나간 게 틀림없어. 댄 킹, 네 탓이야."

"이 문으로 나가지 않았다니까! 그건 나도 장담할 수 있어!"

댄은 완강하게 버텼다.

"그래, 그렇다면 대체 어디 있지? 여기엔 없어. 공기 속에 녹아 버렸니?"

펠리시티가 따졌다.

"부탁이야, 모두 찾아봐. 바보처럼 멍하니 서 있지 말고 그 애 어머니가 오시기 전에 찾아야지. 댄 킹, 넌 바보야!"

댄은 얼이 빠진 것 같아 이때는 소리칠 수도 없었다. 어떻게 해서, 또 어디로 지미가 없어졌는지는 별 문제로 치더라도, 아무튼 지미가 없어진 것만은 확실했다. 우리는 집 안이고 뜰이고 간에 미친 듯이 뛰어다녔다. 우리는 아기가 있을 만한 곳, 있을 것 같지 않은 곳까지도 들여다보았다. 그런데도 지미는 찾을 수 없었고, 정말 공기 속에 녹아 버린 걸로밖에 생각되지 않았다. 패터슨 부인이 도착한 뒤에도 우린 지미를 찾아내지 못했다. 일은 심각해지기 시작했다. 로저 삼촌과 피터가 밭에서 불려 왔다. 패터슨 부인은 히스테리를 일으켜 응접실에 옮겨진 후 가능한 모든 치료를 받았다. 모두가 없은 댄만 책망했다. 세실리는 댄에게 만일 지미가 발견되지 않는다면 어떤 기분이겠느냐고 물었다. 스토리 걸은 마크데일에서 똑같이 어디론가 나가 버린 아이의 소름 끼치는 회고담을 끄집어 냈다.

"그래서 이듬해 봄까지 그 아이는 발견되지 않았어. 결국 발견된 것은 해골뿐이었지. 뼈들 사이에서 풀이 자라고 있었어."

스토리 걸은 속삭였다.

"이거 야단났군."

1시간이 아무런 소득 없이 지나자 로저 삼촌이 말했다.

"늪지에 내려가지 않았다면 좋으련만. 그렇게 멀리까지 걸어갈 수는 없을 것 같은데 아무튼 가 보기나 할까? 펠리시티, 저기 소파 밑에서 장화를 꺼내다오."

펠리시티는 창백한 얼굴로 눈물을 떨구며 무릎을 꿇고 소파에 덮여 있는 두꺼운 사라사 프릴을 집어 올렸다. 그러자 그곳에 로저 삼촌의 장화를 베고 누운 지미 패터슨이 있었다. 여전히 곤히 잠든 채로!

"이, 이게 어찌된 거냐!"

로저 삼촌이 말했다.

"그러니까 밖에 나가지 않았다고 제가 그랬잖아요!"

댄이 승리한 듯이 외쳤다.

마지막 마차가 떠나자 펠리시티는 빵을 화덕에 넣었고, 우리는 어둑해진 현관 층계에 둘러앉아서 버찌를 먹으면서 그 씨를 서로 던지고 있었다. 그때 세실리가 물었다.

"'퍼부으려니까 억수같이 퍼붓는군'이라는 말이 무슨 뜻이지?"

"아, 그건 뭔가 일어나면 반드시 다른 일이 잇따라 일어난다는 뜻
이야."

스토리 걸이 대답했다.

"머피 아주머니 이야기의 예를 들어 알기 쉽게 설명해 줄게. 그
아주머니는 40살이 될 때까지 한 번도 청혼을 받은 일이 없었어.
그런데 40살이 되자 한 주일 안에 연거푸 세 번이나 청혼을 받았
어. 너무 황당한 나머지 어리둥절해져서 그때 남편을 잘못 골랐다
가 지금까지 줄곧 후회하고 있다는 거야. 이해가 가니?"

"응, 알 것 같아."

세실리는 모호하게 대답했다. 얼마 뒤 우리는 세실리가 식료품 저
장실에서 펠리시티에게 방금 배운 지식을 전해 주고 있는 말을 들을
수 있었다.

"'퍼부으려니까 억수같이 퍼붓는군'이란 말은 굉장히 오랫동안 아
무도 결혼 신청을 해오지 않다가, 갑자기 많은 남자가 결혼 신청
을 하러 오는 걸 말해."

금단의 열매

이튿날 킹 집안 사람들 가운데 로저 삼촌을 제외한 모두가 기분이 별로 좋지 않았다. 아마도 지미 패터슨의 실종에 따른 대소동으로 기분이 한풀 꺾인 탓도 있었던 것 같다.

그러나 우리의 울적함은 어젯밤 먹은 음식 탓이라고 하는 편이 옳을 것 같았다. 아무리 아이들이라 해도 자기 전에 민스 파이 (잘게 저민 고기를 넣은 파이)와 냉동해서 구운 햄과 프루트케이크를 실컷 먹었으니 뱃속이 온전할 리가 없었다. 재닛 숙모가 로저 삼촌에게 야식에 주의하라고 부탁하는 일을 잊었기 때문에 우리는 맛있어 보이는 모든 것으로 실컷 배를 채웠던 것이다.

몇 사람은 나쁜 꿈을 꾸었다. 우리는 아침 식사 때 서로 싸우려고 했다. 펠리시티와 댄은 말다툼을 시작했는데 그 다툼은 그날 하루 종일 계속되었다. 기질적으로 '왕초' 소양을 갖고 있는 펠리시티는 어머니가 집을 비우자 마침내 자기가 집을 다스릴 권리를 가졌다고 생각했다.

그러나 펠리시티는 스토리 걸의 권위를 내리누르려고는 생각지 않을 만큼 분별력이 있었고, 펠릭스와 나에 대해서는 얼마쯤 고삐를 늦추었다. 그러나 펠리시티는 세실리와 댄과 피터는 충실히 자기의 명령을 따를 것으로 기대하고 있었다.

대체로 세 사람은 펠리시티의 말을 잘 따르는 편이었다. 그러나 오늘 아침 댄은 분명히 반항심을 나타냈다. 지미 패터슨이 없어진 줄 알았을 때 펠리시티가 자기에게 던진 말들을 곰곰이 다시 생각하자 화가 치밀었던 것이다. 댄은, 펠리시티가 집을 장악하도록 놔두지 않겠다고 다짐하는 것으로 하루를 시작했다.

원래 모두에게 기분이 좋은 날이 아닌 데다가 더욱 우리의 심기를 울적하게 한 것은 오후 늦게까지 비가 내리고 있었다는 점이었다. 스토리 걸은 아직도 전날의 굴욕에서 벗어나지 못하고 있었다. 스토리 걸은 말도 하지 않았고 이야기도 해주지 않았다. 스토리 걸은 레이철 워드의 옷궤에 앉아 마치 순교자같은 표정으로 아침 식사를 하고 있었다. 식사를 한 뒤에도 스토리 걸은 여전히 침묵을 지키며 접시를 닦고 침대를 정돈했다. 그런 다음 한 손엔 책, 다른 손에는 패트를 안고 2층 홀 창가에 자리를 잡았다. 그리고 우리의 권유도 별로 듣고 싶지 않은지 그 자리에서 좀처럼 움직이려 하지 않았다. 우리가 아무리 달콤한 말로 꼬여도 우는 패트를 쓰다듬으면서 무관심한 태도로 고집스럽게 책을 읽었다.

그래서인지 상냥하고 온순한 세실리까지 신경이 날카로워져 두통을 호소했다. 피터는 어머니를 만나러 집으로 돌아갔으며, 로저 삼촌은 볼일 보러 마크데일로 가버렸다. 세라 레이가 놀러 왔으나 펠리시티에게서 심한 말을 듣고 울면서 돌아갔다. 펠리시티는 도와 달라는 말도 하지 않고 그 누구에게 명령도 하지 않은 채 혼자서 점심 식사를 준비했다. 펠리시티는 일부러 물건을 소리가 나도록 거칠게 다루었다. 스토브 뚜껑을 쾅! 소리나게 닫았기 때문에 놀란 세실리가 소파에서 벌떡 일어나 펠리시티에게 항의를 했다. 댄은 방바닥에 앉아서 나무를 깎고 있었다. 댄의 유일한 목적은 방을 어지럽혀서 펠리시티에게 밉살맞게 구는 일이었다. 그 소망은 멋지고 완벽하게 성공했다.

"재닛 숙모와 앨릭 삼촌이 집에 계셨으면 좋겠어. 어른이 없으면 좋겠다고 생각했었는데, 계실 때보다 반도 재미가 없어."

펠릭스가 말했다.

"난 토론토로 돌아가고 싶어."

나는 못마땅하게 말했다. 이런 소망의 원인은 '민스 파이'때문이었다.

"정말 돌아가 주길 바란다."

펠리시티는 요란스럽게 불을 뒤적거리면서 말했다.

"펠리시티 킹, 너하고 같이 살면 누구라도 어딘가에 가고 싶어질 거야."

댄이 말했다.

"너한테 말한 게 아냐, 댄 킹. 말을 걸었을 때만 얘기해. 불렀을 때만 오고."

펠리시티가 대꾸했다.

"아, 싫어, 싫어, 싫어! 비가 그쳤으면 좋겠다. 두통이 멎었으면 좋겠구. 어머니가 돌아오셨으면 좋겠어. 펠리시티를 가만히 놔둬, 댄."

세실리가 소파 위에서 한탄했다.

"여자애들은 더 교양을 가졌으면 좋겠어."

댄은 이렇게 말한 뒤, 방을 어지럽히며 나무 깎던 일을 멈추었다. 이날 아침 킹 집안의 부엌에서 '소원의 요정'은 다시없는 즐거운 시간을 보냈을 것이다. 요정이 좀 유머러스한 요정이었더라면 더욱 그랬으리라.

그러나 엉뚱한 야식의 영향도 시간이 지나면서 희미해졌다. 차를 마실 시간에는 모두 기분이 좋아져 있었다. 비가 멎자 낮은 천장의 방에는 햇빛이 넘치고 식기 선반 위의 반짝반짝 빛나는 접시 위에서는 빛들이 춤을 추었다. 그 빛은 방바닥에 모자이크 무늬를 만들거나, 맛있는 음식이 즐비하게 놓여 있는 테이블 위에서 번쩍번쩍 흔들거렸다. 파란 모슬린 옷을 입은 펠리시티는 대단히 아름답게 보였고, 그 덕분에 기분도 완전히 회복되었다. 하지만 세실리의 두통은 더 심해졌다. 낮잠을 자서 완전히 원기를 되찾은 스토리 걸은 빙긋 웃음을 띠고 눈을 반짝거리며 내려왔다. 댄 혼자만이 온갖 불평불만을 마음속 깊이 담고 있어서인지, 스토리 걸이 테이블에 놓여 있는 '스콧 목사님의 자두' 이야기를 했을 때도 조금도 웃지 않았다.

"스콧 목사님은 설교단 문이 영혼을 위해 만들어졌다고 말한 그분이야."

스토리 걸이 말했다.

"에드워드 외삼촌은 그분 이야기를 무척 많이 들려주셨어. 스콧 씨는 이곳 교회에 오셔서 오랫동안 성실히 근무했지. 매우 특이한 기인이긴 했지만 모두에게 사랑을 받았어."

"기인이 뭐지?"

피터가 물었다.

"쳇, 괴짜란 뜻이야. 보통 사람인 경우에는 괴짜라고 해. 하지만 특별한 사람일 때는 기인이라고 하는 거야."

세실리가 팔꿈치로 찌르면서 말을 이었다.

스토리 걸은 계속했다.

"스콧 씨가 퍽 나이가 드셔서 장로회에선 이젠 은퇴할 때가 왔다고 생각했어. 스콧 씨 쪽은 그렇게 생각하지 않았어. 하지만 장로회는 자기들 의견을 관철시켰어. 한쪽은 스콧 씨 혼자였고 다른 쪽은 사람들이 많았으니까. 스콧 씨는 은퇴하고 그 대신 젊은 목사님이 칼라일에 파견되었어. 스콧 씨는 마을에 집을 장만했는데 이따금 칼라일에 나와서 재직할 때와 다를 바 없이 계속 마을 사람들을 찾아다녔어.

　새로 온 목사님은 퍽 좋은 젊은이로, 자신의 직무를 다하려고 노력했어. 다만 그 사람은 스콧 씨를 두려워했지. 무엇보다 나이 든 목사가 따돌림을 받았다고 몹시 화가 나 있고 얼굴이라도 보면 몽둥이로 때려 주려고 준비하고 있다는 등의 소문을 듣고 오해하고 있었기 때문이었어.

　어느 날, 젊은 목사님이 마크데일의 크로퍼드 씨 댁에 있으려니까 느닷없이 스콧 씨의 목소리가 현관에서 들려왔어. 젊은 목사님은 마치 죽은 사람처럼 새파래져 크로퍼드 씨 부인에게 숨겨 달라고 필사적으로 부탁했어.

　그러나 스콧 씨는 부엌에 있었기 때문에 방에서 목사님을 도망치게 할 수 없었지. 그릇장에 숨기는 수밖에 다른 방법이 없었어. 젊은 목사님이 그릇장에 숨자 스콧 씨가 들어왔어. 스콧 씨는 멋진 이야기를 한 뒤 성경을 읽고 기도를 드렸어. 그 무렵에는 꽤 긴 기도를 드렸지.

　그리하여 기도가 끝날 무렵 스콧 씨는 이렇게 말했어.

　'주님, 저 그릇장 속의 가엾은 젊은이에게 은혜를 내려 주십시오. 사람과 얼굴을 마주치는 것을 두려워하지 않도록 용기를 주옵소서. 슬프게도 남의 중상을 많이 하는 교인들을 잘 인도할 수 있는 영광스러운 빛을 그에게 내려 주옵소서.'

　그때 그릇장 속에 숨어 있던 가엾은 젊은 목사님의 기분은 어땠을까!

　스콧 씨가 기도를 마치자, 얼굴이 빨개진 젊은 목사님이 사나이답게 얼른 나타났어. 스콧 씨는 매우 상냥스런 태도로 그와 악수를 하고 그릇장 이야기는 한마디도 꺼내지 않았어. 그리고 두 사람은 그 뒤 언제까지나 친한 벗으로 지냈다는 거야."

"어떻게 해서 스콧 씨는 젊은 목사님이 그릇장에 숨어 있다는 걸 알았을까?"

펠릭스가 물어보았다.

"아무도 알 수 없었어. 그러나 아마 집에 들어가기 전에 창문에서 목사님을 보고 그릇장에 숨은 걸로 짐작했겠지. 어디로든 방에서 나갈 방법은 없었으니까."

세실리가 '스콧 목사님의 자두' 껍질을 깎으면서 말했다.

"할아버지가 살아 계셨을 때, 스콧 씨는 노랑 자두나무를 심었어. 그때, 그 일은 지금까지 한 일 중에서 가장 그리스도 교도다운 행위였다고 스콧 씨는 말씀하셨대. 하지만 나무를 심는 일의 어디가 그리스도 교도다운 것인지 전혀 모르겠어."

"난 알고 있어."

스토리 걸이 영리하게 말했다.

우리는 마지막으로 우유 짜기를 끝낸 뒤 모였다. 오늘 일은 모두 마쳤다. 우리는 송진 냄새가 풍기는 소나무 숲 아래에 모여서 8월에 익는 조생종 사과를 먹고 있었는데, 그 모양을 본 스토리 걸이 아일랜드 인의 돼지 이야기가 생각난다고 말했다.

"마크데일에 살고 있었던 아일랜드 인이 새끼 돼지 한 마리를 기르고 있었어. 그런데 그 돼지에게 양동이 가득 옥수수 죽을 주었어. 돼지가 양동이에 가득한 죽을 다 먹고 나자 아일랜드 인은 돼지를 그 양동이 속에 넣어 보았어. 그러자 돼지는 양동이의 반도 되지 않았다는 거야. 그러면 양동이에 가득했던 죽은 어떻게 된 걸까?"

이것은 대답하기 어려운 수수께끼였다. 우리는 나무 사이를 걸으면서 그 문제를 논의했으며 댄과 피터는 말다툼까지 하였다. 댄은 그런 일이 불가능하다고 주장하였고, 피터의 의견은 옥수수 죽은 먹는 도중에 압축되니까 그다지 부피를 차지하지 않는다고 주장했다.

토론하는 동안 우리는 '무서운 열매'의 숲이 뻗어 있는 언덕 방목지 울타리가 있는 데까지 왔다. '무서운 열매'가 대체 무엇인지, 실제로 나는 몰랐다. 진짜 이름도 알지 못했다. 빛이 반들거리고 먹음직스러워 보이는 빨간 송이에 달린 알갱이 과일인데 독이 있어서 먹으면 안 되는 열매였다. 댄이 한 송이를 따서 손에 드리우고 있었다.

"댄 킹, 설마 그 열매를 먹진 않겠지? 그건 독이 들어 있어. 얼른 버려."

펠리시티는 책망하듯 왕초다운 어조로 말했다.

사실 댄은 그 열매를 먹을 생각은 추호도 없었다. 그러나 펠리시티의 책망을 듣자 하루 종일 댄의 마음속에 부글거리고 있었던 반항심이 한꺼번에 폭발했다. 본때를 보여 줄 테다!

"먹고 싶을 땐 먹을 거야, 펠리시티 킹. 독이 있다고? 난 믿지 않아. 이걸 봐!"

댄은 화가 머리끝까지 나 있었다.

댄은 그 열매를 커다란 입에 송이째 쑤셔 넣고 맛을 보았다.

"맛있군."

그는 입맛을 다시며 말한 다음, 우리의 반대도 펠리시티의 부탁도 무시하고 다시 두 번째 송이를 입에 넣었다.

우리는 댄이 그 자리에서 쓰러져 죽을 거라고 생각했다. 그러나 아무 일도 일어나지 않았다. 1시간이 지나자 우리는 '무서운 열매'에 전혀 독이 없다는 결론에 이르렀고, 그걸 먹은 용기를 칭찬하여 댄을 영웅시하고 존경했다.

"아무렇지도 않을 거라는 것쯤 알고 있었어. 펠리시티는 무슨 일이든 요란을 피우기를 좋아하니까."

그는 잘난 체하며 말했다.

그럼에도, 어둑해서 집으로 돌아갈 무렵, 나는 댄의 얼굴빛이 나빠졌고 말이 없어진 것을 눈치챘다. 댄은 부엌 소파에 누워 있었다.

"기분이 나쁜 것 아냐, 댄?"

나는 진심으로 걱정이 되어 물었다.

"상관 마."

댄은 말했다.

나는 아무 말 없이 있었다.

우리가 소파에서 들려오는 큰 신음소리에 놀라 뛰쳐 일어났을 때 펠리시티와 세실리는 식료품 저장실에서 내일의 도시락 재료를 의논하고 있는 중이었다.

"음, 뱃속이 이상해, 정말 이상해."

댄은 가엾게 외치고 있었다. 좀 전의 도전적인 태도도, 자신감 넘치던 말투도 이젠 아예 사라졌다.

우리는 당황했다. 우리들 중에서 침착한 사람은 세실리 혼자뿐이었다.

"위가 불편하니?"

세실리가 물었다.

"여기가 몹시 아파, 여기가 위라면 말이야."

해부학적으로 보자면 배꼽을 기준으로 위 아래 쪽을 누르며 댄이 신음했다.

"음, 음, 으음!"

"로저 삼촌을 불러와! 펠리시티! 빨리! 주전자를 화덕에 올려 놔. 댄, 겨자 찜질을 해줄게."

얼굴이 창백했지만 세실리는 분명하게 명령을 계속했다.

겨자 찜질은 곧 고유의 효과를 발휘했지만 댄을 조금도 편하게 해주진 못했다. 그는 몸을 비틀며 신음했다. 일터에서 불려온 로저 삼촌은 피터에게 언덕 기슭의 레이 부인을 부르도록 일러 두고 자기는 의사를 부르러 나갔다. 피터는 나갔다가 세라만 데리고 돌아왔다.

레이 아주머니도 주디 피노도 집에 없었다. 세라는 오히려 자기 집에 있는 편이 나을 뻔했다. 아무 도움도 되지 않는 데다가 공연히 왔다갔다 돌아다니면서 댄이 죽으면 어떻게 하느냐고 울기만 해서 혼란만 더할 뿐이었다.

세실리가 지휘를 했다. 펠리시티는 입맛을 만족시켜 주고, 스토리 걸은 우리의 영혼을 매료시켜 준다. 그러나 고통과 병으로 위급할 때 구원의 천사가 되는 사람은 세실리였다. 세실리는 몸을 비비꼬는 댄을 침대에 뉘였다. 가정의학 책에 나오는 해독제 중 손에 넣을 수 있는 것들을 모두 찾아서 댄에게 먹이고 조그마한 손으로 부지런히 살갗이 벗겨질 만큼 뜨거운 찜질 수건을 계속 대주었다.

댄이 심한 아픔 때문에 괴로워하는 건 틀림없었다. 댄은 신음하고 몸을 비틀고 어머니를 부르며 울었다.

"어떡해. 몹시 아픈 모양이야. 아, 어째서 의사 선생님은 오시지 않는 거야? 그 열매는 독이 있다고 그렇게 말했건만, 설마 사람을 죽게 하지는 않겠지. 그럴 리는 없어."

부엌을 왔다갔다하면서 양손을 비비며 펠리시티가 말했다.

"우리 친척 아저씨는 40년 전에 무엇인가를 먹고 체해서 죽었대."

세라 레이가 흐느껴 울었다.

"가만히 있어! 여자애들에게 그런 말을 하다니. 잘 생각해. 지금도 불안한데 더 이상 겁주지 마."

피터가 화가 나 떨면서 작은 목소리로 말을 막았다.

"하지만 친척 아저씨는 정말 죽었어."

세라는 어리석게도 그 말을 자꾸 되풀이했다.

"제인 고모는 아플 때 위스키를 발랐어."

피터가 의견을 말했다.

"위스키는 없어."

펠리시티가 노골적으로 비난하는 표정을 보이며 말했다.

"이 집에서는 술을 금하고 있어."

"하지만 위스키를 겉에 발라 문지르는 것도 안 된다는 법은 없을 걸. 입 안에 넣으니까 나쁜 거겠지."

피터가 주장했다.

"그래, 어쨌든 없어……. 그 대신 블루베리 와인을 대신 쓸 수 없을까?"

피터는 블루베리 와인이 효과가 있으리라고는 생각하지 않았다.

10시가 되자 겨우 댄의 상태가 나아지기 시작했다. 그리고 그 무렵부터 매우 빠르게 회복되었다. 로저 삼촌이 마크데일에 도착했을 때 부재중이었던 의사는 10시 30분에야 도착했다. 의사는 환자가 몹시 지쳐서 얼굴빛은 나빴으나 어느정도 고통에서는 벗어났음을 알 수 있었다.

그라이어 의사는 세실리의 머리를 쓰다듬어 주며 세실리가 아주 착한 아이로 해야 될 일을 전부 잘 했다고 칭찬한 뒤, 원인이 된 열매를 살펴보고는 아마 독이 들어 있을 거라고 말해주었다. 의사는 댄에게 가루약을 처방한 다음 앞으로는 금지된 과일을 함부로 먹어서는 안 된다는 충고를 하고 돌아갔다.

세라를 찾으러 레이 아주머니가 겨우 나타났다. 그녀는 댄의 상태를 보더니 하룻밤 병구완을 해 주겠다고 말했다.

"그렇게 해주신다면 정말 고맙겠습니다. 저는 어쩐지 맥이 탁 풀렸어요. 재닛과 앨릭을 설득시켜 핼리팩스로 보내고 두 사람이 없는 동안 아이들을 돌보기로 했는데, 그때는 내가 어떤 처지에 놓이게 될 지 몰랐어요. 뭔가 나쁜 일이 생겼다면 결코 내 자신을 용서하지 못했을 겁니다. 아이들이 먹고 싶어하는 것까지 살핀다는 것은, 이 세상 어느 누구든 힘든 일이라고 생각하고 있지만 말입니다. 자, 꼬마들아. 어서 자거라, 댄은 위기를 넘겼으니 이제 아무것도 할 일이 없다. 그 누구도 별로 도움이 되질 못했어. 세실리 말고는. 세실리는 유능한 사람이 될 훌륭한 소양을 갖고 있구나. "

로저 삼촌이 말했다.

"오늘은 끔찍한 날이었어. "

층계를 오르면서 펠리시티가 슬픈 듯 말했다.

"로저 외삼촌이 자기 자신의 탓으로 생각하고 일부러 무섭게 군 것 같아. "

스토리 걸이 솔직히 말했다. 그리고 덧붙였다.

"하지만 언젠가는 좋은 이야깃거리가 될 거야. "

"난 엄청나게 지쳤다가 이제 겨우 한숨 돌린 기분이야. "

세실리가 말했다. 우리 모두가 똑같은 기분이었다.

댄은 반항기

댄은 아침이 되자 꽤 창백해 보였으나 곧 기운을 되찾았다. 댄은 일어나고 싶어했지만 세실리가 침대에 누워 있으라고 타일렀다. 다행히도 펠리시티가 명령을 되풀이하는 것을 잊었으므로 댄은 침대에 그대로 있었다. 세실리는 댄에게 식사를 날라다 주었으며, 틈틈이 시간을 내서 헨티가 지은 동화책을 읽어 주었다. 스토리 걸은 2층에 올라가 신비한 이야기를 들려주었다. 세라 레이는 자기가 만든 푸딩을 갖고 왔다. 댄은 세라의 마음이 고마웠으나, 그 푸딩의 맛은 형편없었으므로 패트에게 거의 다 줘버렸다. 패트는 침대 다리 밑에 몸을 웅크리고 달콤한 울음소리를 내며, 고양이다운 자세를 의젓하게 보여 주고 있었다.

댄이 말했다.

"이 녀석, 대단한 놈이야. 이 고양이는 내가 아프다는 걸 사람처럼 알고 있어. 내가 건강할 때는 거들떠보지도 않았으면서."

펠릭스와 피터와 나는 그날 목수 일을 도와달라는 부탁을 받았다. 펠리시티는 집안의 '대청소'라는 소동의 즐거움을 한껏 만끽하고 있었다.

저녁이 되어서야 우리는 겨우 자유롭게 되어 과수원에 모였다. 비로소 스티븐 삼촌의 산책길을 거닐 수 있는 여유가 생긴 것이다. 8월이 되자 그곳은 제법 서늘해서 다 익은 사과의 달콤하고 향긋한 냄새와 정답고 아늑한 그늘로 덮였다. 길이 열리는 가까운 곳으로부터 저편 먼 저녁놀 속에 늘어선 언덕의 푸른 능선과 차분하고 적막한 초록빛 평야가 보였다. 머리 위에는 초록 레이스 같은 잎들이 살랑거리며 지붕 모양을 이루고 있었다.

그곳에서 발길 가는 대로 걸으며 '양배추와 임금님' 이야기를 듣고 있는 한, 우리에게 더이상 이 세상에 바쁜 일이란 존재하지 않을 것 같았다. 스토리 걸이 들려준 하나의 이야기——거기서는 왕자들이 블랙베리보다 더 많았으며, 여왕님은 미나리아재비와 같이 당연한 존재였으나——는 우리가 국왕에 관한 토론까지 할 수 있게끔 해주었다. 그래서 우리는 임금님이 된다는 것은 어떤 기분일까? 하고 생각했다. 피터는 왕관을 줄곧 쓰고 있는 것은 '부자유스럽겠지만 멋진 일이라고 말했다.

"어머, 지금은 그렇지 않아. 옛날에는 그랬는지 모르지만 지금은 모자를 쓰고 있어. 왕관은 특별 행사 때만 쓰고, 사진으로 봤을 때는 보통 사람과 똑같았어."

스토리 걸이 말했다.

"특별히 정해져 있고 변하지 않는다는 건 별로 재미없을 거야. 그렇지만 난 여왕님을 보고 싶어. 섬에서 살면 재미없는 건 그것뿐이야. 여왕님은 여기선 절대로 볼 수 없다는 것."

세실리가 말했다.

"황태자님은 샬럿타운에 한 번 오신 적이 있어. 제인 고모는 아주 가까이서 보셨대."

피터가 말했다.

"그건 우리가 태어나기 전 일이었고, 그런 일은 우리가 죽은 뒤에나 다시 일어날 거야."

세실리가 평소답지 않게 비관적으로 말했다.

"여왕님이나 임금님은 옛날에 더 많았으리라고 생각해. 지금은 거의 없는 것 같아. 캐나다를 모두 찾아도 한 사람도 없어. 유럽에 가면 어쩌면 볼 수 있을지 몰라."

스토리 걸이 말했다.

분명히 스토리 걸은 국왕 앞에 서게 되는 운명을 지니고 있었으며 나중에 그들이 기꺼이 칭찬하는 인물이 되었다. 그러나 우리가 과수원에 앉아 있었던 그때 우리는 그런 미래의 일을 상상조차 할 수 없었다. 그녀가 단순히 왕족을 볼 기회를 갖게 될 가능성이 있다는 것만으로도 충분히 멋진 일이라고 생각되었다.

"여왕님은 자기 마음대로 할 수 있을까?"

세라 레이가 물었다.

"지금은 그렇지 않아."

스토리 걸이 가르쳐 주었다.

"그렇다면 그런 사람이 되어도 소용없겠네."

"임금님도 지금은 자기 마음대로 못해. 그렇게 하려고 마음먹어도 다른 사람들 마음에 들지 않으면 의회 같은 데서 끽소리도 못 하게 만들어 버려."

펠릭스가 말했다.

"'끽소리도 못 하게'라니 재미있는 말이야. 느낌을 잘 나타냈어. 끽소리도 못 하게라니."

스토리 걸이 갑자기 말했다.

확실히 스토리 걸이 말한 것처럼 재미있는 말이었다. 임금님도 악기처럼 끽소리도 못 낼 때가 있다니.

"로저 삼촌이 그러셨는데 마틴 포브스의 부인은 남편을 끽소리도 못 하게 해버렸대. 마틴은 결혼한 뒤로는 영혼조차도 자기 것이라고 말하지 못한다고 삼촌이 말씀하셨어."

펠리시티가 말했다.

"잘된 거야."

세실리가 적의를 품고 말했다.

우리는 눈이 모두 동그래졌다. 그것은 정말 세실리답지 않은 태도였다.

"마틴 포브스는 나를 '조니'라고 이상하게 불렀던 제임스 포브스의 형이야. 그래서 그런 거야."

세실리가 설명을 해나갔다.

"서머사이드에서 제임스 포브스가 2년 전에 부인과 함께 이곳을 방문했어. 그런데 나한테 말을 걸 때마다 '조니'라고 불렀어. 생각해 봐! 절대로 용서할 수 없어."

"용서하지 않는 건 그리스도교 정신에 어긋나."

펠리시티가 비난했다.

"상관없어. 만일 네가 '조니' 따위로 불리더라도 제임스 포브스를 용서해 줄 거야?"

세실리가 대들었다.

"난 마틴 포브스 아저씨 이야기를 알고 있어. 옛날 그 옛날에 칼라일 교회에는 성가대가 없었어. 독창자가 있었을 뿐이었어. 그러다 마침내 성가대가 생겨 앤드루 맥퍼슨이 베이스를 맡게 되었어. 포브스 아저씨는 류머티즘이 심했기 때문에 몇 년 동안 교회에 나가지 않았지만 성가대가 노래를 부른 첫 주일에는 참석했어. 베이스의 음역을 한번도 들어본 적이 없었기 때문에 어떤 것인가 들어보려는 생각에서였어. 킹 외할아버지가 성가대는 어땠느냐고 물어보았어. 그러자 포브스 아저씨는 그것은 '아주 훌륭했습니다'라고 말했지. 하지만 앤드루의 '베이스'에 대해서는 이렇게 대답했어.

'베이스라는 것은 별것도 아니었습니다. 줄곧 '바──'라는 소리만 내고 있었어요.'"

스토리 걸이 말했다.

스토리 걸은 우리가 '바──'라는 음역의 소리를 귀기울여 들어주길 바랐다. 포브스 아저씨는 '베이스'를 한마디의 말로 간단히 무시해버렸지만 사실 그 자신도 스토리 걸의 '바──' 소리만큼 조롱 섞인 어조로 말하진 못했을 것이다. 우리는 차가운 풀 위를 떼굴떼굴 구르며 깔깔거리고 웃었다.

"불쌍한 댄. 재밌는 일 하나 없이 혼자 방에 있어. 댄이 누워 있는데 이런 곳에서 우리가 즐거워하다니 잘못된 일이라고 생각해."

세실리가 동정어린 어조로 말했다.

"안 된다고 한 '무서운 열매'를 먹는 잘못을 저지르지 않았다면 병에 걸리지도 않았을 거야. 나쁜 일을 하면 반드시 벌을 받게 돼. 댄이 죽지 않은 것은 하느님의 은혜야."

펠리시티가 말했다.

"그런 이야기를 들으니 늙은 스콧 목사님의 다른 이야기가 생각나는구나"

스토리 걸이 입을 열었다.

"전에 얘기했었지? 장로회가 은퇴시켰기 때문에 스콧 씨가 머리 끝까지 화가 났다구. 이 일을 꾸몄다며 스콧 씨가 특별히 원망했던 목사님이 두 사람 있었어. 어느 날, 스콧 씨의 친구가 위로하려고 이렇게 말했어.

'자넨, 하느님 뜻에 맡기지 않으면 안 되네.'

'하느님 뜻과는 관계없어. 그건 머클로스키 녀석과 마귀의 짓이야'라고 스콧 씨는 말했어."

"그런 말은 하지 않는 게 좋아. 마, 마, 마귀라니."

펠리시티는 몸을 떨었다.

"난 스콧 씨의 말을 그대로 한 것뿐이야."

"그야 목사님이라면 그런 말을 해도 좋아. 하지만 여자애가 할 말이 못 돼. 아무래도 마……마귀라고 해야 할 경우엔 '거짓말쟁이'라고 말하는 게 좋아. 우리 어머니는 그렇게 하셔."

"그건 머클로스키 녀석과 '거짓말쟁이'의 짓이야."

스토리 걸은 어느 쪽이 더 효과적인 말인지 비교하듯이 말해 보았다.

"이건 안 되겠어."

스토리 걸은 결론을 내렸다.

"저…… 저…… 누군가의 이름을 말하는 것은 이야기할 때는 어울리지 않는다고 생각해. 보통 이야기할 때는 어울리지 않아. 마치 천벌이라도 받은 것처럼 들려."

세실리가 말했다.

"스콧 씨 이야기라면 또 하나 있어. 스콧 씨가 결혼하고 얼마 되지 않았던 어느 날 아침, 교회에 갈 시간이 됐는데 부인은 전혀 준비가 되지 않았지. 그래서 목사님은 부인을 혼내주려고, 혼자서 마차를 타고 떠났어. 멋대로 걸어서 오라는 듯 부인을 그냥 두고 가 버렸어. 더위와 먼지 속을 3킬로미터 가까이나 부인이 걸어가도록 한 거야.

부인은 말없이 걸어갔어. 스콧 씨 같은 남자와 결혼한 이상 어쩔 수 없는 선택이었겠지. 그런데 몇 주일 지난 주일날, 이번에는 스콧 씨가 늦어 버렸어! 부인은 아마도 '눈에는 눈으로!' 대하겠다고 생각한 모양이었어. 지체 없이 집을 나가서 전에 스콧 씨가 했던 것처럼 마차를 타고 혼자 교회로 가 버렸어.

스콧 씨는 땀을 흘리며 먼지투성이가 되어 겨우 교회에 도착했지만 기분이 좋을 리 없었지. 스콧 씨는 설교단에 서자 거기서 몸을 내밀고 옆 좌석에 시원스런 얼굴로 앉아 있는 부인을 노려보았어. 그리고 큰 소리로 말했어.

'멋진 일을 했군. 하지만 한 번만 더 그러면 용서치 않겠어!'"

모두 한바탕 웃고 있는데 패트가 당당히 풀 위에서 꼬리를 흔들며 산책길을 내려왔다. 패트는, 옷을 갈아입고 다시 정상으로 돌아온 댄 옆에서 그를 인도하는 역할을 하고 있었다.

"이젠 일어나도 괜찮니?"

세실리가 걱정스러운 듯이 물었다.

"어쩔 수 없었어. 창문은 열려 있고 너희들 웃음소리가 들려오니까 나 혼자 소외된 것 같아서 도저히 참을 수 없었어. 게다가 난 이제 좋아졌어. 기분도 퍽 좋아."

"그건 좋은 경험이었어. 댄 킹. 이번 일을 결코 잊어선 안 돼. 앞으로 안 된다고 하는 '무서운 열매' 따윈 절대 먹으면 안 돼."

펠리시티는 듣기에도 거북한 목소리로 말했다.

막 부드러운 풀밭을 찾아 앉으려고 했던 댄은, 펠리시티의 지나친 참견에 순간 하던 동작을 멈춰버렸다.

댄은 일어나더니 몹시 화가 난 표정으로 자신의 자존심을 상하게 한 누이동생을 노려보았다. 그리고 뒤이어 굴욕으로 얼굴이 벌개져 한마디 말도 하지 않고 성큼성큼 가버렸다.

"어머, 댄을 화나게 만들었어. 펠리시티, 넌 왜 잠자코 있지 못하지?"

세실리가 꾸짖기 시작했다.

"뭘? 내가 무슨 말을 했다는 거야?"

펠리시티는 어리둥절한 얼굴로 정색을 하며 말했다.

"오누이가 언제나 말다툼을 하다니 무서운 일이야. 카우안의 아이들은 언제나 싸우고 있지. 펠리시티와 댄도 머지않아 그들처럼 나빠질 것 같아."

세실리가 한숨을 쉬며 말을 계속했다.

"어쩌면! 너도 잘 생각해서 말을 해. 댄은 지금 몹시 약해져 있어서 제대로 말을 해도 소용이 없어. 난 댄이 어제저녁 모두에게 폐를 끼친 일을 조금은 반성한 줄 알았었지. 그런데 세실리는 댄을 너무 감싸는 것 같아."

"난 감싸지 않았어!"

"감싸고 있어! 이건 너하고는 관계없는 일이야. 어머니는 안 계시지만 분명히 내게 집안 일을 부탁하고 가셨어."

"어제저녁 댄에게 병이 났을 때 너는 조금도 도움이 안 됐어."

펠릭스가 심술궂게 말했다. 펠리시티는 어제저녁 차 시간에 펠릭스가 전보다 뚱뚱해졌다고 말했다. 그래서 이 말은 펠리시티에 대한 펠릭스의 보복인 셈이다.

"넌 세실리에게 전부 맡기고 좋아했잖아."

"너 누구한테 얘기하고 있는 거야?"

펠리시티가 말했다.

"자, 자, 잠깐 기다려. 이런 식으로 하면 모두 싸우게 돼. 그러면 몇 사람은 내일도 하루 종일 기분이 나빠서 얼굴을 찌푸리게 될거야. 하루를 헛되게 보내는 건 서글픈 일이잖아. 자, 조용히 해. 다음 말을 생각할 때까지 100까지 세어 보자."

스토리 걸이 말했다.

우리는 조용히 하고 100까지 세었다. 그러자 세실리가 일어나더니 댄의 상처입은 마음을 위로해 주려고 결심한 듯 댄을 찾으러 갔다. 펠리시티는 그 뒤를 쫓아가 식료품 저장실에 댄을 위해 특별히 남겨 둔 잼을 넣은 파이가 있다는 것을 알려 주러 갔다. 펠릭스는 자기가 먹으려고 남겨둔 좋은 사과를 펠리시티에게 주려고 했다. 그리고 스토리 걸은 해변의 섬에 사는, 마법에 걸린 아가씨 이야기를 시작했지만 그 이야기를 끝맺지 못하고 말았다. 초저녁 햇볕이 장밋빛으로 물든 서쪽 창문가에 반짝이고 있을 때, 세실리가 양손을 비비면서 과수원을 질러서 뛰어왔기 때문이다.

"큰일 났어. 이리 와 봐, 빨리."

세실리는 헐떡거렸다.

"댄이 또 '무서운 열매'를 먹고 있어. 커다란 송이를 통째 먹어 버렸어. 펠리시티를 혼내 줄 거라고 말하고 있어. 아무리 말려도 듣질 않아. 부탁이야, 모두 말리러 가자!"

우리는 일제히 일어나 집 쪽으로 쏜살같이 달렸다. 정원에서 우리는 가문비나무 숲에 있는 댄을, 아무 거리낌도 없이 그 불길한 '금단의 열매'에 도전하고 있는 댄을 만났다.

"댄 킹, 자살이라도 할 셈이니?"

스토리 걸이 쏘아붙였다.

나는 설득하려고 했다.

"부탁이야, 댄. 그런 일 하면 안 돼. 어제저녁 네가 얼마나 몸이 아팠는지, 또 얼마나 모두를 힘들게 했는지 생각해 봐. 이젠 더 먹지 마. 넌 착한 아이잖아."

"괜찮아. 이젠 먹고 싶을 만큼 먹었으니까. 맛있어. 이것 때문에 병에 걸렸다고 생각되지 않아."

댄이 말했다.

그러나 노여움이 사라진 지금 댄은 얼마쯤 겁을 내고 있는 것 같았다. 펠리시티는 없었다. 이리저리 찾아보니 펠리시티는 부엌에서 불을 피우고 있었다.

"넌 주전자에 물을 받아서 끓여줘. 댄이 다시 병에 걸린다면 준비해 두어야 해. 어머니가 집에 계셨으면 좋겠어. 지금은 그 생각뿐이야. 다시는 어머니가 집을 비우지 않으셨으면 좋겠어. 댄 킹, 네가 어떻게 굴었는지 어머니에게 그대로 일러 줄 테니 기다려."

체념한 얼굴로 펠리시티가 말했다.

"흥, 넌 바보야! 이젠 병에 걸리지 않아. 네가 계속 그런 식으로 말할 거라면 말이야. 펠리시티 킹, 나도 할 말이 있어. 어머니가 안 계시는 동안 달걀 몇 개를 써도 좋다고 일러주셨는지 난 알고 있어. 그런데 네가 진짜로 몇 개 썼는지 난 알고 있어. 세고 있었거든. 그러니까 너나 조심해, 아가씨."

"1시간 지나면 죽는다면서 누이동생한테 하는 그 말투가 뭐야."

댄에 대한 노여움과 진심어린 걱정이 뒤섞여 눈물이 글썽해진 펠리시티는 말했다.

그런데 1시간이 지났는데도 댄은 아주 건강했다. 그리고 이젠 자러 가겠다고 말했다. 댄은 가고 나서 얼마 뒤 자신의 마음과 위에는 아무 일도 없다는 듯 건강하게 잠들었다. 그러나 펠리시티는 모든 위험이 없어질 때까지 물을 끓여 둔 채로 놔두겠다고 선언했다. 그래서 우리는 펠리시티와 같이 있기로 했다. 11시쯤 로저 삼촌이 들어왔을 때 우리는 그곳에 있었다.

"도대체 한밤중인 이 시간에 너희 꼬마들은 뭘하고 있는 거냐?"

삼촌은 우리를 꾸짖었다.

"2시간 전에 침대에 들어가 있어야 했어. 게다가 한밤중에 불을 벌겋게 피우고 있다니, 놋쇠로 만든 원숭이라도 녹일 작정이냐. 정신 나갔니?"

"댄 때문이에요. 또 '무서운 열매'를 많이 먹었어요, 아주 많이요. 틀림없이 병에 걸릴 거예요. 그런데 지금은 전혀 아무렇지도 않게 자고 있어요."

피로에 지친 펠리시티가 설명했다.

"그 꼬마 녀석, 정말로 미쳤구나!"

"펠리시티가 나빴어요. 펠리시티가 댄에게 '좋은 경험이 되었을 거야, 앞으로 안 된다고 말할 땐 그런 짓하면 안 돼'라고 했어요. 그런 말로 화를 나게 하니까 댄은 홧김에 그 과일을 먹어 버린 거예요."

좋은 일이든 나쁜 일이든 언제나 댄 편을 드는 세실리가 흠을 잡았다.

"펠리시티 킹, 조심해. 넌 어른이 되면 남편을 술주정꾼으로 만들 나쁜 여자가 될 수도 있어."

로저 삼촌이 진지한 얼굴로 말했다.

"삼촌은 댄이 노새처럼 고집불통이라는 걸 어떻게 말해야 믿어주시겠어요?"

펠리시티는 침울한 표정으로 말했다.

"자, 이젠 모두 침대에 들어가라. 너희 어머니와 아버지가 돌아오시면 이 삼촌은 너무 고마워 눈물이 나오겠구나. 너희들 같은 아이들을 집 가득히 두고 돌보겠다고 약속한, 혼자 사는 불행한 남자의 비극이야. 앞으로 누가 부탁하든 두 번 다시 너희들을 떠맡는 일은 없을 거다. 펠리시티, 식료품 저장실에 뭐 맛있는 게 없니?"

삼촌의 마지막 질문은 위로의 마음과는 아주 거리가 먼 것이었다. 펠리시티는 로저 삼촌을 도저히 용서할 수 없었다. 아무리 생각해도 너무 심했다. 층계를 올라가면서 펠리시티는 로저 삼촌이 정말 싫다고 고백했다. 펠리시티의 빨간 입술은 떨리고 자존심에 상처를 입은 아름다운 파란 눈동자에서는 눈물이 떨어졌다. 희미한 촛불 속에서 펠리시티는 믿을 수 없을 만큼 아름다웠고 매혹적이었다. 나는 펠리시티의 어깨에 팔을 두르고 사촌 형제답게 위로했다.

"삼촌 일 따위는 신경 쓰지 마. 어른이랍시고 그러는 거야. 뻔해."

유령의 종

금요일은 킹 집안의 즐거운 날이었다. 모두들 기분이 좋았다. 스토리 걸은 동쪽 나라의 신화에 나오는 악마나 요정 이야기부터, 기사도가 화려했던 뿔피리 시대, 더 가까이는 칼라일의 평범한 사람들의 신변 일화에 이르기까지 여러 이야기를 재치 있게 풀어냈다.

스토리 걸은 때에 따라 비단 베일에 얼굴을 가린 동양의 공주가 되었고, 또는 시동으로 변장해서 팔레스타인 전쟁에 참가하는 신랑을 따라가는 신부가 되기도 했다. 달빛이 흘러넘치고 히스가 무성한 황야에서 노상 강도와 함께 코란토를 춤추고, 자신의 다이아몬드 목걸이를 되찾은 용감한 귀부인 역을 시연해 보였으며, 또는 '내정(內情)을 알고 싶어' 금주(禁酒) 클럽에 들어간 부슈킬크의 소녀도 되었다.

스토리 걸은 어떤 역할도 그 현장에 있었던 것처럼 멋지게 해보였기 때문에, 스토리 걸이 다시 친숙한 현실의 스토리 걸로 돌아왔을 때, 우리는 모두 놀랐다.

세실리와 세라 레이는 낡은 잡지에서 '최신 사랑스런 레이스 뜨기' 편물본을 찾아내어 그것을 외우는 일과 '진실게임'으로 즐거운 오후를 보내고 있었다. 우연히——고의가 아니었다고 맹세할 수 있다——진실게임의 비밀을 몰래 들은 나는, 세라 레이가 어떤 사과에 '조니 브라이스'라는 이름을 붙였다는 걸 알았다.

"그리고 세실리, 거짓말이 아니야. 씨는 8개가 있었어. 8개라는 뜻을 알고 있을 테지. '서로 그리워하고 서로 사랑함'이야."

세실리는 윌리엄 프레이저가 석판에 시를 써서 자신에게 보여 주었다는 것을 인정했다. 그것은 다음과 같은 시였다.

> 내가 당신을 그리워하듯이
> 당신도 나를 그리워한다면
> 이 세상 어떤 칼로도
> 우리의 사랑을 베진 못해요.

"하지만 세라 레이, 절대로 누구에게도 말해선 안 돼."

펠릭스가 증언한 바에 따르면 세라가 세실리에게 아주 진지하게 이렇게 물었다고 한다.

"세실리, 진짜 애인을 만들 수 있는 건 몇 살부터야?"

그러나 세라는 그때 한 말이 계속 거짓말이라고 고집을 부렸다. 따라서 그것은 펠릭스가 혼자 만들어낸 말이 아닌가 하는 쪽으로 생각이 기울었다.

패트는 쥐를 잡은 일로 체면을 세우더니 몹시 잘난 체하고 있었다. 세라 레이가 "귀여운 착한 고양이야!" 하고 부르면서 두 귀 사이에 키스를 해서 패트의 기분을 상하게 할 때까지. 그러자 패트는 꼬리를 내려뜨리고 힘없이 물러갔다. 패트는 '귀여운 고양이'라고 불리는 것을 몹시 싫어했다. 패트에게는 여느 고양이와 달리 유머 감각이 있는 게 확실하다. 대부분의 고양이는 자기에게 아첨하는 것을 몹시 즐기고 또 얼마든지 받아들이고 그것을 사는 보람으로 여기는 모양이었지만, 패트에게는 보는 눈이 있었다.

스토리 걸과 나만이 패트의 마음에 드는 칭찬을 할 줄 알았다. 스토리 걸의 경우는 주먹으로 귀를 콕콕 찌르며 이렇게 말한다.

"이것 봐, 패트. 잿빛 하트에 은혜를 주옵소서. 넌 정말 멋진 악당이야."

이렇게 말하면 패트는 만족하고 '야옹야옹' 하고 운다. 나는 그럴 때면 패트의 등가죽을 잡아당겨 부드럽게 흔들어 준 다음 이렇게 말하곤 한다.

"패트, 이 멍청이야. 넌 사람들보다 더 건망증이 심하구나."

그런데도 상관없이 패트는 기쁜 듯 혀로 입가를 핥는다. 그런데 '귀여운 고양이'라니, 세라, 세라, 어쩌면 그럴 수가!

펠리시티는 어려운 케이크 만들기에 새로 도전해서 가장 만족할 만한 결과를 얻었다. 재료를 아낌없이 써서 호화롭고 군침이 나올 만한 멋진 작품이었다. 사용한 달걀 수는 알뜰한 재닛 숙모를 깜짝 놀라게 할 것이 틀림없지만, 그 케이크 자체가 그걸 변명해 주었다. 마치 아름다움 그 자체인 것처럼 멋있게 보였다.

로저 삼촌은 차 시간에 케이크를 세 조각이나 먹어 치우고, 펠리시티에게 "넌 예술가야"라고 말했다. 가엾은 삼촌은 칭찬으로 한 말이지만, 블레어 고모부 같은 예술가에 대해서 그리 좋은 인상을 갖고 있지 않던 펠리시티는 도리어 창피를 당한 표정이 되어 "절대로 그렇지 않아요!" 하고 반발했다.

"단풍나무 개간지 뒤편에 산딸기가 가득 달려 있다고 피터가 말했어. 차를 마신 뒤 모두 따러 가지 않겠니?"

댄이 말했다.

"가곤 싶지만, 돌아오면 피곤할 테고, 또 젖을 짜야 해. 남자애들만 갔다 와."

펠리시티가 한숨을 쉬었다.

"피터와 내가 오늘 밤 젖 짜는 일을 맡으마. 모두 다녀오너라. 어른들이 돌아오는 내일 저녁상에 산딸기 파이를 내놓는다는 건 꽤 멋진 생각이구나."

로저 삼촌이 말했다.

차를 마신 뒤 우리는 각자 손에 항아리나 컵을 하나씩 들고 출발했다. 사려 깊은 펠리시티는 작은 바구니에 젤리 쿠키를 가득 넣어 가지고 갔다. 로저 삼촌의 농장 맨 끝까지는 단풍나무 숲을 지나서 가지 않으면 안 되었다. 산들거리는 잔가지나 향긋한 냄새가 나는 양치식물, 여기저기 춤추는 햇빛의 그림자, 초록빛 세계를 빠져 나가는 즐거운 산책길이었다. 산딸기는 넘칠 만큼 많았고 우리가 가져 간 그릇들은 금세 가득 찼다. 딸기를 다 따고 우리는 어린 단풍나무 아래 맑고 조그만 옹달샘 둘레에 모여 앉아서 젤리 쿠키를 먹었다. 스토리 걸은 어떤 산골에 있는 '마법의 샘물' 이야기를 해주었다. 그곳에는 순결한 귀부인이 살고 있었는데, 그 귀부인은 보석을 박은 황금 잔으로 찾아오는 사람들에게 모두 건배하기를 권한다고 했다.

"그 잔으로 귀부인과 건배하면 두 번 다시 이 세상에는 돌아올 수 없어. 그대로 요정 나라로 데려가기 때문에 요정 신부를 얻어서 살아야 해. 그리고 인간 세계에 돌아오려고는 꿈에도 생각하지 않아. 왜냐하면 한번 마법의 잔으로 마법의 샘물을 마시면 옛날 일은 모두 잊어버려. 1년에 한 번 생각하는 것을 허락받는 날 이외엔 말이야."

말하고 있는 스토리 걸의 에메랄드빛 눈이 노을빛 속에 반짝였다.

"요정 나라 같은 곳이 있었으면 좋겠어. 그리고 그곳에 가는 길도."

세실리가 말했다.

"나는 그런 곳이 있을 거라고 생각해. 에드워드 외삼촌이 네게 어떻게 가르쳐 주었는지 모르지만, 그곳에 가는 길은 있어. 찾을 수 있다면 말이야."

스토리 걸은 꿈꾸듯 말했다.

확실히 스토리 걸은 옳았다. 요정 나라는 있을 것이다. 아이들만이 그곳으로 통하는 길을 찾을 수 있다. 그런데 그 아이들은 어른이 된 뒤 그곳으로 가는 방법을 잊어버릴 때까지, 그곳이 요정 나라라는 걸 깨닫지 못한다. 아무리 찾아도 더 이상 찾을 수 없는 어느 괴로운 날, 그들은 비로소 그 길을 완전히 잃어버렸다는 걸 알게 된다. 그것이 인생의 비극이다.

그날 에덴의 문은 뒤에서 닫히고 황금시대는 마지막을 알린다. 그 이후는 평범한 기분으로 평범한 날들을 보내지 않으면 안 된다. 동심이 남아 있는 몇몇 안 되는 사람만이 잃어버린 아름다운 오솔길을 다시 발견할 수 있으며, 그들이야말로 사람 위에 서는 자로서 축복을 받는다. 그들은, 아니 그들만이 전에 모든 사람이 헤매 다녔고 그리고 영원히 추방되었던 그리운 나라의 소식을 가져다 줄 수 있다. 세상은 그런 사람들을 가수, 시인, 이야기꾼 등으로 부른다. 그들은 다만 요정 나라로 가는 길을 잊지 않은 사람들일 따름이다.

우리가 모여 앉은 곳 앞으로 얼간이 아저씨가 지나갔다. 어깨에는 총을 메고 옆에 개를 데리고 있었다. 그는 이 단풍나무 숲 속에서는 조금도 얼간이로 보이지 않았다. 얼간이 아저씨는 유유히 큰 보폭으로 걸어갔으며, 자기가 바라다 볼 수 있는 모든 곳이 자기 영토라는 듯한 분위기를 풍기고 있었다.

스토리 걸은 타고난 명랑함과 대담성을 발휘해 멀리있는 그를 향해 손으로 키스를 보냈다. 그러자 얼간이 아저씨도 모자를 벗고 위엄 있는 아름다운 인사를 보냈다.

"왜 저 사람을 얼간이 아저씨라고 부르는지 모르겠어."

말소리가 들리지 않는 곳으로 그가 사라지자 세실리가 말했다.

"파티나 피크닉에서 저 아저씨를 보면 그 까닭을 알 수 있어. 여자들이 보고 있으면 건네주려던 접시를 떨어뜨려. 그건 보기에도 정말 안타까워."

펠리시티가 말했다.

"내년 여름에는 저 사람과 친해져야겠어. 더 뒤로 미루다간 너무 늦어 버릴 거야. 내가 점점 자라기 때문에 올리비어 이모는 나더러 늦어도 내년 여름에는 발목까지 내려오는 긴 스커트를 입지 않으면 안 된다고 하셨어. 내가 어른처럼 보이면 저 사람은 나를 무서워해서 '황금의 이정표'의 비밀을 말해 주지 않을지도 몰라."

스토리 걸이 말했다.

"앨리스의 정체를 이야기해 줄 것으로 생각하니?"

내가 물었다.

"앨리스의 정체에 대해선 벌써 짐작하고 있어."

스토리 걸은 비밀스럽게 말했다. 그러나 그 이상은 아무것도 말해주질 않았다.

젤리 쿠키를 먹고 나니 서서히 집으로 돌아갈 시간이 가까워졌다. 저녁의 어둠이 다가오면, 살랑거리는 단풍나무나 마성을 띤 것 같은 샘터 주변보다 더 즐거운 장소는 얼마든지 있었다.

과수원 경계에 다다라 산울타리 틈새로 들어갔을 때 그곳은 땅거미 질 녘의 신비스러운 시간이 되어 있었다. 서쪽 계곡 위쪽으로는 저녁노을이 수선화 꽃잎같은 노란 빛으로 물들어 있었다. 그리고 킹 할아버지의 큰 버드나무가 아치형의 모양으로 그 위에 솟아 있었다. 동쪽 단풍나무 숲 위에는 곧 달이 뜰 것처럼 은빛이 희미하게 보였다. 과수원은 더욱 신비스러운 소리에 가득 차 있었으며 그림자도 길게 드리워져 있었다. 길 한가운데 공터에서 우리는 피터를 만났다. 만약 '공포의 화신'이 있다면 바로 그때의 피터의 모습과 같았으리라. 그의 볕에 그을린 얼굴은 유난히도 창백해 보였고 겁에 질려 매우 떨고 있었다.

"피터, 무슨 일이야?"

세실리가 물었다.

"집에…… 있었어……. 무엇인가…… 종소리를 울리고 있어."

피터는 떨리는 목소리로 말했다. 스토리 걸이라 할지라도 그 '무엇인가'를 피터처럼 겁먹어 숨죽인 듯한 모양으로 잘 표현하지는 못했으리라. 우리는 서로 다가섰다.

나는 등골에──그때까지 느껴보지 못했던──소름이 오싹 끼치는 걸 느꼈다. 피터가 그토록 무서워하지 않았다면, 우리는 피터가 우리를 속이려는 것으로 생각했을 것이다. 그러나 피터는 정말 흉내 내려고 해도 흉내낼 수 없으리만큼 공포에 사로잡혀 있었다.

"바보스럽군! 집 안에 울리는 종은 없을 텐데. 헛소리를 들은 거야, 피터. 그렇지 않으면 로저 삼촌이 우리를 놀려 주려는 것이든가……."

펠리시티가 말했지만 펠리시티의 목소리도 떨고 있었다.

"로저 아저씨는 젖 짜기를 끝낸 뒤 곧 마크데일로 떠나셨어. 로저 아저씨는 집에 자물쇠를 걸고 내게 열쇠를 주셨어. 그러니까 집에는 아무도 없어. 그건 틀림없어. 난 방목장에 소를 끌고 갔다가 15분쯤 전에 돌아왔어. 그리고 현관 층계에 잠시 앉아 있었는데 느닷없이 집 안에서 종소리가 8번이나 울렸어. 솔직히 말하지만 난 정말 놀랐어. 그래서 과수원까지 정신없이 달려온 거야. 로저 아저씨가 돌아오실 때까지 난 누가 뭐라 해도 절대 집 가까이 가지 않을 거야."

누가 뭐라고 하든 우리를 움직일 순 없었을 것이다. 우리도 피터와 마찬가지로 떨고 있었다. 서로 몸을 바짝 붙이고 얼빠진 채 한 덩어리가 되어 그곳에 우두커니 서 있었다. 아, 과수원이란 얼마나 무서운 곳인가. 저것이 무슨 그림자일까? 무슨 소리일까? 박쥐들은 왜 소름끼치는 날갯짓 소리를 내는 것일까? 사람은 한번에 사방을 다 볼 수가 없다. 그래서 등 뒤에 무엇이 숨어 있는지 알 수 없다.

"집에 누가 있을 리가 없어."

펠리시티가 말했다.

"그럼 이 열쇠를 줄 테니 혼자 가서 보고 와."

피터가 말했다.

그러나 펠리시티는 갈 생각도, 볼 생각도 없었다.

"남자애들이 할 일이야. 남자들 쪽이 여자들보다 용감하잖아?"

여자라는 걸 핑계삼아 펠리시티가 말했다.

"우린 아니야. 이 세상 것이라면 무엇이라도 그다지 무섭지 않아. 하지만 유령이 있는 집이라면 이야기는 달라져."

펠릭스가 솔직히 말했다.

"유령이 집에 살기 시작하면 그 전에 분명히 어떤 사건이 있었던 거라고 생각했었는데. 누군가가 억울하게 죽었다든가 하는 일 말야. 우리 집안에는 그런 일이 한 번도 없었어. 킹 집안에는 훌륭한 분들만 있었지."

세실리가 말했다.

"어쩌면 에밀리 킹의 유령인지도 몰라."

펠릭스가 속삭였다.

"에밀리는 과수원 말고는 절대로 나타나지 않아. 얘들아, 이것 봐! 너희들 앨릭 외삼촌의 나무 밑에서 뭔가 보이지 않니?"

스토리 걸이 말했다.

우리는 무서움에 질려 어둠 속을 내다보았다. 분명히 뭔가 있었다. 무엇인가가 흔들거리고 있다, 그 무엇이, 앞서거니 뒤서거니 하면서.

"저건 내가 입던 낡은 에이프런인지도 몰라. 오늘 흰 암탉 둥우리를 찾을 때 저기에 걸어 두었어. 하지만 어떻게 하면 좋지? 로저 삼촌은 몇 시간이나 지나야 돌아오셔……. 집안에 뭔가 있다니, 난 도무지 믿을 수 없어."

펠리시티가 말했다.

"페그 보엔 아주머니인지도 몰라."

이번에는 댄이 말했다.

그러나 우리의 마음에 그 말들은 전혀 위로가 되지 않았다. 우리는 저승에서 온 손님처럼 페그 보엔 아주머니를 무서워했다.

피터는 그 의견을 대수롭지 않게 여기고 한마디로 무시해 버렸다.

"페그 보엔 아주머니는 로저 아저씨가 자물쇠를 잠글 때까지 집에 오지도 않았어. 그런데 그 뒤 어떻게 집안에 들어갔다는 거야? 말도 안 돼. 페그 보엔 아주머니가 아냐. 다른 무엇이야. 걸을 수 있는 것 말이야."

"난 유령 이야기를 알고 있어. 그것은 눈구멍만 있고 눈알이 없는 유령이었대……."

궁지에 빠져도 언제나 상상력만은 자유로운 스토리 걸이 말했다.

"그만둬!"

세실리가 신경질적으로 외쳤다.

"더 얘기하지 마! 한마디도 하지 마! 안 돼, 그만둬!"

스토리 걸은 그만두었다. 그러나 벌써 이야기는 시작된 것이었다. 눈구멍뿐이고 눈알이 없는 유령, 그 이야기는 아이들의 피를 얼어붙게 했다.

이 8월 밤 이 세상 어딘가에, 킹 집안의 오래된 과수원에 모여 있는 여섯 아이들만큼 겁에 질려 있는 사람이 또 있었을까.

그때 갑자기…… 무엇인가가…… 나뭇가지에서 뛰어 내려 우리 앞에 섰다. 우리는 동시에 한밤의 정적을 찢으며 비명을 내질렀다. 만약 도망칠 곳이 있었다면 한 사람도 빠짐없이 도망쳤을 것이다.

그런데 도망칠 곳은 없었다. 우리 주변은 끝도 알 수 없는, 짙은 나무 그림자로 덮인 나무들의 길이었다. 그런데 자세히 보니, 얼마나 황당한 일인가! 그 '무엇인가'는 다름 아닌 패트였다.

"패트…… 패트. 여기 잠자코 있어 줘, 요것아."

나는 고양이를 안아 올려 부드럽고 유연한 몸의 감촉에 위로를 받았다.

그러나 패트는 우리를 아랑곳하지 않았다. 내 팔에서 버둥거리더니 빠져 나가 소리도 없이 무성한 수풀 속으로 사라졌다. 패트는 이미 친해지기 쉬운 익숙한 집고양이가 아니었다. 우리가 알지도 못하는 귀찮은 짐승, '헤매 다니는 짐승'이었다.

이윽고 달이 떠올랐다. 그러나 그것은 사태를 더욱 어렵게 할 뿐이었다. 그때까지 그림자들은 얌전했다. 그런데 지금은 밤바람이 나뭇가지를 스칠 때마다 살랑살랑 움직이거나 춤을 춘다. 무서운 비밀을 감추고 있는 집은 가문비나무를 검은 배경으로 희끄무레하게 떠올라 보였다. 우리는 지쳐 있었지만 풀잎들이 이슬에 젖어 있었기 때문에 앉을 수도 없었다.

"조상의 유령은 낮에만 나온대."

스토리 걸이 말을 이었다.

"낮엔 유령을 봐도 아무렇지도 않아. 하지만 어두워진 뒤엔 이야기가 달라."

"유령 따위는 없어."

나는 유령을 바보 취급했다. 이렇게 말하면서도 나는 그 말을 얼마나 믿고 싶었는지 모른다.

피터가 말했다.

"그럼 무엇이 종을 울렸다는 거야? 종은 제멋대로 울리는 게 아니라고 생각해. 집 안에 울리는 사람이 없다면 말이야."

"아, 로저 삼촌은 이젠 돌아오시지 않는 거야? 삼촌이 우리를 바보 취급하며 웃겠지만, 이렇게 무서운 일을 만나기보다는 웃음거리가 되는 편이 훨씬 나아."

펠리시티가 흐느껴 울었다.

로저 삼촌은 10시가 다 되도록 돌아오지 않았다. 오솔길에서 뒤늦게 들려온 수레바퀴의 삐걱거리는 소리만큼 우리의 환영을 받은 소리도 없을 것이다. 우리는 과수원 문을 향해 뛰어가, 마침 로저 삼촌이 현관에 내려섰을 때 앞 정원에 모두 모여 있었다. 삼촌은 달빛 아래서 우리를 찬찬히 바라다보았다.

"또 누군가가 '무서운 열매'를 먹고 탈이 난 거냐, 펠리시티?"

로저 삼촌이 물었다.

"보세요, 로저 삼촌. 들어가지 마세요. 집 안에 무엇인가 무서운 것이 있어요, 종을 울리는 것이. 피터가 들었대요. 들어가지 마세요."

펠리시티가 심각하게 말했다.

"무슨 말인지 모르겠지만 내가 들어가도 별일은 없겠지. 너희들 기분이 어떤 지는 더 이상 궁금하지 않아. 피터, 열쇠는 어디 있지? 도대체 또 무슨 얘기를 꾸며내서 들려주려는 거냐?"

로저 삼촌은 우리가 겁에 질려 있는 것도 아랑곳하지 않고 오히려 침착했다.

"제가 정말 들었다니까요."

피터는 완강하게 주장했다.

로저 삼촌은 자물쇠를 돌려서 현관문을 열었다. 그 순간, 맑고 달콤한 종소리를 닮은 차임벨 소리가 10번 울렸다.

"내가 들은 건 저 소리야! 저 종소리야!"

피터가 외쳤다.

삼촌은 갑자기 웃음을 터뜨렸다. 우리는 설명을 듣기도 전에, 삼촌의 웃음이 그치기를 기다리고 있어야 했다.

"저건 할아버지의 옛 시계에서 나는 소리야. 피터, 차를 마신 뒤 네가 대장간에 갔을 때 새미 플롯이 왔기에 옛 시계를 수리해달라고 부탁했단다. 그랬더니 새미는 눈 깜짝할 새에 쉽게 시계를 고쳐 주더구나. 그래서 그것이 여기 가엾은 너희 꼬마 원숭이들에게 간이 떨어질 만큼 겁을 주었구나."

겨우 웃음을 그친 삼촌이 말했다.

우리는 로저 삼촌이 헛간에 가면서도 껄껄거리며 웃는 소리를 들었다.

"로저 삼촌은 웃을 수 있겠지만. 잔뜩 겁에 질렸던 우리에겐 웃을 일이 아니야. 기분이 나빠. 그렇게도 벌벌 떨고 있었으니 말이야."

세실리가 목소리를 떨면서 말했다.

"삼촌이 지금은 웃고 나중에 이 일을 잊어 주시기만 한다면 아무 상관도 없어. 그렇지 않으면 1년 내내 우릴 웃음거리로 삼으실 거야. 그리고 여기 놀러 오는 사람들 모두에게 말을 퍼뜨리시겠지."

펠리시티가 쓸쓸하게 말했다.

"그렇다고 외삼촌을 원망할 순 없어. 나라도 이야기하겠어. 바보 같은 이 이야기가 우리 일이라는 건 어쩔 수 없지만. 누구 일이든 이야기는 이야기야. 그렇지만 비웃음을 받는 건 싫어. 그런데 어른들은 언제나 우릴 비웃어. 난 어른이 되더라도 그런 짓은 절대로 하지 않겠어. 꼭 명심해 둘 거야."

스토리 걸이 말했다.

"모두 피터 잘못이야. 시계 소리를 종소리로 잘못 알다니, 좀더 생각이 있었으면 좋겠어."

펠리시티가 말했다.

"난 저런 시계 소리는 들은 적이 없었어. 조금도 시계 소리같이 들리지 않았어. 게다가 문이 닫혀 있어서 소리가 잘 울렸거든…

…. 네가 소리의 정체가 뭔지 알 수 있었다면 그걸로 좋아. 하지만 너도 몰랐을 거야. "

피터가 대꾸했다.

"나 같았어도 몰랐을걸. 내 귀로 듣기에도 그건 분명 종소리가 틀림없었으니까, 문이 열려 있었는데도. 우리 좀 더 솔직해지자, 펠리시티. "

스토리 걸이 정직하게 말했다.

"난 아주 지쳐 버렸어. "

세실리가 한숨을 쉬었다.

우리는 모두 지쳐 있었다. 밤샘과 함께 신경을 잔뜩 긴장시킨 경험이 이것으로 사흘 밤이나 계속되었기 때문이었다. 마지막으로 쿠키를 먹은 뒤부터 벌써 2시간이 지나 있었다. 펠리시티는 '산딸기에 크림을 얹은 것을 한 접시씩 먹는다고 해서 별일 없지 않겠느냐'고 제안했다. 한입도 먹지 못했던 세실리 말고는 별일이 있을 리 없었다.

"내일 밤, 아버지와 어머니가 돌아오신다니 기뻐. 두 분 다 없으니까 위태위태한 일만 생겼어. 이건 지금의 솔직한 내 기분이야. "

세실리가 말했다.

푸딩의 맛

이튿날 아침 펠리시티는 여러 가지 걱정거리로 초조해하고 있었다. 먼저 집 안을 정돈해야 했다. 그리고 그날 밤 돌아올 어른들을 위해 정성들여 저녁 식사를 준비해야 했다. 펠리시티는 그 일에 온 힘을 기울이기로 하고, 아침과 점심 식사 준비를 세실리와 스토리 걸에게 맡겼다.

두 사람은 점심 식사에 옥수수 푸딩을 만들기로 했다. 빵 만들기에 크게 실패했음에도 스토리 걸은 펠리시티로부터 한 주 내내 요리 강습을 받은 덕택에 솜씨가 꽤 좋아졌다. 사실 스토리 걸은 이전의 실패를 잊지 않고 펠리시티의 허락이 없는 한, 그 무엇에도 손을 대지 않았다. 그러나 오늘 아침, 펠리시티는 너무나 바쁜 나머지 스토리 걸을 감독할 여유조차 없었다.

"푸딩은 혼자서 하도록 노력해야 해. 만드는 방법은 간단하고 쉬우니까 모르는 것이 있으면 뭐든지 물어봐. 하지만 혼자 할 수 있는 동안은 날 방해하지 마."

펠리시티는 말했다.

그말대로 스토리 걸은 펠리시티를 단 한 번도 방해하지 않았다. 스토리 걸은 푸딩을 반죽하고 구웠다. 스토리 걸은 우리가 점심 식사 테이블에 앉았을 때, 모든 것을 혼자서 했다고 자랑스럽게 말했다. 보기에 안쓰러울 정도로 스토리 걸의 자부심은 대단했다. 겉보기에도 그것은 훌륭한 푸딩이었다. 푸딩을 자른 자리도 반반했고 금빛이었다. 그래도 세실리가 섞은 반짝이는 메이플 슈거소스를 친 모양은 그것보다 훨씬 아름다워 보였지만. 그러나 중요한 것은 푸딩의 생김새가 아니라 '맛'이었다. 우리들 누구나, 로저 삼촌과 펠리시티조차 스토리 걸의 기분을 상하게 하는 것이 두려워 아무 말도 하지 않았다. 스토리 걸의 푸딩은 푸딩 맛이 나지 않을 뿐 아니라, 어쩐지 굳고 단단했다. 재닛 숙모가 만든 옥수수 푸딩처럼 풍부한 맛이 없었다. 소스를 많이 치지 않으면 아주 밍밍한 맛, 그 자체였다. 그런데도 마지막 남은 것까지 입에 집어넣었다. 그것은 옥수수 푸딩답지는 않았지만, 우선 재료가 좋았고 무엇보다 우리의 식욕이 왕성했기 때문이다.

"쌍둥이였더라면 더 먹을 수 있었을 텐데."

더 먹을 수 없게 된 댄이 말했다. 그러자 피터가 물었다.

"쌍둥이라고 그럴 수 있나? 사팔뜨기라고 해서 사팔뜨기 아닌 사람보다 더 많이 먹을 수 있니?"

우리는 피터가 말한 두 가지 질문의 관련성이 이해가 가질 않았다.

"사팔뜨기와 쌍둥이가 어떤 관계가 있다는 거야?"

댄이 물었다.

"쌍둥이란 사팔뜨기를 가리키는 거 아냐?"

피터가 진지하게 묻고 있다는 걸 알기 전까지 우린 모두, 그가 일부러 익살을 부리는 것으로 생각하고 있었다. 그래서 우리는 까르르 웃었고 피터는 토라졌다.

"맘대로 생각해. 내가 잘못 말했나? 마크데일의 토미와 애덤 카우안 쌍둥이는 둘 다 사팔뜨기야. 그래서 난 쌍둥이란 사팔뜨기인 줄 알았어. 너희들은 토론토 태생이니까 모르겠지만. 7살 때부터 바깥에서 일하고 겨울에만 학교에 갈 수 있는 나 같은 사람은 모르는 게 많아. ”

“피터, 걱정하지 마. 넌 다른 사람들이 모르는 걸 더 많이 알고 있어. ”

세실리의 말에도 기분이 나아지지 않았는지 피터는 몹시 화가 난 채로 나가 버렸다. 펠리시티의 눈앞에서 웃음거리가 된다는 것, 더욱이 펠리시티에게 웃음거리가 되는 건 피터로선 도저히 참을 수 없는 일이었다. 세실리와 스토리 걸에게는 좋을 대로 웃도록 놔두면 되고, 건방진 토론토 태생 아이들도 체셔 고양이(루이스 캐럴의 〈이상한 나라의 앨리스〉에 나오는 언제나 빙그레 웃고 있는 고양이)처럼 빙그레 웃어도 좋다. 그러나 펠리시티에게 웃음거리가 되는 건 피터의 가슴에 쇳조각이 박히는 것 같았다.

스토리 걸이 피터를 웃음거리로 만들더니 오후가 중반쯤 지났을 무렵, 하늘의 은총이 있어 피터의 기분을 풀어 주었다. 펠리시티는 집안의 음식 재료를 모조리 써 버렸기 때문에 이제 요리를 그만둘 수밖에 없었다. 할 수 없이 자기 방에 쓰려고 만들던 바늘방석에 속을 채워 넣기로 마음먹었다. 우리는 가문비나무 그늘에 가려져 선선한 지하실 입구에 앉아, 로저 삼촌이 말오줌나무로 새총 만드는 방법을 가르쳐 주는 것을 구경하고 있었다. 그때 우리 귀에 펠리시티가 식료품 저장실을 덜컹거리며 휘젓는 소리가 들려왔다. 이윽고 그녀는 부루퉁한 얼굴로 나타났다.

“세실리, 어머니가 옛날에 할머니가 쓰시던 비즈 바늘방석에서 톱밥을 꺼내어 체에 쳐서 바늘을 골라냈잖아. 그러고나서 어디다 넣어 두었는지 넌 알고 있니? 난 양철통에 넣어둔 줄 알았는데.”

“그래, 맞아! 그런데 그 속에 들어 있지 않았어. 그 통에는 톱밥은 눈곱만큼도 없었어. ”

세실리가 말했다.

스토리 걸의 얼굴에 공포와 수치심이 뒤섞인 뭐라 표현할 수 없는 표정이 떠올랐다. 입 밖에 내어 말하지 않는 편이 좋았다. 만일 입을 다문 채 있었다면 톱밥이 없어진 일은 영원히 수수께끼로 남았을 것이다. 나중에 스토리 걸이 내게 한 고백에 의하면, 그때 그녀에게는 두 가지 생각이 순간적으로 뇌리를 스쳤다고 한다. '바늘이 섞여 있을지도 모르는 '톱밥 푸딩'이 사람의 몸에 어떤 영향을 끼칠까.' 그러자 그녀의 마음 속에는 소름 끼치는 공포가 엄습했다. 하지만 한편으로 자신이 웃음거리가 되더라도 어쨌든 고백하는 것이 사람의 의무라고 생각되었다. 만일 그와 같은 생각이 들지 않았다면 그녀는 영원히 입을 다물고 말았을 것이다.

"저, 펠리시티. 저, 나 말이야. 그 양철통 속에 들어 있는 게 다 옥수수 가루인 줄 알고, 그걸로 푸딩을 만들었어."

스토리 걸의 목소리는 굴욕스런 괴로움으로 가득 차 있었다.

펠리시티와 세실리는 어리둥절하여 스토리 걸을 쳐다보았다. 남자애들은 낄낄 웃었지만 이내 로저 삼촌의 방해를 받았다. 삼촌은 앞뒤로 몸을 흔들며 배에 손을 갖다댔다.

"어억!"

삼촌은 신음했다.

"점심 식사를 하고 나서 이 찌르는 듯한 느낌이 왜 계속되는 걸까 줄곧 생각했었지. 이제 겨우 알았어. 한 개인지, 두 개인지, 세 개인지 바늘을 먹어 버린거야. 이젠 끝장이야!"

가엾은 스토리 걸은 얼굴이 새파래졌다.

"어머, 로저 외삼촌. 설마 그런……? 모르고 바늘을 삼키다니요. 그런 일이 있을 수 있나요? 잇몸이나 혀를 찌를 텐데요."

"나는 푸딩을 씹지 않았어. 으, 으음! 단단해서…… 그냥 통째로 삼켜 버렸지."

로저 삼촌은 신음 소리를 계속 냈고, 몸을 비틀고 굽히며 괴로워했다. 그러나 너무 과장하고 있는 것처럼 보였다. 삼촌은 스토리 걸 같은 배우는 아니었다. 펠리시티는 경멸에 찬 표정으로 삼촌을 보았다.

"로저 삼촌은 몸이 아픈 게 아닐 거예요. 거짓말을 하고 있는 거예요."

그녀는 일부러 이렇게 말했다.

"펠리시티, 만일 이 삼촌이 바늘을 곁들인 톱밥 푸딩을 먹은 탓에 죽으면, 가엾은 늙은 삼촌에게 그런 말을 하지 말걸 그랬다고 후회하게 될 거야. 설사 바늘이 없었다고 해도 60년 된 톱밥이 위장에 좋을 리가 없어. 아무튼 깨끗한 것은 아니라는 게 확실해."

로저 삼촌이 꾸짖었다.

"들어 보세요. 누구든지 먼지를 평생 9킬로그램이나 먹는대요."

펠리시티가 이렇게 말하고 킬킬 웃었다.

"하지만 한 번에 먹는 건 아닐 테지."

로저 삼촌은 그렇게 말하고 나서 다시 한 번 신음했다.

"아, 세라 스탠리. 오늘 밤 올리비어 이모가 돌아온다면 이 외삼촌은 너무 고맙겠구나. 다음 번에는 네가 외삼촌에게 스커트라도 입힐 거야? 이야깃거리를 만들기 위해서라고밖에 생각되지 않는구나."

로저 삼촌은 여전히 배를 누르면서 비실비실 헛간 쪽으로 갔다.

"진짜로 외삼촌 기분이 나쁜 걸까?"

스토리 걸이 걱정스러운 듯 물었다. 그러자 펠리시티가 말했다.

"아냐, 천만에. 삼촌은 걱정할 것 없어. 전혀 아무렇지도 않아. 톱밥 속에 바늘이 섞여 있을 리 없어. 어머니가 정성껏 체로 걸렀는걸."

"쥐를 먹어 버린 아들 이야기를 나는 알고 있어."

이야기가 생각나면 화형대에 끌려가는 도중에라도 언제든 즉시 이야기를 해야 하는 스토리 걸이 이렇게 말했다.

"그의 아버지는 뛰어가서 방금 잠든 피곤한 의사를 억지로 깨웠어. '선생님, 선생님, 우리 아들이 쥐를 먹어 버렸어요. 어떻게 하면 좋아요?'

'고양이를 먹이도록 해요.'

가엾은 의사는 이렇게 말하고 문을 탕 닫아 버렸다는 거야. 들어봐. 로저 삼촌이 바늘을 삼켰다면 바늘방석을 삼키는 것이 좋을지도 몰라."

우리는 모두 웃었다. 그러나 펠리시티는 곧 정색을 하고 말했다.

"톱밥 푸딩을 먹었다니, 생각만으로도 소름이 끼쳐. 어떻게 그런 실수를 할 수 있지?"

"옥수수 가루와 똑같이 보였기 때문이야."

스토리 걸은 창백해진 얼굴을 부끄러움으로 빨갛게 물들이며 말했다.

"이제부터 나는 요리를 포기하고 내가 할 수 있는 일을 할 거야. 앞으로 나한테 톱밥 푸딩 이야기를 하는 사람이 있으면 내가 살아 있는 한, 맹세코 어떤 이야기도 절대 해주지 않겠어."

이 위협의 말은 효과가 있었다. 우리는 두 번 다시 그 끔찍한 푸딩 이야기는 입에 올리지도 않았다. 그러나 스토리 걸은 어른의, 특히 로저 삼촌의 입을 막을 수는 없었다. 삼촌은 여름 내내 스토리 걸을 괴롭혔다. 오트밀에 톱밥을 섞진 않았겠지, 하고 아침 식사 자리에서 진지한 얼굴로 묻는 것을 매일 되풀이했다. 류머티즘 경련이 일어나면 그것은 몸 속을 바느질하며 다니는 바늘 탓이라고 했다. 그래서 올리버 고모는 집 안의 바늘방석에 다음과 같은 꼬리표를 달도록 단단히 일러 두었다.

'내용물, 톱밥. 푸딩 재료로 쓸 수 없음.'

키스는 세상에서 처음 누가 시작했는가

8월의 초저녁은 하늘이 조화로운 황금색으로, 간혹 이슬도 없어 기분이 매우 상쾌할 때가 있다. 해질녘에 펠리시티, 세실리, 세라 레이, 댄, 펠릭스, 나, 이렇게 6명은 과수원에 있는 설교바위 아래 차가운 풀 위에 앉아 있었다. 서쪽에는 크로커스 색 하늘이 넓게 들판처럼 펼쳐져 있고 창백해 보이는 구름꽃이 여기저기 떠 있었다.

로저 삼촌은 어른들을 마중하기 위해 정거장으로 갔고, 식탁에는 맛있는 진수성찬이 가득 준비되어 있었다.

"우리 모두에겐 재미있는 1주일이었어. 그리고 오늘 밤에는 어른들이 돌아오시니까 좋아. 특히 앨릭 삼촌이 오시니까!"

펠릭스가 말했다.

"무슨 선물이 있을까!"

댄이 말했다.

"결혼식 이야기를 듣고 싶어서 좀이 쑤시는 모양이군!"

풀로 골프 공을 연결한 것 같은 목걸이를 만들면서 펠리시티가 말했다.

"여자들은 결혼식이나 결혼하는 것만 생각하나봐!"

댄이 무시하듯 말했다.

"천만의 말씀! 나는 절대로 결혼하지 않아! 결혼은 무서운 일이
야!"

펠리시티가 화난 듯이 말했다.

"결혼하지 않는 것이 더 무서운지도 모르지……"

댄이 말했다.

"그것은 결혼하려는 상대에 따라 다를 거야!"

펠리시티가 말대꾸조차 귀찮다는 표정을 보이자 세실리가 진지하
게 말을 이어 나갔다.

"우리 아버지 같은 남자를 만난다면 걱정할 것 없지! 앤드루 워
드 씨 같은 분은 어떨까? 부인에게 너무 심하게 하니까 워드 부
인은 매일 당신 같은 사람을 만나지 말았어야 했다고 쨍쨍거리지
만……."

"그런 말을 하니까 기분이 나빠 딱딱거리게 되지!"

펠릭스가 말했다.

"분명히 말해두지만, 항상 남자만 나쁘다고 말할 수는 없는 거야.
내가 결혼하면 아내에게 잘할 거야. 하지만 폭군 같은 남편이 될
거야. 내가 한 말은 가정 법률이 되어야 해."

댄이 어두운 표정으로 말했다.

"그 말이 네 입만큼 크다면 아마도 그렇게 될지 모르지!"

펠리시티가 비웃듯 말했다.

"펠리시티 킹, 너와 결혼할 남자는 불쌍해! 진짜로."

댄이 대꾸했다.

"제발, 싸우지들 마."

세실리가 당부했다.

"싸우다니, 누가 싸워! 펠리시티 같은 여자애가 나에게 멋대로
말하니까 잘못된 것을 지적하는 것뿐이야."

세실리가 말리려고 노력했지만 댄과 펠리시티의 말다툼은 당장 싸움이 벌어질 듯한 위기를 맞게 되었다. 그러나 바로 그때, 스토리 걸이 스티븐 삼촌의 산책길을 따라 천천히 걸어와서 이 위기를 모면할 수 있었다.

"어머나! 스토리 걸만 같다면야! 얼마나 훌륭한 모습일까?"

펠리시티가 말했다.

스토리 걸은 맨발이었고, 거기에 핑크빛 체크무늬 옷 소매를 어깨까지 걷어 올려 팔을 드러내고 있었다. 허리 부위에는 올리비어 고모의 정원에 붉게 핀 장미로 띠를 만들어 두르고 매끄러운 양털을 감아올린 듯한 장미꽃 화관을 머리에 쓰고, 거기에 두손 가득 장미 다발까지 안고 있었다.

스토리 걸은 과수원 끝에 있는 나무 밑의 황금색이 섞인 푸른 그늘 아래 서서, 큰 나뭇가지 너머로 웃어댔다. 스토리 걸의 의상처럼 자유분방하고 미묘해서 뭐라 표현할 수 없는 매력이 그녀로부터 넘쳐흘렀다. 우리들은 스토리 걸의 그런 모습을 항상 기억하고 있었다. 얼마 뒤, 대학 강의에서 테니슨의 시를 읽었을 때, 나는 샘물이 많은 이다 산의 도깨비 언덕에서 푸른 나뭇잎을 올려다보는 산의 정령을 이미 눈으로 보았다는 사실을 깨닫게 되었다.

스토리 걸이 못마땅한 듯 말했다.

"펠리시티! 피터와 무슨 일이 있었지? 곡식 창고에 올라가서 내려오고 싶지 않대. 그 애의 기분이 몹시 상한 것은 너 때문이라던데."

펠리시티는 잠시 빛나는 머리를 휘두르며 화난 듯이 말했다.

"그 애 기분은 잘 모르겠지만, 귀에서 윙윙 소리나게 만들었지. 양쪽 귀를…… 실컷 때려주었으니까!"

"아니, 무엇 때문에?"

"나에게 키스하려고 했기 때문이지! 마치 내가 고용인에게 키스하도록 시킨 것 같군. 피터 선생도 아마 그렇게는 생각하지 않을 거야."

펠리시티는 얼굴이 새빨개졌다.

스토리 걸은 나무 그늘에서 나와 풀 위에 있는 우리들 옆에 앉았다.

"이해할 만해. 그랬다면 귀를 때린 것은 잘한 일이야. 피터가 고용인이기 때문이 아니라 그의 무례한 행동 때문이니까. 기왕 키스 얘기가 나와서 말인데 얼마 전, 올리비어 이모의 스크랩북에서 본 이야기가 생각나는군. 모두들 듣고 싶지 않아? 제목은 '키스는 언제 처음 세상에 알려졌는가'야."

"키스의 기원은 아주 오래 전이 아닐까?" 댄이 물었다. "아니면, 그냥 우연히 알려진 거겠지."

"자, 들어 봐. 내가 보기엔 키스 같은 것은 시시한 것이라 생각해. 그러니까, 그런 것을 몰라도 아무렇지 않다고 생각해."

펠릭스가 말했다.

스토리 걸은 풀 위에 장미꽃잎을 뿌리고 가느다란 손을 무릎 위에서 깍지 끼었다. 마치 화려했던 청춘 시절 즐거웠던 나날들을 회고하듯 사과나무 사이로 멀리 보이는 석양을 황홀하게 바라보며 스토리 걸이 말하기 시작했다. 스토리 걸이 말하는 옛 이야기 속에는 흰 서리의 정밀함, 아침 이슬의 수정 같은 빛이 더해져 있었다.

"아주 옛날에, 그리스……, 여러 가지 아름다운 이야기가 많았던 그리스에서 생긴 이야기야! 그 전에는 누구도 키스란 것을 몰랐지. 시간이 꽤 지난 뒤 빛나는 눈동자 안에서 그것을 알게 되었어. 어떤 사람이 그것을 잊지 않고 기록했고 그 뒤부터 전해 내려온 거지.

옛날, 그로콩이라는 젊은 양치기가 있었어. 미남 양치기로 '테베'라는 작은 마을에 살고 있었어. 나중에 테베는 매우 크고 유명한 도시가 되었지만, 그 무렵에는 조용하고 소박한 곳이었지. 그는 이 마을이 너무나 조용해 싫증을 내게 되었고, 고향을 떠나 넓은 세계를 보고 싶은 생각을 갖게 되었어. 그래서 간단한 소지품 자루와 양떼몰이 채찍만을 가지고 이리저리 유랑하다가 테살리아에 도착했어. 그곳은 '올림포스'라는 신들이 많이 사는 언덕이었어.

이 이야기와 관련된 무대는 또 다른 산, 페리온 산이야. 그로콩은 많은 양을 치고 있는 부잣집에서 일하게 되었어. 그로콩은 매일 양떼를 몰고 페리온 산에 가서 양들에게 풀을 뜯게 하면서 잘 보살펴야 했어. 다른 일은 전혀 할 수가 없어서 만일 피리조차 불지 못했다면 그는 몹시 지루해 했을 거야. 그로콩은 나무 밑에 앉아 멀리 보이는 푸른 바다를 바라보면서 쉬지 않고 피리를 불며 '애그레아'를 생각했어.

애그레아는 주인집 딸이었는데 너무나 사랑스럽고 아름다워 처음 만난 순간부터 그로콩은 사랑에 빠지고 말았어. 산 위에서 피리를 불지 못할 때는 오로지 애그레아만을 생각하고…… 언제쯤 제가 키우는 양떼와, 애그레아와 같이 지낼 수 있는 자그마한 집을 가질 수 있을까 꿈꾸었지.

애그레아도 그로콩과 마찬가지로 첫눈에 반해버렸어. 그렇지만 자기 감정을 그로콩에게 알릴 수 없었어. 양치기는 그녀가 남모르게 수없이 산에 올라가서 양떼들이 몰려다니는 풀밭 옆 바위 그늘에 숨어 그로콩이 부는 아름다운 피리 소리에 빠져 있었던 사실을 전혀 알지 못했어. 그것은 사랑이 넘쳐흐르는 음악 소리였어. 양치기는 피리를 불면서도 애그레아를 생각했기 때문이야. 더구나 사랑하는 아가씨가 바로 옆에 있는 사실조차 모르면서…….

그렇지만 얼마 뒤 그로콩은 애그레아도 자기를 좋아하고 있다는 것을 알게 되어 모든 일은 순조롭게 잘 풀려나갔어. 지금이라면 애그레아의 아버지 같은 부자가 딸을 자기 집 일꾼에게 시집 보내지는 않았겠지. 그렇지만 알다시피 황금 시대의 얘기여서 그런 것은 전혀 문제가 안 됐어.

그 다음부터, 매일 애그레아는 산에 올라 그로콩과 함께 그의 피리 소리를 들으면서 옆에 앉아 있었어. 이제 그로콩은 옛날처럼 오랫동안 피리를 불 필요가 없었어. 둘이서 대화하는 것이 훨씬 즐거웠기 때문이지. 저녁이 되면 둘이서 나란히 양떼와 함께 집으로 돌아가는 것이 즐거움이었지.

어느 날, 애그레아는 맨 처음 산을 올라갔던 길을 가다가 작은 시냇물을 만났어. 그런데 그 흐르는 자갈 사이에서 무언가 빛나고 있는 것을 발견했어. 애그레아가 그것을 집어들고 들여다 보았더니 그건 난생 처음보는 아름다운 작은 보석이었던 거야. 완두콩만 했지만, 햇빛에 비추니까 일곱 가지 무지개색으로 휘황찬란하게 빛났어. 황홀해진 애그레아는 이것을 사랑하는 그로콩에게 선물하려고 결심했지. 그런데 그때 갑자기 발굽소리가 크게 들려왔고, 뒤돌아 본 순간, 애그레아는 공포에 질려 죽을 것만 같았어. 거기에는 반은 인간, 반은 산양인 목신(牧神) '판'이 험악한 모습으로 버티고 서 있었던 거야. 신화에 나오는 신이라고 해서 아름다운 것만은 아니야. 그리고 아름답건 아니건 간에 신과 마주하고 싶은 사람은 별로 없을 거야. '나에게 그 보석을 넘겨라' 하면서 판은 손을 내밀었지.

애그레아는 공포에 떨면서도 보석을 넘겨주려고는 생각하지 않았어.

'이것을 사랑하는 그로콩에게 선물하렵니다.'

'나도 아름답고 사랑스런 나무 요정에게 줄 작정이다, 반드시' 하면서 판이 다가왔어.

그러나 애그레아는 산 꼭대기를 향해 필사적으로 도망쳤어. 그로콩이 있는 곳까지만 도착하면 지켜줄 것이라고 믿었기 때문이지. 판이 요란스런 소리로 으르렁거리면서 뒤쫓아 왔어. 얼마 뒤 애그레아는 그로콩의 가슴에 뛰어들 수 있었지.

한편, 목신 판의 무서운 모습과 그것보다 더 위협적인 소리가 양떼들을 놀라게 해서 모두가 사방으로 도망쳤어. 그렇지만 그로콩은 전혀 움직일 줄 몰랐지. 판은 양치기들의 신이라서 착실하고 정직하게 일하는 양치기의 간청을 들어주어야 했어.

그러나 만일, 그로콩이 착한 양치기가 아니었다면 그로콩과 애그레아에게 어떤 일이 일어날지 알 수 없었을 거야. 그렇지만 그로콩에게는 비난받을 만한 일이 전혀 없었어. 그러므로 그로콩이 판에게 여기에서 떠나줄 것과 애그레아를 더 이상 위협하지 말아 달라고 호소하자 그도 떠나지 않을 수 없었던 것이지.

판의 신음소리는 귀에 따가운 잡음이었고 불평투성이의 신음소리 비슷한 것이었지만……, 모든 것이 사라진 것만은 참으로 다행스런 일이었지. 그로콩이 '어떻게 된 일이야. 어떻게 이런 일이 생긴 거지?'라고 묻자, 애그레아가 방금 겪은 일을 자세히 설명했어.

이야기가 끝나자 다시 그로콩이 물었어. '그 아름다운 보석은 어디로 간 거야? 설마 놀란 순간에 입으로 삼킨 것은 아니겠지!'

아니었어. 애그레아가 그런 바보스런 짓을 할 아가씨였겠어? 도망칠 때, 입속에 넣은 보석은 안전하게 있었어. 그녀가 붉은 입술 사이로 혀를 쏙 내밀자 보석은 햇빛을 받아 찬란하게 빛났어.

'가져가!'라고 애그레아가 속삭였어. 그런데 문제는 어떻게 가져가는가였지. 그때, 그로콩은 두 팔로 애그레아의 두 손을 옆구리에 꼭 끼고 있었어. 조금이라도 힘을 빼면 애그레아가 쓰러질 것 같았지. 애그레아는 너무나 무서운 일을 당했기 때문에 몸을 가눌 수 없는 상태였거든. 그때, 그로콩은 멋진 생각을 떠올리게 되었어. '애그레아 입속에 있는 보석을 내 입으로 끄집어내 보자!'

그로콩이 자기의 입술을 그녀의 입술에 대었어. 그런데 그 순간, 아름다운 보석에 대해서는 깨끗이 잊어버리고 말았어. 애그레아도 마찬가지였지. 이렇게 하여 처음으로 키스란 것이 시작된 거야."

"시시하군! 나는 조금도 믿기지 않아!"

한숨을 길게 내쉬면서 댄이 말했다. 그 순간 우리들은 자기 자신의 자리로 되돌아왔고, 우리가 신화 시대 테살리아 산 위에서 두 애인들을 물끄러미 바라보고 있는 것이 아니라, 사실은 프린스에드워드 섬의 촉촉한 안개 내린 과수원에 앉아 있음을 다시금 깨달았다.

"물론, 사실이 아니란 것을 알아!"

펠리시티가 말했다.

"그래, 그럴지도 몰라. 나는 진실이란 것에 두 가지가 있다고 생각해. 실제로 있었던 사실과, 없었지만 있어야만 했던 사실."

스토리 걸은 깊은 생각에 잠긴 듯한 표정으로 말했다.

"진실이 하나가 아니라면 믿을 수 없지. 어쨌거나 이 같은 이야기는 진실일 수가 없을 거야. 더구나 판 같은 존재는 없었을 거야!"

펠리시티가 말했다.

"황금신화 시대에는 있었을지도 모르지. 어떻게 너는 그렇게 단언할 수 있지?"

스토리 걸의 이 질문은 도저히 펠리시티로서는 대답하기 어려운 것이었다.

"그 아름다운 보석은 어떻게 됐을까?"

세실리가 말했다.

"애그레아가 삼켜버린 것이 아닐까?"

펠릭스가 현실적으로 대답했다.

"그로콩과 애그레아는 결혼했을까?"

세라 레이가 물었다.

"그 이야기는 더 이상의 진전없이 그렇게 끝나고 말아. 하지만 그들은 결혼했을 거야. 내 생각이지만. 애그레아가 보석을 삼킬 리는 없으니까 땅에 떨어뜨렸을 테고, 그것을 얼마 뒤에 발견하게 됐겠지. 그리고 그 보석은 사실, 그 골짜기에 있는 양떼나 소, 그리고 자그마한 집도 살 수 있을 만큼 가치가 있다는 것도 알았을 거고. 그래서 그로콩과 애그레아는 곧 결혼했지!"

"하지만 그것은 상상일 뿐이야. 실제로 어떻게 됐는지 알고 싶은데……."

세라 레이가 말했다.

"저런! 멍청이. 사실은 아무일도 없었던 거야. 스토리 걸이 말하고 있을 때는 나도 믿었지. 하지만 지금은 알 수가 없어……. 근데 저것은 마차 소리인가?"

댄이 말했다.

그것은 마차 소리였다. 짐을 실은 두 대의 마차가 오솔길을 올라오고 있었다. 우리가 집을 향해 달려갔을 때, 그곳에는 앨릭 삼촌, 재닛 숙모, 올리비어 고모가 있었다. 갑자기 흥분의 도가니가 되었다. 모두가 웃고 떠들고……. 다 같이 저녁 식탁을 둘러싸고 있었으나 이야기꽃은 그칠 줄 몰랐다. 더구나 여러 사람의 웃음과 질문, 이야기는 너무나도 풍부했다. 미소와 빛나는 눈동자, 기쁘고 즐거운 소리가 넘쳐흘렀다.

게다가 그동안 내내 스토리 걸의 뒤편 창틀에 웅크리고 있던 패트가 흡족한 듯이 목을 가르랑가르랑 거리면서, 앤드루 맥퍼슨의 '예전부터 바——라고만 했어'의 베이스처럼 이 떠들썩한 분위기의 백

코러스를 맡아 주었다.

"아, 다시 집에 돌아와서 좋다. 너무 즐거웠고 에드워드 집안 사람들도 대단히 친절했지! 하지만 가장 마음 편한 곳은 역시 우리 집이야. 우리 집이 최고야! 아이들은 어땠어요, 로저?"

재닛 숙모가 우리를 보고 싱글벙글 웃으며 말했다.

"모범적이었어요!"

로저 삼촌이 말했다.

"모두들 말썽을 피우지 않았던 모양이지요?"

"네."

이렇듯 로저 삼촌은 좋은 분인 것이다.

공포의 예언

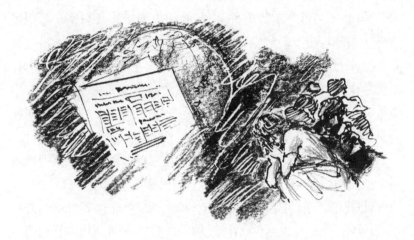

"나는 오늘 낮부터 방목지의 딱총나무를 뿌리째 뽑아내야 해! 정말 힘든 작업이 될거야. 하지만 로저 아저씨도 딱총나무 뿌리를 뽑자면 날씨가 선선해질 때까지 기다리는 것이 좋다고 하셨는데…… 아마 그 말이 맞을 거야."
피터가 우울하게 말했다.
"그런데 왜 삼촌에게 말씀드리지 않니?"
댄이 물었다.
"나로선 말씀드릴 수가 없지! 나는 고용인이니까 시키는 대로 해야 하거든. 그래도 나에겐 나대로 의견이 있지만…… 오늘은 한여름 무더위가 기승을 부리겠군!"
피터가 대답했다.
8월의 어느 토요일 오전이었다. 우리는 모두 과수원에 있었다. 펠릭스만 우체국에 가고 없었다.
세실리와 레이 아주머니가 읍내에 갔기 때문에 우리 집에서 같이 지내려고 온 세라 레이와 함께 우리는 큰조아재비 뿌리를 먹고 있었다. 6월에 키티 마을 방문한 후, 어느 날 다시 키티와 함께 학교에 온 샬럿타운의 소녀 버서 로렌스가 큰조아재비의 뿌리를 먹어본 다음 감동한 것이다. 그 소문은 곧장 칼라일 학교의 소녀들에게 알려졌다. 큰조아재비 뿌리는 씹는 맛만 있을 뿐 맛은 별로인데도 진짜로 맛있는 수영(여뀟과의 다년초)이나 산딸기의 새싹을 완전히 따돌린 것이다. 어쨌든 큰조아재비 뿌리는 널리 유행하게 되어 우리도 먹지 않을 수 없었다. 그해 여름, 칼라일에서는 많은 사람들이 큰조아재비 뿌리를 실컷 먹은 게 분명하다.

고양이 패트도 우리와 함께 있었다. 검은 앞발을 쳐들고 아무에게나 뛰어들어 친숙한 몸짓으로 싸움을 걸어왔다. 우리는 모두 패트를 귀여워했지만, 펠리시티만은 스토리 걸의 고양이라고 해서 쳐다보지도 않았다. 소년들은 풀밭 위에 손발을 뻗고 누워 있었다. 아침에 해야 할 간단한 잡일을 끝내고 매우 만족스런 기분이어야 했는데, 사실은 그렇지가 않았다.

스토리 걸은 우물 옆 박하나무 위에 앉아 미나리아재비 화환을 꾸미고 있었다. 펠리시티는 일부러 무관심한 척 푸른 컵으로 물만 홀짝홀짝 마시고 있었다. 둘 다 격렬하게, 또한 집요하게 상대방의 존재를 의식하고 있었다. 그러면서도 서로가 공기만도 못한 존재라고 생각하는 것처럼 보이려고 애썼다. 하지만 펠리시티는 끝까지 그런 척하지 못했고, 스토리 걸만이 그럴싸하게 마음을 감추고 있었다. 어떤 모임에서든 스토리 걸이 의식적으로 펠리시티와는 떨어져 앉는다는 사실을 몰랐다면 우리는 아마 짐작조차 못했을지 모른다.

우리는 그 주일을 별로 재미있게 보낸 것은 아니었다. 펠리시티와 스토리 걸은 서로 말을 한마디도 안 했기 때문에 모든 게임이나 대화도 조용한 편이었다.

그 전 주의 월요일, 펠리시티와 스토리 걸은 어떤 문제로 말다툼을 벌였다. 그 원인을 알 수 없는 나로서는 더 할 말이 없다. 그것은 두 사람만의 일급 비밀로 남아 있다. 다만, 이번은 평소 하던 말다툼과는 달리 사태가 심각했으므로 둘이 말다툼이 있었다는 것을 누구나 다 알고 있었다. 두 사람은 그 뒤 한마디도 말을 나눈 일이 없었다. 그렇다고 서로 앙심을 오래 품고 있는 것도 아니다. 오히려 석양에 사라지는 태양을 기다릴 사이도 없이 원망은 안개처럼 사라졌다. 그러나 자존심만큼은 존중되어야만 했다. 어느 쪽도 먼저 말을 걸려는 기색을 전혀 보이지 않았다. 설득해도, 하소연하거나 애원해도, 충고를 해도 이 두 고집쟁이 아가씨에게는 전혀 효과가 없었다. 사랑스럽고 귀여운 세실리의 눈물도 소용이 없었다. 세실리는 밤마다 이 일 때문에 눈물을 흘리고 펠리시티와 스토리 걸이 사이좋게 지낼 수 있도록 하느님께 열심히 기도했다.

"펠리시티, 너처럼 사람을 용서할 줄 모르면 죽어서 어떻게 되는지 아니?"

세실리는 비통하게 흐느끼며 호소했다.

"옛날에 이미 용서했다니까. 그렇지만 무슨 일이 있어도 내가 먼저 말을 걸지는 않을 거야……."

펠리시티의 대답이었다.

"그래선 안 돼. 나까지 이게 뭐니? 모든 게 엉망진창이잖니!"
세실리가 불평을 했다.

"그 두 사람 전부터 그랬니?" 나는 스티븐 삼촌의 산책길에서 세실리에게 물었다.

"이렇게 오래 계속된 적은 별로 없었어. 작년 여름에도 그랬고, 그 전 여름에도 한번 그랬었어. 그래도 2, 3일이면 끝났는데."

"어느 쪽이 먼저 말을 걸었지?"

"그야 스토리 걸이지. 어떤 딴 일에 골몰해서 자기도 모르게 불쑥 펠리시티에게 말을 걸었으니까. 그러면 곧 회복이 되었어. 하지만 이번에는 좀 다른 것 같아. 스토리 걸이 방심하지 않고 무척 신경 쓰는 것 같거든. 잘 모르겠어. 이번 일은 전혀 예측할 수 없어.”

“스토리 걸이 자기 스스로를 잊어버릴 정도로 뭔가에 열중하도록 만들면 될 것 같은데. 그렇지?”

“나는…… 나는 그러기를 기도하고 있어.”

세실리가 조용히 말했다. 눈물 젖은 속눈썹이 포동포동하고 창백한 볼 위에서 깜빡거리고 있었다.

“어떻게 잘 되겠지, 베브?”

“물론이지. 세라 레이의 기부금 문제를 생각해 보렴. 그것도 기도한 덕택에 해결된 거야.”

내가 말했다.

“그렇게 생각해 주다니 기뻐. 댄은 내가 아무리 기도해도 소용없다고 말했어. 두 사람이 대화하지 않을 경우, 하느님께서 어떤 도움을 주실지 모르지만 서로 말하려고 하지 않는 문제에 쓸데없이 참견하지 말라고, 댄은 엉뚱한 소리만 해. 그러다 댄이 나이 들면 로버트 워드 할아버지처럼 교회에 가지도 않고 성경의 반은 거짓말투성이라고 말하는 게 아닌지 몰라.”

세실리는 떨리는 목소리로 말했다.

“그 할아버지는 어떤 반쪽도 진짜로 믿지 않았을 거야!”

호기심이 일어나서 내가 말했다.

“좋게 생각해. 할아버지는 지금 천국에 계실 거야. 그런데 지옥은 없겠지? 나는 댄이 엉뚱한 소리만 하는 어른이 되지 않았으면 해. 그것은 부끄러운 일이니까. 그런데 누구나 다 천국에 가려고는 하지 않겠지?”

“그럼! 다 그렇게 생각하지는 않을 거야.”

나는 빌리 로빈슨을 생각하면서 대답했다.

세실리가 깊은 동정심을 가지고 말했다.

“물론, 또 다른 곳에 갈 수밖에 없는 사람이 불쌍하기도 하지만.

그런 사람들은 천국에서도 행복하다고 생각하지 않을거야. 분명 안절부절못할 거야. 앤드루 마가 말이야. 작년 가을에 펠리시티와 내가 키티 집에 놀러 갔던 밤에 지옥에 대해 놀라운 얘기를 하지 않았겠니? 그때 우리는 감자줄기를 태우고 있었거든. 앤드루는 지옥이 천국과 달리 훨씬 신나는 곳일 거라고 했어. 불은 이토록 근사하니까 어쩌구저쩌구 하면서 말이야. 어때? 넌 이런 얘기 들어본 적 있니?"

"글쎄, 불 속에 있느냐 밖에 있느냐에 따라 꽤 차이가 날 것 같은데?"

"아니, 앤드루는 진심으로 그렇게 말하는 게 아닐 거야! 매우 고통스럽게 들리기도 하고 게다가 우리들이 놀라기 때문이지. 마의 친구들은 모두 그렇거든. 어쨌든 스토리 걸이 스스로를 잊기 위해 열중하는 일이 생기도록 기도하겠어. 하지만 펠리시티가 먼저 말을 건다는 것은 기대할 수 없을 거야."

"하느님은 하실 수 있다고 생각하지 않아?"

스토리 걸이 꼭 먼저 말을 걸어야 한다는 것은 불공평한 일이었다. 이제까지 그녀가 그런 태도였다면 이번에는 펠리시티 차례다.

"하지만 하느님에게도 그 일은 큰 골칫거리일 거야!"

펠리시티를 많이 겪어본 세실리는 그렇게 말했다.

피터는 예상한 대로 펠리시티한테 가서 스토리 걸이 나이가 위니까 먼저 말을 거는 것이 순서라고 말했다. 피터의 의견은 모두의 생각이었고 일찍이 제인 고모의 결정이었던 것이다.

세라 레이는 스토리 걸이 고아나 다름없으니까 펠리시티가 먼저 말을 걸어야 한다고 생각했다.

펠릭스는 두 사람의 가운데 섰다가 중간 해결사의 운명이 되었다. 스토리 걸은 펠릭스에게 나이가 어려 잘 모를 거라면서 고자세로 나왔고, 펠리시티는 뚱뚱보 아이는 남의 일에 신경쓰지 말고 자기 일이나 생각하라고 무시했다. 그러자 화가 난 펠릭스는 스토리 걸이 펠리시티에게 두 번 다시 말을 걸지 않게 되면 자기는 무척 고소하게 생각할 것이라고 말했다.

댄은 두 소녀 모두를, 특히 펠리시티를 이해할 수 없었다.

"두 사람 모두 단단히 혼나야 해." 댄이 말했다.

주의를 주고 나무라는 것만이 이 문제의 해결책이라면 아무래도 해결 가능성은 없는 듯했다. 펠리시티와 스토리 걸은 어른들에게 야단 맞을 나이는 지나 있었다. 설령 그렇지 않다고 해도 어른들은 이런 하찮은 싸움에 자기들이 기를 쓰고 나서서 해결해야 할 가치가 있다고는 절대로 생각하지 않는다. 어른들은 이따금 바보 같은 실수를 저지르기 쉬운데, 소녀들의 냉전 같은 건 한낱 우스갯소리거나 농담처럼 받아들일 뿐, 그것이 우리 영혼의 온기를 식게 하거나 아름다워야 할 나날의 책갈피를 흐리게 하는 얼룩이 된다고는 꿈에도 생각지 못하기 때문이다.

스토리 걸은 화환을 만들어 머리에 썼다. 미나리아재비는 스토리 걸의 높고 흰 이마에 걸쳐 있고 빛나는 눈동자는 그 속에서 숨바꼭질하고 있었다. 빙긋 황홀한 웃음이 양귀비처럼 붉은 입술에 감돌고 있었다. 우리의 경험에 의하면 분명 어떤 의미를 나타내는 웃음이었다. 그리고 얼마 뒤 스토리 걸은 이야기를 시작했다.

"이런 이야기가 있어. 자기 주장만 내세우는 고집 센 남자가 있었는데……."

그러나 스토리 걸은 그 이야기를 더 계속할 수가 없었다. 우리들은 이 고집 센 남자 이야기를 듣지 못했다. 신문을 손에 든 펠릭스가 좁은 길을 필사적으로 뛰어왔기 때문이다. 펠릭스처럼 뚱뚱한 소년이 따가운 햇볕이 내리쬐는 8월 한낮에 길을 전속력으로 달릴 때에는 그만한 이유가 있을 것이라고 펠리시티가 말했다.

"우체국에서 어떤 불길한 소식을 듣고 왔나 봐!"

세라 레이가 말했다.

혹시 아버지에게 무슨 일이 생긴 것이 아닐까 하는 생각에 나는 나도 모르게 벌떡 일어섰다. 오싹하는 기분 나쁜 오한과 함께 차가운 전율이 온몸을 스쳤다.

"나쁜 소식이 아니고, 빨리 들을수록 좋은 소식인지도 모르지!"

평소 쓸데없는 걱정을 싫어하는 스토리 걸이 말했다.

"기쁜 소식인데, 저렇게 온 힘을 다해 뛸 필요는 없지!"

댄이 빈정거리듯이 말했다.

우리는 곧 그 이유를 알게 되었다. 과수원 문이 열리고 펠릭스가 뛰어들어왔다. 그의 표정으로 보아 즐거운 소식을 전하려는 것이 아닌 게 분명했다. 저렇게 뛰어왔다면 얼굴빛이 붉게 상기되어야 할 텐데, 반대로 그는 창백했다. 만일의 경우, 나의 인생과 관련이 있다면? 그래서 나는 도저히 그 이유를 물을 수 없었다.

이때 벌벌 떨면서 말도 못하고 있는 펠릭스에게 큰 소리를 지른 것은 펠리시티였다.

"펠릭스 킹, 무엇 때문에 벌벌 떨고 있는 거니?"

펠릭스는 신문을 내밀었다. 그것은 샬럿타운판 〈데일리 엔터프라이즈〉 신문이었다.

"여기…… 이것을…… 읽어봐……. 진짜로…… 생각해……. 세계가…… 종말이 온다고……. 내일…… 오후…… 2시에……."

꽝! 펠리시티가 푸른색을 입힌 컵을 떨어뜨렸다. 몇 년 동안 고이 간직했던 그 컵이 우물 옆 돌 위에서 산산조각 나고 말았다.

다른 때 같았다면 이 사고에 대하여 우리는 모두 놀랐을 것이다. 그러나 지금은 관심 밖의 일이었다. 내일 최후의 심판이 온다는데 세계의 모든 컵이 깨진다고 해도 특별한 사건이 될 수 없었다.

"아, 스토리 걸. 그 따위를 믿니? 믿냐고?"

펠리시티가 스토리 걸의 손을 잡고 괴로워했다. 세실리의 기도 소리가 들려왔다. 격심한 흥분과 긴장 때문에 펠리시티가 먼저 말을 걸었지만 이것도 컵이 깨진 것과 마찬가지로 그 순간에는 우리들의 관심을 끌지 못했다.

스토리 걸은 신문을 확 낚아채더니, 갑작스런 침묵 속에 빠져버린 모두를 향해 뉴스를 읽기 시작했다. '최후의 나팔, 내일 2시에 울려 퍼진다'는 선동적인 제목 아래 미국의 저명한 종교 지도자가 8월 12일은 최후의 심판일이라고 예언했으며, 그리고 많은 신자들이 이에 대비하여 기도, 단식하면서 하늘에 올라갈 때 입을 예복인 흰옷을 만들고 있다는 내용의 기사가 게재되어 있었다.

지금은 그때 일을 기억하면서 웃어넘기지만, 그 8월 아침, 햇볕 따가운 과수원에서 우리를 둘러싸고 있던 공포감을 생각하면 웃을 수만도 없는 일이다. 우리는 그때 정말 아이들이어서 항상 어른들은 우리보다 훨씬 많은 것을 알고 있다는 확고하고 단순한 신념을 갖고 있었고, 신문 기사는 모두가 진실이라는 믿음을 굳게 갖고 있었다. 그러므로 〈데일리 엔터프라이즈〉가 8월 12일을 최후의 심판일이라고 보도했다면 틀릴 리가 없는 것이다.

"그럼 믿니? 스토리 걸, 넌 믿냐구?"

펠리시티가 매달리듯 물었다.

"아니, 천만에. 단 한마디도 못 믿겠어!"

스토리 걸이 말했다.

그러나 평소와 달리 이때만은 그녀의 목소리에 자신감이 없었다. 아니, 오히려 그 일을 틀림없이 믿고 있는 듯했다. 이 일이 어쩌면 사실일지도 모른다고 생각하는 것 같은 스토리 걸의 말투는 우리의 위축된 마음속으로 번져왔다. 대부분 불확실한 가능성에는 확실한 사실과 두려운 요소가 있게 마련이다.

"진짜일 리가 없어! 모든 것이 전과 똑같이 보이는걸. 최후의 심 판일이 내일로 닥쳤는데, 모든 것이 똑같아 보일 이유가 없지!"

여느 때와 같이 슬퍼하면서 세라 레이가 도망칠 곳을 찾았다.

"하지만 그날은 그렇게 찾아온다고 성경에 씌어 있거든! 그날은 밤도둑처럼!"

내가 말했다.

"하지만 성경에는 다른 이야기도 기록되어 있어. 최후의 심판이 언제 올지는 아무도 몰라. 천국에 있는 천사도 모른다고 기록되어 있어. 그렇지! 천국에 있는 천사도 모르는데, 어떻게 〈엔터프라이즈〉의 신문 기자가 알 수 있니? 도대체 그 사람들은 그리트 _(캐나다 자유당) 당원인가?"

세실리가 힘주어 말했다.

"그래도 토리_(보수당) 당원이라면 알 수 있을 거야!" 스토리 걸이 대꾸했다. 로저 삼촌은 자유당이고 앨릭 삼촌은 보수당이었다. 그리고 소녀들은 저마다 가정의 정치적 가풍을 철저히 지켜보고 있었다.

"하지만 이렇게 말하고 있는 것은 〈엔터프라이즈〉 신문 기자가 아니고 예언자라고 하는 미국 남자라구. 그 사람이 정말 예언자라면 어떻게 알게 되었을까?"

"그것은 신문에 실려 있잖아. 성경과 마찬가지 내용이지. 그렇다면 나는 성경 말씀은 믿을 수 있어. 하지만, 내일이 최후의 심판일이라고는 생각하지 않아! …… 그래도 무섭긴 무서워……."

댄이 말했다.

그것은 우리 모두가 마찬가지였다. 종소리를 울리는 유령과 마찬가지로 믿지는 않았으나 공포에 부르르 떨고 있었다.

"성경이 기록됐을 때는 내용을 아는 사람이 없었는지도 모르지. 하지만 지금은 성경을 해석할 수 있는 사람이 있어! 성경은 몇천 년 전에 기록된 것이고, 이 신문은 오늘 아침에 인쇄됐을 뿐이야. 여러 가지를 충분히 판단할 수 있는 시간이 있었다고 할 수 있어!"

댄이 말했다.

"난, 할 일이 많아. 하지만 내일이 최후의 심판일이라면 어떤 일도 할 시간이 없군!"

스토리 걸은 슬프고 비극적인 몸짓으로 미나리아재비로 만든 황금빛 화환을 머리에서 벗었다.

"죽는 것 같은 나쁜 일은 없어야 하는데……."

펠릭스가 물 속에서 지푸라기라도 잡는 심정으로 말했다.

"난, 이번 여름 동안 교회와 주일 학교에 열심히 다닌 것을 다행으로 생각해! 장로교건 감리교건, 일찍 결정했으면 좋았을걸. 지금하면 너무 늦을까?"

피터가 진지한 표정으로 말했다.

"그런 것은 상관없어! 네가 그리스도교 신자라면 그것으로 충분해!"

세실리가 진심으로 말했다.

"그것만으로는 부족하지! 나는 지금부터 내일 2시까지, 장로교 신자냐, 감리교 신자냐를 결정하고 하느님의 은혜를 받으려고 해. 두 교파 간의 차이를 알 수 있는 어른이 될 때까지 기다리려고 했는데, 지금 결정할 거야. 너희처럼 장로교를 믿으려고 해!"

피터가 슬픈 표정으로 말했다.

"나는 주디 피노라는 장로교 신자 이야기를 알고 있지만 지금 말할 수는 없어! 내일이 최후의 심판일이 아니라면 월요일에 말할 거야."

"내일이 최후의 심판날인 줄 알았다면 지난 월요일에 싸움도 안했을 것이고 시무룩하고 뾰로통하게 지낼 필요도 없었는데……. 스토리 걸! 진심이야. 그럴 필요가 없었는데."

좀처럼 볼 수 없는 겸손한 투로 펠리시티가 말했다.

아, 펠리시티! 우리들은 모두, 어리고 가련한 영혼의 밑바닥에서

'미리 알고 있더라면' 했을 또는 하지 않았을 수많은 상황을 생각해 보았다. 그것들은 뭔지 모르지만 수많은 검은 죄악의 목록을 만들 수도 있을 것이다. 우리의 창백하고 미숙한 기억을 비난받게 만든 수많은 게으름의 죄악들! 우리에게 재판은 이미 시작되고 있었다. 우리는 스스로의 양심에 의해 재판받고 있었다. 어린 나이와 관계없이 이 이상 무서운 판결은 없을 것이다.

나는 짧은 생애에서 저지른 여러가지 잘못을 회상했다. 가족의 기도 모임 때 펠릭스를 꼬집어 울리던 일, 주일 학교엘 간다고 나왔다가 낚시하러 간 일, 아주 사소한 거짓말 등. 아니, 아니, 그렇지 않다. 이처럼 심각한 때에 적당히 핑계를 대다니……. 지난날 해왔던 진짜 거짓말. 그렇다. 그리고 내 멋대로 남을 무시한 말들, 생각, 수많은 행동 등. 그런데 내일은 그것을 총결산하는 무시무시한 공포의 날이라니! 아! 더 훌륭한 아이라고 칭찬받았으면 좋았을 것을!

"싸운 것을 생각하면 나도 똑같이 잘못한 일이 많아, 펠리시티. 더 이상 돌이킬 수는 없지만. 하지만 내일이 최후의 심판날이 아니더라도 두 번 다시 싸우지 말자. 아! 아버지가 계셨으면 좋았을걸."

스토리 걸은 팔로 펠리시티를 감싸면서 말했다.

"오실 거야. 내일, 프린스에드워드 섬에 최후의 심판이 온다면 유럽에서라도 반드시 오실 거야!"

세실리가 말했다.

"신문에 나온 기사가 진실인지 아닌지 확실히 알면 좋으련만. 알면 참고 견딜 수 있을 것 같은데."

펠릭스가 힘없이 말했다.

그건 그렇고, 도대체 앨릭 삼촌은 누구를 방문하고 있는지 외출한 뒤, 밤 늦게까지 돌아오지 않았다. 재닛 숙모도, 로저 삼촌도 이처럼 위급한 상황에서는 의지가 되는 분들이 아니다. 우리는 최후의 심판을 두려워하고 있었다. 그러나 한편으로 놀림을 당하는 것도 똑같이 두려워했다. 올리비어 고모라면 어떻게 생각할까.

"안 돼! 올리비어 이모는 심한 두통으로 누워 계셔! 면회사절이야! 나보고 점심 식사 준비를 하라셨어. 냉동 고기가 많이 있으니까! 감자와 콩을 삶아서 식탁에 차리면 준비가 끝나는데…….내일이 최후의 심판일이라지만, 어떤 마음가짐을 해야 할지 모르겠어! 어쨌든 어른들에게 물어봐도 특별히 우리들보다 더 아시는 것도 없을 것 같고."

스토리 걸이 말했다.

"하지만 그런 것을 믿지 않는다는 말만 들어도 조금은 마음이 편해질 거야."

세실리가 말했다.

"목사님은 아실지도 모르는데, 쉬는 날이라 집에 계실 거고…….어쨌든 어머니는 어떻게 생각하시는지 물어봐야겠어!"

펠리시티는 그렇게 말한 다음 〈엔터프라이즈〉 신문을 들고 집으로 뛰어갔다. 우리는 흥분된 마음으로 펠리시티가 빨리 돌아오기를 기다리고 있었다.

"저, 뭐라고 말씀하셨지?"

세실리가 떨리는 목소리로 물었다.

"빨리 나가라! 방해하지 마라. 너희들의 바보 같은 행동에 신경 쓸 시간 없다고 하셨어."

펠리시티는 속상하다는 표정으로 재닛 숙모의 말을 반복했다.

"그래서 내가 말씀드렸지. '내일이 최후의 심판일이라고 신문에 났어요!' 그랬더니 어머니가 '너나 없이 모두가 심판에 미쳤구먼' 하셨어!"

"그래, 그러니까 약간 안심이 된다. 재닛 아주머니는 전혀 믿지 않으시는 거야! 그렇지 않으면 꽤 당황하셨을 텐데!"

피터가 말했다.

"활자로 인쇄됐는데도……."

댄이 차분한 목소리로 말했다.

"그러면, 모두들 로저 삼촌에게 가서 물어보자!"

펠릭스가 자포자기한 것 같은 태도로 말했다.

로저 삼촌을 최후의 보루로 믿고 의지할 수밖에 없는 우리들의 심정을 누구나 이해할 수 있을 것이다. 우리들은 출발했다. 로저 삼촌은 헛간 앞뜰에서 검은 암말을 짐마차에 매달고 있었다. 삼촌의 주머니 밖으로 〈엔터프라이즈〉 신문이 반쯤 나와 있었다. 우리가 보기에도 삼촌은 이상하리만큼 침착해서 어떤 일에 마음이 빼앗긴 것처럼 보였다. 얼굴에는 전혀 미소가 보이지 않았다.

"물어봐."

펠리시티가 스토리 걸을 독촉했다.

"로저 외삼촌!"

스토리 걸의 아름다운 목소리에는 두려움과 애원의 메아리가 담겨 있었다.

"〈엔터프라이즈〉 신문에서 내일이 최후의 심판일이라고 보도를 했는데, 외삼촌은 어떻게 생각하세요?"

"그랬더군! 〈엔터프라이즈〉 신문은 항상 정확한 뉴스만 게재하니까!"

로저 삼촌은 진지하게 말했다.

"하지만 우리 어머니는 믿지 않으세요!"

펠리시티가 강하게 주장했다.

로저 삼촌이 머리를 흔들었다.

"그것이 문제지! 사람들은 때를 놓칠 때까지, 어떤 사실을 믿으려고 하지 않아. 나는 이제 곧 마크데일에 가서 빌린 돈을 갚을 작정이야! 그리고 점심 식사 뒤에는 서머사이드에 가서 신사복을 새로 살 거다. 낡은 것은 최후의 심판일에 너무 초라해 보일 테니까."

그러고는 짐마차를 타고 가버렸다. 절박해 하고 있는 여섯 사람을 뒤에 남겨놓고……

"아, 이것으로 결정된 거나 같아!"

피터가 맥이 풀리는 듯 말했다.

"준비해 둘 일이 있을지 모르겠어!"

세실리가 물었다.

"나에게도 누구에게나 있는 흰 드레스가 있었으면 좋을 텐데. 그런데…… 있지도 않고 사려고 해도 너무 늦었고…… 아…… 어머니 말을 잘 들었어야 했는데. 최후의 심판이 이렇게 빨리 있을 줄 미리 알았다면 어머니에게 반항하는 일은 없었을 텐데…….
오늘 집에 가면 사진영상회에 간 사실을 말씀드릴 거야!"

세라 레이가 흐느껴 울었다.

"로저 외삼촌이 진심으로 그런 말씀을 했다고 생각할 수 없어!
외삼촌의 눈을 들여다볼 수가 없었어. 외삼촌이 사람을 속이려고할 때는 눈빛이 번쩍 빛나거든. 아무리 해도 그것만은 속이지 못하지. 이렇게 우리를 위협하는 것을 아마 로저 외삼촌은 크게 농담하는 것쯤으로 생각하실 거야. 의지하고 믿을 수 있는 어른이 계시면 무섭지 않을 텐데……."

스토리 걸이 말했다.

"아버지가 계시다면 의지가 되겠는데. 아버지는 진실된 말씀을 들려주실 거야……."

댄이 말했다.

"진실이라고 생각하는 것을 이야기해 주실 뿐이야, 댄. 앨릭 외삼촌의 판단이 꼭 정확한 것은 아니라고. 외삼촌은 〈엔터프라이즈〉

신문 기자만큼 인텔리가 아니거든. 할 수 없어. 기다리는 수밖에 없어 ! ”

“집에 들어가 성경에는 어떻게 나와 있는지 읽어보도록 하자 ! ” 세실리가 말했다.

우리는 올리비어 고모 모르게 살그머니 들어가서 세실리가 성경의 중요 부분을 찾아 읽는 것을 들었다. 그 생생하고 무서운 묘사는 우리들에게 조금도 위안이 되지 못했다.

드디어 스토리 걸이 말했다.

“자, 이제 감자를 준비해서 내일이 비록 최후의 심판일일지라도 삶아 으깨서 음식 준비를 해야지 ! 그리고 나는 그런 것을 믿지 않아 ! ”

그리고 피터가 말했다.

“나도 딱총나무를 뿌리째 뽑는 작업을 해야 되는데……. 일이 잘 될지 어떨지 모르는 이런 때 혼자서 거기엘 가다니. 죽을까봐 겁을 낸다고 할지도 모르겠군 ! ”

“로저 삼촌에게 이렇게 말해 봐 ! 내일이 이 세상의 끝이라면 어디를 뿌리째 뽑아도 상관없지 않느냐고 ! ”

나는 이런 말로 피터를 위로했다.

“그래 ! 만일 삼촌이 하지 말라고 하시면 그건 정말 진실인 거야 ! 하지만 가라고 말씀하시면, 로저 삼촌도 그것을 믿지 않고 계시다는 증거가 되는 거야. ”

세실리도 맞장구를 쳤다.

감자 껍질을 벗기고 있는 스토리 걸과 피터를 남겨놓고 우리는 집으로 돌아갔다.

재닛 숙모가 집 우물에서 오래된 파란 컵이 깨진 것을 보고 불쌍한 펠리시티를 심하게 꾸짖었다. 그러나 펠리시티는 얌전히 참았다. 펠리시티는 오히려 그것을 기쁘게 받아들였다.

"어머니는 내일이 이 세상의 끝이란 것을 믿지 않으셨어! 믿었다면 그렇게 야단치셨을 리가 없지!"

펠리시티의 이 말은 우리에게 꽤 위안을 주었다. 그렇지만 점심식사 뒤, 스토리 걸과 피터가 찾아와 로저 삼촌이 정말로 서머사이드에 가셨다고 말하자 우리들은 또다시 공포와 불행의 밑바닥에 떨어지고 말았다.

"그런데 로저 아저씨는 딱총나무 뿌리뽑기 작업을 다녀오라고 말했어. 내일이 최후의 심판일이란 것을 믿고 있는 것 같지만 어쩌면 그렇지 않을지도 몰라. 한 고비 넘긴 느낌도 들지만, 그래도 거기를 혼자 가는 것은 무서운 일이야. 너희들 가운데 누구라도 같이 가주면 좋겠어. 일은 하지 않아도 괜찮아!"

결국 댄과 펠릭스가 가기로 했다. 나도 가고 싶었지만 여자들이 반대했다.

"베벌리, 용기를 잃지 않게 우리와 함께 있어 줘."

펠리시티가 부탁하기 시작했다.

"점심때부터 어떻게 하면 좋을지 모르겠어! 키티 마의 집에 놀러 가기로 약속했었는데 그건 무리인 것 같고. 뜨개질도 못하고 '다 쓸데 없다, 내일이 되면 모두가 불에 타버리는데!'라는 생각이 들 게 분명해!"

그래서 나는 여자애들과 함께 남았다. 우울한 오후가 계속되었다. 스토리 걸은 몇 번이고 되풀이해서 자기는 믿지 않는다고 주장하면서도 이야기를 해보라고 하면 뻔히 속보이는 핑계를 대고 피했다.

세실리는 끈덕지게 재닛 숙모 옆을 붙어 다녔다.

"어머니! 월요일에 빨래하실 거예요?"

"화요일 밤의 예배 모임에 참석하실 건가요?"

"내주에 산딸기 잼을 만드실 거예요?"

똑같은 질문을 반복하는 것이었다. 재닛 숙모는 그런 것들이 아무런 문제될 것이 없다는 듯이 "그럼!" "물론!"이라고 대답해 세실리에게 크나큰 위안을 주었다.

세라 레이는 그 조그만 머리에 그렇게 많은 눈물이 들어 있다는 것이 신기하리만큼 계속 울었다. 그러나 나는, 흰 드레스가 없어 심하게 낙담하는 세라 레이의 절반만큼도 운명적인 심판일에 대해서 두려워하지 않았다. 오후가 훨씬 지났을 때, 세실리는 원추리(백합과의 다년초) 모양의 물주전자를 손에 들고 계단을 내려왔다. 짙푸른색 원추리 모양이 조각된 작은 도자기인데, 세실리는 그것을 무척 소중하게 생각했고 언제나 칫솔을 넣어두었다.

"이 물주전자, 세라에게 줄게."

세실리가 엄숙하게 말했다. 세라는 항상 이 독특한 물주전자를 갖고 싶어했었다. 즐거운 마음으로 그것을 주고받는 동안 그녀는 울음을 그쳤다.

"저, 세실리. 고마워. 내일이 최후의 심판일이 아니더라도 절대 돌려달라고 하지는 않겠지?"

"그럼! 영원히 네 것이야."

세실리는 자기에게는 원추리 모양의 물주전자나 다른 이 세상의 모든 허영이나 허식 등이 아무 의미가 없는 것처럼 고상하면서도 속세와는 거리가 먼 말투로 말했다.

"세실리, 벚꽃 화병을 누군가에게 줄 생각은 없니?"

펠리시티가 무관심한 체하면서 물었다. 펠리시티는 원추리 물주전자는 조금도 갖고 싶은 마음이 없었으나 벚꽃 화병은 전부터 마음에 두고 있었다. 붉은 유리로 된 벚꽃송이와 황록색 유리 잎사귀가 붙어 있는 흰 유리병인데, 이것은 언젠가 크리스마스 때, 올리비어 고모가 세실리에게 선물한 것이었다.

"아니, 그럴 생각 없어."

싸움이라도 걸 듯한 말투로 세실리가 대답했다.

"아, 그래? 어떻든 상관없어, 나는! 만일 내일이 이 세계의 종말이라면 벚꽃 화병 같은 것은 아무 쓸모가 없다고 생각했을 뿐이야."

펠리시티는 서둘러 말했다.

"그것은 나에게나 누구에게나 충분히 쓸모가 있어!"

세실리는 벌컥 성을 냈다. 세실리는 죄책감을 진정시키기 위해, 아니면 무서운 운명을 달래기 위해 사랑스런 원추리 모양의 물주전자를 희생시킨 것이다. 그러나 보물인 벚꽃 화병은 내놓을 수도 없고 그럴 생각조차 전혀 없었다. 펠리시티에게 속을 보이는 것은 딱 질색이었다.

어둠이 짙어지면서 우리들의 힘겹고 불안한 상태는 더욱 비참한 모습을 더해갔다. 만약 우리가 대낮의 햇볕 속에서, 다정한 가정적인 분위기와 음악에 둘러싸여 있었다면 좀더 쉽게 불안감을 날려보내고 마음의 여유를 가질 수 있었을 것이다. 그러나 지금 어둠이 깊은 이 시각, 위협적인 확신은 우리를 움켜잡아 공포심을 강요했다. 만일 여기에 나이가 꽤 많은 현명한 친구 한 사람이 있어 진지한 표정으로, 두려워할 필요 없다고, 〈엔터프라이즈〉 신문의 기사는 사람을 선동하는 광신자들의 전혀 근거없는 거짓말이라고 단언해 준다면 얼마나 좋을까? 그러나 그런 사람은 없었다. 오히려 주위에 있는 어른들은 우리가 느끼는 공포를 재밌는 농담으로 생각하는 듯했다. 두통이 없어진 올리비어 고모와 재닛 숙모는 부엌에서 이 세상의 종말론 때문에 침울한 아이들을 웃어넘기고 있었다. 킬킬거리는 재닛 숙모의 목청과 방울을 굴리는 듯한 올리비어 고모의 웃음소리가 열린 창문 밖으로 흘러 나왔다.

"내일이 되면 우리는 웃을 수도 없을 거야!"

댄이 은근히 만족감을 드러내며 말했다.

우리는 지하실 문 옆에 앉아, 넓게 이어진 어두운 언덕으로 넘어가는 마지막 석양을 바라보고 있었다. 피터도 같이 있었다. 내일, 그러니까 일요일은 쉴 예정이었으나 취소했다.

"내일이 최후의 심판일이라면 같이 있고 싶어."

피터는 말했다.

세라 레이도 같이 있고 싶다고 했지만 그럴 수 없었다. 어머니가 어둡기 전에 돌아와야 된다고 말했기 때문이다.

"염려하지 마, 세라!"

세실리가 위로했다.

"내일 2시까지는 아무 일도 없을 테니 무서운 일이 일어나기 전에 천천히 여기로 올라와."

"하지만 착오가 생길지도 모르잖아. 내일 점심때가 아니고 오늘 밤 2시인지도 모르지!"

세라는 흐느껴 울었다.

확실히 그럴지도 몰랐다. 이제까지 짐작하지 못했던 새로운 두려움이 덮쳐왔다.

"오늘 밤은 조금도 잘 수 없을 거야!"

펠릭스가 말했다.

"신문에는 내일 2시라고 나와 있거든! 걱정할 것 없어! 세라."

댄이 달랬지만 세라는 울면서 집으로 돌아갔다. 그러나 세라는 원추리 모양의 물주전자를 가지고 가는 것을 잊지 않았다. 어떻게 보면 세라의 귀가는 다행스러웠다. 저렇게 한없이 눈물을 흘리는 소녀는 즐거운 친구가 될 수 없기 때문이다. 세실리도, 펠리시티도, 스토리 걸도 울지 않았다. 세 사람은 의지가 강하고 성격도 냉철했다. 눈물을 글썽거리지도 않았고, 끝까지 용기를 내 자기에게 닥쳐오는 모든 것에 대해 대처하는 성격이었다.

"내일 이맘때쯤 우린 모두 어디에 있을까?"

거무스름한 전나무 가지 너머로 기울어가는 석양을 바라보고 있을 때 펠릭스가 음울한 목소리로 말했다. 불길한 석양이었다. 태양은 어두운 납색 구름 속에 파묻히다가 마지막에는 보랏빛과 불길한 붉은빛의 음산한 어둠만을 남겼다. 세실리가 나지막하게 말했다.

"우리 모두가 한곳에 같이 있으면 좋겠어. 그러면 그렇게 나쁘지 않을 것 같은데!"

"내일은 점심때까지 계속 성경을 읽을 거야."

피터가 말했다.

올리비어 고모가 돌아가려고 나온 그 순간에 스토리 걸은 펠리시티와 세실리와 함께 자고 가겠다고 말했다. 올리비어 고모는 모자를 흔들며 우리 모두에게 다정한 웃음을 빙긋 보내면서 가볍게 승낙했다. 크고 파란 눈동자와 따뜻한 색조의 금발로 올리비어 고모는 매우 아름답게 보였다. 우리는 언제나 올리비어 고모를 사랑했다. 그렇지만 조금 전 재닛 숙모와 같이 우리를 비웃었던 사실이 언짢아 웃지 않았다.

"어머나! 모두 금세 앵돌아지고 잘 토라지는 애들만 모였군!"

올리비어 고모는 이렇게 말하면서 아름다운 드레스가 이슬 내린 풀에 젖지 않도록 들어올리더니 정원을 떠났다.

피터도 번거롭게 누구의 허락도 받지 않고 우리와 함께 있기로 결정했다. 침대에 들어갔을 때쯤 폭풍과 함께 비가 처마끝에 쏟아져 내렸다. 마치 세상이 자기의 최후가 다가왔음을 알고 세라 레이처럼 울고불고 하는 것 같았다. 그날 밤은 한 사람도 기도를 잊거나 생략하는 일이 없었다. 가능하면 촛불이라도 켜고 있었으면 했는데, 재닛 숙모의 규칙은 메디아 사람이나 페르시아 사람처럼 철저했다. 촛불은 끄지 않을 수 없었다.

우리는 두려움에 떨면서 누워 있었다. 매우 거친 빗방울이 머리 위 지붕에 떨어지고, 사나운 폭풍우가 몸부림치는 가문비나무 숲을 무섭게 빠져나갔다.

심판의 날 일요일

일요일 아침은 우울함이 깔린 잿빛 분위기 속에서도 밝았다. 비는 그쳤지만 낮게 드리워진 검은 구름이 온 세상을 뒤덮었다. 격렬한 폭풍이 휩쓸고 지나간 고요함이 우리에게는 그야말로 '최후의 심판 선고'를 기다리고 있는 것처럼 생각되었다. 우리는 모두 일찍 일어 났다. 모두가 제대로 잠을 잘 수 없었고 전혀 못 잔 사람도 몇 있었 다. 밤새 한숨도 못 잔 스토리 걸은 움푹 들어간 눈 밑이 거무스름 하고 매우 창백했다. 12시부터 자기 시작한 피터만이 푹 잔 것 같았 다.

"낮부터 내내 딱총나무 뿌리 뽑기 같은 힘든 일을 하게 되면 '최 후의 심판' 같은 것으로 잠을 안 잘 수는 없지. 그러나 잠을 잤어 도 아침에 일어나니까 피곤하다. 잘 때는 잊고 있었는데 눈을 뜨 자마자 더 무서워졌어!"

세실리는 얼굴이 핼쑥했지만 여전히 부지런하고 씩씩했다. 몇 해 만에 처음으로 세실리는 토요일 밤, 머리칼을 곱슬거리게 하는 클립 을 감지 않았다. 그래서 빗질한 머리를 청교도같이 수수하게 땋아들이고 있었다.

"최후의 심판일이니까, 곱슬머리는 어울리지 않을 것 같아서……." 세실리가 말했다.

우리들이 모두 부엌으로 내려가자 재닛 숙모가 말했다.

"어머나, 꼬마들이 처음으로 깨우지 않았는데도 일어났잖아! 기특하군!"

아침 식탁에 둘러앉았으나 모두들 별로 식사를 하지 않았다. 어른들은 항상 정해진 분량의 음식만을 먹었다. 식사를 한 뒤 잡다한 일이 끝나자, 오전에는 마음의 여유가 생겼다. 피터는 어제 말한 것처럼 성경을 펴들고 '창세기'를 제1장부터 읽기 시작했다.

"아마도 전부 읽을 시간은 없을 거야. 그러나 읽을 수 있는 데까지 읽어야지!"

그날, 칼라일에서는 설교가 없었고 주일학교는 저녁에도 시작되지 않았다. 세실리는 성경 구절을 공부하는 카드를 꺼내놓고 열심히 공부하기 시작했다. 우리는 세실리가 어떻게 그런 행동을 할 수 있는지 이해할 수 없었다. 우리가 세실리처럼 할 수 없다는 것은 확실했다.

"오늘이 최후의 심판일이 아니라고 해도 매일 해야 되는 과제는 암기해야 한다고 생각해! 심판날이라면 더욱더 올바른 행동을 해야 하고. 그런데 주일학교에서 배우는 성경 구절 암기용 책이 이렇게 외우기 어려우리라고는 미처 생각을 못했어."

느릿느릿 흘러가는 지루한 시간이 못 견디게 싫어서 우리는 할 일도 없으면서 이리저리 돌아다녔다. 그러나 피터만은 딴 짓을 하지 않고 계속 성경을 읽었다. 11시에는 '창세기'를 다 읽고 '출애굽기'를 읽기 시작했다.

"이해할 수 없는 곳이 많지만, 한 구절 한 구절 읽는 거야. 그게 중요하지. 요셉 형제의 이야기는 매우 흥미진진해서 최후의 심판을 잊어버릴 정도였지!"

그러나 오랫동안의 공포가 결국 댄의 신경을 거스르기 시작했다.
점심 식사를 하러 가려고 할 때 댄이 소리쳤다.

"오늘이 최후의 심판일이라면 빨리 와서 모든 것을 끝내버려
라!"

"제발 그러지 마, 댄!"

펠리시티와 세실리가 한 목소리를 내어 말했다. 그러나 스토리 걸
은 댄에게 동조하는 듯했다.

아침 식탁에서도 조금밖에 먹지 못했지만, 점심 식사는 더더욱 먹
을 수 없었다. 점심 식사 뒤에 하늘을 보니 구름은 흘러가고 태양은
찬란히 빛났다. 이것은 길조라고 생각되었다. 최후의 심판일이라면
날씨가 청명할 리 없다는 것이 펠리시티의 의견이었다. 그럼에도 우
리들은 정성껏 옷을 갈아입었고 여자 아이들은 흰 드레스를 입었다.

세라 레이가 여전히 울면서 나타났다. 세라 레이는 자기 어머니가
〈엔터프라이즈〉 신문 기사를 정말이라 믿고 곧 세계의 종말이 올
거라면서 무서워한다고 말했다. 그러자 우리의 불안은 더욱 심해졌
다.

"그래서 어머니는 여기에 올 수 있도록 허락하신 거야. 걱정하지
않으면 어머니가 나를 여기에 보내실 이유가 없지! 하지만 오지
않았다면 분명 죽었을 거야. 그리고 어머니는 내가 사진영상회에
갔다는 이야기를 했는데도 화도 내시지 않으셨어! 아주 불길해.
나는 흰 드레스가 없어서 프릴이 붙은 흰 모슬린 앞치마를 입고
왔어."

세라는 계속 흐느껴 울었다.

"좀 이상한데!"

펠리시티가 의심스러운 듯이 말했다.

"교회에 갈 텐데 앞치마를 입다니. 심판일에 입는 것으로는 어울

리지 않아!"

"그렇지만 그렇게밖에는 할 수 없었어. 흰 것을 입으려고 한 것뿐이야. 이것도 드레스와 같아. 소매만 없을 뿐이지!"

세라가 쓸쓸하게 말했다.

"과수원에 가서 기다리도록 하자. 지금이 1시니까 앞으로 1시간 안에 운명의 시간이 올 거야! 현관문을 열어 놓도록 하자. 큰 시계가 2시를 치는 소리가 잘 들리도록!"

스토리 걸이 말했다.

더 이상의 다른 계획은 생각할 수 없었다. 우리는 과수원으로 갔으나 풀이 젖어 있었기 때문에 앨릭 삼촌의 나무 큰 가지에 앉았다. 세계는 아름다웠고 평화가 가득했으며 둘레는 온통 푸른색이었다. 머리 위에는 여기저기 하얀 구름이 여러 모양을 이루며 떠 있고 푸른 하늘이 눈부시게 펼쳐져 있었다.

"흥, 이거, 최후의 날이라고 하지만 조금도 무섭지 않군!"

댄이 허세를 부리면서 휘파람을 불기 시작했다.

"어머나! 일요일이니까 휘파람은 불지 마!"

펠리시티가 차갑게 말했다.

"지금까지 읽은 성경 어디에도 감리교나 장로교는 나오지 않아! '출애굽기'가 거의 끝나가고 있는데도. 언제쯤 나올까?"

갑자기 피터가 말했다.

"성경에는 감리교나 장로교가 나오지 않아!"

펠리시티가 얕보듯 말했다. 피터는 당황하는 얼굴이 되었다.

"그럼, 어떻게 그런 말이 나온 거지? 언제 시작된 거야?"

"성경에는 두 가지 모두 전혀 나오지 않아. 나도 이상하다고 생각했었어. 그런데, 침례교에 관한 것…… 침례교 사람 하나는 나오거든!"

세실리가 말했다.

"자 ! 어쨌든 오늘이 최후의 날이 아니라면 이대로 계속 성경책을 읽었으면 좋겠다. 난 이렇게 재미있는 책인 줄 몰랐어 ! "

"성경이 재미있는 책이라니 오싹하군 ! 저, 그런 말은 다른 책에 대해서나 하는 거야. "

펠리시티는 피터의 말이 신성모독이라 여겨져 부르르 떨면서 말했다.

"특별히 나쁜 뜻으로 한 말은 아니야. "

피터가 기운없이 말했다.

"성경은 재미있는 책이야. 거기에는 더 할 나위 없이 훌륭한 얘기들이 많이 들어 있어. 그래, 펠리시티, 훌륭한 것들이. 이 세상이 끝나지 않으면, 다음 일요일에 고대 문학으로도 유명한 구약성서에 나오는 룻기 이야기를 들려 줄 게. 세상이 끝나지 않는다면 말이야. 어쨌든 이야기할 거야. 약속해. 다음 일요일에 우리가 어디에 있건 룻기에 대해 들려주겠어. "

스토리 걸이 피터를 감쌌다.

"하지만 천국이라면 이야기할 수 없겠지. "

세실리가 머뭇거리며 말했다. 그러자 스토리 걸의 눈에서 불꽃이 번쩍거렸다.

"무엇 때문에 못해 ? 말하려는 혀가 있고 듣는 사람이 하나라도 있다면, 나는 이야기할 거야. 진심이야. "

확실히 그럴 것이다. 이처럼 굽히지 않는 신념이나 영혼은 폐허와 멸망한 세계의 하늘을 자랑스럽게 날며 영혼 안에 간직된 자유분방한 다정함과 남이 따를 수 없는 대담성을 우리에게 보여줄 것이다. 노래하며 수선화 들판을 활보하는 젊고 생기발랄한 지혜로운 천사들도 잠깐 하프 연주를 멈추고, 이 황금 같은 혀에서 나오는 이미 사라져버린 이 세계의 이야기를 틀림없이 경청할 것이다. 우리는 스토리 걸을 보고 있으면 이 같은 막연한 생각이 마음속에 떠올라 얼마쯤 위안을 받을 수 있었다. 혹시 모든 것이 끝난 뒤라 해도 우리는 같은 존재이고 이 작으면서도 중요한 본질이 변하지 않는다면 최후의 심판일지라도 크게 두려워할 필요가 없을 것이다.

"이제 틀림없이 2시가 다 됐을 거야. 1시간도 넘게 참고 기다린 것 같은데……."

세실리가 말했다.

대화는 중단되었다. 우리는 초조하게 기다렸다. 순간순간이 1시간씩 지나는 것처럼 더디게 흘러가고 있었다. 2시는 영원히 오지 않고, 이 긴장을 끝내주지 않을 것인가? 우리의 신경은 곤두서 있었다. 피터까지도 읽는 것을 중단할 정도였다. 처음 보는 낯선 현상과 처음 듣는 소리 모두가 최후의 나팔처럼, 금세라도 끊어질 것 같은 신경을 건드렸다. 한 조각 구름이 태양을 가리면서 갑작스레 과수원에 어두운 그림자를 쏟아내자 우리는 창백해지면서 몸을 부르르 떨었다. 움푹 팬 땅의 나무 다리로 마차가 한 대 왔을 때, 세라 레이는 비명을 지르며 뛰어나갔다. 로저 삼촌 집 쪽에서 헛간문이 큰 소리를 내면서 닫히자 일제히 우리들의 등줄기로 갑자기 식은땀이 솟아올랐다.

"오늘이 최후의 심판일인 것을 어떻게 믿지? 계속 믿지 않았는데 말이야. 아무튼 저 시계가 빨리 2시를 치면 좋겠는데!"

펠릭스가 말했다.

"시간 보내기 위해 이야기를 해주면 좋으련만."

나는 스토리 걸에게 권유했다. 그러나 스토리 걸은 한마디로 거절했다.

"안 돼! 헛된 일이야. 오늘이 최후의 심판일만 아니라면 소름끼칠 정도로 오싹한 이야기를 하겠지만."

고양이 패트가 갑자기 과수원으로 뛰어들어왔다. 입에 들쥐를 물고 있었는데, 우리 앞에 앉아서 깨끗이 먹어치웠다. 그리고 만족스러운 듯이 앞발을 혀로 핥았다.

"오늘은 최후의 심판일이 아닌가 봐! 심판일이라면 패트가 쥐를 먹을 리가 없어."

세라 레이가 얼굴을 빛내면서 말했다.

"저 시계가 아직 2시를 치지 않는군. 난 폭발할 것 같아."

세실리가 이상하게 흥분했다.

"기다리는 것이 미덕이란 말도 있긴 하지만, 그래도 1시간은 더 지난 것 같아."

스토리 걸이 말했다.

"혹시, 2시 종이 쳤는데도 우리가 듣지 못한 것은 아닐까? 누군가가 보고 와야겠군."

댄이 말하자 세실리가 일어섰다.

"내가 갈게. 만일 무슨 일이 있어도 돌아올 시간은 충분할 거야."

우리는 흰 드레스를 입은 세실리의 모습이 문을 빠져나가 현관으로 들어가는 것을 지켜보았다. 몇 분 아니, 몇 년인지도 모를 시간이 지났다. 얼마 뒤, 세실리가 전속력으로 이쪽을 향해 달려왔다. 그러나 도착했을 때는 너무 떨고 있어 말을 하지 못했다.

"어떻게 됐어? 2시가 지났지?"

스토리 걸이 물었다.

"지금, 지금은 4시야!"

세실리는 숨을 헐떡이며 말했다.

"고물시계는 움직이지 않아. 어머니께서 지난 밤 태엽을 감지 않으셔서 멎었어. 부엌 시계가 4시니까 이제 최후의 심판일은 지났어. 그리고 차 마실 준비가 됐으니까 어머니가 우리 모두 들어오라서."

우리는 공포의 실체와 이제 그것이 사라진 것을 느끼면서 서로 얼굴을 마주보았다. 최후의 심판일 같은 것은 없었다. 세계와 인생은 우리가 헤아릴 수 없는 시간을 지닌 채 충분한 매력으로 지금 우리 앞에 있었다.

"이제 두 번 다시 신문 기사 같은 건 믿지 않을거야."

댄이 서둘러 달리며 말했다.

"그러니까 내가 성경이 신문보다 믿을 수 있다고 말했잖아."

세실리가 의기양양하게 말했다.

세라 레이와 피터, 스토리 걸은 집으로 돌아갔고 우리는 심한 허기를 느끼면서 차를 마시기 위해 자리에 앉았다. 그리고 나서 우리는 2층에서 주일학교에 가려고 옷을 갈아입다가 몸이 축 늘어져버려 미적거리는 바람에 재닛 숙모가 두 번이나 계단 밑에 와서 꾸짖는 소리를 들어야만 했다.

"너희들! 오늘이 무슨 날인지 잊어버린 거니?"

"이런 멋진 세상에 살아 있다는 것이 굉장한 일이지!"

언덕을 내려오면서 펠릭스가 말했다.

"그렇지, 거기에다 펠리시티와 스토리 걸은 이제 서로 말을 하게 되었지."

세실리가 즐거운 듯 말했다.

"그것도 펠리시티가 먼저 말을 걸었어."

내가 말했다.

"그래, 하지만 그렇게 만든 것은 최후의 심판이지. 나도…… 너무 당황해서 그랬는데, 세라에게 원추리 물주전자를 주지 않았더라면 좋았을걸."

세실리는 한숨을 쉬며 말했다.

"나도 서둘러 장로교로 결정하는 게 아니었는데."

피터도 말했다.

"지금부터 시작해도 늦지 않아. 생각을 바꾸면 돼!"

댄이 말했다.

"당치도 않아! 나는 무서워져 무언가를 결정한 다음, 그것이 지나간 뒤에 뒤집는 그런 인간이 아니야. 장로교라고 결정했으면 끝까지 바꾸지 말아야지!"

단호하게 피터가 잘라 말했다.

"장로교에 대해 알고 있다고 했지? 지금 이야기해 줘."

나는 스토리 걸에게 말했다.

"안 돼! 일요일에 할 이야기가 아니야. 하지만 내일 아침에는 이야기할게."

스토리 걸은 대답했다.

다음날 아침 우리는 과수원에서 스토리 걸의 이야기를 듣게 되었다.

스토리 걸이 이야기를 시작했다.

"옛날, 주디 피노가 젊었을 때 주디는 엘더 프루언의 첫 번째 부인 밑에서 일했어. 프루언 부인은 학교 선생님이었기 때문에 말투나 문법에 대해 까다로운 사람이었어. 그리고 고상한 말을 쓰기 좋아했지.

어느 날, 부인은 주디가 와서 땀을 닦으면서 '아이 피곤해! 오늘은 더러운 똥 같은 일을 했군!' 하고 말하는 것을 듣고 크게 충격을 받았어. '주디! 그런 나쁜 말을 쓰지 말고 그런 때는 중노동이라고 말해요'라고 말했어. '네! 알겠습니다, 부인. 앞으로 조심하겠습니다.' 그 뒤 주디는 프루언 부인을 좋아하게 됐고 언제나 부인의 마음에 들도록 행동하려고 노력했어.

그런 일이 있은 뒤, 어느 날 둘이서 외출하게 되었는데, 저쪽에서 넘어질 정도로 나무를 가득 실은 마차가 다가오고 있었어. 주디는 고상한 말을 쓰는 것을 보여줄 좋은 기회라고 생각하고 이렇게 말했어.

'부인, 불쌍하게도 저 말은 참으로 장로님처럼 일하는군요!'"

꿈을 꾸는 사람들

8월이 가고 9월로 접어들었다. 수확도 끝났다. 여름이 다 간 것은 아니지만, 기승을 부리던 더위도 한풀 꺾이고 있었다. 과꽃이 여름의 여신이 돌아가며 남긴 발자국을 자줏빛으로 물들이고, 작은 산과 골짜기에는 푸르스름한 안개가 감돌고 있었다. 마치 어머니 같은 자연이 수풀 속 제단에서 기도를 올리는 듯했다.

휘어진 나뭇가지에 매달린 사과가 붉게 익어가기 시작했다. 귀뚜라미는 밤낮없이 울어댔다. 다람쥐들은 가문비나무 숲 속에서 공공연한 비밀을 속삭이듯 서로 소곤거리고 있었다. 햇빛은 순금처럼 무거워 보였고, 주황에 가까운 황금색으로 하늘을 물들이고 있었다. 새 학기가 시작되었고 목장에 사는 우리는 이것저것 일거리와 재미있는 놀이로 시간을 보냈으며, 가을 하늘의 별이 지켜보는 지붕 밑에서 편안하게 잠드는 밤을 맞이했다.

적어도 꿈소동이 시작되기 전까지 우리의 졸음은 평화로웠고 마음 편했다고 말할 수 있다.

"꼬마 녀석들, 이번에는 어떤 악마 같은 짓을 할지 알아봐야겠군!"

어느 날 저녁, 로저 삼촌은 총을 어깨에 메고 늪지대에 가기 위해 과수원을 빠져나가면서 이렇게 큰 소리로 말했다.

우리는 설교바위 앞에 둥그렇게 둘러앉아 있었다. 그리고 저마다 노트에 뭔가를 열심히 기록하면서, 9월에는 언제나 수분이 많은 황록색 과육과 붉고 푸른 껍질이 특징인 '존경하는 스콧 목사님의 건포도'를 먹었다. 존경하는 스콧 목사님은 돌아가셨지만, 이 건포도는 그에 대한 추억을 생생히 떠올리게 했다. 그것은, 지금은 잊어버렸지만 그의 설교와는 또 다른 의미가 있었다.

로저 삼촌이 가버린 뒤, 펠리시티가 어처구니없다는 듯 말했다.

"저 로저 삼촌은 벌 받을 말씀을 하신 것 같아!"

"아니야, 그게 아니야!"

스토리 걸이 재빨리 가로챘다.

"악마 같은 짓이란 말씀은 벌 받을 말이 아니야! 아주 심하게 '못된 장난'이란 뜻일 뿐이야."

"어쨌거나 좋은 말은 아닌 게 틀림없어!"

"그렇지, 그건 그래. 매우 인상적이지만 품위가 없는 말이 많군. 인상이 강해도 여자들은 품위없는 말을 써선 안 돼!"

스토리 걸은 자기도 모르게 한숨을 쉬었다.

그리고 다시 한 번 한숨을 쉬었다. 스토리 걸은 인상적인 단어에 친밀감을 느껴 다른 소녀들이 보석을 잘 간직하듯이 그것들을 조심스럽게 말했다. 스토리 걸에게 있어서 언어란 선명한 환상의 붉은 실에 연결된 휘황찬란한 진주와도 같았다. 새로운 단어를 접할 때마다 그것을 혼자서 몇 번씩 반복하여 무게 있게 하며 애지중지하고 자기 목소리와 조화시켜 여러 가지 의미로 영원히 자기 것으로 만드는 것이었다.

"그런데 지금 한 이야기가 올바른 것은 아니잖아."

펠리시티가 우겨댔다.

"우리들 누구도, 악한 짓이나 심하게 나쁜 장난 같은 것을 하지 않아. 꿈 이야기를 기록하는 것은 장난과는 달라."

확실히 그것은 맞는 말이었다. 특별하고 엄격한 종파에 속하는 어른들도 그렇게 말하지는 않았을 것이다. 문장 작법과 글쓰기에 노력하면서 자기의 꿈을 기록하는 것이 올바른 즐거움이라고 할 수 없다면 무엇이 옳은 것인지 알 수가 없다. 아직 태어나지 않은 미래의 세대들이 이 기록을 접할 기회가 있어야 하기 때문이다.

우리는 이것을 지난 2주일 동안 계속해 왔다. 그 동안에 우리는 한결같이 꿈을 꾸고 그것을 기록하기 위하여 살았다. 비가 내린 다음날 저녁, 가문비나무 숲 속의 나뭇잎이 쇄쇄 소리를 내며 비에 젖는 길에서 스토리 걸이 입에서 껌을 떼다 말고 생각한 것이다. 모두가 모이면 다 같이 길 끝의 이끼 긴 바위에 앉았다. 거기서부터 눈 아래에는 수확기의 황금빛 골짜기가 펼쳐져 있었다. 우리의 턱은 나무에 올라가 따온 것을 씹기 위해 활발히 움직였다. 그때도 학교에서나 사람들 앞에서 껌을 씹는 것은 허락되지 않았다.

그러나 숲 속이나 들판, 과수원이나 건초 창고에서는 그런 규칙이 잠시 보류되었다.

"제인 고모는 아무데서나 껌을 씹는 것은 예의 바르지 못하다고 늘 말씀하셨지!"

피터가 꺼림칙한 말투로 말했다.

"너의 제인 고모가 에티켓을 완벽하게 아신다고는 할 수 없어!"

〈패밀리 가이드〉 잡지에서 빌려온 근사한 단어로써 피터를 궁지에 몰아넣으려고 펠리시티가 말했다. 그러나 피터는 그렇게 쉽게 당할 애가 아니었다. 피터는 날 때부터, 사전과 싸운다 해도 무승부가 될 때까지 대항하는 씩씩함을 갖고 있었다.

피터가 곧 되받아서 대답했다.

"잘 알아두시지! 우리 제인 고모는 크레이그 가풍을 지닌 분으로 진짜 귀부인이셨지. 제인 고모는 규칙에 대해서도 철저하셨고, 주위에 누가 있건 없건 간에 그것을 지키셨지. 게다가 아주 현명한 분이었어. 우리 아버지가 고모 반만 따라갔어도 내가 지금 심부름이나 하고 있지는 않았을 거야."

"지금 네 아버지가 어디에 계신지 짐작이 가니?"

댄이 물었다.

피터는 쌀쌀맞게 대답했다. "그럼. 가장 최근의 소문에는 메인 지방에서 벌채하는 산 속에 계셨대. 하지만 그것도 3년 전의 일이고, 지금은 어디 계신지 확실히 알 수도 없고, 그리고……." 피터는 자기 말을 더욱 인상깊게 하기 위해 입에서 껌을 뱉어내 일부러 새것으로 바꾸었다.

"나는 어떻든 상관없어!"

"그래, 사실은 피터에게 가장 무서운 사람은 아버지일 거야!"

세실리가 말했다.

피터가 그것을 도전적인 태도로 받아들였다.

"그럴까? 만일 너네 아버지가 네가 갓난아기였을 때 가출해서 어머니가 집안일이나 바깥일까지 모두 감당할 수밖에 없게 된다면, 너라도 그분에게 별로 신경 쓰지 않을 거라고 생각해!"

"너의 아버지, 언젠가 큰 부자가 되어 돌아오실지도 몰라."

스토리 걸이 옆에서 거들었다.

"돼지가 휘파람을 불 수 있을지는 몰라도 돼지 입은 돼지 입일 뿐이야!"

내 마음을 설레게 한 스토리 걸의 말에 대한 피터의 고상한 대답이었다.

"캠벨 씨가 저기 큰길을 지나가고 있다! 저것은 처음 보는 암말이군. 근사하지? 검은 공단 같은 가죽이야. 저분은 말을 베티 셔먼이라고 부른대. "

댄이 말했다.

"말에게 증조할머니 이름을 붙이다니, 품위가 없군. "

펠리시티가 말했다.

"베티 셔먼이라 부르면 말에게는 아부하는 게 될지도 모르지. "

스토리 걸이 말했다.

"그렇지만, 그 이름의 주인인 본인도 품위 있다고는 말할 수 없지! 어쨌거나 여자가 남자에게 결혼해 달라고는 말하지 않으니까! "

"아니, 뭣 때문에? "

"무슨 말이야, 두렵지 않아? 너라면 그렇게 말할 수 있겠어? "

"그래, 그럴 거야! 만일 그 사람을 지독하게 좋아하는데, 그쪽에서 말을 못할 경우, 내가 먼저 할지도 모르지. "

스토리 걸은 장난기 있는 눈을 빛내며 말했다.

"그러느니 차라리 노처녀로 죽는 게 낫겠다! "

펠리시티가 소리쳤다.

"펠리시티같이 예쁜 아가씨가 노처녀가 될 리 없지! "

피터가 속보이게 아부했다.

펠리시티는 숱 많은 금발을 흔들면서 성낸 얼굴을 하려고 했으나 성공하지 못했다.

"상대방이 누구든지 먼저 청혼하는 것은 숙녀답지 못해. "

세실리가 말했다.

"〈패밀리 가이드〉 잡지라면 그렇게 쓰지 않을 거야. "

스토리 걸이 약간 빈정거리는 투로 내키지 않는 듯 말했다. 스토리 걸은 펠리시티나 세실리만큼 〈패밀리 가이드〉지를 대단하게 생각지 않았다. 두 사람은 매주 '에티켓 난'을 열심히 읽고 있었기 때문에 질문을 받으면, 결혼식에서 어떤 장갑을 끼고, 소개받을 때는 어떻게 대답하며, 가장 좋아하는 젊은이가 찾아오면 어떤 차림을 할 것인가를 정확하게 설명할 수 있을 정도였다.

"리처드 쿡 씨의 부인은 남편에게 결혼하자고 말했대."

댄이 말했다.

"로저 외삼촌이 말해주신 건데…… 부인이 먼저 말했다기보다 훌륭한 말솜씨로 친절을 베풀었기 때문에 리처드 씨는 자기도 모르게 약혼하게 됐다는 거야. 난 쿡 부인의 할머니 이야기를 잘 알고 있어. 그분은 '그러니까, 내 말이 맞지요'를 입버릇처럼 자주 하는 여자였대."

스토리 걸이 말했다.

"펠리시티! 자주 듣던 말이군."

댄이 이렇게 말하고 입을 다물었다.

"그분은 꽤 완고하셨대. 그 할머니는 결혼하고 얼마 지나서 남편과 과수원에 심은 사과나무 때문에 싸운 일이 있었대. 사과나무 앞에 세워 놓은 이름표가 없어졌거든. 남편은 '핌유스종'이라고 하고 부인은 '옐로 트랜스페런트종'이라고 주장했지. 두 사람이 너무 다투니까 드디어 이웃사람들까지 가세해서 시끄러운 구경꾼이 되었어.

얼마 뒤 남편은 화가 나서 조용히 하라고 부인에게 호통을 쳤어. 그때는 〈패밀리 가이드〉 같은 잡지가 없어서 부인에 대해서 침묵을 강요하는 것이 예의에 어긋나는 것인 줄 몰랐대. 부인 쪽에서는 남편 쪽에 '예의범절'이란 것을 가르치려고 생각했겠지. 그렇지만 믿겠어? 부인은 별 수 없이 침묵을 지켰고 그 뒤, 5년 동안 남편과는 말 한마디 없이 지냈대. 5년이 지나고 그 나무에 드디어 사과가 열렸는데, 그것은 옐로 트랜스페런트종이었지. 그때 간신히 부인이 말하기를 '그러니까, 내 말이 맞지요?'"

"그 뒤에, 그분은 평소처럼 말했니?"

세라 레이가 물었다.

"그렇지, 옛날과 같아졌어."

스토리 걸은 몹시 싫증난 표정이었다.

"하지만 그것은 내 이야기 속에 없어. 겨우 여자가 먼저 말을 걸었다는 데서 끝나는 거야! 아마도 너희들은 이 이야기가 이것으로 끝나지 않기를 바랐겠지?"

"사실 난 그 뒤에 일어난 일에 항상 관심이 가거든."

"로저 삼촌은 계속 독신으로 계실 작정인가 모르겠어!"

세실리가 말했다.

"매우 행복해 보이시던데!"

피터가 말했다.

"엄마가 그러는데, 삼촌이 상대를 원하지 않아서 독신으로 있는 건 괜찮대. 그런데 어느 날 눈을 뜨니 누구도 와줄 사람이 없어서 독신이 되어 있었다면, 꽤 느낌이 달라질 거래."

펠리시티가 말했다.

"만약 올리비어 고모가 결혼하게 되면 로저 삼촌은 여러 가지 집안 문제를 어떻게 처리할까?"

"올리비어 고모는 이제 와서 결혼은 하시지 않아. 내년 1월이면 29살이 되는데."

"그건 그래. 나에게는 고모나 다름없는 분이야." 피터가 그 말에 동의하더니 계속했다. "그래도 나이 같은 건 신경 쓰지 않는 분과 만날지도 모르지, 꽤 미인이시니까."

"집안에서 결혼식을 하면 굉장히 멋지고 근사해서 가슴이 울렁울렁하지 않을까? 나는 결혼하는 사람들을 한 번도 본 일이 없어. 꼭 보고 싶어! 장례식은 네 번 보았지만 결혼식은 한 번도 못 보았으니까!"

세실리가 말했다.

"나는 장례식을 한 번도 보지 못했어."

세라 레이가 쓸쓸하게 말했다.

"저쪽에 '교만한 공주의 면사포'가 있군!"

세실리는 남서쪽 하늘에 길게 꼬리치고 있는 엷은 안개를 가리켰다.

"그 아래 어여쁜 핑크색 구름도 봐봐."

펠리시티가 말하자 스토리 걸이 그 말을 받았다

"만약에 저 작은 핑크빛 구름이 꿈이라면, 떠돌다가 누군가의 잠 속으로 내려가는 중인지도 모르지!"

"난, 어제 굉장히 무서운 꿈을 꾸었어! 호랑이와 머리가 둘인 사람이 살고 있는 사막의 섬 속에 내가 있었던 꿈인데……."

세실리는 그 장면을 상상하면서 몸을 떨었다.

"아! 정말로?"

스토리 걸은 세실리를 못마땅하게 쳐다보았다.

"왜 이제서야 말했어? 내가 그런 꿈을 꾸었다면 다른 사람 모두가 그런 꿈을 꾼 것 같은 기분이 들도록 이야기했을 텐데."

"나는 너와 달라. 더구나 내가 당한 것처럼 모두를 무섭게 하고 싶지 않아. 무서운 꿈이었으니까, 재미있다고는 할 수 없어!"

"나도 꽤 재미있는 꿈을 꾼 적이 있어. 그런데 오랫동안 기억할 수가 없어. 기억하고 있으면 좋겠는데."

피터도 말했다.

스토리 걸은 "왜 그것을 기록하지 않았니?" 하고 말하더니 이내, "그래!" 하면서 어떤 돌발적인 영감을 받은 표정으로 우리를 보았다.

"한 가지 생각이 나서 말하는 건데 모두가 노트를 하나씩 준비해서 꿈꾼 내용을 기록하기로 하자! 누구 꿈이 가장 재미있는지 알아보는 거야. 그리고 나이가 들어 머리가 백발이 됐을 때, 그것을 읽고 웃는 거야!"

그때 스토리 걸을 제외한 우리 모두의 마음속에는 자기 자신과 다른 친구나 동료들의 나이 든 백발 모습이 떠올랐다. 그러나 스토리 걸만은 늙은 모습을 상상할 수 없었다. 우리 생각이지만 언제까지나, 스토리 걸이 살아 있는 한 스토리 걸은 윤기 있고, 아름다운, 소용돌이치는 갈색 머리, 바람으로 연주되는 하프 음색 같은 목소리, 영원한 청춘의 별 같은 눈동자를 틀림없이 지니고 있을 것이다.

상상의 노트

　그 다음날, 스토리 걸은 로저 삼촌과 함께 마크데일에 가서 꿈을 기록해두기 위해 노트를 구입했다. 한 권에 10센트인데, 옆줄이 쳐 있고 푸른 얼룩 모양의 표지가 붙어 있었다. 나의 노트는 지금 쓰고 있는 노트 바로 옆에 펼쳐져 있다. 누렇게 변한 페이지에는 먼 옛날 밤마다 어린 나를 찾아온 수많은 환상의 꿈이 기록되어 있다.

　표지에는 부인용 명함(백지 명함으로 필요할 때 서명하여 나눠주는 것)이 붙어 있고, '베벌리 킹의 꿈의 노트'라고 써 있다. 세실리는 어른이 된 뒤, 〈패밀리 가이드〉 지의 '방문 에티켓'을 실천할 경우를 대비해 명함 한 상자를 준비해 두었는데, 그것을 '꿈의 노트' 표지로 쓰도록 모두에게 기분 좋게 나눠준 것이었다.

　페이지마다 모두 '간밤에 본 꿈에 대해서'로 시작되는 서투른 기록을 보니, 지난 과거가 놀랄 만큼 선명하게 내 앞에 재현되는 것 같다. 나는 추억 속에서도 아름답고 고운 빛으로 가득찬, 육지의 것도 바다의 것도 아닌 빛으로 조명된 과수원의 풍성한 나뭇잎을 본다. 우리는 9월의 긴 밤 앉아서 꿈을 쓰고 있는 것이다. 하루 일과는 끝났고 어떤 것도 창조의 고통을 방해하지 않는다. 피터, 댄, 펠릭스, 펠리시티, 세라 레이, 스토리 걸……. 그들이 다시 나의 주위에 있다. 달콤한 향기가 감돌고 시들어가는 풀 속에서 꿈의 노트를 펼치고 기록하는 것이다. 열심히 기록했다고 생각되면 표현하기 어려운 내용을 가장 잘 나타낼 것 같은 환상적인 언어나 표현법을 연구하며 못마땅한 얼굴로 하늘을 올려다본다. 그들의 넘쳐나는 웃음소리가 들려온다.

깨끗하고 맑고 빛나는 눈동자가 보인다. 읽기 어려운 아이들의 필적으로 가득 찬 이 작은 옛날 노트 속에 지난 세월을 뛰어넘어 버리는 흰 마법 주머니가 발견된다. 베벌리 킹은 다시 소년시절로 되돌아가 고향의 작은 산에 있는 킹 농장에서 향기로운 바람에 흔들리며 자기가 본 꿈을 기록하고 있는 것이다.

나의 건너편에는 스토리 걸이 주홍색 리본을 머리에 달고 아름다운 맨발을 아무렇게나 뻗고 있다. 소용돌이 모양으로 풍성하게 감겨진 머리가 양쪽으로 떨어져 내린 희고 수려한 이마를 매끈하고 날씬한 손으로 떠받치면서.

나의 오른쪽에는 우아한 갈색 눈동자의 세실리가 펼쳐진 작은 사전을 옆에 놓고 앉아 있다. 11살의 나이로는 꿈에서 본 어려운 사실들을 글로 표현할 수 없겠지만 사전을 이용해 글짓기를 잘하고 있다. 세실리 옆에는 펠리시티가 태양과 같은 금발, 푸른 바다 같은 눈동자, 지난 여름에 만발했던 장미꽃이 볼을 물들인 것처럼 아름다움을 뽐내고 앉아 있다.

물론 피터도 세실리 옆에 앉아 있는데, 풀 위에 털썩 배를 깔고 엎드려 있다. 한손으로는 소용돌이 치는 듯한 검은 머리를 쥐고, '꿈의 노트'는 앞에 있는 판판한 작은 돌에 기대어 놓고 있다. 이 같은 자세를 취하지 않으면 피터는 글을 쓸 수가 없고 이렇게 하고 있어야 역시 피터답다.

피터가 능숙하게 다루는 것은 아무래도 연필보다도 괭이인데, 글쓰기에 대해 계속 세실리에게 묻는 것이 한편으로는 미안하면서도 멋진 즐거움인듯 보였다. 구두점으로는 그때그때 써지는 대로 마침표(.)를 찍었는데, 물론 마침표 말고는 어떤 구두점도 전혀 쓰지 않고, 장소도 정확하거나 말거나 생각나는 대로 쓰곤 했다.

피터가 다 기록하면 스토리 걸이 피터의 꿈 이야기를 대충 들어보고 쉼표(,)나 세미콜론(;)을 넣어 문장을 정리했다.

펠릭스는 스토리 걸의 오른쪽 옆에 앉아 있다. 땅딸막한 펠릭스는, 꿈에 있어서도 지나치게 순진하다. 책상도 없는데 반듯하게 앉아서 글을 쓰는 내내 진지한 표정을 짓고 있다.

댄은 피터와 똑같이 배를 깔고 엎드렸지만 우리에게 등을 보이고 있는 것이 색다르다. 더구나 댄은 알맞은 문장이 나오지 않는 경우에는 큰 소리를 치거나 몸을 비비 꼬기도 하고 발끝으로 풀을 쑤셔 캐는 등 이상한 버릇이 있다.

세라 레이는 그 왼편에 있다. 세라는 자기가 사는 곳에 관한 설명 외에 말할 것이 전혀 없다. 적어도 어떤 점에서 테니슨의 형식과 똑같아 세라의 글은 개성이 없다.

우리는 이처럼 앉아서 '꿈의 노트'를 쓰고 있었다. 로저 삼촌이 지나가면서, '우리가…… 나쁜……'이라고 매우 험한 말을 쓰면서 심하게 장난을 친다고 책망했다. 우리들은 가장 멋진 기록을 남기기 위해 기를 쓰고 있었다. 그렇지만 워낙 마음씨 착한 아이들이라서 실제로 꿈에 보지 않은 것을 '꿈의 노트'에 기록한 일은 없었다고 생각한다.

처음 시작했을 때는 스토리 걸이 꿈의 내용을 가지고 우리 모두를 주눅들게 하리라 예상했다. 그런데 스토리 걸의 꿈이나 다른 사람의 꿈이나 별 차이가 없었다. 꿈의 세계에서는 모두가 다 평등했다. 오히려 우리들 가운데 그 누구보다도 세실리가 가장 극적인 내용의 꿈을 자주 꿨다.

소녀들 가운데 어느 누구보다도 온순하고 정숙하여 우아한 그녀가 늘 참으로 무서운 꿈을 꾸는 것이었다. 매일 밤 전쟁이나 살인, 급사 같은 현상이 환상 속에 나타났다. 한편, 비교적 난폭하며, 학교 다니는 소년들이 잘 빌리는 야한 통속소설을 잘 읽는 댄은, 너무 평화롭고 목가적인 꿈만 꾸기 때문에 자기의 단조로운 '꿈의 노트'에는 흥미가 없었다.

스토리 걸은 다른 사람들보다 멋진 꿈을 꾸지는 못했다 해도 이야기하는 단계가 되면 인기를 되찾았다. 스토리 걸이 말하는 꿈이야기를 듣는 것은 자기 자신의 꿈을 보는 것처럼 좋기도 하고 나쁘기도 했다. 글로 표현하는 데는 베벌리 킹, 그러니까 내가 가장 우수했다고 믿는다. 나에게는 꽤 글재주가 있다고 인정받고 있었기 때문이다.

그러나 스토리 걸은 그 점에서도 한 발 앞서 있었다. 특히 아버지의 그림 재주를 이어받은 듯한 스토리 걸은 기교가 좋고 나쁨을 떠나서 어쨌든 명확하게 핵심을 그려내는 스케치로 자기 꿈을 표현했다. 게다가 괴물도 잘 그렸다. 나는 지금도 스토리 걸이 꿈속에서 집 천장에 기어가는 것을 보고 그렸다는 고생대의 파충류를 닮은 크고 흉한 도마뱀 그림을 생생하게 기억한다.

어느 때인가, 스토리 걸은 너무도 무서운 꿈을 꾸었다. 최소한 스토리 걸이 그 꿈을 말하고 그때 느낀 공포감을 표현했을 때는 누구나 무서움에 떨었다. 찌그러진 소파가 집 안에서 계속 그녀를 뒤쫓아오는 꿈이었다. 스토리 걸은 '꿈의 노트' 빈 곳에 쭈글쭈글하고 뒤죽박죽으로 일그러진 소파 그림을 그렸는데, 그것을 본 세라 레이는 너무 무서워서 집에 가는 도중에도 울면서 걸어갔고 그날 밤, 집에서도 가구들이 덤벼들지 모른다는 생각이 들어 주디 피노와 같이 잤다고 말했다.

세라 레이의 꿈은 대단한 것이 아니었다. 세라는 꿈에서도 언제나 머리를 제대로 땋지 못하거나, 구두를 제대로 벗지 못하는 등 말썽거리에 휘말릴 때가 많았다. 그 결과 세라의 '꿈의 노트'는 지루하고 따분했다. 세라 레이의 꿈 중에서 유일하게 여러 사람에게 이야기할 가치가 있는 것은 기구를 타고 하늘을 날다가 떨어진 꿈이었다.

"무서운 힘으로 내팽개쳐지는 것 같았어. 그러고 나서 나는 새의 깃털처럼 몸이 가벼워지면서 딱 눈을 떴어."

세라 레이는 몸을 떨면서 말했다.

"눈을 뜨지 못했다면 죽었을 거야. 떨어지는 꿈을 꾸면서 눈을 못 뜨면 진짜 내동댕이쳐져 죽게 되지. 잠자다가 죽는 경우가 모두 그런 경우야."

피터가 이상한 태도로 말했다.

"어떻게 알 수 있지? 자다가 죽은 사람은 이야기를 할 수 없을 텐데."

댄이 의심스러운 듯이 말했다.

"제인 고모가 그렇게 말씀하셨어."

"이것으로 그 이야기는 끝내자."

펠리시티가 냉정하게 말했다.

"내가 제인 고모 이야기만 하면 항상 심술궂게 말하는군."

피터가 책망하듯 말했다.

"심술궂다니, 뭐가? 난 그렇게 말하지 않았어."

"그래도 그렇게 들리는걸."

"제인 고모는 어떤 얼굴이셨어? 아름다웠어?"

세실리가 모두를 어색하게 하지 않으려는 듯이 물었다.

피터가 마지못한 듯 대답했다.

"글쎄, 별로 아름답진 않으셨어……. 그런데 지난주, 스토리 걸의 아버지가 보내온 그림의 여자와 비슷했지. 반짝반짝 빛나는 둥근 고리를 머리 둘레에 착 붙이고 어린애를 안고 있는 모습 말이야. 나는 그림의 여자가 어린애를 바라보는 것과 똑같은 표정으로, 옛날에 제인 고모가 날 보신 것을 기억해. 어머니는 그런 표정이 아니셨거든. 불쌍한 어머니는 세탁 일 때문에 녹초가 되셔서 그래. 제인 고모가 꿈에 나타났으면 좋으련만. 아직 한번도 그런 적이 없었어."

"죽은 자의 꿈을 꾸어라. 그러면 산 자의 말을 들을 터이니."

펠릭스는 예언하듯 인용구를 말했다.

"나, 어젯밤 마크데일에 있는 쿡 씨 점포의 화약통에 불을 붙이는 꿈을 꾸었어. '확' 하고 모든 것이 불붙었고…… 모두가 대소동 속에서 나를 끄집어 냈어……. 그런데 죽었는지 살았는지 분간할 사이도 없이 눈을 떴어."

"꼭 흥미있거나 유쾌해질 만하면 그때 눈을 뜨게 되더라."

스토리 걸이 불평했다.

"어젯밤, 진짜로 머리가 소용돌이처럼 헝클어지는 꿈을 꾸었어. 다행이었지. 눈을 뜨고서 역시 사실인 것을 알고 놀랐으니까."

세실리가 슬프게 말했다.

착실하지만 고지식하고 융통성 없는 펠릭스는 계속해서 공중을 날아다니는 꿈을 꾸었다. 꿈나라에서 나뭇가지 끝을 넘나드는 펠릭스의 공중 여행 이야기는 우리의 부러움을 사기에 충분했다. 누군가 하늘로 날아오르는 꿈을 꾼다면 스토리 걸이 가장 먼저 꾸게 될 것이라고 생각했지만 스토리 걸도 그런 꿈을 꾸지 못했다. 누구보다도 펠릭스에겐 꿈꾸는 재주가 있고 펠릭스의 '꿈의 노트'는 문장력에서는 다소 떨어지지만 내용에서는 최고라고 할 수 있었다. 세실리의 노트가 훨씬 극적일지 모르나 펠릭스 쪽이 더 즐거워 보였다. 펠릭스의 꿈 가운데 모두가 걸작으로 인정한 꿈은 과수원에 설치된 순회 동물원과 코뿔소를 쫓아가는 것에 대한 꿈이었다. 펠릭스가 재닛 숙모를 뒤쫓다가 설교바위를 몇 바퀴 돌았는데 아차 하고 숙모를 잡으려는 순간, 갑자기 엉뚱하게 돼지로 변했다는 내용이었다.

우리가 '꿈의 노트'를 시작하고 얼마 뒤, 펠릭스가 병으로 발작을 일으켰다. 그것은 전부터 그에게 있었던 지병 같은 것이었는데, 재닛 숙모는 엘더 프루언이 만병 통치약이라고 주장한 간장약을 가지고 치료하려고 했다. 그러나 펠릭스는 완강하게 간장약을 거절했다. 멕시코 차라면 몰라도 간장약은 아무리 병의 고통이 심하고, 숙모의 설득이 간곡해도 소용없었다. 먹기 좋도록 아주 작고 흰 알약인데 펠릭스가 왜 먹지 않는지 나는 그의 반항을 이해하기 어려웠다. 그 뒤 몸과 마음이 정상으로 회복됐을 때, 과수원에서 펠릭스는 다음과 같이 설명했다.

"간장약을 먹으면 꿈을 꾸지 못하게 될까봐 걱정이 돼서 그랬어. 베브, 토론토의 박스터 아주머니를 기억하지? 그 아주머니가 맥러렌 씨에게 무서운 꿈을 자주 꾼다고 했잖니? 그런데 간장약을 두 알 먹고 나니까 두 번 다시 꿈을 꿀 수 없게 되었대. 그런 위험한 짓을 할 바에야 차라리 죽는 게 낫지!"

펠릭스는 솔직한 표정으로 야무지게 말했다.

"어젯밤 처음으로 무서운 꿈을 꾸었어. 페그 보엔 아주머니가 쫓아오는 꿈을 꾸었어. 그 집까지 간 것 같은데 거기서부터 쫓아왔지. 뛰고 또 뛰었는데…… 붙잡혔지. 진짜야. 딱딱한 손으로 내 어깨를 꽉 잡는 거야. 난 비명을 질렀지. 그때 눈을 떴어."

댄이 자랑스럽게 말했다.

"확실히 비명을 지른 것 같아. 우리 방까지 그 소리가 들렸으니까."

펠리시티가 말했다.

"무조건 뛸 수는 없으니까 누군가 뒤쫓아오는 꿈은 꾸고 싶지 않아. 달리다가 갑자기 내 몸이 땅 속에 뿌리박힌 것처럼 서게 돼

…… 가까이 오는 것이 보이는데도 움직일 수 없거든. 이렇게 말하면 별것 아닌 것처럼 들리지만 당해보면 정말 무서워. 절대로 페그 보엔 아주머니에게 쫓기는 꿈은 질색이야. 차라리 죽는 게 나아."

세라 레이가 몸을 떨며 말했다.

"페그 보엔 아주머니는 사람을 잡아서 어떻게 할까?"

댄이 말했다.

"어떻게 할 생각이 있으면 사람을 잡을 필요가 없지. 누가 자기를 보기만 해도 저주가 걸리도록 만들어버릴 거야. 기분을 잡치게 하면 페그 아주머니는 그렇게 하고도 남을걸."

피터가 불길한 소리로 말했다.

"나는 그런 것 믿지 않아!"

스토리 걸이 가볍게 대꾸했다.

"믿지 않는다고……. 그럼, 좋아! 작년 여름, 그 아주머니가 마크데일의 렌 힐 씨 집을 찾아갔는데, 렌이 나가라고 하면서 개를 부추겨 덤벼들게 했어. 그러자 페그 아주머니는 투덜거리며 나가더니 팔을 휘두르며 목장을 가로질러 갔는데…… 그 다음날 가장 건강한 암소가 병이 들어 죽어버렸어. 이 일을 어떻게 해석할 거야?"

"어쩔 수 없이 그렇게 되는 운명이었겠지!"

스토리 걸은 예전처럼 자신 있는 태도는 아니었지만 이렇게 대답했다.

"그런 건지도 모르지만, 난 페그 보엔 아주머니가 우리 소를 노려보게 하고 싶지는 않아."

"꼭 소를 가지고 있는 사람처럼 말하네."

펠리시티가 피식피식 웃었다.

"머지않아 소가 생길 거야! 나라고 평생 남의 집 고용살이만 하지는 않아. 내 농장과 소, 그 밖에 다른 것도 갖고 말 테야. 그렇게 못할 때는 어떻게 생각해도 좋아."

피터가 화를 내면서 대꾸했다.

"나는 어젯밤 푸른 옷궤를 열어보는 꿈을 꾸었어. 여러 가지 물건이 많이 있었지. 파란 촛대, 도자기, 꿈속에서는 놋쇠 제품이었는데. 그리고 손잡이에 사과가 달린 과일 바구니도, 웨딩드레스도, 자수를 놓은 페티코트도. 우리는 유쾌하게 웃으면서 그것을 입어보았어. 그런데 레이첼 워드가 와서 매우 슬픈 듯, 원망하듯 우리를 보았지. 우린 너무 미안해서 울어버렸고. 울면서 눈을 떴어."

스토리 걸이 말했다.

"펠릭스는 어젯밤, 말라깽이가 된 꿈을 꾸었대. 그뿐만 아니라 이상한 모습인데, 양복이 헐렁헐렁해서 아래로 흘러내리는 것을 손으로 잡고 걸어다녔다는 거야. 웃기지 않니?"

피터가 웃으면서 말했다.

펠릭스 말고는 모두가 이것을 재미있게 생각했다. 그러나 펠릭스는 이 일 때문에 피터와 이틀 동안이나 말을 하지 않았다. 펠리시티도 꿈 때문에 난처한 일이 있었다. 어느 날 밤 펠리시티는 매우 아슬아슬한 꿈을 꾸고 눈을 떴다. 그런데 다시 잠 속에 빠져 아침에 일어났을 때는 전혀 기억할 수 없게 된 것이다. 그래서 다음부터는 꿈을 꾸면 기록해두려고 결심했다.

그 뒤 펠리시티는 자기가 죽어서 매장된 꿈을 꾸었는데, 눈을 뜨자마자 촛불을 켜고 그 자리에서 꿈을 기록하기 시작했다. 그런데 너무나 열중했기 때문에 촛불이 넘어지는 것을 모르고, 손으로 직접 뜬 레이스로 테두리를 붙인 나이트가운을 태우고 말았다. 펠리시티는 이것을 알게 된 재닛 숙모에게 사정없이 혼이 났다. 이렇게 크게 혼난 것은 처음이었다. 그러나 펠리시티는 매우 냉정하게 받아들였다. 어머니의 잔소리에 익숙해서 너무 예민하게 반응할 필요도 없었기 때문이다.

"어쨌든 꿈을 꾼 셈이지."

펠리시티는 침착하게 말했다.

물론 그것이 핵심이었다. 이상하게도 어른들은 인생에서 가장 중요한 것을 이해하지 못한다. 양복의 옷감은 밤에 입는 것이든, 낮에 입는 것이든 흥정에 따라 싼값에 살 수 있고 또 직접 재단해서 쓸 수도 있다. 하지만 꿈이 사라져 버리면 이 넓은 세계의 어느 시장에서 다시 얻을 수 있을까. 이 세상의 어떤 화폐로도 잃어버린 훌륭한 환상을 살 수는 없을 것이다.

꿈은 그런 것으로 만들어진다

어느 날 저녁, 피터는 '꿈의 노트'를 가지고 과수원에 가는 댄과 나를 옆으로 불러내어 의미 있는 충고를 듣고 싶다고 말했다. 그래서 우리는 소녀들이 호기심을 갖고 훔쳐보지 못하도록 길을 돌아가서 가문비나무 숲 속으로 들어갔고, 거기서 피터는 드디어 자기의 심각한 고민을 털어놓았다.

"어젯밤, 교회에 있는 꿈을 꾸었는데, 예배당 안은 이미 사람들로 가득 차 있었던 것 같아. 통로를 지나 너희가 있는 자리까지 걸어가서 당당하게 앉았지. 그런데 알고 보니 내가 전혀 옷을 입지 않고 있는 거야. 완전히 실오라기 하나 걸치지 않았어. 그래서……."

피터는 소리를 죽이고 다시 말을 이었다.

"내가 고민하고 있는 건, 이런 꿈을 과연 여자들 앞에서 말해도 괜찮은가 하는 거야!"

꽤 문제가 될 거라는 게 내 생각이었다. 그런데 댄은 이유를 모르겠다고 막무가내였다.

"나라면 다른 꿈과 마찬가지로 망설이지 않고 말해버리겠어. 나쁜 일이 아니잖아?"

"하지만 그 애들은 너희들과는 친척이잖아! 나와는 아니야. 그 점에 차이가 있는 거야. 더구나 모두가 인정하는 품위 있는 소녀들이니까. 그런 불안한 일은 피하는 게 좋다고 생각해. 제인 고모도 그런 꿈을 말하는 것을 좋다고 할 리 없어, 분명히. 펠리시티 …… 같은 여자애들 기분을 상하게 하고 싶지 않아!"

그런 이유 때문에 피터는 그 꿈을 말하지도 않고 기록하지도 않았다. 그 대신 피터는 '꿈의 노트' 9월 15일자에 다음과 같이 썼던 것으로 기억한다.

"어젯밤 꿈을 꾸었다. 별로 이야기할 만한 꿈이 아니므로 기록을 중단한다."

한마디 덧붙이자면, 소녀들도 이 기록을 보았지만 그 '꿈'이 어떤 내용인지 아무도 궁금해 하지 않았다. 피터의 말처럼 그녀들은, 걸 핏하면 듣고 있는 '숙녀'라는 말에 더할 나위 없이 합당한 '진짜 숙녀'들이었던 것이다. 밝고 쾌활하면서도 까불고 장난치며 젊은 혈기 때문에 지나치게 버릇없는 경향도 많았지만, 그녀들은 품위 없는 생각이나 나쁜 말씨를 쓰는 경우는 없었다. 어떤 남자애들이 실수로 저질스러운 말을 내뱉기라도 하면 창백한 세실리의 얼굴은 분노로 붉게 물들었다. 모욕을 받았다고 생각한 펠리시티의 황금빛 머리털은 오만한 분노로 곤두섰을 것이며, 스토리 걸의 매력적인 눈동자는 철면피 같은 영혼들을 떨게 할 만큼 분노와 경멸로 번뜩였으리라.

한번은 댄이 잘못한 일이 있었다. 앨릭 삼촌은 댄을 채찍으로 때렸다. 자기 자식을 그렇게 심하게 체벌한 것은 그때 단 한 번뿐이었다. 그러나 댄이 양심의 가책을 받아 크게 후회가 된 것은, 세실리가 자신으로인해 밤새 울었기 때문이었다. 다음날, 댄은 세실리에게 다시는 그런 일이 없을 것이라고 맹세하고 그것을 실천했다.

스토리 걸과 피터는 꿈의 내용이 갑자기 다른 사람들보다 재미있어졌다.

두 사람의 꿈이 갑자기 무섭고 공포에 휩싸이면서 상상할 수 없을 정도가 되자, 다른 사람들은 두 사람이 꿈의 내용을 적절하게 덧붙여 꾸몄다고 의심을 했다. 그러나 스토리 걸은 항상 정직했고 피터는 어렸을 때부터 제인 고모로부터 착하게 살아야 한다고 엄하게 배웠기 때문에 그럴 일은 없었다. 두 사람이 진지하게 꿈 이야기를 사실이라고 말하는 이상 믿지 않을 수가 없었다. 그러나 모두들 그 뭔가가 있다고 확신했다. 피터와 스토리 걸은 분명히 두 사람만의 비밀이 있었고 그것을 2주일 동안 지켜오고 있었다. 스토리 걸로부터는 비밀을 알아낼 수 없었다. 적어도 스토리 걸은 비밀을 지키는 요령에 익숙했기 때문이다. 더구나 지난 2주일 동안 스토리 걸은 이상스럽게도 신경질적이고 성미가 급해져 스토리 걸을 자극하는 것은 어리석은 짓이었다. 스토리 걸이 요사이 컨디션이 나쁜 것 같다고 올리비어 고모도 재닛 숙모에게 말할 정도였다.

"저 애는 어디가 아픈지 짐작할 수가 없어요. 지난 2주일 동안 평소와 전혀 달랐어요. 두통이 심하고 식욕은 없고 얼굴빛도 나빠요. 좀더 있다가 좋아지지 않으면 의사 선생님께 데려가야겠어요."

"멕시코 차를 충분히 마시도록 하는 것이 중요해요. 우리 집에서는 멕시코 차를 마신 덕택에 의료비를 꽤 절약했어요."

재닛 숙모는 말했다.

멕시코 차를 꾸준히 복용했으나 스토리 걸의 상태는 별로 나아지질 않았다. 그러나 스토리 걸은 '꿈의 노트' 중에서 일부를 완벽한 문학작품으로 만들겠다는 의욕으로 계속 꿈을 꾸고 있었다.

"피터와 스토리 걸이 어떻게 그런 꿈을 꾸는지 이해되지 않으니까 우리는 '꿈의 노트' 쓰는 것을 그만두는 게 좋을 것 같아!"

펠릭스가 불쾌하게 말했다.

그러나 얼마 지나지 않아서 우리도 그 비밀을 알게 되었다. 펠리시티는 데릴라가 삼손을 유혹했던 수법을 써서 피터의 비밀을 밝혀냈다. 삼손 시대부터 계속 불쌍한 남녀를 파멸시킨 그 방법이었다. 우선, 펠리시티는 만일 자기에게 솔직하게 말하지 않으면 두 번 다시 말도 하지 않겠다고 협박했다. 그러나 솔직하게 털어놓으면 여름이 끝날 때까지 계속 주일학교에 같이 갈 뿐만 아니라 책도 들어다 주겠다고 약속했다. 피터는 이 두 가지 무기에 여지없이 굴복하고 비밀을 털어놓고 말았다.

나는 스토리 걸이 피터에게 화를 내고 피터의 경솔한 행동을 추궁하리라고 기대하고 있었다. 그러나 스토리 걸은 매우 냉정하게 말했다.

"난 펠리시티가 언젠가는 그런 질문을 할 거라고 생각했지. 이만큼 오래 참은 것도 대단한 일이야."

피터와 스토리 걸이 분명히 밝힌 사실은 잠들기 전에 소화가 잘 되지 않는 음식을 많이 먹는 단순한 방법인데, 그때마다 대단한 꿈이 찾아온다는 것이다. 이것은 올리비어 고모뿐만 아니라 다른 사람은 아무도 몰랐다. 잠들기 전에는 간단하고 건강에 좋은 가벼운 음식만을 먹도록 했기 때문이다. 그러나 스토리 걸은 낮에 아무도 모르게 맛있는 여러 가지 음식을 조금씩 2층으로 나른 다음, 반은 피터의 방에 그리고 반은 자기 방에 감추어 두었다. 그 결과가 우리들에게 절망을 가져다 준 그 환상이었다.

"어젯밤, 나는 민스파이 한 쪽, 피클을 듬뿍, 포도 젤리 타트도 두 개 먹었어. 그런데 과식해서인지 기분이 나빠지고……그래서 전혀 잠을 자지 못하고 꿈도 꾸지 못했지. 파이하고 피클만 먹고 타트는 남겨두었어야 했는데……피터는 그렇게 해서 페그 보엔 아주머니에게 붙잡혀 건물 출입구에 매달려 있는, 커다란 검은 냄비 속에서 산 채로 삶아지는 멋진 꿈을 꾸었대. 다만, 물이 뜨거워지기 전에 눈을 떴지만. 확실히 펠리시티는 꽤 현명하군. 그래도 누덕누덕 기운 바지를 입은 남자애와 어떻게 주일학교에 같이 갈 생각을 했지?"

"그런 일은 없을 거야. 피터는 새 양복을 한 벌 맞추었거든. 토요일에 완성될 거야. 약속하기 전에 미리 알고 있었지."

펠리시티가 의기양양하게 말했다.

어떻게 하면 스릴 있는 꿈을 꿀 수 있는가를 알게 된 우리는 곧장 피터와 스토리 걸이 했던 방법을 따라 했다.

"나에게는 무서운 꿈을 꿀 수 있는 기회가 없나봐! 어머니는 자기 전에 먹지 못하게 하실 거야. 너무 불공평해!"

세라 레이가 탄식했다.

"낮에 우리들처럼 뭔가 감출 게 없을까?"

펠리시티가 물었다.

"못해!"

세라는 연한 황갈색 머리를 유감스러운 듯이 흔들었다.

"어머니는 항상 음식 넣어두는 찬장 문을 잠가 놓으시거든. 주디 피노가 먹을 것을 주지 못하게……."

1주일 동안 우리는 비합법적으로 저녁 식사를 했고 그리고 기대한 꿈을 꿀 수 있었다. 그리고 부끄러운 이야기지만, 낮 동안에는 쓸데없이 다투는 일이 많았다. 우리 뱃속이 엉망이 됨에 따라 기분도 이상해졌기 때문이었다. 스토리 걸과 나도 싸운 일이 있었다. 이제까지 없었던 사건이었다.

피터만이 홀로 평소처럼 침착했다. 그 무엇도 이 소년의 위장을 탈나게 할 수는 없었다.

어느 날 밤, 세실리는 찬장에서 큰 오이를 가져와 반 이상을 욕심껏 먹었다. 어른들은 마크데일 예배에 참석하느라 집을 비웠기 때문에 우리는 숨지 않고 당당하게 식사를 할 수 있었다. 그날 밤 나는 지방질이 많은 돼지고기 한 덩어리를 먹고 차디찬 자두 푸딩을 600 그램쯤 먹었던 것을 기억하고 있다.

"세실리, 너는 별로 오이를 좋아하지 않았던 것 같은데……."

댄이 말했다.

"별로 좋아하지 않아!"

세실리가 얼굴을 찌푸렸다.

"하지만 피터가 꿈을 꾸기에는 아주 좋다고 말했어. 오이를 하나 통째로 먹은 날 밤에 식인종에게 붙잡히는 꿈을 꾼 일이 있었대. 그런 꿈만 꿀 수 있다면야 세 개라도 먹을 수 있어!"

세실리가 오이를 먹고 우유를 한 컵 마셨을 때, 마침 앨릭 삼촌의 마차가 움푹 팬 다리를 건너오는 소리가 들렸다. 펠리시티는 재빨리 돼지고기와 푸딩을 원래 있던 자리에 갖다 놨다. 재닛 숙모가 들어 왔을 때 우리 모두는 저마다의 침대에 들어가 있었다. 얼마 뒤, 집 안은 조용해지고 어둠에 잠겼다. 내가 겨우 깜박 잠들었을 때, 복도 건너편 여자들 방에서 소란한 소리가 들려왔다.

문이 열리고, 이쪽 방 문틈으로 흰 잠옷을 입은 펠리시티가 재닛 숙모 방 쪽 계단을 내려가는 모습이 보였다. 그녀가 나간 방에서는 신음 소리와 우는 소리가 들려왔다.

"세실리가 아픈가 봐!"

댄이 말하면서 침대에서 일어났다.

"아마 그 오이에 체한 걸 거야."

2, 3분 사이에 집안이 뒤숭숭해졌다. 세실리가 아픈 것이다. 꽤 심하다는 것은 의심할 여지가 없었다. 댄이 금지된 열매를 먹고 아 팠을 때보다도 더 심한 듯했다. 낮의 고된 노동과 밤의 외출로 지친 앨릭 삼촌이 피곤을 무릅쓰고 의사에게 달려갔다. 재닛 숙모와 펠리 시티는 생각할 수 있는 여러 가지 민간요법을 다 시도했지만 아무런

효과가 없었다. 펠리시티는 재닛 숙모에게 오이 먹은 사실을 말했으나 재닛 숙모는 오이 하나가 이같이 심각하게 만들 수는 없다고 생각했다.

"오이는 소화가 잘 안 되긴 하지만 이렇게 몸에 해롭다는 말을 들어본 적이 없어! 무엇 때문에 이 아이는 자기 전에 오이 같은 걸 먹었을까. 별로 좋아하지도 않으면서……."

재닛 숙모는 걱정했다.

"저, 피터가 잘못한 거예요! 그렇게 하면 멋진 꿈을 꿀 수 있다고 세실리에게 말했어요."

펠리시티가 성을 내면서 말했다.

"도대체 모두들 무슨 꿈을 꾸고 싶다는 거니?"

어리둥절한 표정으로 재닛 숙모가 물었다.

"'꿈의 노트'에 기록하기 위한 가치 있고 멋진 꿈이에요, 어머니. 우리는 모두 '꿈의 노트'를 가지고 있거든요. 그러니까 모두들 자기 꿈이 제일 재미있기를 바라지요! 꿈을 꾸기 위해 모두들 지겹도록 음식을 먹은 거예요. 여러 가지 말을 많이 들었는데……. 하지만 세실리가…… 아, 이런 이야기하면 안 되는데……."

펠리시티는 갈피를 잡을 수 없게 되어 놀라고 당황한 나머지 비밀을 전부 털어놓았다.

"너희들이 앞으로 무슨 짓을 저지를지 알 수가 없구나!"

재닛 숙모는 체념한 듯한 목소리로 말했다.

의사가 도착했을 때도 세실리는 조금도 나아지는 기미가 보이지 않았다. 재닛 숙모와 마찬가지로 그 선생님도 오이만으로는 이렇게 심하게 아플 수 없다고 설명했다. 그러나 우유를 한 컵 마셨다고 털어놓자 수수께끼가 풀렸다.

"저…… 오이와 우유를 같이 먹으면 맹독성으로 변해요. 이 아이가 병에 걸린 것도 당연하지요, 정말……."

그는 주위에 있는 불안한 얼굴들을 훑어보며 말했다.

"염려하지 마세요. 프레이저 할머니 말씀은 아니지만 '이런 것 때문에 죽지는 않아요.' 생명엔 전혀 지장이 없지만 2, 3일 동안은 매우 조심하며 누워 있어야 합니다."

의사 선생님 이야기는 정확했다. 우리는 모두 기가 죽어 있었다. 재닛 숙모가 사건의 전말을 조사한 다음, '꿈의 노트'로 인한 이 사건은 가족회의에서 표면화되었다. 나로서는 무엇이 가장 우리에게 마음의 상처를 주었는지 알 수 없었다. 재닛 숙모의 꾸지람 때문인가, 아니면 다른 어른, 특히 로저 삼촌이 우리를 야단쳤기 때문인가? 특별히 심하게 혼난 피터는 이런 날벼락이 너무 불공평하다고 생각했다.

"난, 세실리에게 우유를 마시라고 권하지 않았어. 오이만 먹었으면 아무 일도 없었을 텐데……. 그런데 멋진 꿈을 꾸는 효과적 방법을 배운 사람은 세실리거든. 나는 친절하게 가르쳐 주었을 뿐인데. 그런데도 재닛 아주머니는 말썽 피운 걸 모두 나에게 뒤집어씌우는 거야."

피터는 불평했다. 그날, 세실리는 다시 우리와 함께 외출할 예정이었기 때문에 피터는 그때가 결정적인 시간이라 생각하고 불평을 꺼냈던 것이다.

"게다가 재닛 숙모는 말이야, 이제부터 자기 전에는 오로지 빵과 우유 말고는 안 된다고 말씀하셨어."

펠릭스가 마음 아파했다.

"될 수만 있다면, 우리 모두 꿈을 꾸지 못하게 할 작정이신가 봐."

스토리 걸이 분개했다. 그러자 댄이 위로해 주었다.

"하지만 어쨌거나 우리들의 키가 커지는 것을 막을 수는 없잖아."

"빵과 우유의 규칙이라면 걱정할 필요가 없지. 어머니는 전에도 한번 똑같은 규칙을 만들어 1주일 동안 계속 했었어. 그 뒤 다시 그전처럼 됐고. 그래도 물론, 위에 부담이 되는 저녁밥은 먹을 수 없을 거야. 그럼, 지금부터 꾸는 꿈은 모두 재미없게 되는 셈인가!"

펠리시티가 말했다.

"자, 설교바위가 있는 곳으로 가자. 이야기할 게 있어."

스토리 걸이 말했다.

우리는 곧 설교바위에 도착했고, 그곳에 있는 '망각의 샘'에서 물을 마셨다. 얼마 지나지 않아 우리는 즐겁게 웃었다. 저 냉정한 어른들에 의한 간섭 같은 것은 곧 잊어버리게 되었다. 우리의 웃음소리는 헛간으로, 가문비나무 숲 속으로 메아리치며 울려 퍼졌다. 하늘 멀리 높은 곳에 사는 요정들이 우리와 기쁨을 같이 나누는 것처럼.

얼마 뒤, 어른들의 웃음소리도 우리의 웃음과 섞이게 되었다. 올리비어 고모와 로저 삼촌, 재닛 숙모와 앨릭 삼촌이 하루의 노동이 끝난 뒤 과수원을 빠져나와 이따금 그렇듯이 우리와 함께 어울리게 된 것이다. 빛과 그림자가 교차하는 악마의 시간이 고생스러움도 근심거리도 날려보내 주었다. 우리는 이런 어른들이 그 어느 때보다도 마음에 들었다. 어른들은 반쯤 어린아이로 되돌아왔기 때문이다. 로저 삼촌과 앨릭 삼촌은 소년처럼 풀숲 언저리에서 한가로이 쉬고 있었다. 연보랏빛으로 매우 아름답게 염색된 드레스를 입고, 목에는 노란색 리본을 휘감아 왠지 꽃처럼 보이는 올리비어 고모는 세실리와 팔짱을 끼고 우리 모두에게 웃으면서 나타났다. 그리고 재닛 숙모의 모성애 띤 얼굴에서도, 언제나 근심 잘 날 없어보이던 그런 표정은 찾아볼 수 없었다.

그날 밤, 스토리 걸은 최고의 컨디션이었다. 스토리 걸의 이야기가 이렇게 위트와 장난기로 풍부하게 빛을 발한 적은 일찍이 없었다.

"세라 스탠리!"

배꼽을 쥐게 하는 우스운 이야기가 끝난 뒤 올리비어 고모는 손가락을 세워 옆으로 흔들면서 농담했다.

"조심하지 않으면 언젠가 넌 유명해져 버릴 거야."

"이상스런 이야기, 아주 좋아! 그런데 이야기를 더 즐겁게 하기 위해 약간 오싹한 내용을 덧붙여 봐, 세라. 작년 여름인가, 할아버지에게 들려드린 '뱀여자 이야기'를 해줄 수 없겠니?"

로저 삼촌이 말했다.

스토리 걸은 순순히 시작했다. 그런데 이야기가 얼마 진행되지 않았을 때, 스토리 걸 옆에 앉았던 나는 순간 뭐라 말할 수 없는 혐오감을 느꼈다. 스토리 걸을 알게 된 뒤 처음으로 그 애로부터 도망치고 싶은 느낌이 들었다. 주위에 있는 얼굴들을 살펴본 나는 모두가 나와 비슷하게 느끼고 있구나, 생각했다. 세실리는 두 손으로 눈을 가리고 있었다. 피터는 머리를 떠나지 않는 두려움에 질린 눈으로 스토리 걸을 응시하고 있었다.

올리비어 고모는 얼굴이 새파랗게 질려 기분 나쁜 표정을 짓고 있었다. 모두 깨뜨려버리고 싶은 것을 깨지 못하는 무서운 저주 때문에 자유롭지 못한 사람들 같았다.

거기 앉아서 몸서리치듯 소곤거리는 목소리로 괴상한 이야기를 늘어놓고 있는 사람은 평소 우리가 잘 아는 스토리 걸이 아니었다. 스토리 걸은 새로운 성격을 마치 새 의상처럼 몸에 걸치고 있었다. 그것은 독이 있고 사악하고 불길한 것이었다. 스토리 걸의 몸을 떠받치고 있는 가느다란 갈색 손목을 잡느니 차라리 나는 죽어버렸을 것이다. 스토리 걸의 가느다란 눈은 뱀의 눈처럼 차면서도 혹독하고 매정하게 빛났다. 호감을 느꼈던 스토리 걸이 갑작스레 이처럼 사악한 생물로 변한데 대해 나는 부들부들 몸을 떨었다.

이야기가 끝나자, 잠시 침묵이 흘렀다. 얼마 뒤 재닛 숙모가 엄숙하게, 그러나 안도의 숨소리와 함께 말했다.

"어린 여자애들이 그런 무서운 이야기를 하면 못써!"

참으로 재닛 숙모다운 이 말씀 한마디가 모든 문제를 해결했다. 어른들은 약간 어색하게 웃었고, 스토리 걸은 다시 뱀소녀가 아니라 언제나처럼 사랑스런 스토리 걸로 돌아와 본의가 아닌 것처럼 말했다.

"로저 외삼촌이 하라는 대로 한 것뿐이에요. 저도 이렇게 이야기하는 것을 좋아하지 않아요. 너무 오싹하니까. 그런데 아주 잠깐이었지만 저도 실제 뱀이 된 듯한 느낌이었어요!"

그러자 로저 삼촌이 말했다.

"확실히 그렇게 보였어. 도대체 어떻게 그럴 수 있지?"

"뭐라고 설명할 수 없어요. 저절로 그렇게 된 거예요."

스토리 걸은 어리둥절해 하면서 말했다.

천재는 어떻게 될 수 있는가를 결코 설명할 수 없는 것이다. 노력으로 되는 인간은 천재가 아니다. 그런 면에서 볼 때 스토리 걸은 천재인 것이다.

과수원을 나와 나는 로저 삼촌과 올리비어 고모를 따라 걷고 있었다.

"14살짜리 여자아이치고는 무섭고 끔찍할 만큼 재주가 있지요, 로저. 그 아이에게 기대를 걸어도 좋을까."

올리비어 고모가 골똘히 생각하는 듯이 말했다.

"유명해질 거야. 기회가 있으면⋯⋯. 그 애 아버지가 그렇게 되도록 힘을 써줄 거야. 그러길 바라지. 올리비어, 우린 행운의 기회가 없었지. 세라는 다행이야."

이때 처음으로 어렴풋이 깨달은 사실을 나는 나중에 더 확실히 이해할 수 있었다. 로저 삼촌과 올리비어 고모는 젊었을 때 어떤 꿈과 야망을 가슴에 간직하고 있었다. 그러나 주위 환경 때문에 기회를 얻지 못했고, 꿈은 실현될 수 없었던 것이다.

로저 삼촌은 계속해서 말했다.

"언제가 될는지는 알 수 없지만 올리비어! 우리가 훗날 세계적인 여배우의 외삼촌이나 이모가 될지도 모르지. 14살의 여자아이가 실제로 농민이 되고 주부도 되고, 또 10분간이나 뱀이 되었던 것을 보았으니까 30살이 되면 그 애는 무엇이나 다 할 수 있을 거야. 아니! 이 꼬마야!"

나를 본 로저 삼촌이 소리쳤다.

"빨리 침대에 들어 가! 자기 전에 오이와 우유를 먹으면 안 된다!"

저주받은 패트

우리는 모두 심한 우울증에 걸려 있었다. 우리 '꼬마 아이들'은 모두가 그랬다. 어른들까지도 우리의 불행이 안 됐다고 여겨졌는지 동정을 베풀었다. 패트, 우리의 어여쁘고 쾌활한 고양이 패트가 다시 병에, 심각한 중병에 걸려버린 것이다.

금요일 우유를 짤 때 패트가 기운이 없는 것 같아 접시에 우유를 따라 주었으나 패트는 외면해 버렸다. 다음날 아침, 패트는 로저 삼촌의 집 뒷문 옆 작은 언덕에 털썩 누워 머리를 검은 앞발 위에 올려놓고 있었다. 세상만사가 귀찮은 듯이 보였다. 우리가 가볍게 어루만져 주거나, 비위를 맞춰주기도 하고, 맛있는 것을 주기도 했지만 별다른 효과가 없었다. 스토리 걸이 쓰다듬어 줄 때만 '그녀가 어떻게 도와주지 않을까' 기대하면서 가엾고 슬프게 호소하는 듯 '냥' 하고 한마디 속삭이는 것이었다.

이것을 보고 세실리와 펠리시티, 세라 레이는 울었다. 우리도 숨이 막히는 것 같았다. 사실 그날 늦게 나는 올리비어 고모의 우유 짜는 곳에서 피터를 붙들었는데, 만약 남자애도 운다고 한다면 피터야말로 울고도 남았을 것이다. 그래서 내가 피터를 비난했을 때 그는 부정하지 않았지만 패트 때문에 울었다고는 절대 인정하지 않았다. 말도 안 돼!

"그럼, 뭣 때문에 울었지?"

"울었던 것은…… 그것은…… 제인 고모가 돌아가셨기 때문이야."

피터가 당장 싸울 기세로 말했다.

"하지만, 제인 고모는 이미 2년 전에 돌아가셨는데?"

나는 의문을 제기했다.

"뭐라고? 그게 울 이유로 충분치 않다는 말이야? 내게는 2년이나 고모가 안 계셨다구! 2년이란 이틀이나 사흘하고는 비교도 안 되게 가슴 아픈 기간이야."

"패트가 병에 걸려서 울었다고 생각했거든!"

나는 끈덕지게 물고 늘어졌다.

"내가 고양이 따위로 운다고?"

피터가 비웃었다. 그러고는 휘파람을 불면서 유유히 걸어갔다.

물론 우리는 다시 한 번, 가루약과 라드를 섞어 고양이의 앞다리와 옆구리에 넉넉하게 발라주었다. 그런데 패트는 이것을 핥아먹을 생각조차 하지 않아 우리를 실망시켰다.

"말할 것도 없이 고양이는 매우 상태가 나쁜 것 같아! 고양이가 자기 몸에 대해 스스로 신경 쓰지 않으면 서서히 죽어가는 거지!"

피터가 암담한 표정으로 말했다.

"어디가 아픈지 알면 무슨 방법이 있을 것도 같은데……."

귀여운 패트의 축 늘어진 머리를 쓰다듬으면서 스토리 걸은 흐느꼈다.

"왜 아픈지 내가 가르쳐 줄 수 있는데……. 하지만 틀림없이 모두들 웃을 거야."

우리는 일제히 피터를 보았다.

"피터 크레이그, 무슨 말이야?"

펠리시티가 물었다.

"방금, 말한 대로야."

"그러면 패트가 어디가 아픈지 말해봐!"

스토리 걸이 일어서서 말했다. 스토리 걸이 조용히 말했지만 피터
는 스토리 걸의 말대로 했다. 스토리 걸이 그 같은 말소리와 눈길
로, 깊은 바다로 몸을 던지라고 명령했다고 해도 피터는 아마 따랐
을 것이다. 나라도 그렇게 했을 것이기 때문이다.

"저주받은 거야. 그것뿐이야."

피터는 반쯤 도전하듯, 그리고 반쯤은 부끄러움을 억누르듯 말했
다.

"저주받다니? 농담이겠지!"

"봐! 그래서 모두들 웃을 거라고 말했잖아."

피터가 약간 부루퉁해서져 말했다.

스토리 걸은 피터를 본 다음 번갈아 우리를 보았고 불쌍한 패트를
다시 보았다. 그리고 궁금한 듯 물었다.

"어떤 저주를 받은 거지? 누가 저주했을까?"

"어떤 저주인지 몰라. 그것을 알려면 내가 마법사 같은 능력이 있
어야 되는데…… 그런데 저주한 사람은 페그 보엔 아주머니야."

"농담이겠지!"

스토리 걸이 다시 말했다.

"아, 좋아. 믿지 않아도 좋아!"

"혹시 페그 보엔 아주머니가 저주했다고 해도…… 믿지는 않지만
…… 무엇 때문에? 우리 집도, 앨릭의 삼촌 집도, 모두가 그분
에게 친절히 대하고 있는데……."

"알려줄까? 목요일 정오가 지나서, 너희들 모두 학교에 간 사이에 페그 보엔 아주머니가 여기에 왔었지. 올리비어 아주머니가 점심 식사를 대접하셨어. 맛있는 점심을 말이야. 너희들은 페그 아주머니가 마녀라며 비웃었지만…… 난 다 알고 있다구! 페그 아주머니 앞에서는 너희도 그 아주머니한테 몹시 친절하게 굴면서 비위를 건드리지 않도록 조심조심하지 않았어?"

"올리비어 고모는 불쌍한 사람들 누구에게나 친절하셔. 우리 어머니도 그렇고. 어느 누구도 페그 아주머니의 기분을 상하게 할 사람은 없어. 성질이 고약하긴 하지만. 마크데일 사람 하나가 페그 아주머니의 기분을 상하게 해서 헛간에 불을 지른 일도 있었대. 하지만 마녀는 아니지."

펠리시티가 말했다.

"좋아! 하지만 내 얘기가 끝날 때까지 기다려. 페그 아주머니가 돌아갈 때, 패트는 현관 계단에 드러누워 있었고, 페그 아주머니가 그 꼬리를 밟아버렸어. 패트가 싫어했다는 건 짐작할 수 있겠지? 패트는 '홱' 하고 위를 노려보면서 아주머니의 다리를 할퀴어버렸어. 올리비어 아주머니는 그때의 아주머니 눈빛이 꼭 마녀 같았다고 그러셨어! 그러고 나서, 페그 아주머니는 좁은 길을 걸어가 렌 힐의 목장을 지날 때 투덜거리면서 손을 마구 휘둘렀다는 거야! 패트의 몸에 이상이 생긴 것은 그 다음날 아침부터이고."

우리는 심한 충격으로 어리둥절해져 침묵 속에서 서로 얼굴을 마주보았다. 우리는 순수한 아이들이었기에 옛날에 마녀가 있었다는 것을 믿고 있었다. 우리는 페그 보엔을 까닭없이 무서운 존재라고 생각하고 있었다.

"그렇다면…… 그렇다고는 볼 수 없지만…… 이젠 아무것도 못 해주겠네. 패트는 죽겠구나!"

스토리 걸이 쓸쓸하게 말했다.

그러자, 이번에는 세실리가 느닷없이 울기 시작했다.

"패트를 살릴 수만 있다면 뭐든지 하겠어! 무엇이든 믿겠어!"

"할 수 있는 것은 아무것도 없어!"

펠리시티가 쌀쌀맞게 말했다.

"어쩌면 좋아……. 페그 보엔 아주머니를 찾아가 패트에 대한 저주를 풀어달라고 부탁하겠어. 진심으로 겸손하게 용서해 달라고 하면 들어줄지도 몰라."

세실리는 울면서 말했다.

처음에 우리는 그 의견에 긍정적이었다. 페그 보엔 아주머니가 마녀라고는 믿지 않았다. 그러나 페그 보엔의 집에 간다는 것에는 여러 가지 알 수 없는 두려움이 뒤따랐다. 깊은 수수께끼의 숲 속, 그녀가 숨어 있는 곳을 찾는다는 것은……. 더구나, 이 같은 발상이 뜻밖에도 소심한 세실리로부터 나왔다니……. 그렇지만 불쌍한 패트를 위해서라면!

"그렇게 해서…… 잘될 수 있을까?"

스토리 걸이 자포자기하는 투로 말했다.

"만일 진짜 페그 아주머니의 저주 때문에 패트가 병에 걸린 거라 해도 우리가 그 아주머니에게 책임을 추궁한다면 그분은 몹시 기분이 나쁠 거야! 무엇보다도 그분이 그런 일을 할 리가 없어……."

그러나 스토리 걸의 목소리는 왠지 우유부단하게 들렸다.

"해봐도 나쁘지 않다고 생각해. 그분이 패트를 병들게 하지 않았다면 기분이 상할 것도 없잖아."

세실리가 말했다.

"패트하곤 관계 없어도 만나러 가는 사람과는 관계가 있지! 페그 보엔 아주머니는 마녀가 아니야. 심술쟁이 아주머니일 뿐이지! 잡히면 무슨 일을 당할지도 몰라. 난 페그 보엔 아주머니가 무서워. 누가 알아도 어쩔 수 없어. '말을 잘 듣지 않으면 페그 보엔 이 잡으러 온다!'고 어머니가 말씀하신 뜻을 알게 된 뒤부터 계속 그렇게 생각했지."

펠리시티가 말했다.

"만일, 그분이 진짜 패트를 아프게 했어도 다시 건강하게 만들어 줄 수 있다면 무조건 가야지! 나도 아주머니가 무서워. 그렇지만 가엾은 패트를 보면……."

스토리 걸이 단언하듯 말했다.

우리는 눈도 깜박이지 않고 뚫어져라 자기 앞만 바라보고 있는 패트를 보았다. 이때 로저 삼촌이 나타나, 참으로 차갑고 무관심한 눈길로 패트를 보았다.

"패트도 드디어 갈 때가 됐구나!"

삼촌이 말했다.

"로저 삼촌! 페그 보엔 아주머니가 아주머니를 할퀸 패트를 저주했다고 피터가 그러는데, 삼촌, 저주 때문에 아플 수도 있나요?"

세실리가 매달리듯 말했다.

"패트가 페그 보엔을 할퀸 일이 있다고?"

로저 삼촌은 두려움에 질린 표정으로 물었다.

"큰일이구나, 힘든 일이야. 수수께끼가 풀렸군! 불쌍한 패트!"

로저 삼촌은 자기 자신도, 패트도, 최악의 운명을 달게 받아야 한다는 듯 고개를 끄덕였다.

"페그 보엔 아주머니가 진짜 마녀라고 생각하세요, 로저 외삼촌?"

스토리 걸이 수상히 생각하면서 물었다.

"페그 보엔을 마녀로 생각하느냐고? 세라! 너는 마음대로 흰 고양이를 검은 고양이로 바꿀 수 있는 여자를 어떻게 생각하니? 마녀일까, 아닐까? 네 판단에 맡기겠다."

"페그 보엔 아주머니가 고양이 모습을 맘대로 검은 고양이로 바꿔요?"

펠릭스가 눈을 동그랗게 뜨고 물었다.

"페그 보엔의 재주로는 아주 간단한 일이지. 마녀가 마음내키는 대로 동물의 모습을 바꾸는 것은 어려운 일이 아니야. 그래서 패트는 저주받게 된 거야. 틀림없지, 정말이야!"

"애들한테 무슨 이야길 하는 거예요?"

우물로 가던 올리비어 고모가 소리를 질렀다.

"입이 근질거려서 참을 수가 있어야지."

로저 삼촌은 이렇게 대답하면서 통을 들고 저쪽으로 걸어갔다.

"아니, 로저 삼촌도 페그 아주머니가 마녀란 것을 믿고 계시잖아?"

"하지만 올리비어 고모는 믿지 않으셔!"

내가 말했다.

"나도 믿지 않아!"

"그만들 해! 난 믿지는 않지만, 뭔가가 있는지도 몰라. 있다고 볼 수도 있지. 문제는 어떻게 하면 좋으냐야."

스토리 걸이 단호하게 말했다.

"나라면 어떻게 할 것인지 말해줄게. 선물을 가지고 페그 아주머니에게 가서 패트가 기운을 차리도록 도와달라고 부탁하는 거야. 아주머니가 패트를 병들게 했다는 말은 절대 하지 말고. 그러면, 아주머니 기분이 상할 리도 없고, 아마 저주를 풀어줄 거야."

"우리 모두 뭔가 선물하는 편이 좋겠지? 나도 그럴 생각은 있어! 그런데 누가 선물을 가지고 그 아주머니에게 가지?"

펠리시티가 소리쳤다.

"모두 다 같이 가야지!"

스토리 걸이 말했다.

"난 싫어 ! 누가 같이 가자고 해도 페그 아주머니 집엔 가지 않을 거야. "

세라 레이가 두려워 비명을 질렀다.

"한 가지 생각이 있어. "

스토리 걸이 말했다.

"펠리시티의 말대로, 우리가 다 같이 가서 선물을 드리자. 우선 페그 보엔 아주머니에게 편지를 쓰는 게 어때 ? 아주 멋지고 예의 바른 문장으로 말이야. 그리고 저녁때, 모두가 그 집으로 가는 거야. 밖에서 보이면 조용히 다가가서 아주머니에게 선물과 편지를 전하면 돼. 그 다음에는 아무런 말도 할 필요 없이 다만 얌전하게 돌아오는 거야 ! "

"그러면 되겠군. "

댄이 의미 있게 말했다.

"페그 아주머니는 편지를 읽을 수 있겠지 ? "

내가 물었다.

"물론이야. 그분은 교양 있는 사람이라고 올리비어 이모가 말씀하셨어. 고등학교를 다녔고 정신 이상이 되기 전까지는 꽤 똑똑한 사람이었대. 편지는 될 수 있으면 부드럽게 쓰는 게 좋겠어. "

"만일 만나지 못한다면 ? "

펠리시티가 물었다.

"그때는 계단 입구에 선물을 놓아두고 오는 거야. "

"지금은 마을을 떠나 몇 킬로미터쯤 멀리 떨어진 곳에 가 있을지도 몰라. 그래도 패트의 병이 더 심해지기 전에 어서 선물을 마련해야 되겠다. 나는 무엇을 준비할까 ? "

세실리가 한숨을 쉬며 말했다.

"현금을 주는 건 안 돼. 누가 돈을 주면 '내가 거지냐'고 하면서 화를 낼지도 모르니까. 하지만 다른 사람의 물건이라면 괜찮을 거

야. 난 푸른 구슬로 장식한 끈을 줘야겠어. 그 아주머니는 아름답
게 장식한 걸 좋아하거든."

스토리 걸이 말했다.

"나는 오늘 아침에 만든 스펀지 케이크를 드릴까 해. 스펀지 케이
크라면 누구나 자주 먹을 수 없는 것이니까."

펠리시티가 말했다.

"나는 작년 겨울, 바느질한 것을 판 대가로 받은 류머티즘 예방에
좋다는 반지밖에 없는데. 그것을 선물해야지. 류머티즘과는 아무
런 상관이 없을지 모르지만, 아주 깨끗한 반지니까. 진짜 금반지
같거든!"

피터가 말했다.

"나는 박하사탕을 선물하려고 해."

펠릭스가 말했다.

"나는 내가 만든 버찌잼 한 단지를 선물하겠어."

세실리가 말했다.

"나는 그분에게 가까이 가고 싶지 않아! 그렇지만 패트를 위해
뭔가 하고 싶어. 지난주에 짠 사과 나뭇잎 모양 레이스를 선물하
겠어."

세라 레이의 목소리는 떨렸다.

나도 전혀 모른 채 할 수만은 없어 페그 보엔에게 나의 탄생 기념
나무에서 딴 사과를 몇 개 주기로 결정했다. 그리고 댄은 담배를 선
물하겠다고 선언했다.

"뭐라고, 그걸 드리면 화내지 않을까?"

펠릭스가 흠칫 놀란 듯이 말했다.

"아니야, 아니야! 그 아주머니는 남자처럼 씹는 담배를 좋아하거
든. 분명히 말하지만, 너의 시시한 박하사탕보다는 그것을 더 좋
아할 거야. 샘프슨 고모 댁에 달려가서 담배 한 상자를 얻어올 거

야. ”

댄은 빙그레 웃었다.

“자, 어두워지기 전에 편지를 쓰고 선물을 가지고 그곳에 다녀와
야겠다 ! ”

스토리 걸이 말했다.

우리는 가장 중요한 편지를 쓰기 위해 자리를 곡물 창고로 옮겼
다. 편지 쓰는 것은 스토리 걸이 맡았다.

“어떻게 시작하면 좋지 ? ‘사랑스런 미스 페그 보엔’이라고 하면
절대 안 되고, ‘친애하는 미스 페그 보엔’이라고 표현하면 너무 우
습겠지 ? ”

“그 아주머니가 미스 보엔인지 아닌지 누구도 확실히는 모르잖아.
그분은 어른이 된 뒤 보스턴에 간 일이 있대. 소문이긴 하지만 거
기서 결혼했는데, 남편이 그분을 버렸다는 거야. 그 때문에 정신
이 이상해진 거래. 결혼한 적이 있으면 ‘미스’ 같은 말을 쓸 필요
가 없겠지. ”

펠리시티가 말했다.

“자 그러면, 어떻게 불러야 할까 ? ”

스토리 걸은 막막한 심정이었다.

이때 다시 피터가 실제적인 충고로 도움을 주었다.

“‘존경하는 부인께’라고 시작해. 어머니는 학교의 어느 평의원이
제인 고모에게 보낸 편지를 갖고 계시는데, 거기에 그렇게 시작한
걸 보았거든. ”

‘존경하는 부인께’ 하고 스토리 걸이 쓰기 시작했다.

　저희는 매우 중요한 문제를 부탁드리려고 합니다. 그리고 큰 지
장이 없으시다면 너그럽게 이해하시어 허락해주시길 바라고 있습
니다.

저희들이 사랑하는 고양이 패트가 중병에 걸려 죽는 것이 아닌가 모두 염려하고 있습니다. 이 고양이를 치료해 주십시오. 치료해 주시길 간절히 바랍니다. 저희는 모두가 그 고양이를 사랑하고 있습니다. 착한 고양이일 뿐만 아니라 나쁜 버릇도 없습니다.

물론, 간혹 꼬리를 밟거나 하면 할퀴려고 덤비는 경우가 있으나, 고양이란 동물은 이것을 참지 못한다는 사실을 잘 아실 겁니다. 가장 민감한 부분이기 때문에 그럴 수밖에 없는 것입니다. 그것은 고양이가 어떤 나쁜 기질이 있어서가 아닙니다. 패트를 치료해 주신다면 그 은혜를 저희는 영원히 잊지 못할 것입니다.

따로 준비한 몇 가지 물건은 저희 모두의 존경과 감사의 마음을 담은 표시이므로 부담 없이 받으시고 저희를 위해 꼭 고양이를 치료해 주시길 부탁드립니다. 진심으로 부탁드리는 바입니다.

이만 총총.

세라 스탠리 올림.

"마지막 문장은 별로 좋은 것 같지 않아……."

피터가 시무룩하게 말했다. 그러자 스토리 걸이 정직하게 고백했다.

"내가 만든 게 아니야. 어딘가에서 읽은 것이 기억나 그대로 썼을 뿐이야."

"지나치게 경어가 많은 게 아닐까. 페그 보엔 아주머니는 그렇게 과장된 언어를 잘 모를 거야."

펠리시티가 비판했다.

그러나 우리는 편지를 그대로 보내기로 결정을 하고 모두 편지에 서명했다. 그리고 저마다 낸 선물을 모아 내키지 않는 걸음으로 '마녀의 집'을 향해 출발했다.

세라 레이는 물론 갈 마음이 없었으므로 우리가 없는 동안, 패트를 돌보기로 했다. 우리의 이런 계획을 어른들에게는 알릴 필요가 없다고 생각했다. 어른들은 엉뚱한 생각으로 우리가 하려는 일을 하지 못하게 하거나 웃어넘겨버릴 게 틀림없기 때문이었다.

페그 보엔의 집은 늪지대를 빠져나가 나무들이 무성한 언덕을 올라가야 했다. 가까운 길로 가더라도 거의 2킬로미터나 되었다. 우리는 졸졸 흐르는 시냇물 소리를 들으면서 들판을 빠져나와 페어웰 서머즈 곶의 바다에 반쯤 묻혀 있는, 움푹 팬 땅 위로 놓여져 있는 작은 나무다리를 건넜다. 짙푸른 나무숲 그늘에 겨우 다다랐을 때부터 우리는 겁을 먹고 있었다. 그러나 누구도 그것을 깨닫지는 못했다. 우리는 딱 붙어서 걸어갔다. 아무런 말도 하지 않았다.

마녀나 그와 비슷한 사람들이 숨어 있는 곳이 가까워지면 말이 없을수록 좋은 것이다. 그들의 감정은 잘 아는 바와 같이 심하게 상처받고 있기 때문이다. 물론, 페그는 마녀가 아니지만 그렇다고 안전하다고 장담할 수도 없는 것이다.

드디어 페그의 집과 곧바로 통하는 좁은 길에 이르렀다. 우리는 모두 창백해졌고 심장이 심하게 뛰고 있었다. 주홍색을 띤 9월의 태양이 서쪽에 서 있는 매우 높은 가문비나무 사이에 바짝 걸려 있었다. 그것이 나에게는 진짜 태양처럼 보이지 않았다. 사실, 모든 것이 불안하게 느껴졌다. 우리의 목적이 무사히 끝나기를 간절히 기도했다.

좁은 길이 가파르게 구부러지자마자 페그의 집이 있는 작은 빈터가 나타났다. 무서운 마음과는 전혀 상관없이 나는 그 집을 호기심 어린 시선으로 바라보았다. 무성한 잡초밭 한가운데 지붕이 아래로 기울어 삐걱거리는 작은 집이 웅크리고 있었다. 제대로 된 집이라면 출입구가 아래층에 있어야 하는데, 그것이 보이지 않았다. 하나뿐인 창문이 2층에 있었고 계단의 디딤판은 땅과 연결되어 있었다. 주위에는 전혀 살아있는 것들이 있을 것 같지 않았다. 계단 꼭대기에 앉아 있는 불길한 징조 같은 검은 고양이 한 마리 말고는. 우리들은 로저 삼촌의 까닭 모를 암시를 생각했다. 저 검은 고양이가 혹시 페그 보엔이 아닐까? 농담이 아니다! 그 고양이는 보통 고양이로 볼 수 없었다. 매우 크고 사악해 보이는 짙은 녹색 눈을 번쩍이고 있었다. 그 짐승에게는 확실히 보통 동물과는 무언가 다른 신비로움이 있었다.

숨 막히는 긴장과 침묵 속에서 스토리 걸은 맨 아래 계단에 몇 가지 포장된 것들을 내려놓은 다음, 그 맨 위에다 편지를 올려놓았다. 스토리 걸의 갈색 손가락은 떨고 있었고 얼굴은 매우 창백했다.

그때, 갑자기 머리 위에서 문이 열리고 페그 보엔이 문지방에 모습을 나타냈다. 키가 크고 살갗으로 힘줄이 울퉁불퉁 불거져 나온 나이 많은 아주머니였다. 아주머니는 간신히 무릎까지만 가린 짧고 너덜너덜한 스커트와 주홍색 프린트 블라우스를 입고 남자 모자를 쓰고 있었다.

다리도, 팔도, 목도 드러낸 채 입에는 부서진 도자기 파이프를 물고 있었다. 갈색 얼굴은 주름살투성이었고 백발이 섞인 헝클어진 머리는 어깨까지 흩어져 내려와 있었다. 찌푸린 얼굴과 무섭게 빛나는 검은 눈에서는 친근감이라곤 조금도 찾아볼 수가 없었다.

마음속에 두려움을 조마조마하게 감추고 있던 우리는 그래도 겉으로는 용기 있게 버티었다. 그러나 결국 우리는 팽팽해진 신경으로 인해 완전히 제정신이 아니었다.

피터는 순수한 공포심에서 작은 비명을 질렀다. 우리는 순식간에 몸의 방향을 바꿔 빈터를 뒹굴면서 숲 속으로 뛰어들었다. 틀림없이 페그 보엔이 긴 언덕길로 쫓아오리라는 생각에 미치자 사냥꾼에게 쫓겨 도망치는 짐승처럼 거침없이 달렸다. 그 질주하는 모습은 '꿈의 노트'에 기록된, 악몽에 나오는 미치광이 같았다.

스토리 걸은 내 앞에서 뛰고 있었다. 나는 지금도 붉은 머리끈 뒤쪽에서 소용돌이치는 갈색 머리를, 넘어진 통나무와 작은 가문비나무 숲 속을 지날 때 보여준 그녀의 날렵했던 뜀박질을 떠올릴 수 있다. 뒤에 따라오던 세실리는 숨도 제대로 쉬지 못하면서 크게 소리쳤다.

"헉…… 베브, 기다려!"

"헉…… 베브, 빨리, 빨리!"

무조건, 무엇보다도 맹목적인 본능으로 우리는 한 무리가 되어 숲 속을 빠져 나갔다. 얼마 뒤에 우리는 작은 시냇물이 흐르는 들판으로 나왔다. 머리 위에는 담홍색의 아름다운 하늘이 열려 있었다. 주위에는 암말들이 차분하게 풀을 뜯고 있었다. 페어웰 서머 곳이 부드러운 산들바람에 흔들리면서 우리를 환영하는 듯했다. 낯익은 장소에 되돌아간 우리는 페그 보엔한테서 벗어났다는 것을 알게 되어 기뻤다. 우리는 드디어 멈추어 섰다.

"아, 무서웠어! 이젠 두 번 다시 그런 곳에 가지 않을 거야. 아무리 패트를 위해서라도."

세실리는 숨을 헐떡이며 떨었다.

"그렇게 서둘러 나오지 않아도 됐는데……. 아주머니가 나올 걸 짐작했으니까 꿈쩍도 안 하고 거기 있는 건데……. 그렇게 도망쳐 오는 것은 잘못이었어."

피터가 부끄러운 듯이 말했다.

"뛸 필요도 없었는데……. 우리가 그분을 두려워한다는 것을 알려준 셈이야. 이젠 그분이 패트를 도와주지 않을지도 몰라."

펠리시티가 불쾌하게 말했다.

"어쨌든 뭔가 도움을 주리라고 믿은 것도 아니잖아. 우리들 모두가 바보 같았어!"

스토리 걸이 말했다.

피터를 제외하고 모두가 그녀 말에 어느 만큼 찬성했다. 곡물 창고에 도착했을 때, 착한 세라 레이가 간호해준 패트가 조금도 호전되지 않았다는 사실을 알고 우리는 다시 한 번 바보 같은 짓을 했다고 후회했다. 스토리 걸은 부엌으로 데리고 가서 밤새도록 보살펴 줄 작정이라고 말했다.

"어쨌든 혼자서 죽게 할 순 없지!"

스토리 걸은 슬픈 목소리로 말하면서 고양이의 축 처진 몸을 팔로 보듬어 올렸다.

올리비어 고모가 밤을 새워도 된다고 허락할지는 알 수 없었다. 그런데 올리비어 고모는 예상했던 것과 달리 쉽게 허락해 주었다. 올리비어 고모는 참으로 멋진 분이었다. 우리도 같이 있으려고 했지만, 재닛 숙모가 그런 일에 귀를 기울일 리가 없었다. 고양이 따위에게 저토록 신경을 쓰는 것은 과하고 죄스런 행동이라며 혀를 차더니 우리에게 그만 자라고 말했다. 말 못하는 네 발 달린 동물보다도 성질 나쁜 친구가 얼마든지 많다는 사실을 알고 있는 5명의 마음 아픈 천사들은 그날 밤, 앨릭 삼촌의 집 계단으로 올라갔다.

"이제 우리가 할 수 있는 것은 아무것도 없어! 다만 패트를 잘 보살펴 달라고 하느님께 기도할 수밖에."

세실리가 말했다.

솔직하게 말해서 이 말에는 '이젠 이것으로 끝이다'라는 자포자기의 뜻이 담겨 있었다. 그러나 이것은 세실리의 신앙심이 부족해서라기보다는 좀 전에 있었던 뜀박질 때문이었다. 그녀도, 우리도, 기도가 엄숙한 의식이라는 것, 경망스럽게 생각하거나 통속적인 것으로 깎아내리면 안 된다는 것을 알고 있었다. 펠리시티가 그 사실을 대변해서 말했다.

"고양이를 위해 기도하는 것은 좋은 일이 아니라고 생각해."

"어째서 안 된다는 거지? 하느님은 너와 마찬가지로 패트도 만드셨어, 펠리시티 킹. 고양이는 정성을 들이지 않고 만드셨는지 모르겠지만. 그러니까 페그 보엔 아주머니보다는 기도가 패트에게 훨씬 많은 도움을 줄 거야. 어쨌든 나는 열심히 패트를 위해 기도할 생각이야. 어디 말릴 테면 말려봐! 물론, 난 더욱 중요한 것과 혼동하는 일은 없을 거야. 기도한 뒤, '아멘'이란 말은 다른 말로 바꿀 거야."

그날 밤, 세실리를 비롯한 몇 사람이 패트를 위해 기도했다. 나는 펠릭스가——펠릭스는 어렸을 때부터 하느님이 들을 수 있게 기도하지 않으면 소용없다고 믿었기에, 언제나 큰 소리로 기도를 했다——기도문의 '중요한' 대목이 끝난 뒤, 다음과 같이 애원하는 듯 속삭이는 것을 분명히 들었다.

"아! 하느님이시여! 패트를 꼭 살려주세요. 기도드리옵나이다."

그리고 나의 경우, 젊은이다운 꿈을 무시하기 쉬운 최근에도, 무릎을 꿇고 아이처럼 기도할 때 죽을 지경에 이른 불쌍한 우리의 친구를 생각하고 최대한 정중하고 공손한 마음으로 패트의 완쾌를 기원한 사실을 솔직히 고백하지 않을 수 없다. 그 뒤에 나는 위대한 하느님이 기도문의 '중요한 내용'과 같이 불쌍하고 가엾은 패트에게 은총을 내려주시리라는 절절한 희망을 품고 잠들었다. 다음날 아침, 눈을 뜨자마자 우리는 로저 삼촌네 집으로 달려갔다. 도중에 좁은 길에서 피터와 스토리 걸을 만났다. 그들은 승리의 기쁜 소식을 전하려는 사람과 같은 들뜬 표정을 하고 있었다.

"패트가 좋아졌어!"

스토리 걸이 큰 목소리로 자랑스럽게 말했다.

"어젯밤 12시쯤 앞다리를 핥기 시작했어. 그 다음에 몸을 핥더니 잠이 들었어. 나도 소파에서 잤지. 눈을 떴을 때, 패트가 얼굴을 씻더니 우유를 한 대접이나 마셨어. 신기하지?"

"역시 페그 보엔 아주머니의 저주를 받았던 것 같아. 저주가 이제 풀린 게 아닐까."

피터가 말했다.

"그게 아니라 세실리의 기도가 패트에게 도움이 된 것 같아. 이 애는 패트를 위해 여러 번 기도했거든. 그래서 나아진 거야."

펠리시티가 말했다.

"흥! 어쨌든 좋아! 하지만 나는 패트에게 두 번 다시 페그 보엔을 할퀴지 말라고 말할 거야. 그뿐이야!"

"패트를 낫게 한 것은 기도 때문일까, 페그 아주머니 때문일까?"

펠릭스도 확신할 수 없었다.

"어느 쪽도 아니야. 패트는 단순히 병으로 고생했다가 스스로 나은 거야."

댄이 말했다.

"나는 기도했기 때문이라고 믿을 거야! 페그 아주머니가 아니라 하느님이 패트의 건강을 회복시켜 주었다고 믿는 것이 더 멋진 일이라고 생각해!"

세실리가 단언했다.

"그렇게 생각하는 게 편하다고 해서 단순히 그렇게 믿어버리면 안 되지! 하느님의 은총을 받지 않았다는 게 아니야. 하지만 어떤 일이 있었든, 누가 뭐라고 말했든 간에 나는 페그 보엔 아주머니가 뒤에서 패트를 저주하지 않았다고는 믿지 않아!"

피터가 반대 의견을 내놓았다.

마치 일반적인 역사 속 논쟁자들처럼 신앙과 미신, 그리고 의혹은 우리들 사이에서 서로 싸우고 있었다.

실패의 쓴 잔

어느 따뜻한 일요일 저녁, 우리는 기린초 색 달빛이 가득한 과수원 안의 설교바위 옆에 어른 아이 할 것 없이 한데 모여 앉아 달콤한 목소리로 옛날 복음성가를 부르고 있었다. 우리는 모두 어느 정도는 부를 수 있었다. 가련한 세라 레이만은 달랐지만. 그 애는 언젠가 울상으로 이렇게 말한 적이 있었다. "나는 음표 하나 제대로 알지 못하는데, 천국에 가면 어떻게 할지 모르겠어."

추억 속의 그 정경은 모조리 내 눈앞에 선명하게 떠오른다. 낡은 옛집 뒤를 떠받치고 있는 나무들 위에는 연노랑의 앵초빛 하늘이 활 모양을 이루고, 과수원의 나뭇가지에는 열매들이 가지가 휘어지도록 매달려 있다. 설교바위 저쪽에 빛나는 햇빛의 잔물결처럼 기린초가 어지럽게 피어 있는 강언덕, 불타는 띠 모양의 저녁노을이 비추는 전나무 숲의 불가사의한 색깔…… 앨릭 삼촌의 근심 어린 표정, 댄의 총명한 푸른 눈동자, 재닛 숙모의 건강하고 침착한 얼굴, 로저 삼촌의 덥수룩한 수염과 불그스레한 볼, 여자로서 한창인 올리비어 고모의 아름다움 등이 눈 앞에 떠오른다.

'회상의 길'로 연결된 과수원 길에는 메아리치는 성가 가운데 유달리 울려 퍼지는 두 가지 소리가 있다. 세실리의 은방울같이 감미로운 소리와 앨릭 삼촌의 시원스러운 테너다. '노래를 잘하는 것은 킹 집안의 혈통이다.' 당시의 칼라일에 전해 내려오는 찬사였다. 줄리아 고모는 이 같은 혈통에서 피어오른 큰 꽃송이로서 저명한 콘서트 가수로 명성을 떨쳤다.

그러나 남아 있는 사람들의 목소리는 들을 수 없었다. 그들의 음악은 깊숙한 인생의 좁은 길에서만 울려 퍼지고 일상의 사소한 잡일이나 매일 겪고 있는 노동의 고통을 가볍게 하기 위해서만 활용되었다.

그날 저녁, 노래에 싫증 난 어른들은 젊은 날의 여러 가지 일들을 이야기하기 시작했다.

이것은 언제나 우리들 꼬마들에게는 귀를 기울이게 하는 즐거움이었다. 믿기 어려운 점이 있긴 했지만 우리는 삼촌이나 고모의 어렸을 때 이야기를 열심히 들었다. 지금이야 착실하게 살고들 있지만, 과거에는 그들도 장난꾸러기였을 뿐만 아니라, 싸움이나 말다툼도 많이 했던 것 같았다. 특별히 이날 저녁에 로저 삼촌은 에드워드 삼촌에 관련된 여러 가지 일화를 이야기해 주었다. 에드워드 삼촌이 10살 때, 설교바위 위에서 한 설교는, 뒤에서 알 수 있듯이 스토리 걸의 상상력을 자극했다.

로저 삼촌이 말했다.

"지금도 그때의 모습이 눈에 선하군! 오래전부터 있던 저 바위 위에 올라서서 상체를 앞으로 내밀면 양쪽 볼은 새빨개지고 흥분된 눈은 번쩍번쩍 빛났지. 교회에서 목사님이 하는 것을 흉내내기 위해 돌 위를 쾅쾅 두들겨 장난치고……. 울퉁불퉁한 바위를 너무 세게 두들겨서 손을 다치기도 하고……. 우리는 모두 남이 못하는 것을 할 수 있을 거라고 생각했지. 설교 듣는 것은 매우 즐겨했지만, 억지로 기도하자고 할 때는 기분이 나빠지는 경우가 있었어. 앨릭, 기억나나? 언젠가 에드워드가 노래에 대한 자만심과 허영에 젖어 줄리아도 노래를 잘 할 수 있도록 해달라고 기도했었지. 그런데 줄리아가 화를 냈던가, 안 냈던가?"

"기억하고말고. 줄리아는 지금 세실리가 있는 저 자리에 앉아 있었는데, '휙' 하고 일어나더니 당당하게 과수원을 빠져 나갔지. 그러다가 문 쪽에서 '홱' 뒤돌아보면서 잔뜩 골이 난 듯 말했어.

'에드워드 킹, 나에 대해 말하기 전에 네 자만심을 버리게 해달라고 기도하는 것이 좋을 것 같아! 그렇게 우쭐대는 설교는 들어본 일이 없어!'

에드워드는 기도를 계속하느라고 줄리아가 하는 얘기는 듣지도 못했던 것 같아! 그러나 마지막 기도를 이렇게 매듭지었어.

'오, 하느님이시여! 우리 모두를 축복해주시옵소서. 특별히 줄리아에게는 더욱 축복해주시길 기도드립니다. 줄리아에게는 다른 형제들보다도 더욱 많은 축복이 필요하다고 생각하기에 하느님의 무한한 축복을 빕니다, 아멘.'"

삼촌들은 이 같은 지난날의 추억 이야기에 손뼉을 치며 크게 웃었고 우리들도 따라 웃었다. 에드워드 삼촌이 기도에 지나치게 열중한 나머지 설교바위에서 상체를 너무 내밀다가 균형을 잃어 풀 위에 공중제비하듯이 나가떨어진 이야기에는 더더욱 웃음꽃이 피었다.

"꼭두각시 인형처럼 스코틀랜드 엉겅퀴 위에 떨어졌지!"

로저 삼촌은 킥킥거리며 계속 말을 이었다.

"바위에 이마껍질이 벗겨진 꼴이 되었지. 그래도 설교만큼은 끝까지 계속하겠다는 결심이 대단해서 결국은 끝내 해냈어. 눈물을 주르르 흘리면서 설교바위에 기어 올라가 10분 동안이나 이야기를 계속했지. 흑흑 흐느끼며 이마에서 핏방울이 흐르는데도 말이야. 근성 있는 강직한 꼬마 녀석이었지. 인생에서 성공한 것도 당연해."

"거기에 설교나 기도할 때는, 줄리아가 트집잡듯이 무뚝뚝한 태도였거든. 이제 우리도 오랜 인생을 살아왔고 에드워드도 나이를 먹었지. 그래도 잊혀지지 않는 것은, 언제나 작은 키에 불그스레한 뺨과 소용돌이 머리의 사내아이가 설교하며 바위 위에서 우리를 호통치던 모습이야. 여기 있는 이 아이들처럼, 우리가 여기에 오는 것도 이젠 얼마 남지 않았을지 몰라. 지금은 모두들 헤어졌지. 줄리아는 캘리포니아에, 에드워드는 핼리팩스에, 앨런은 남아메리카, 펠릭스와 펠리시티, 스티븐은 멀고 먼 나라로 가버렸지."

앨릭 삼촌이 말을 마치자 잠시 침묵이 흘렀다. 그 뒤, 앨릭 삼촌이 마음을 파고드는 낮은 목소리로, 구약성서의 시편 90편의 훌륭한 시구——우리에게 있어서 그때의 아름다움과 우리 모두의 추억과 끊을래야 끊을 수 없는——를 암송하기 시작했다. 저마다 겸손한 마음으로 그 장엄한 말씀에 귀를 기울였다.

"주여, 주는 대대로 우리의 거처가 되셨나이다. 산이 생기기 전, 땅과 세계도 주께서 만드시기 전, 곧 영원으로부터 영원까지 주시는 하느님이시나이다. 주께서 사람을 티끌로 돌아가게 하시고 말씀하시기를, 너희 인생들은 돌아가라 하셨사오니 주 앞에서는 천년이, 지나간 어제 같으며 밤의 한순간 같사옵니다. ……저희들의 모든 나날들은 당신의 분노로 휩쓸려 갈 것이며 우리들의 모든 세월은 당신의 한 숨결에 지나지 않더이다. 저희들이 살아갈 날은 70년, 고작해야 80년입니다. 그렇지만 자랑할 것은 기껏 힘든 노동과 슬픔뿐, 화살처럼 빠른 세월에 저희들도 날아가더이다. ……다만 바라는 것은 저희들이 날짜를 헤아릴 수 있도록 가르치시어 지혜를 얻게 하소서. 야훼여, 돌아오소서. 언제까지니이까. 주의 종들을 긍휼히 여기소서. 아침에 주의 인자하심으로 우리를 만족케 하사 우리 평생을 즐겁고 기쁘게 하소서. 우리를 곤고케 하신 날수대로 우리의 화를 당한 연수대로 기쁘게 하소서. 주의 행사를 주의 종들에게 나타내시며 주의 영광을 저희 자손에게 나타내소서. 주, 우리 하느님의 은총을 우리에게 임하게 하사 우리 손의 행사를 우리에게 견고케 하소서. 우리 손의 행사를 견고케 하소서."

황혼이 악마처럼 어슴푸레하게 과수원에 흘러들었다. 황혼의 정기를 눈으로 보고 피부로 느끼며 귀로 들을 수 있을 정도였다. 황혼은 나무에서 나무로 남몰래 살며시 발끝을 세우면서 확실하게 조금씩 다가오고 있었다. 얼마 뒤, 황혼의 얇은 날개가 우리 위를 통과하자 그 날개를 뚫고 가을밤의 첫 번째 별과 두 번째 별이 눈부시게 빛났다.

어른들은 무거운 엉덩이를 들고 사라졌다. 그러나 아이들이 아직도 우물쭈물 움직이지 않자 스토리 걸이 자주 생각하고 말했던 것들——우리들의 마음을 매혹시킨 생각으로, 살아가는 데 있어서 상당한 향신료가 될 듯한——에 대해 서로 이야기하기 시작했다.

우리는 뭔가 새로운 놀이에 대한 기대에 부풀어 있었다. '꿈의 노트'는 이미 싫증나기 시작했다. 예전처럼 성실하게 기록하는 일도 없었고, 꿈도 이제는 오이 때문에 일어난 불상사 이전처럼 신나게 꾸는 일이 없었다. 그래서 스토리 걸의 제안은 더할 나위 없이 반가운 것이었다.

"멋진 계획이 떠올랐어. 삼촌들이 에드워드 외삼촌의 이야기를 할 때, '반짝' 떠오른 것인데, 이 계획의 재미있는 점은 일요일에도 할 수 있다는 거야. 일요일에 놀 수 있는 경우는 거의 없었지만, 이것은 그리스도교 신자에게 알맞은 게임이니까 안성맞춤이지."

"얼마 전에 했던 종교적 프루츠 바스켓 게임과 비슷한 거 아니야?"

세실리가 걱정스럽게 물었다.

우리 모두가 똑같이 그게 아니기를 바라는 이유가 있었다. 재미 있게 읽을 책도 없고 시간이 끝없이 지루하게 느껴지는 따분한 일요 일 오후, 펠릭스가 '프루츠 바스켓'을 하자고 말을 꺼낸 것이다. 단, 과일 이름 대신 성경에 등장하는 인물 이름으로 하자는 것이다. 펠 릭스가 그 게임을 하자고 주장하는 이유는, 일요일에 놀아도 매우 옳고 바람직하기 때문이었다. 마음속으로 이미 설득된 우리도 그렇 게 생각했다. 그래서 우리는 라자로, 마르타, 모세, 아론, 기타 여 러 가지 성경에 나오는 인물들과 함께 킹 과수원에서 즐거운 한때를 성실하게 보냈다.

원래 성서에 나오는 이름을 갖고 있던 피터(베드로)는 다른 이름 에 대해선 전혀 흥미가 없었다. 그러나 우리는 이것을 허락할 수 없 었다. 그렇게 되면 다른 사람과 비교할 때, 부당하게 큰 이점을 주 는 것이 되기 때문이다. 귀에 익숙지 않은 이름을 부르는 것보다는 자기 이름을 외치는 것이 훨씬 즐거우리라. 그래서 피터는 복수하자 는 생각으로 느부갓네살이란 이름을 선택했는데, 피터가 한 번 부를 때 그 이름을 세 번 이상 부르는 사람은 아무도 없었다.

그런데 우리가 신이 나서 마구 까불며 한참 떠드는 중에 앨릭 삼 촌과 재닛 숙모가 우리들 앞에 갑작스레 나타난 것이다. 그 뒤의 일 은, 분명하게 말하지 않는 것이 여운도 남고 바람직할 것이다. 이 일이 세실리가 한 질문의 중요한 요점이 됐다는 것만을 말해둔다.

"아니, 그런 게임이 절대 아니야. 이런 거야. 남자 아이들이 한 사람씩 돌아가며 설교하는 거야. 에드워드 외삼촌이 옛날에 했던 것처럼. 다음 주 일요일은 누구, 그 다음 주는 누구, 이런 방식으 로. 그중에서 가장 설교를 잘한 사람이 상을 받는 거지."

댄은 그 자리에서, 자기는 설교를 할 의사가 없다고 단언했다. 그 러나 피터와 펠릭스, 나는 그것이 대단한 발상이라고 생각했다. 나 는 설교에서 두각을 나타낼 수 있을 것이라고 마음속으로 생각했다.

"누가 상을 주는데?"

펠릭스가 질문했다.

"나야! 지난 주에, 아버지가 보내주신 그림을 줄 거야."

스토리 걸이 말했다.

스토리 걸이 말한 그림이란 랜드시어(1802~73, 영국 동물 화가)가 그린 암사슴의 완벽한 모사품이었기 때문에 펠릭스도 나도 매우 만족했다. 그러나 피터는 그것보다 제인 고모을 닮은 성모상 그림이 더 좋다고 말했으므로 스토리 걸도 만일 그의 설교가 가장 훌륭하면 아버지의 성모상 그림을 주기로 동의했다.

"그런데 누가 심사 위원이 되지? 또 어떤 설교가 가장 훌륭한 거지?"

내가 물었다.

"무엇보다도 우리들에게 호소력이 많은 설교지."

스토리 걸이 바로 대답했다.

"그리고 우리 여자 아이들이 심사 위원이 될 거야. 우리밖에 없으니까. 그럼, 다음 주 일요일에는 누가 할 거니?"

결국 내가 가장 먼저 하기로 결정이 났다. 그날 밤 나는 다가오는 일요일에 어떤 텍스트를 이용할 것인가를 생각하느라 잠을 1시간 정도밖에 못 잤다. 다음날, 학교에서 선생님으로부터 풀스캡(34×43㎝ 크기의 필기용 종이의 하나)을 2장 구입했다. 차를 마신 다음, 나는 곡물 창고에 가서 창문을 잠그고 설교를 위한 원고 쓰기에 몰두했다. 예상한 대로 쉬운 일은 아니었다. 하지만 부지런히, 필사적으로 원고를 작성했다. 이틀 밤에 걸친 고생스러운 노력 끝에, 인용할 수 있는 성가의 시를 포함시켜 상당 부분 내용을 늘려 풀스캡 4페이지 분량을 완성했다.

이해하기 어려운 신학적인 가르침이나 복음주의적인 내용보다는 내가 이해 가능한 범위 안에서 주제는 선교 활동으로 잡고 설교하기로 결정했다. 게다가 호소력이 필요함을 감안해 무식한 미개인들이

나무나 돌에 의지해 구원받으려고 하는 잘못된 신앙 태도를 애처롭게 묘사하기도 했다. 그 다음에 나는, 그들에 대한 우리의 책임을 강조하고 매우 장중하고 열성적인 음성으로 '빛은 오직 하느님의 영혼에서'라는 구절로 시작되는 시를 노래함으로써 클라이맥스를 장식할 작정이었다. 설교 원고가 일차적으로 완성되자, 다시 한 번 철저히 반복해서 읽었고 설교단을 쳐야할 경우, 문장에는 붉은 잉크——세실리가 아닐린 염료로 나를 위해 만든 것——로 '딱!'이라고 표시했다.

나는 붉은 글자가 첨가된 그 설교 원고를 지금도 그대로 '꿈의 노트' 옆에 놓아 두었다. 그러나 그것이 독자 여러분의 눈에 띄도록 하지는 않을 것이다. 현재의 나는, 그때에 비해 전혀 나아진 것이 없기 때문이다. 당시는 속물 같은 허영심에 부풀어, 일단 나는 펠릭스가 이것을 깔보기는 어려우리라고 생각했다. 피터는 겁낼 만한 라이벌이 아니었다. 제대로 된 교육을 받은 적도 없고 교회를 다닌 경험도 별로 없는 고용인 소년이, 가족 중에 누구나 인정하는 목사가 있는 나와 대등하게 설교를 한다는 것은 무리였던 것이다.

설교의 초벌 원고는 완성되었다. 다음에 할 일은 그것을 암기하고 강조할 문장을 포함해 말이나 동작까지도 완벽하게 연습하는 것이다. 나는 덩치가 크고 침착한 자세를 취하고 있는 동물 한 마리를 청중으로 삼고 곡물 창고에서 몇 번이나 연습했다. 이 고양이란 동물은 나의 리허설을 잘 참아주었다. 잠깐씩 눈에 보이지 않는 쥐들에게 주의를 돌렸던 것을 제외하고는 나에게 홀딱 반한 청중이 되어 주었다. 그 주 일요일 아침, 주일학교의 마우드 선생님에게는 최소한 3명의 열렬한 청중이 있었다. 펠릭스, 피터, 나는 모두가 설교의 실질적인 기술에 대해 배우고자 하는 욕망을 갖고 있었기 때문이다.

우리는 동작이나 청중을 보는 시선, 말의 억양 등에 대해 관심이 많았다. 때문에 우리가 집으로 돌아갈 때는 누구도 설교 내용을 기억하지 못했다. 그러나 설교를 하면서 어떻게 머리를 뒤쪽으로 젖힐 것인가, 단상의 양쪽 끝을 어떻게 두 손으로 잡을 것인가에 대해서는 철저히 기억하고 있었다.

오후가 되어 우리는 손에 성경과 찬송가집을 들고 다시 과수원으로 향했다. 이제부터 어떤 일이 벌어질 것인가에 대하여 어른들에게 털어놓고 이야기할 필요는 없다고 생각했다. 어른들이 어떻게 생각할지 알 수 없었다. 그리스도교 신자다운 게임이라고 해도 일요일에 하는 것을 바람직하게 생각하지 않을지도 모른다. 어른들과 관련된 경우는 말하지 않는 것이 승리하는 것이다.

나는 상당히 흥분된 기분으로 설교바위에 섰다. 청중들은 눈앞의 잔디밭에 진지한 모습으로 앉았다. 개회 의식은 노래와 낭독만으로 끝났다. 기도는 생략하기로 이야기되어 있었다. 펠릭스도 피터나 나도 여러 사람들 앞에서 기도할 정도의 재능은 없었으니까. 그러나 헌금은 하기로 했고 모금액은 전도회에 보내기로 했다. 댄이 헌금 접시——펠리시티의 장미꽃봉오리 모양 접시——를, 엘더 프루언처럼 이상할 정도로 자못 심각한 표정을 지으며 돌렸다. 모두가 1센트씩 냈다.

드디어 나는 설교를 시작했다. 너무나도 단조로웠다. 준비해 간 설교를 반도 하기 전에 나 스스로가 그렇게 느꼈다. 매우 미안하게 생각되었지만 강조할 때와 요점을 빠짐없이 말했다. 그러나 아무리 생각해도 내가 보기에 청중들은 지루하게 느끼는 것 같았다. 이런저런 여러 가지를 정열적으로 말한 뒤 설교바위를 내려오면서 나는 내 설교는 실패했다고 느꼈고, 마음속으로 후회했다. 전혀 호소력이 없었기 때문이다. 분명히 펠릭스가 상을 타게 될 것이다.

"처음 한 것치고는 매우 훌륭한 설교였어. 처음 듣는 진짜 설교처럼 느꼈어."

스토리 걸이 붙임성 있게 말해주었다.

사람을 끌어당기는 스토리 걸 특유의 목소리 때문에 결국 나도 크게 잘못한 것처럼 느끼지 않게 되었다.

그러나 뭔가 인사치레로 한 마디씩 위로의 말을 하는 것이 의무라고 생각한 다른 소녀들이 갑자기 나른한 환상을 쫓아버렸다.

"어떤 말도 모두가 진실뿐이었어."

세실리는 무의식적으로 내 설교의 장점이 그것뿐이라는 것을 암시하고 있었다.

"잘했다고는 생각하지만, 우리가 미개인에 대해 너무 무관심한 것 같아. 더욱더 배려해야 할 거야."

찌푸린 얼굴로 펠리시티가 말했다.

세라 레이는 나의 자존심에 결정타를 날렸다.

"잘했는데, 너무 이야기가 짧았지."

"내 설교는 어디가 잘못된 걸까?"

그날 밤, 나는 댄에게 물었다. 심사 위원도 경쟁 상대도 아니니까 그와는 이 문제에 대하여 터놓고 이야기할 수 있었다.

"너무나 원칙적인 설교 같아서 재미가 없었지!"

댄은 정직하게 말했다.

"난 착실한 설교일수록 좋다고 생각했지."

"호소력을 강조하려면 다르지! 그러려면 뭔가 변화된, 다른 점을 강조해야 해! 피터의 경우는 뭔가 다른 점이 있을 것 같아!"

댄은 말을 계속했다.

"아니, 피터가! 그 아이는 설교를 할 수 없을 거야!"

"어쩌면 잘할지도 몰라. 그 애는 호소력이 있으니까."

댄은 예언자도, 예언자의 아들도 아니었다. 그러나 이때만은 그에게도 직감적으로 감지할 수 있는 능력이 있었다. 피터는 호소력을 발휘했던 것이다.

피터는 호소력이 있었다

다음은 피터 차례였다. 그는 원고를 미리 작성하지 않았다. 그런 것은 필요 없다고 했다. 성경 구절을 인용할 생각도 없었다.

"성경 구절도 없는 설교는 들어 본 적이 없는데."

펠릭스는 어안이 벙벙했다.

"성경 구절 없이 '설교'라는 제목으로 승부를 하겠어." 피터는 모두를 깔보듯 말했다. "성경 구절에 구애받고 싶지 않아. 그 대신에 나는 제목을 붙일 작정이야. 제목은 세 가지야. 베벌리, 네 설교에는 제목이 하나도 없었잖아!"

"에드워드 삼촌이 말씀하셨다고 앨릭 삼촌이 그러셨지만, 제목은 유행에 뒤떨어지기 쉽다더군!"

나는 시비조로——나 역시 설교에 제목을 붙이는 것이 좋다고 생각했지만——더욱더 강력하게 주장했다. 그렇게 하면 분명히 호소력이 더 생길 테니까. 하지만 솔직히 얘기하면 제목 따위는 내 머리 속에 전혀 떠오르지 않았다.

"흥! 어쨌거나 난 제목을 붙일 거야. 유행에 뒤떨어지건 말건 상관없어. 제목을 붙이는 게 훨씬 좋지! 제인 고모도 늘 말씀하셨 듯이, 제목을 붙여서 거기서 벗어나지 않도록 애쓰지 않으면 성경 한 권을 이리저리 쏘다니면서 어디에 자리를 잡아야 될지 모를 테 니까."

"무엇에 대해 설교할 거야?"

펠릭스가 물었다.

"다음 일요일이 되면 알 수 있어!"

피터는 의미심장하게 말했다.

다음 일요일은 10월이었다. 마침 그날은 따뜻하고 조용한 6월처 럼 느껴지는 날씨였다. 기분 좋게 펼쳐진, 끝없이 넓고 넓은 허공 중에는 사라져버렸던 아름다운 갖가지 기억들을 마음속에 되살아나 게 해서 아련한 미래의 희망을 갖게 하는 그 무엇인가가 들어 있었 다.

나무들은 우아하고 아름다운 레이스 같은 잎사귀를 발 아래 흩뿌 려놓았고, 해거름의 언덕은 붉은 황금색으로 곱게 물들었다.

우리는 설교바위 주위에 앉아 피터와 세라 레이가 오기를 기다리 고 있었다. 오늘은 피터가 쉬는 날이었는데, 전날 밤 휴가를 얻어 자기 집에 갔다가 설교 시간에 맞춰서 반드시 돌아온다고 약속했던 것이다. 이윽고 피터가 도착했고 귀족처럼 당당한 태도로 설교바위 에 올라갔다. 피터는 깨끗한 새 슈트를 입고 있었는데, 그것을 본 나는 한 대 얻어맞은 느낌이었다. 나는 설교할 때 두 번째로 좋은 슈트를 입을 수밖에 없었다. 교회에서 돌아온 뒤에는 외출복을 벗는 다는 것이 재닛 숙모의 철칙 가운데 하나였기 때문이다. 나는, 내가 좋은 옷을 입는다는 것은 피터가 남의 집에서 일하고 있는 소년이라 는 사실을 더욱 두드러지게 할 뿐이라고 생각했다.

짙은 감색 윗옷, 흰 옷깃, 말쑥하게 넥타이를 맨 피터는 상당히 마음 훈훈한 목사처럼 보였다. 검은 눈동자는 반짝반짝 빛나고 소용돌이치는 듯한 검은 머리칼은 진짜 목사같이 가르마를 타지 않고 모두 뒤로 빗어 넘겼는데, 정수리의 힘없는 머리카락은 금방이라도 밑으로 흘러내릴 것 같아 불안스러워 보였다.

레이 아주머니의 기분에 따라 올지, 못 올지 알 수 없는 세라 레이를 계속 기다리고 있을 수만은 없다고 우리가 결론을 내리자, 피터는 곧 예배를 시작했다.

피터는 마치 태어난 뒤부터 죽 계속 그래 왔던 것처럼 무섭도록 침착하게 성경을 읽었고 찬송가를 불렀다. 아무리 주일학교의 미스 마우드 선생님이라도, 피터보다 더 잘할 수는 없었을 것이다.

"모두 이 찬송가를, 4절만 빼고 처음부터 끝까지 부릅시다."

나로서는 생각할 수도 없는 솜씨였다. 나는 결국 피터와는 진정한 의미에서 라이벌이 될 수 없다고 생각하기 시작했다.

바야흐로 시작할 준비가 끝나자 피터는 호주머니에 두 손을 집어넣었는데, 그것은 이단이라고밖에 할 수 없는 동작이었다. 그 뒤에는 애쓰거나 노력하지도 않고 평소 때의 대화처럼 설교에 들어갔다. 이것 또한 이단이다. 그곳에는 설교를 기록하는 속기사가 없었다. 그러나 필요하다면 나는 한 마디, 한 문장을 빠짐없이 그대로 옮길 수 있다. 이것은 피터의 설교를 들은 사람 모두가 가능하리라는 것을 의심하지 않는다.

"사랑하는 여러분! 이제부터 이야기하는 설교는 누구나 좋아하지 않는 곳, 그러니까 지옥에 관해서입니다."

전기 충격이 청중 사이를 관통하는 것 같았다. 모두가 아연실색하면서 긴장된 표정을 지었다. 피터는 이 문장 하나로 나의 설교 전체로도 불가능했던 것을 성취했다. 실로 마음속 깊이 호소하는 것이었다.

"설교는 세 가지 제목으로 나누도록 하겠습니다."

피터는 계속했다.

"첫 번째 제목은, '싫어하는 곳에 가고 싶지 않으면 어떻게 해야 되는가.' 그리고 두 번째 제목은 '가기 싫어하는 곳은 어떤 곳인가.'"

청중이 술렁거렸다.

"세 번째 제목은 '지옥에 가는 것을 어떻게 피하는가'입니다. 그런데…… 사람으로서 하지 말아야 할 일은 상당히 많습니다. 그것이 어떤 것인가 알아두는 것은 매우 중요합니다. 한순간도 헛되이 보내지 말고 찾아야 합니다. 무엇보다 첫째는 어른들, 단 훌륭하신 어른들이 말씀하신 것을 절대 잊지 말고 지키도록 해야 합니다."

"하지만 누가 훌륭한 어른인가를 어떻게 판단할 수 있을까?"

무의식중에 교회에 있다는 것도 잊어버린 펠릭스가 갑자기 곁에서 끼어들었다.

"아, 그것은 간단해요. 누가 좋은 분인가 아닌가 하는 것은 우리 느낌으로 알 수 있답니다. 그 다음에 거짓말을 하면 안 되고, 사람을 죽이면 안 됩니다. 사람을 죽이는 일이 없도록 특히 조심해야 합니다. 마음속으로는 나쁘다고 생각되었을 때도, 상대방이 거짓말을 했을 때도 관대함을 베풀어 착하게 살도록 도와주고 절대 사람을 죽이면 안 됩니다. 그리고 자살해서도 안 됩니다. 그렇게 되면 착한 사람으로 다시 돌아올 수 있는 기회를 영영 잃어버리기 때문입니다. 그리고 기도하는 것을 잊거나 누이동생과도 싸우는 일이 없어야 합니다."

이때 펠리시티가 일부러 댄을 팔꿈치로 찔러서 댄은 곧 공격을 개시했다. 댄이 주장했다.

"나에 대해 설교하지 마, 피터 크레이그. 참을 수 없어. 누이동생이 싸움을 걸어오는 횟수나 내가 싸우는 횟수나 똑같아. 내 문제에 대해서 이러쿵저러쿵 하지 마."

"누가 네 문제를 말하고 있다는 거야? 이름을 말하지도 않았는데. 목사님은 설교단에서 무엇이든 이야기할 수 있는 거야. 이름만 밝히지 않으면 상관없어. 누구도 말대꾸하지 않아."

"알았어! 하지만 내일 보자고."

소녀들의 책망하는 듯한 얼굴을 보며 떨떠름한 침묵으로 물러가면서 댄이 신음하듯 말했다.

"주일에는 어떤 장난이나 놀이도 하면 안 됩니다."

피터는 계속했다.

"요컨대, 평일의 놀이도 전부 안 되고, 교회 안에서 개인의 살림살이나 집안 형편 이야기 같은 것도 하면 안 됩니다. 웃어도 안 됩니다. 나는 한 번 해본 일이 있었지만 크게 후회했습니다. 그 다음에 기르고 있는 고양이에 관한 얘기인데, 집에서 기도할 때 거기에 신경 쓰면 안 됩니다. 예를 들면 고양이가 등 위로 올라오거나 할 때, 혼내거나 험악한 말도 삼가야 합니다."

"아멘!"

펠리시티가 계속 찡그린 얼굴을 하고 있었으므로 여러 가지로 몹시 괴로워진 펠릭스가 외쳤다.

피터는 이야기를 끊고는 설교바위 가장자리 너머에 있는 펠릭스를 매섭게 쏘아보았다.

"한참 설교 중일 때는 그렇게 소리지르지 않는 것이 좋을 텐데!"

"마크데일의 감리교에서는 그런 일이 있었어. 나도 들은 적이 있어."

펠릭스는 크게 부끄러워하면서도 말대꾸했다.

"나도 알고 있어. 그들은 감리교파들이니까, 그 사람들이라면 상관없어. 나는 감리교파 사람들에게는 아무 말도 하지 않겠어. 제인 고모는 감리교 신자셨어. 나도 그 심판일에 그렇게 두려워하지 않았다면 그렇게 했을지도 모르지. 그런데 너는 감리교 신자가 아니고 장로교 신자야, 분명하게!"

"그래, 물론 태어났을 때부터 그랬어."

"맞아! 그렇다면, 장로교 신자답게 행동해야지. 더 이상 '아멘'이라고 말하면, 진짜로 아멘과 같은 문제를 만나게 할 거야."

"잠깐, 이제 더 이상 쓸데없이 말참견을 계속하면 안 돼! 너무 불공평해. 하루 종일 참견만 받으니 어떻게 좋은 설교를 할 수 있겠어? 베벌리에게는 아무도 참견하지 않았잖니."

스토리 걸이 나무랐다.

"베브는 저렇게 높은 곳에서 우리들을 빈정대는 일은 없었어."

댄이 투덜거리며 중얼댔다.

"싸움을 하면 안 됩니다."

피터는 단호하게 다시 시작했다.

"장난이나 즐기는 기분으로 싸움질을 하거나 흥분하여 싸우면 안 되는 것입니다. 나쁜 말을 쓰거나 행패를 부려도 안 됩니다. 술에 취해서도 안 됩니다. 물론 어른이 될 때까지는 그런 일이 없을 것이고, 여자 아이들에게는 전혀 그런 일이 없을 거라고 생각하지만.

이 밖에도 하면 안 될 것이 많지만, 이제까지 열거한 것이 가장 중요한 것입니다. 이는 우리가 그런 짓을 저질렀다고 해서 가기 싫은 곳에 꼭 간다는 뜻은 아닙니다. 좋지 않은 결과를 가져올 우려가 있다는 것뿐입니다.

언제나 악마는 그런 좋지 않은 짓을 하는 사람들을 감시하고 있습니다. 이것은 좋은 일을 하는 사람들에게 불필요한 시간 낭비를 하는 것보다는 그 시간에 좋지 않은 일을 저지르는 사람들을 붙잡으려는 것이 아닌가 생각합니다. 여기까지가 첫 번째 설교 제목에 대한 내용입니다."

이때 세라 레이가 숨을 헐떡이며 도착했다. 피터는 책망하는 듯한 얼굴로 세라를 보았다.

"세라, 넌 나의 설교 내용 가운데 하나를 전혀 듣지 못했어. 심사 위원의 한 사람이니까 이것은 공평치 못하지. 처음부터 다시 한번 설교를 하는 것이 좋을 것 같아."

"한 번 진짜로 그런 일이 있었지. 난 그 이야기를 알고 있어."

스토리 걸이 말했다.

"아니, 설교 중에 이야기하는 사람이 누구야!"

댄이 빈정댔다.

"괜찮아! 계속 이야기해."

피터가 설교단에서 열심히 윗몸을 내밀고 스토리 걸을 독촉했다.

"그 이야기를 하신 분은 스콧 씨인데, 노바스코샤의 어딘가에서 설교할 때였지. 설교가 반 이상 지났을 무렵——그때 설교는 일반적으로 상당히 긴 편이었지——남자 한 사람이 들어왔어. 스콧 씨는 그분이 자리에 앉을 때까지 잠시 이야기를 중단했어. 그러고서 말하길, '친구여! 당신은 오늘 예배에 지각하셨습니다. 당신이 천국에서도 지각하시는 일이 없도록 하시길 바랍니다. 여기 모이신 청중 여러분은, 내가 그대를 위해 다시 한 번 설교의 요점을 되풀이해도 이해하시리라 생각합니다.' 그러고 나서 스콧 씨는 설교를 다시 한 번 처음부터 착실하게 했지. 그 사람은 두 번 다시 교회에 지각하는 일이 없었다고 하더군."

"그것은 그 사람에겐 다행이었어. 다른 청중들도 매우 훌륭한 분들이고!"

댄이 말했다.

"제발, 조용히 하자. 그래야 피터도 설교를 계속할 수 있어."

세실리가 말했다.

피터는 어깨를 으쓱 치켜든 다음 설교단 끝을 잡았다. 피터는 설교하는 동안 한 번도 단상을 '땅!' 하고 내려치지는 않았지만, 몸의 제스처나 일부 청중을 주시하는 태도 등이 상당히 효과적이라고 느껴졌다.

"그러면, 다음으로 두 번째 설교 제목에 대한 내용으로 넘어가겠습니다. 가기 싫어하는 곳은 어떤 곳인가?"

피터는 가기 싫어하는 곳의 모습을 묘사하기 시작했다. 그때 피터가 참고한 자료는 제인 고모가 학교에서 우등상으로 받은, 그림이 있는 번역본인 단테의 《신곡》 '지옥편'이었다는 것을 뒤에 우리는 알게 되었다. 그러나 그때 우리는 그가 성경 구절에서 끌어다 쓰는 거라고 생각했다. 피터는 우리가 언제나 '심판의 일요일'이라고 부르는 그날 이후 계속 성경을 읽었고, 최근에는 거의 독파하고 있었다. 성경을 완전히 읽은 사람이 아무도 없었으므로, 우리는 피터가 멸망한 자의 세계상을 우리가 모르고 있는 어딘가에서 틀림없이 읽었을 것이라고 믿고 있었다. 그랬기에 피터의 재치 있는 말솜씨에서 무거운 영감이 느껴졌고 우리는 피터의 놀라운 언어 구사력 앞에서 신경이 오싹해지기도 했다. 또한 피터는 생각을 표현할 때 귀에 익은 낱말을 썼기 때문에 상상을 초월할 정도의 순진성이 그 능력을 발휘했다.

갑자기 세라 레이가 비명을 지르며 펄쩍 뛰었다. 비명은 이상한 웃음소리로 바뀌었다. 설교자를 포함하여 우리는 모두 몹시 놀라 세라를 보았다. 세실리와 펠리시티가 뛰어 일어나 그녀를 잡았다. 세라 레이는 진짜 히스테리가 발작한 것인데, 우리는 그것을 실제로 겪어본 적이 없었기에 정신이 돌았다고 생각했다. 세라는 떠들고 아우성치고 웃으며 난폭하게 굴었다.

"정말로 미쳤나 봐!"

피터는 얼굴이 새파랗게 질려 설교바위에서 뛰어내렸다.

"너의 무서운 설교 때문에 미쳐버린 거야!"

펠리시티가 불같이 화를 냈다.

펠리시티와 세실리는 양쪽에서 세라의 팔을 잡아 반쯤 부축해주 듯이, 그리고 반쯤 잡아당기듯이 하면서 과수원을 나와서 집으로 향했다. 남아 있는 사람들은 두려움으로 서로 어리둥절한 눈길을 주고 받을 뿐이었다.

"너무 지나친 것 같아, 피터."

스토리 걸이 씁쓸하게 말했다.

"저렇게 혼비백산할 것까진 없었는데. 세 번째 제목까지 기다리기만 했으면, 가기 싫은 곳을 피해 천국을 가는 것이 얼마나 간단한 것인가를 가르쳐 주려고 했는데. 여자애들은 언제나 지나치게 감정에 휩쓸린다니까."

피터는 말하면서도 몹시 불쾌해했다.

"저 애를 수용소에 넣어야 한다고 생각해?"

댄이 소곤거렸다.

"쉿! 너의 아버지다."

펠릭스가 말했다.

앨릭 삼촌이 성큼성큼 과수원으로 들어왔다. 그때까지 우리는 앨릭 삼촌이 화내는 모습을 본 적이 없었다. 그러나 지금은 분명히 화난 표정이었다. 분노가 타오르는 푸른 눈으로 그는 우리를 날카롭게 노려보며 이렇게 말했다.

"너희들은 무엇 때문에 세라 레이를 저렇게 겁에 질리게 한 거냐!"

"아니에요, 우리는 다만 설교 콘테스트를 했을 뿐이에요. 피터가 지옥에 대해서 설교를 했고, 그것이 세라에게 공포심을 준 거예요. 그것뿐이에요, 앨릭 외삼촌!"

스토리 걸이 떨리는 목소리로 변명했다.

"그것뿐이라고! 저 신경질적이고 감수성이 예민한 애가 어떻게 될지 몰랐다는 거냐? 그 애는 여기에서 소리지른 다음부터 지금껏 진정되지 못하고 있다. 그 같은 놀이로 신성한 주일을 장난처럼 보내다니, 도대체 무슨 속셈이냐? 아니, 아무 말도 할 것 없어!"

스토리 걸이 입을 열려고 하자 삼촌은 말을 막았다.

"너와 피터는 곧바로 집으로 가거라! 앞으로는 주일은 말할 것 없고 평일에도 이런 짓을 하면 그땐 오랫동안 잊을 수 없게 혼내줄 거야."

스토리 걸과 피터는 몹시 풀이 죽은 모습으로 집으로 돌아가고 있었다. 우리도 그 뒤를 따랐다.

"어른들은…… 진짜 알 수가 없어! 에드워드 삼촌이 설교했을 때는 잘했다면서, 우리가 한 일에 대해서는 '신성한 것을 모독했다'고 말하는군. 그런데 나는 앨릭 삼촌이 어렸을 때 목사님이 이 세상의 종말에 대해 말하는 것을 듣고 죽을 것처럼 혼비백산했었다는 말을 들었지. 그때 삼촌들이 '그런 것이 설교라는 것이다. 지금은 그런 설교를 들을 수 없을 거야'라고 말했거든. 그런데 피터가 그런 설교를 하니까 전혀 엉뚱하게 말을 하네!"

펠릭스가 절망적으로 말했다.

"우리가 어른들을 이해하지 못하는 것은 당연해!"

스토리 걸이 분노를 참지 못하고 말했다.

"우리는 어른이 되어보지 못했지만 어른들도 어렸을 때가 있었잖니. 무엇 때문에 우리를 이해하지 못하는지 짐작할 수 없어. 물론 주일에 그런 콘테스트를 한 것이 잘못인지는 모르지만, 앨릭 외삼촌이 그렇게 화 내실 일은 아니라고 생각해. 아, 저 불쌍한 세라가 수용소 같은 데로 가지 않아야 되는데."

'불쌍한 세라'는 그런 일 없이 원만하게 예전의 모습을 되찾았다. 세라는 평온을 되찾아 다음 날은 보통 때와 같았다. 세라는 조심스럽게 피터의 설교가 유종의 미를 거두지 못한 것에 대해 미안해했다. 피터는 기분 좋지 않게 받아들이긴 했지만 세라의 큰 소동을 진실로 이해한 것은 아니었다. 펠릭스도 세라를 원망했다. 설교할 기회를 놓쳤기 때문이었다.

"꼭 1등 같은 것을 할 거라고는 생각지 않았어. 피터만큼 호소력이 있지는 않았을 테니까." 펠릭스는 한숨을 쉬며 말했다. "그러나 나에게도 기회가 있었으면 좋았을 텐데. 빽빽 우는 여자가 관련되면 그렇게 끝나고 말지. 세실리도 세라 레이 못지않게 무서웠겠지만 판단력이 있으니까 그렇게 아우성치지는 않은 거야."

"세라 레이는 참지 못한 거 뿐이야." 스토리 걸이 세라를 감쌌다. "요새는 하는 일마다 모두 운이 없는 것 같아. 오늘 아침 새로운 놀이에 대해 생각한 것이 하나 있는데, 이야기할까 어쩔까 망설이고 있어. 이것도 잘못될 것 같은 예감이 들거든."

"아, 그게 뭔데? 이야기해 줘!"

모든 아이들이 부탁했다.

"그것은 '참기 경쟁' 같은 것인데 누가 합격하는가를 경쟁하는 거야. 쓰디쓴 사과를 입 안에 잔뜩 미어지게 넣은 다음, 얼굴을 전혀 찡그리지 않고 먹을 수 있는가 없는가를 비교해 보는 거야."

댄은 벌써 얼굴을 찌푸렸다.

"모두에게 너무 괴로울 텐데."

"너로서는 하기 어려울 거야. 그 큰 입이 미어지게 가득 넣을 생각조차 못할 거야."

심술궂게, 그러나 불쾌하게 하려는 의도 같은 것은 없이 펠리시티가 낄낄거리고 웃었다.

"흥, 그럼 너는 할 수 있을 것 같아? 예쁜 얼굴이 엉망으로 바뀌는 게 두려운 모양이군. 무엇이든지 먹을 때 얼굴을 찡그려야 한다면 죽고 싶겠지."

댄이 빈정거리는 투로 대꾸했다.

"펠리시티라면 찡그리지 않고도 언제나 같은 표정일 테지."

그날 아침, 식탁을 넘겨다보고 얼굴을 찡그린 채 기분이 상한 펠릭스가 말했다.

"펠릭스에게는 쓰디쓴 사과가 굉장히 좋다고 생각해. 시큼한 것을 먹으면 살이 빠진다고 하던데……."

펠리시티가 말했다.

"자 그럼, 쓰디쓴 사과를 베어먹으러 가자."

펠릭스와 펠리시티, 그리고 댄이 사과보다도 더 쓴 말싸움으로 분위기가 위험 수위에 이르자 세실리가 서둘렀다.

우리는 잘 자란 사과나무까지 가서 열매를 한 사람이 하나씩 땄다. 얼굴을 찡그리지 않고 한 사람이 한 입씩 순서대로 베어먹고 씹어 넘기는 것이 규칙이었다. 피터는 다시 한 번 뛰어난 재주를 보여 주었다. 오직 그만이 얼굴 표정을 전혀 바꾸지 않고 신통하게 한 입을 씹어 넘겨 이 시련을 이겨냈다. 하지만 나머지 다른 아이들이 보여준, 경련을 일으키는 듯한 표정은 말로 표현하기조차 어려운 것이었다. 몇 번이나 시도했지만 결과는 똑같았다. 피터는 전혀 얼굴을 찡그리지 않았지만 다른 아이들은 모두 찡그렸다. 이 일로 인해 피터에 대한 펠리시티의 평가는 반 이상 좋아졌다.

"피터는 정말 뛰어난 아이야. 고용인으로 지내기에는 너무 아까워."

펠리시티는 나에게 이렇게 말했다.

모두들 시련을 이겨내지는 못했어도 즐거움을 얻을 수는 있었다. 매일 저녁 과수원에는 우리의 큰 웃음소리가 울려 퍼졌다.

"모두 애들 녀석이라니까. 무슨 일이 됐든 저 애들은 실망으로 오래 맥이 빠지는 일이 없거든!"

우유통을 옮기던 앨릭 삼촌은 중얼거렸다.

쓰디쓴 사과 먹기 경쟁

'쓰디쓴 사과 먹기 경쟁'에서 피터가 성공한 것에 대해서 펠릭스가 왜 저렇게 계속해서 마음을 쓰는지 나로서는 도무지 이해할 수 없었다.

펠릭스는 전에 있었던 설교 사건에서 가슴 아픈 기억을 간직하고 있는 것도 아니었고, 피터가 얼굴을 찡그리지 않고 시큼한 사과를 먹는 모습이 다른 경쟁자의 명예나 능력에 별다른 영향을 주지도 않았다.

그러나 피터가 쓰디쓴 사과 먹기 경쟁의 챔피언 자리를 유지하고 있기 때문에 펠릭스에게는 모든 것이 갑작스럽게 따분하고 진부하게 느껴졌고 헛된 것처럼 보이기 시작한 것이다. 그것은 펠릭스가 눈뜨고 있는 시간 내내 그를 위협했고 밤에도 괴롭혔다. 나는 펠릭스가 잠꼬대까지 하는 것을 들었다. 펠릭스가 차츰 야위어가고 있는 것은 이 깊은 고민 때문일 것이다.

나 자신은 별다른 생각이 없었다. 설교 콘테스트에서 이기려고 했던 내 잘못을 생각할 때마다 마음이 아팠다. 하지만 얼굴을 찡그리지 않고 시큼한 사과를 먹는 것에 대해서는 그다지 신경 쓰이지 않았기에 펠릭스를 동정할 수도, 공감을 할 수도 없었다. 그렇지만 기도할 때만큼은 펠릭스의 고민을 깊이 이해하고 그것을 이겨내도록 마음속으로 기원했다.

펠릭스는 얼굴을 찡그리지 않고 쓰디쓴 사과를 먹을 수 있게 해달라고 열심히 기도했다. 한결같이 정신을 집중시켜 사흘 밤을 기도한 덕택으로 전혀 찡그리지 않고 쓰디쓴 사과를 먹을 수 있었다. 마지막에 한 번 참는 한계를 넘지 못했지만, 펠릭스는 크게 용기를 갖게 되었다.

"앞으로 한 번이나 두 번쯤 더 기도하면, 둥근 사과 하나를 몽땅 먹을 수 있을지도 몰라."

펠릭스는 환희에 도취해 있었다.

그런데 이렇게 열렬하게 기도했음에도 소원이 이루어지지는 않았다. 정성어린 기도와 필사적인 도전이 무색하게 펠릭스는 마지막 한 입을 이겨낼 수 없었던 것이다. 믿음과 노력, 이 두 가지로 최선을 다했는데도 이겨낼 수 없었다. 한동안은 그 까닭을 알 수 없었다. 그러던 어느 날 세실리로부터 피터가 정반대로 기도하고 있다는 이야기를 듣고 수수께끼가 풀렸다.

"피터는 네가 얼굴을 찡그리면서 사과를 먹도록 해달라고 기도하고 있어. 그 애가 펠리시티에게 말했던 것을, 펠리시티가 다시 나에게 털어놓은 거야. 펠리시티는 피터가 상당히 영악한 녀석이라고 했어. 하지만 나는 기도를 그런 식으로 하면 옳지 않다고 생각했기 때문에 '그것을 펠릭스에게 말하지 않겠다'라는 약속은 할 수 없다고 말해줬어. 뒤에 감추고 있는 것보다는 그 사실을 네가 아는 것이 공평하다고 생각했거든!"

펠릭스는 대단히 분개했고 기분이 상했다.

"무엇 때문에 하느님은 내 기도를 무시하고, 피터의 기도만 들어

주시는지 모르겠어. ”

펠릭스는 괴로워했다.

“나는 계속해서 교회도, 주일학교에도 열심히 다녔고, 피터는 이번 여름이 되기 전까지 한 번도 교회에 간 일이 없는데…… 이건 불공평해 ! ”

“어머, 펠릭스, 그렇게 말하지 마. ”

세실리가 흠칫거리며 말을 이었다.

“하느님이 언제나 공평하신 것은 아니야. 피터는 하루도 빠짐없이 하루 세 번 기도를 하고 있어. 아침과 점심 먹을 때, 그리고 밤에도 말야. 그 밖에도 생각나면 언제고 아무 때나 그때그때 형편에 따라 일어서서 기도하는 거야. 이런 이야기는 듣지 못했지 ? ”

“그렇지만, 어떤 이유에서든 내가 잘못되도록 기도하는 것은 그만두어야 해. 더 이상 참을 수 없어. 지금 곧 가서 따지겠어 ! ”

펠릭스는 잘라 말했다.

펠릭스는 부리나케 로저 삼촌집을 찾아갔고, 우리는 다툼이 생길 것을 감지하고 어슬렁어슬렁 따라갔다. 피터는 콩꼬투리를 까면서 편안한 마음으로 의기양양하게 휘파람을 불고 있었다.

“이야기할 게 있어, 피터 ! ”

펠릭스가 바싹 다가섰다.

“들리는 말로는 넌 내가 쓰디쓴 사과를 먹지 못하도록 오랫동안 기도해 왔다며 ? 그래서 말하겠는데……. ”

“거짓말이야 ! 난 네 이름을 말한 적이 없어. 또 쓰디쓴 사과를 먹지 못하게 해달라고 기도한 일도 없고. 나만 그렇게 되게 해달라고 기도했을 뿐이야. ”

피터는 발끈해서 크게 소리쳤다.

“그게 그거 아냐 ! 심술궂게 날 골탕먹이려고 기도했군그래. 자, 이제부터 그만두는 게 좋을 거야, 피터 크레이그. ”

펠릭스는 큰 소리로 맞받아쳤다.

"흥! 난 그만두고 싶지 않은데! 내게도 너와 마찬가지로 내가 바라는 바를 기도할 권리가 있는 거야, 펠릭스 킹. 아무리 네가 토론토에서 자랐다고 해도. 분명히 나 같은 남의 집 일꾼은 특별한 기도 같은 건 못할 거라고 생각하는 모양인데, 하지만 잘 생각해 보라고. 난 기도하는 바가 이루어지길 바라는 거야. 그만두라는 말은 들어 줄 수가 없는데!"

피터가 버럭 화를 내면서 말했다.

"그따위 더러운 기도로 계속 내가 지게 만들 작정이라면 싸울 수밖에 없겠군!"

소녀들은 놀라서 숨을 죽였다. 댄과 나는 그들이 싸울 것 같았기 때문에 벌떡 일어날 수밖에 없었다.

"좋아! 언제라도 좋으니까 덤벼! 나는 기도든 싸움이든 간에 잘하거든!"

피터는 싸움에 응했다.

"싸워서는 안 돼. 그런 무서운 일을 하다니, 다른 방법도 있잖아. 더 이상 참기 경쟁 같은 거 그만해. 별로 재미있지도 않고. 그런 것으로 싸울 일도 아니잖아."

세실리가 애원했다.

"참기 경쟁을 그만두면 안 돼. 절대 안 돼! 그렇지만 싸우지 않고도 어떻게 잘 해결할 수 있잖아……."

펠릭스가 말했다.

"난 싸움 같은 건 하고 싶지 않아. 오히려 하고 싶어하는 사람은 펠릭스야. 내 기도에 대해 지저분하게 참견하지 않으면 싸울 일도 없어. 그래도 계속하겠다면 다른 해결 방법이 없는 거지."

"그렇다면, 어떤 방법으로 결말을 내겠다는 거야?"

"아, 무조건 진 쪽이 기도할 때 물러날 수밖에 없지. 내가 지면 두 번 다시 그런 기도는 하지 않을 거야.”

“기도 같은 종교적인 문제로 싸우다니, 무서워.”

가련한 세실리는 한숨을 쉬었다.

“하지만 옛날에는 종교 분쟁이 자주 일어났어. 이 세상의 모든 사물이 종교적일수록 그와 관련된 분쟁은 많아지기 마련이니까.”

펠릭스가 말했다.

“누구에게나 자기가 바라는 것을 기도할 권리가 있는 거야. 그걸 그만두게 하려는 사람이 있으면 싸울 수밖에. 이것이 내 주장이야.”

피터가 말했다.

“네가 싸운다고 하면 마우드 선생님은 뭐라고 말씀하실까?”

펠리시티가 펠릭스에게 물었다.

미스 마우드는 펠릭스의 주일학교 선생님인데, 펠릭스는 선생님을 무척 존경하며 사모하고 있었다. 그러나 이때만은 펠릭스도 전혀 딴사람이 되었다.

“뭐라고 말씀하셔도 상관없어!”

펠리시티가 뒤를 이어 공격을 시도해 보았다.

“결정적으로 피터와 싸운다면 너는 질 수밖에 없어. 너무 뚱뚱해서 잘 싸울 수가 없거든.”

이쯤 되면 이 세상의 어떤 도덕을 동원해서라도 펠릭스의 싸움을 그만두게 할 수 없었다. 군기를 펄럭이는 1개 연대와도 싸울 수밖에 없었으리라.

“추첨으로 결말을 낼 수도 있을 텐데…….”

세실리가 매달리듯이 말했다.

“추첨 같은 것은 싸움보다 더 질이 나쁘지. 말하자면 도박이야.”

댄이 말했다.

“네가 싸운다는 것을 아시면 제인 고모는 뭐라고 말씀하실까?”

세실리가 피터를 몰아붙였다.

"이 일에 제인 고모를 왜 끌어들여?"

피터는 험악한 표정을 지었다.

"너는 장로교파가 되겠다고 말했었지? 훌륭한 장로교파는 싸우는 것이 아니래."

세실리는 끈질기게 물고 늘어졌다.

"저런, 그래? 난 로저 아저씨가 장로교 신자는 세상에서 싸움을 가장 잘한다고 말하는 것을 들었는데, 아니, 가장 못한다고 했던가? 어느 쪽인지 정확하게 기억은 안 나지만, 어쨌든 같은 뜻이지."

세실리의 탄약 창고에는 이제 한 개의 총알밖에 남지 않았다.

"피터 선생, 당신은 분명히 설교할 때 인간은 싸워서는 안 된다고 말씀하신 것으로 기억하는데요."

"반 장난이나 성질이 발끈한 순간에 싸움질을 해서는 안 된다는 뜻이었지. 이번 일은 달라. 스스로가 무엇 때문에 싸우는가를 알고 있어. 적절하게 적용할 수 있는 말이 생각나지 않지만……."

피터가 대답했다.

"정의를 위해서라고 말하고 싶은 거지?"

내가 거들었다.

"응, 그거야, 그거. 정의를 위해 싸우는 것은 올바른 일이거든. 주먹을 쥐고 기도하는 것과 같지."

"제발, 어떻게 해서라도, 저 두 아이의 싸움을 말릴 수는 없을까, 스토리 걸?"

세실리는 스토리 걸을 보면서 애걸했다. 스토리 걸은 질경이 위에 앉아, 보기좋은 맨발을 흔들고 있었다.

"남자애들끼리의 이런 일에는 쓸데없이 참견하는 게 아닌데…….."

스토리 걸은 깨달음을 얻은 것처럼 말했다.

내가 잘못 판단한 건지는 모르겠지만 스토리 걸은 이번 싸움을 그만두게 할 생각이 없는 것 같다. 또 펠리시티도 싸우지 않기를 바랐다고는 결코 잘라 말할 수 없었다.

결국 싸움은 로저 삼촌의 곡물 창고 뒤쪽에 있는 가문비나무 숲 속에서 하기로 결정되었다. 그곳은 인기척도 없고 나무가 무성한 곳이라서 갑자기 나타난 어른 때문에 방해받을 염려가 전혀 없었다. 우리는 해질 무렵 그곳으로 갔다.

"펠릭스가 피터를 혼내주면 좋겠는데……. 집안의 명예 때문이 아니야. 피터의 기도 내용이 아주 치사하거든. 펠릭스가 이길 수 있다고 생각해?"

스토리 걸이 나에게 말했다.

"글쎄……. 펠릭스는 너무 뚱뚱하거든. 순식간에 기력이 떨어질지도 모르지. 피터는 힘이 있고 나이도 펠릭스보다 한 살 많아. 그 대신 펠릭스는 경험이 있지. 토론토에서 싸운 일도 있거든. 피터는 이번 싸움이 처음이겠지?"

나는 모호하게 대답했다.

"넌 예전에 싸워본 적 있어?"

"한 번."

이어지는 질문에 전율을 느끼며 나는 간단히 대답했다. 곧 다음 질문이 이어졌다.

"누가 이겼는데?"

때로는 진실을 이야기한다는 것은 괴로운 일이다. 더구나 자기가 매우 감탄하고 있는 소녀 앞에서 말한다는 것은 더욱 괴로운 것이다. 솔직하게 털어놓자면, 이때 나는 유혹과의 싸움에 질 뻔했었다. 그러나 고맙게도 그 순간 '심판의 일요일'에 결심했던 기억이 되살아났다.

"상대쪽 녀석."

나는 어쩔 수 없이 정직하게 털어놓았다.

"어머나, 그래? 하지만 공명정대하게, 훌륭하게 싸운다면 당당하게 싸웠건, 그렇지 못했건 관계없다고 생각해."

새삼스레 효과적인 그녀의 목소리 덕분에 나는 영웅이 된 느낌이 들어 싸웠던 과거의 아픈 기억은 완전히 사라졌다.

우리가 곡물 창고 뒤편에 도착함으로써 모두가 모이게 됐다. 세실리의 얼굴은 매우 창백했고, 펠릭스와 피터는 윗옷을 벗으려는 참이었다.

그날 저녁의 황혼은 황금색으로 찬란했고, 가문비나무 숲 속으로 이어진 길도 눈부시게 빛나고 있었다. 싸늘한 가을 바람이 거무스레한 나뭇가지 사이를 지나 곡물 창고 끝에 있는 단풍나무의 붉은 잎을 흩뿌리고 있었다.

"자, 시작할까?"

댄이 말했다.

"내가 수를 세지. '셋'이라고 하면 시작한다. 그리고 한 편이 항복할 때까지 치는 거야. 조용히 해, 세실리. 시작한다, 하나……둘…… 셋!"

피터와 펠릭스는 싸우기 시작했다. 양쪽 모두 신중하게 달려들었다. 피터는 눈 가장자리에 멍이 드는 주먹 세례를 받았고, 펠릭스는 코에서 피를 흘리기 시작했다. 세실리는 비명을 지르며 숲 속으로 뛰어갔다. 우리는 세실리가 피투성이 광경을 더 이상 볼 수 없어 도망쳤다고 생각했을 뿐, 가엾다고는 생각하지 않았다. 이번 일에 대한 세실리의 회피나 곁눈질은 우리가 모처럼 만에 느끼게 된 귀중한 흥분과는 어울리지 않았기에 아무런 동정도 받지 못하고 있었다.

피터와 펠릭스는 첫 번째 공격이 끝나자 잠시 떨어졌다. 그리고 마음을 놓지 않고 공격 태세를 갖추면서 상대방의 주위를 빙글빙글

돌았다. 그러다가 그들이 맞붙은 그 순간, 앨릭 삼촌이 곡물 창고의 모퉁이를 돌아 나타났다. 세실리는 그 뒤를 따르고 있었다.

삼촌은 화가 나진 않았다. 그러나 삼촌의 눈에는 기묘한 표정이 떠올라 있었다. 삼촌은 싸우는 두 사람의 목덜미를 잡고 양쪽으로 떼어놓았다.

"자, 여기서 끝이야, 너희들. 내가 어떤 이유로든 싸우지 말라고 한 사실을 잘 알고 있겠지?"

"하지만 앨릭 삼촌, 이것은요……. 피터가……."

펠릭스가 필사적으로 말했다.

"아무 말도 듣고 싶지 않다! 어떤 까닭으로 싸웠느냐 하는 것은 전혀 문제가 되지 않아. 다툼이나 갈등 같은 것은 이런 주먹질이 아닌 다른 방법으로 해결해야 되는 거야. 내 말을 꼭 기억해, 펠릭스. 그리고 피터, 로저 아저씨가 너를 찾고 있었어. 짐수레를 청소할 작정이던데…… 빨리 가도록 해."

앨릭 삼촌은 엄하게 말했다.

피터는 분이 안 풀린 기분으로 떠났고 펠릭스도 부루퉁한 표정으로 주저앉아 코를 매만지기 시작했다. 세실리는 등을 돌리고 있었다.

앨릭 삼촌이 간 뒤 세실리는 추궁을 당했다. 댄은 세실리를 고자질쟁이라고 부르면서 어린애 같다고 일방적으로 욕을 퍼부었다. 결국 세실리는 울고 말았다.

"난 다만 피터와 펠릭스가 피투성이가 될 때까지 서로 때리는 것을 지켜볼 수가 없었을 뿐이야. 그렇게 사이 좋은 친구가 맞붙는 것을 보니 너무너무 괴로웠어!"

세실리는 흐느꼈다.

"아마 로저 외삼촌이었다면 두 사람을 끝까지 서로 싸우게 했을 거야. 로저 외삼촌은 남자애들이 맞붙어 싸우는 색다른 가치를 인정하시거든. 원죄를 해소하는 데 이만큼 효과적인 방법은 없다고 말씀하셨어. 피터와 펠릭스라면 그런 일이 있은 뒤에도 사이가 나빠질 리가 없지. 기도 문제가 해결되면 오히려 더 좋은 친구가 됐을 거야. 하지만 이젠 틀렸어. 펠리시티가 피터를 설득해 펠릭스가 잘못되라는 기도를 그만두게 한다면 모르지만."

스토리 걸은 불만스럽게 말했다.

일생에서 딱 한 번, 스토리 걸의 평소 재치는 통하지 않았다. 그렇지 않으면, 스토리 걸이 펠리시티에게 상처를 주기 위해서 일부러 그런 말을 한 것일까. 어쨌든 펠리시티는 스토리 걸이, 자기가 누구보다도 피터에게 영향력을 갖고 있다고 하는 주장에 화가 났다.

"나는 남의 집에서 일하는 남자애의 기도 같은 것에 쓸데없이 참견하고 싶지 않아."

펠리시티는 오만하게 말했다.

"도대체 그까짓 기도 때문에 싸우다니, 너무 시시해."

댄이 말했다. 댄은 피터나 펠릭스가 싸울 수 있는 기회를 잃어버린 지금 그 어리석은 짓에 대한 자기의 본심을 밝혀야 한다고 생각한 듯 계속 말했다.

"처음부터 쓰디쓴 사과 때문에 기도하는 것 자체가 바보 같은 짓이었지!"

"기도하면 응답이 오는 것을 믿지 않니?"

세실리가 타박하듯 댄에게 물었다.

"아니, 기도를 하면 응답을 얻는 것쯤은 믿지. 그렇지만 이번 경우는 달라. 하느님이 얼굴을 찡그리지 않고 쓰디쓴 사과를 먹을 수 있느냐 없느냐 따위 일에 도움을 주시리라고는 믿을 수 없어."

댄은 이렇게 완고하게 잘라 말했다.

"마치 하느님을 잘 알고 있는 사람처럼 이야기하는데, 어처구니가 없어!"

댄을 굴복시킬 수 있는 더 없이 좋은 기회라고 생각한 펠리시티가 말했다.

"어디서부터 뭐가 잘못되었는지 모르겠어."

세실리는 어쩔 줄을 몰라 하며 말을 이었다.

"자기 스스로가 간절히 원하고 있는 것을 위해 기도해야 한다, 그런데 피터는 '참는 경쟁'에서 혼자만 이기게 해달라고 기도했거든. 옳다고도 생각되고…… 그렇지 않은 것도 같고. 그 까닭을 분명히 알면 좋은데."

"피터의 기도는 잘못된 거야. 이기적인 기도지. 펠릭스의 기도는 올바르고. 다른 사람에게 상처를 주지 않으니까. 그런데 자기 혼자만 이기겠다고 기도하는 피터는 이기적이거든. 우리들 모두 이기적인 기도를 하면 안 되는 거야!"

스토리 걸이 신중하게 말했다.

"아, 이제 알 것 같아."

세실리는 즐거웠다.

"그렇구나, 그렇지만. 하느님이 특별한 기도에 응답해준다고 네가 믿는다니 물어보겠는데, 응답해 준 것은 피터의 기도뿐이었거든. 이것을 어떻게 설명할래?"

댄이 의기양양한 얼굴로 물었다.

스토리 걸이 초조하게 머리를 흔들었다.

"어머나, 그런 억지를 써도 소용없어. 오히려 혼란스러워질 뿐이야. 그런 것은 내버려둬, 나중에 이야기해줄 테니까. 올리비어 이모가 오늘 슈베나카디에 살고 있는 노바스코샤라는 친구로부터 편지를 받았거든. 이상한 이름이라고 말했더니, 이모는 스크랩북을 찾아보라고 하면서 이름의 유래에 대해 쓴 이야기가 있을 거라고 말씀하셨어. 당연히 나는 찾아봤지. 그 이야기 듣고 싶지 않아?"

물론, 듣고 싶은 것은 사실이었다. 우리는 모두 모여 가문비나무의 밑둥치 주변으로 둘러앉았다. 간신히 거북스러운 코를 매만지고 난 펠릭스도 돌아서서 듣고 있었다. 펠릭스는 스토리 걸의 얘기는 들으려고 했지만 세실리를 쳐다보려고는 하지 않았다. 그러나 다른 아이들은 이미 세실리를 용서하고 있었다.

스토리 걸은 자신의 갈색 머리를 뒤쪽 가문비나무 줄기에 기대고 머리 위의 새까만 나뭇가지 너머 푸른 사과색 하늘을 올려다보았다. 지금도 기억하고 있지만, 그녀는 따뜻한 붉은색 원피스를 입고, 머리에는 실이 연결된 나무 열매를 칭칭 둘러 감았는데 마치 진주로 만든 머리끈처럼 보였다. 스토리 걸의 양쪽 볼은 저녁부터 흥분한 나머지 홍조를 띠고 있었다. 아련한 빛 속에서 스토리 걸은 아름다웠다. 야성적이면서도 수수께끼 같은 사랑스러움, 무의식중에 빠져 버릴 수밖에 없는 스토리 걸의 매력은 부정할 수 없었다.

"옛날, 무수하게 달이 차고 기울기를 되풀이한 옛적에, 인디언의 한 부족이 노바스코샤의 바깥에 있는 어느 강둑에 살고 있었어. 전쟁터에서 용감하게 싸우는 젊은이 가운데 아카디라는 사람이 있었지. 그는 부족 가운데 가장 키가 크고 용기 있는 훌륭한 젊은 이였는데……."

"어째서 이야기에 나오는 사람들은 다 훌륭한 거지? 어째서 못생긴 사람 이야기는 전혀 없는 걸까?"

댄이 물었다.

"아마도 못생긴 사람은 이야깃거리가 될 만한 기회가 없기 때문일 거야." 이렇게 말하고 펠리시티가 입을 다물었다.

"그런 사람들도 훌륭한 사람들처럼 재미있다고 생각하는데……."

"그럴 수 있지. 진실한 세상이라면 그럴 수도……. 하지만 이야기니까 그런 사람도 훌륭하게 만들면 간단할 텐데, 나는 그렇게 해주는 것이 즐거워. 꿈에서나 볼 수 있는 아름다운 여주인공이

나오는 이야기를 읽는 것이 재미있어!"

세실리가 말했다.

"훌륭한 인간은 대부분 자만심이 강하지!"

결국 펠릭스도 침묵을 지키지 못하고 말을 꺼냈다.

"이야기에 나오는 남자는 모두가 뛰어나지." 펠리시티가 주제에서 벗어난 의견을 토로했다. "그 사람들은 항상 키도 매우 크고 날씬하거든. 세련되고 성격도 전혀 이상하지 않고. 물론 가끔 뚱뚱보 주연이라든가, 입이 너무 큰 주연이 등장하는 이야기를 쓰기도 하지만."

펠릭스와 댄이 지금의 이야기를 조금 지나치게 판단할 것 같아서 나는 말했다.

"좋은 기질을 갖고 있으면서 다양한 능력을 지녔으면 되는 거지. 이것이 핵심이야."

"내 이야기를 계속 듣고 싶은 사람이 이젠 아무도 없는 것 같군!"

스토리 걸이 은근히 불쾌감을 나타냈으므로 우리도 스스로 이야기를 듣는 매너가 부족했음을 인정했다. 우리는 곧 반성하고 예의 바르게 들을 것을 약속했다. 그러자 그녀도 이야기를 계속했다.

"아카디는 어쨌든 내가 아까 말한 그대로의 사람이었지. 게다가 그는 부족 가운데 가장 뛰어난 사냥꾼이었어. 그의 화살은 한 번도 빗나간 일이 없었지. 크고 하얀 사슴을 몇 마리나 잡아서 아름다운 모피를 애인에게 선물했어.

애인의 이름은 '슈벤'으로, 바다에서 떠오르는 달처럼 예쁘고 여름의 황혼과 같이 기분을 좋게하는 아가씨였어. 그녀의 눈동자는 검고 우아했으며 목소리는 산들바람처럼 경쾌해서 숲 속을 흐르는 시냇물처럼, 한밤중에 언덕을 건너가는 바람처럼 울려 퍼졌지.

아카디와 슈벤은 서로 사랑했기 때문에 사냥할 때도 함께 다닐 때가 많았어. 슈벤도 활쏘는 재주가 아카디에 뒤지지 않을 만큼 훌륭했지. 두 사람 모두 어렸을 때부터 줄곧 사랑해 왔고, 시냇물이 흐르는 한 서로 사랑할 것을 굳게 맹세했어.

어느 황혼 무렵, 아카디는 숲 속에 들어가 사냥을 하다가 큰 노루 한 마리를 잡았어. 그는 노루 껍질을 벗긴 다음, 몸에 걸쳐 입었어. 그러고 나서 별빛이 밝은 숲 속을 빠져나갔지. 매우 행복하고 가벼운 기분이었기에 진짜 큰 사슴이 하는 것과 똑같이 장난치듯이 뛰어다녔어. 그가 그렇게 장난치고 있던 바로 그때, 역시 사냥 나온 슈벤이 멀리서 이 광경을 보고 아카디를 진짜 큰 사슴으로 착각하고 말았지. 슈벤은 살금살금 발소리를 죽인 다음 숲 속을 빠져 나와 작은 골짜기의 낭떠러지로 나왔어. 바로 눈 아래에 큰사슴이 있었어. 슈벤은 활을 힘껏 잡아당겨 화살을 날렸고, 다음 순간 아카디는 심장에 슈벤이 쏜 화살을 맞고 죽었어.”

스토리 걸은 잠시 이야기를 그쳤다. 극적인 순간이었다. 가문비나무 숲 속은 완전히 해가 저물었다. 우리에겐 스토리 걸의 눈과 코만 어렴풋하게 어둠 속에서 보일 뿐이었다. 은빛 달이 곡물 창고 너머에 있는 우리를 내려다보고 있었다. 별들은 부드럽게 파도치는 나뭇가지들 사이사이에서 빛나고 있었다. 숲 속 저쪽 울타리 사이로 보이는 것은 10월 밤 찬 서리에 뒤덮인 달빛뿐이었다. 더구나 날씨는 서늘했는데, 그날따라 유난히 신령스럽고 기묘해서 수수께끼 같았다.

우리를 둘러싸고 있는 것은 환영뿐이었다. 신비와 비애로 가득 찬 목소리가 들려준 무서운 이야기들은 우리에게 가죽띠와 조개껍데기를 몸에 지니고 살금살금 걷는 사람들, 검은 머리가 빛나는 인디언 처녀를 생생히 떠올리게 했다.

“자기가 아카디를 죽였다는 것을 알고 슈벤은 어떻게 했지?”
펠릭스가 물었다.

"그녀는 가슴이 타서 봄이 되기 전에 죽어버렸어. 슈벤과 아카디는 시냇가 둑에 나란히 묻혔고, 그 뒤부터 그 강은 두 사람의 이름을 따서 슈베나카디 강으로 불리고 있다고 해."

매섭고 찬바람이 곡물 창고 주위로 불어닥치자 세실리는 벌벌 떨었다. 우리는 재닛 숙모가 "얘들아! 얘들아!" 하고 부르는 소리를 들었다. 가문비나무와 달빛과 낭만적인 이야기에 정신 없이 빠져버린 분위기를 떨쳐버리고 우리는 나를 선두로 저마다 집으로 향했다.

"인디언으로 태어났다면 어땠을까? 즐겁게 지냈을 것 같아. 사냥과 전쟁밖에 할 일이 없을 테니까."

댄이 말했다.

"잡혀서 불 고문을 당하면 즐겁다고 할 수 없겠지."

펠리시티가 말했다.

"그럴까? 무슨 일이나 안 좋은 점은 있게 마련이군. 인디언에게도 있겠지."

댄이 마지못해 인정했다.

"춥지 않아? 곧 겨울이 닥쳐올 거야. 여름이 영원히 이어지면 좋으련만. 펠리시티는 겨울을 좋아해. 스토리 걸도 좋아? 나는 싫어. 봄이 올 때까지는 언제나 길게 느껴지거든."

다시금 떨면서 세실리가 말했다.

"그래도 좋았지? 우리는 아주 멋진 여름을 보냈으니까."

세실리의 가련한 목소리에 숨겨진 어린애 같은 슬픔을 달래주고 싶어 나는 슬며시 세실리를 안아주었다.

사실 우리는 즐거운 여름을 보냈다. 그 여름이 지나간 뒤, 그것은 영원히 우리들의 것이 될 것이다. 하느님도 우리의 선물을 취소시킬 수는 없는 것이다. 하느님이 우리들로부터 미래를 빼앗고 현재를 괴롭게 만들지는 모르지만, 우리의 과거는 하느님도 관여할 수 없다.

그 웃음소리가, 화려한 기쁨이 우리의 영원한 재산이 되는 것이다.

　그렇지만 한 해가 다 지나가는 슬픔을 우리 모두 어느 정도는 느끼고 있었다. 우리의 마음은 확실히 침착함을 되찾고 있었다. 그러나 펠리시티가 식당으로 데리고 가서 애플 타트를 주고 크림을 얹는 순간, 나는 다시 원기를 되찾았다. 결국 이 세상이란 엄청난 혜택을 베풀고 있는 것이다.

무지개 다리

생각해 보면, 펠릭스는 '쓰디쓴 사과 먹기 경쟁'에서 끝내 성공한 적이 없었다. 다른 사람이 심술궂게 자기를 기도로써 지게 하고 있을 때, 자기가 기도드려 봐야 아무 소용도 없다고 괴로운 듯 호소하면서 기도마저도 포기해 버렸다. 그런 뒤에도 펠릭스와 피터 두 사람 사이는 좋아지지 않았다.

밤이 되면 우리는 모두 똑같이 지쳐버려 특별히 기도를 드릴 힘도 없었다. 때로 매일 드리는 기도조차도 얼버무리고, 또는 점잖게 줄여서 입속으로만 간단히 중얼거렸다. 언덕 위 농장에서의 10월은 사과 수확기로 바쁜 달이었다. 사과 따는 일은 주로 우리 아이들 몫이었는데, 이 일은 즐거운 일이었고 퍽 재미있었다. 동시에 고되기도 해서 밤이 되면 등이 욱신욱신 쑤시고 아팠다. 그러나 오전 중에는 기운이 넘쳤고 오후에는 그런대로 버틸 수 있는 정도였으며, 저녁이 되면 겨우 움직일 수 있을 정도로 녹초가 되었다. 웃음꽃을 피우던 한때의 흥미거리도 차츰 사라져 갔다.

사과 가운데서도 아주 조심조심 따야 하는 것이 있었다. 그러나 그 밖의 것은 아무렇게나 따도 좋았다. 남자애들은 나무에 올라가 여자애들이 '그만둬!' 하고 비명을 지를 때까지 나뭇가지를 흔들어 사과를 떨어뜨렸다.

따뜻한 햇빛과, 충만한 공기, 서리의 기운과 거기에 건초 냄새가 섞여서 날씨는 서늘하고 아름다웠다. 암탉과 칠면조가 바람에 떨어진 사과를 콕콕 쪼으며 돌아다녔고, 패트는 그 가축들을 쫓아 마른 풀 위를 미친 듯 뛰어다녔다. 과수원에서 내려다보이는 눈 아래의 세상은, 선명한 푸른 가을 하늘 아래 화려한 색채의 향연을 펼치고 있었다. 문 앞의 큰 버드나무는 황금빛 돔처럼 보였고, 가문비나무 숲 사이에 드문드문 있는 단풍나무는 검은 침엽수 위에 피 같은 빨간 깃발을 흔들고 있었다.

스토리 걸은 언제나처럼 그 잎을 둥그렇게 엮어서 머리에 장식했다. 아주 잘 어울렸다. 펠리시티와 세실리였다면 어울리지 않았을 것이다. 이 두 소녀는 대자연의 야성적 이미지와는 맞지 않는 가정적 타입이었다. 그러나 스토리 걸이 다갈색 곱슬머리를 주홍색 잎을 엮은 관으로 장식하면 피터의 말처럼 마치 잎이 그녀의 머리에서 자란 것처럼, 그녀 영혼의 황금과 불길이 잎으로 엮은 관 모양이 되어 나타난 것처럼 여겨졌다. 또 성모 마리아의 머리 뒤를 둘러싸는 후광처럼 보이기도 했다.

긴 가을날, 스토리 걸이 들려준 이야기들……. 낙엽색의 기다란 길을 고대 세계의 사람들로 채워 주었다. 공주들이 말잔등을 타고 우리 눈앞을 지나갔다. 멋을 부린 사람들이 비로드와 새털 장식으로 몸을 치장하고 화려한 스티븐 삼촌의 산책길을 정처없이 걸었다. 비단옷 차림의 품위 있는 아가씨들이 풍요로운 과수원을 거닐고 있었다.

바구니가 가득 차면 곡물 창고의 다락방으로 옮겨야 한다. 바구니 안의 것들은 뚜껑이 있는 큰 상자에 저장하든가, 아니면 더 익히기 위해 마룻바닥에 널어 놓는다. 물론 우리는 일꾼의 품삯만큼 그 몫을 생각해서 마음껏 먹었다. 탄생 기념 나무에서 수확한 사과는 한 사람 한 사람마다 이름을 붙인 통 속에 나누어 저장되었다. 그것은 자기 마음대로 처분해도 괜찮았다. 펠리시티는 자기 몫을 앨릭 삼촌의 일꾼에게 팔았다가 홀딱 속아 손해를 보았다. 그 사나이는 펠리시티에게 정당한 값의 반만 지불하고는 사과를 다 갖고 도망쳐 버렸다. 펠리시티는 지금도 그 충격에서 벗어나지 못하고 있다.

상냥한 세실리는 자기 사과의 대부분을 마을 병원에 기부했다. 그 덕분에 단순한 매매 행위로는 결코 얻을 수 없는 마음의 감사와 만족이라는 보답을 받았을 것이 틀림없다. 나머지 사람들은 자기 사과를 먹어 버렸다. 그리고 학교에 가지고 가서 같은 반 친구의 소지품 가운데 곰곰이 생각을 해봐서 자기 것으로 만들고 싶은 보물과 맞바꾸었다.

우리는 스티븐 삼촌의 나무들 가운데 하나에서 거두어 들인, 껍질이 거무스레하고 배처럼 생긴 짜부라진 작은 사과 열매를 퍽 좋아했다. 그 다음은 루이자 고모의 나무에서 나는 맛좋고 물이 많은 노란 사과였다. 또한 달고 커다란 사과도 좋아했다. 우리는 그것을 하늘에 던졌다가 땅에 떨어뜨려 터지기 직전까지 부딪힌 상처가 멍들게 했다. 그러고 나서 우리는 즙만 빨아먹었다. 그것은 테살리아의 언덕에 사는 행복한 신들의 음료수 '넥타'보다 더 달았다.

때에 따라서는 썰렁한 노란 노을빛이 먼 하늘에서 저물어 가고 사방이 차츰 어두워질 때까지 일하는 경우도 있었다. 그러면 사냥철 달(※추 보름달 다음에 오는 보름달. 이 무렵이면 사냥철이 된다)이 살을 에이는 듯한 공기를 가르고 우리를 내려다보았다. 가을 별자리는 머리 위에서 반짝였다. 피터와 스토리 걸은 별자리를 모두 알고 있었으며 그 지식을 인심 좋게 다른 사람들에게 가르쳐 주었다.

어느 날 밤, 달이 뜨기 전에 피터가 설교바위 위에 서서, 특정한 별 이름을 놓고 스토리 걸의 반대를 무릅쓰면서까지 그 별자리를 손가락을 가리켜 알려 주었던 것을 나는 지금도 기억하고 있다. 욥의 관(棺)과 북십자성은 서쪽 하늘에 있었다. 남쪽에는 포말하우트(남쪽 물고기 자리의 알파 별)가 페가수스자리의 큰 사변형 바로 머리 위에서 빛나고 있었다. 카시오페이아는 북동쪽에 있는 아름다운 왕좌에 앉아 있었다. 그리고 북쪽에는 두 개의 국자 모양의 별, 큰곰자리와 작은곰자리가 끊임없이 북극성 둘레를 돌고 있었다.

세실리와 펠릭스만이 큰곰자리의 국자 손잡이에 해당되는 쌍둥이 별을 분간할 수 있었다. 그것 덕분에 두 사람은 체면을 세울 수 있었다. 스토리 걸이 태곳적 별들과 관계되는 신화나 전설을 이야기해 주자 그 목소리가 너무 맑아서 이 세상의 것 같지 않은 음색을 띠었다. 이야기가 끝났을 때 우리는 몇백 킬로미터 떨어진 저 푸른 하늘을 떠돌다가 지상으로 떨어진 듯한 기분이 되었다. 그리고 눈에 익은 풍경은 잠시 잊고 있었던 듯 멀게 느껴졌다.

설교바위에서 별을 손가락으로 가리켰던 밤이, 지난 몇 주 동안 피터와 우리가 함께 노동과 즐거움을 나누었던 나날의 마지막 밤이 되었다. 다음날 피터는 머리와 목이 아프다고 호소했고, 일하기보다는 올리비어 고모의 부엌 소파에 누워 있고 싶어했다. 피터가 꾀병을 부릴 까닭이 없었다. 우리가 사과를 따는 동안 피터는 쉬고 있었다. 펠릭스 혼자만 속좁게도 피터는 심술궂게 게으름 피우고 있는 거라고 말했다.

"꾀를 부리고 있는 거야. 피터의 병은 그런 거야."

"설사 그렇더라도 좋게 말할 순 없니? 피터를 게으름뱅이로 생각하다니, 기가 막혀! 차라리 내 머리칼이 검다고 하지그래? 물론 크레이그 집안 출신이니까 단점은 있지만. 그래도 피터는 아주 착한 아이야. 아버지는 게으름뱅이지만 그 애 어머니는 전혀 게으르지 않으셔. 게다가 피터는 어머니를 꼭 닮았고."

펠리시티가 말했다.

"로저 외삼촌은 피터의 아버지가 사람들 말처럼 그렇게 게으름뱅이가 아니었다고 말씀하셨어. 문제는 그가 일보다 더 좋아하는 것이 너무 많았다는 거야."

스토리 걸이 말했다.

"집으로 돌아올 생각은 하는지 모르겠어. 만일 우리 아버지가 그런 식으로 우리들을 버렸다면 어떻게 됐을까? 생각해 봐!"

세실리가 말했다.

"우리 아버지는 킹 집안 출신이야. 피터의 아버지는 크레이그 집안이고. 우리 집안 사람은 그렇게 하려고 해도 그럴 수 없어."

펠리시티는 자랑스럽게 말했다.

"어떤 집안이나 검은 양(black sheep, 말썽꾸러기, 골칫거리)은 한 마리씩 있기 마련이야."

스토리 걸이 말했다.

"우리들 가운데는 한 사람도 없어."

세실리가 결론을 내렸다.

"흰 양이 검은 양보다 많이 먹는 건 무슨 까닭일까?"

펠릭스가 물었다.

"지금, 수수께끼 내고 있는 거야? 나는 여태껏 수수께끼를 한 번도 맞춰본 적이 없었으니까 그 답을 생각하지 않을래."

세실리는 조심조심 물었다.

"수수께끼가 아니야. 진짜야, 진짜고말고. 게다가 거기에는 그럴 만한 까닭이 있어."

우리는 사과를 깎던 손을 멈추고 풀 위에 앉아 그 까닭을 알아맞히려고 했다. 그러나 댄만은, 틀림없이 함정이 있을 테니까 거기에 빠지지 말라고 지적했다. 나머지 사람들은 펠릭스가 진지한 목소리로 '흰 양이 검은 양보다 많이 먹는다'고 진심으로 말한 이상, 설마 함정 따위가 있으리라고는 생각하지 않았다. 우리는 이러쿵저러쿵 의견을 나누었지만 결국은 항복했다.

"그 까닭이 뭐야? 가르쳐 줘."

펠리시티가 부탁했다.

"흰 양이 검은 양보다 그 수가 많으니까 그렇지."

펠릭스가 싱글벙글 웃었다. 모두 펠릭스에게 어떻게 보복을 했는지 나는 기억하지 못한다.

저녁때 소나기가 내렸기 때문에 사과 따기를 중단했다. 소나기가 멎자 화려한 쌍무지개가 하늘에 걸렸다. 우리가 곡물 창고 문에서 바라보고 있으려니까, 스토리 걸이 올리비어 고모의 많은 스크랩북에서 골라낸 옛 전설을 애기해 주었다.

"옛날 그 옛날에 신들이 지상에 찾아왔어. 사람이 신과 만나는 일이 신기한 일이 아니었던 황금시대(태곳적 인류가 더 없이 행복하던 시대) 때의 일인데, '오딘이' 여러 나라를 차례로 방문한 일이 있었어. '오딘'은 북유럽의 위대한 신이야.

오딘은 사람과 만날 기회가 있으면 어디서든 사랑하는 방법, 사람을 사귀는 법, 교묘한 기술 등을 가르쳐 주었어. 그가 여행한 곳에는 큰 도시가 생겼고, 그가 지나갔던 곳은 어디나 위대한 신이 사람 앞에 나타나신 곳으로 기념이 되었어. 또한 많은 남녀가 세속적인 부도, 야심도 버리고 오딘을 따라갔어.

위대한 신은 이 사람들에게 영원한 생명을 주겠다고 약속했어. 모두가 선량하고 기품이 있었으며, 욕심 없고 정이 많은 사람들이었어.

그런데 그 가운데에서 가장 선량하고 기품이 높은 '빈'이라는 젊은이가 있었어. 그 젊은이는 그가 지닌 아름다움과 힘과 선량함으로 그 누구보다도 오딘에게 사랑을 받았어. 언제나 오딘은 그를 자신의 오른쪽에서 걷도록 했고, 그를 보고 늘 웃었어. 빈은 젊은 소나무처럼 키가 크고 후리후리하며 머리칼은 햇볕에 잘 익은 밀과 같은 빛이었어. 그의 푸른 눈동자는 별이 쏟아지는 북극의 밤 하늘 같았어.

오딘을 따르는 사람들 가운데 '알린'이라는 이름의 아름다운 아 가씨가 있었어. 소나무나 전나무의 검은 고목 사이에 단 한 그루 만 자라는 봄날의 젊은 자작나무처럼 밝고 순박한 아가씨였지. 빈 은 진심으로 그 아가씨를 사랑했어. 오딘이 약속한 불사(不死)의 샘에서 두 사람이 같은 물을 마시면 영원한 젊을 유지할 수 있다 고 생각하는 것만으로도 마음은 한없는 기쁨에 떨었어.

드디어 사람들은 무지개가 땅바닥에 닿아 있는 곳까지 왔어. 무 지개는 살아있는 색깔로 쌓은 다리 같았어. 무지개는 눈부셔서 막 잠이 든 걸 금방이라도 깨울 것 같았지. 그 밑에 있으면 아무것도 볼 수 없었어. 단지 저 멀리에서 눈이 부시도록 반짝거리는 커다 란 빛만 보일 뿐이었어……. 그곳에는 다이아몬드의 불길에 휩싸 인 생명의 샘물이 쉴새없이 넘쳐 흐르고 있었어. 그러나 무지개 다리 밑에는 폭포가 깊고도 넓게, 그리고 거칠게 바위와 여울 사 이에 소용돌이를 이루며 콸콸거리고 있었어.

다리에는 파수꾼이 지키고 있었어. 검은 머리의 엄숙하고 걱정 스러운 얼굴을 한 신(神)이었어. 오딘은 파수꾼에게 자기를 따르 는 사람들이 기슭에 있는 생명의 샘에서 물을 마실 수 있게 문을 열고 무지개 다리를 건너도록 해 주라고 명령했어. 파수꾼은 문을 열고 말했어.

'여기를 건너 샘물을 마셔요. 그걸 마신 사람은 모두 불사의 힘 을 얻을 겁니다. 또 맨 먼저 마시는 사람만이 영원히 오딘 신의 오른편을 걸을 수 있습니다.'

그래서 모두들 맨 먼저 샘물을 마시는 사람이 되어 그 꿈 같은 선물을 얻으려는 희망에 불타 서둘러 다리를 빠져 나갔지. 맨 끝 이 빈이었어. 그러나 그는 길가에서 만난 거지 아이의 발에서 가

시를 빼주느라 늦었기 때문에 파수꾼의 말을 듣지 못했어. 열의에 차서 기쁜 얼굴로 빈이 무지개 다리에 발을 내디뎠을 때, 엄숙하고 걱정스러운 표정을 한 파수꾼은 빈의 팔을 잡고 뒤쪽으로 잡아당겼어.

'빈이여. 힘이 세고 기품이 높고 용감한 젊은이여. 무지개 다리는 자네 것이 아닐세.'

빈의 얼굴이 갑자기 어두워졌지. 뜨거운 열기가 마음속에 치솟아 창백한 입술을 벌겋게 달구었어.

'왜 당신은 불사의 샘물을 내게서 뺏으려 합니까?'

젊은이는 벌컥 화를 내며 대들었어. 파수꾼은 다리 밑의 소용돌이치는 검은 물살을 가리켰어.

'무지개 다리를 지나가는 길은 이제 자네 것이 아니야. 하지만 저 길은 열려 있어. 저 급류를 건너게. 그러면 건너편에 생명의 샘이 있어.'

'당신은 나를 놀림감으로 삼으려는 거요?' 빈은 시무룩해져 중얼거렸지. '어떤 사람이라도 저 강은 건널 수 없어요. 아아, 주인님.' 젊은이는 오딘을 똑바로 쳐다보며 매달리듯 빌었어. '아, 당신은 다른 사람과 마찬가지로 저에게도 영원한 생명을 약속했어요. 그 약속을 지켜 주십시오. 파수꾼에게 나를 지나갈 수 있도록 명령해 주십시오. 당신의 말씀이라면 들어줄 테니까요.'

그러나 오딘은 사랑하는 젊은이에게서 얼굴을 돌리고 묵묵히 서 있을 뿐이었어. 그 젊은이의 심장은 말로 표현할 수 없을 만큼 괴로움과 절망으로 미어졌어.

'강을 건너기를 무서워한다면 너는 인간 세상으로 돌아가거라' 하고 파수꾼은 말했어.

'싫어!' 빈은 미친 듯이 외쳤어. '알린이 없는 인생이란 저 어두운 강에서 나를 기다리는 죽음보다 더 끔찍한 거야.'

그 젊은이는 강물 속으로 풍덩 뛰어들었어. 헤엄치고 버둥거리며 물살에 말려들었어. 물결이 얼굴에 계속 넘실거렸고 소용돌이가 젊은이를 휘감아 날카로운 바위에 던져 버렸어. 차갑고 센 물거품이 눈에 부딪혀 그 젊은이를 장님으로 만들어 무엇 하나 보이지 않게 했어.

강의 물살은 '쾅 쿠르르!' 하며 요란한 소리를 내서 무엇 하나 들리지 않게 했지. 하지만 날카로운 바위로 인해 긁힌 상처나 몸을 부딪힌 아픔은 뚜렷이 느껴졌어. 몇 번인가 물살과의 싸움을 포기하려고 했지. 그러나 사랑스러운 알린의 순진한 눈동자를 생각하면 어떤 어려움과도 싸울 수 있는 힘과 용기가 솟아났어.

마침내 빈은 건너편 기슭까지 헤엄쳐 갔어. 숨은 거의 멎을 것 같았고 다리에는 힘이 없었어. 옷은 갈가리 찢어졌고 큰 상처에서는 피가 흘렀어. 마침내 정신을 차리고 보니 불사의 샘이 솟는 기슭에 닿았던 거야.

젊은이는 비실비실 물가로 걸어가 맑은 샘물을 마셨어. 그 순간, 아픔도 피로도 한꺼번에 날아가 버렸어. 그는 벌떡 일어섰어. 불사의 힘을 지닌 아름다운 신의 모습으로 말이야. 그때가 되어서야 사람들은 무지개 다리를 건너 와르르 뛰어왔어. 같이 온 여행자들이었어. 그러나 그들은 두 가지 영광을 얻는 데에는 너무 늦었어. 어두운 물살의 위험과 괴로움을 이겨낸 빈만이 그것을 자기 것으로 차지했기 때문이었어."

무지개는 이미 사라지고 10월의 어두운 땅거미가 깔렸다.

"하지만 말이야. 영원히 이 세상에 살아남는다는 건 어떤 기분일까?"

향긋한 냄새가 가득찬 그곳에서 떠나려 할 때, 댄이 생각에 잠기며 말했다.

"얼마가 지나면 지루해질 것 같아. 하지만 그렇게 되기 전까지는 좋을 거라고 생각해."
스토리 걸이 말했다.

공포의 그림자

이튿날 아침, 우리는 일찍 일어나 촛불 아래서 옷을 갈아입었다. 그러고 나서 아래층에 내려가자 그렇게 이른 아침임에도, 스토리 걸이 부엌에 있는 레이철 워드의 푸른색 옷궤에 걸터앉아 의미심장한 표정을 짓고 있었다.

"애들아, 어떡하지? 피터가 홍역에 걸렸대. 밤새도록 괴로워해서 로저 외삼촌이 의사 선생님을 부르러 가셨어. 심하게 헛소리를 지르며 누구도 알아보지 못한대. 물론 집에 데리고 가기에는 병이 너무 심했어. 지금 어머니가 돌봐 주고 계셔. 피터가 나을 때까지 난 여기서 지내게 됐어."

나는 슬픔과 기쁨이 반반 섞인 기분이었다. 피터가 홍역에 걸렸다니 가엾은 일이었다. 그러나 스토리 걸과 줄곧 함께 생활한다는 건 기쁜 일이었다. 앞으로 스토리 걸에게서 들을 수 있는 여러 가지 이야기를 생각하는 것만으로도 가슴이 뛰었다!

펠리시티가 불평하듯 말했다.

"그렇다면 모두 다 홍역에 걸릴지도 몰라. 10월은 홍역이 유행하는 철이니까. 할 일이 잔뜩 남아 있는데."

"홍역이 유행하는 철과 아닌 철이 있다고 생각되진 않아."

세실리가 말했다.

"어쩌면 우리는 홍역에 걸리지 않을지도 몰라. 피터는 지난 번 고향에 갔을 때, 마크데일에서 홍역을 옮아왔다고 이모가 그러셨어."

스토리 걸이 별일 아니라는 듯이 말했다.

"피터에게서 홍역을 옮는 건 싫어. 고용인에게서 옮다니, 말도 안돼!"

펠리시티가 단호하게 말했다.

"어쩜, 펠리시티. 아픈 피터에게 고용인이라고 부르지 않았으면 좋겠어."

세실리가 말했다.

이틀 동안 계속 우리는 눈코 뜰 새 없이 바빴다. 너무 바빠서 말할 틈도, 들을 틈도 없었다. 싸늘한 기운이 스며드는 해질 무렵에만 스토리 걸과 함께 황금 왕국을 헤매어 다닐 시간이 있을 뿐이었다. 최근에 스토리 걸은 올리비어 고모의 다락방에서 발견한 고대 신화와 북유럽 민간 전설이 들어 있는 두 권의 낡은 책을 열심히 읽고 있었다. 그리하여 신, 여신, 시시덕거리는 님프, 익살꾼 사티로스, 노른, 발키리에, 엘프, 트롤, 그리고 요정들이 우리 앞에서 다시 살아나 주변의 과수원, 숲, 목초지에 떠돌아다녔기 때문에 마치 황금 시대가 이 세상에 다시 돌아온 것처럼 느껴졌다.

그런데 사흘째가 되어 스토리 걸이 몹시 핏기 없는 얼굴로 우리에게 돌아왔다. 로저 삼촌 집 안뜰까지 피터의 병세에 대한 최신 정보를 들으러 갔다가 돌아오는 길이었다. 그 전까지의 뉴스는 별로 특별할 게 없는 것들이었는데, 이번에는 누구의 눈에도 나쁜 소식이라는 것이 분명해 보였다.

"피터가 병이 아주 심해. 감기도 함께 걸렸대…… 홍역이 깊어져서……."

스토리 걸은 몹시 안타까운 모양이었다. 스토리 걸은 햇볕에 탄 두 손을 비볐다.

"게다가 의사 선생님 말씀으로는…… 피터는 낫기 어려울지도 모른다고 하셨어……."

우리는 충격을 받았다. 도무지 믿을 수 없어서 모두 스토리 걸을 둘러쌌다.

펠릭스가 겨우 입을 떼었다.

"그건 어쩌면…… 피터가 죽을지도 모른다는 말이야?"

스토리 걸은 힘없이 고개를 끄덕였다.

"그렇게 될지도 모른대."

세실리는 반쯤 들어 있는 바구니 옆에 주저앉아서 울기 시작했다. 펠리시티는 화를 내며 "그런 일은 있을 수 없어" 하고 잘라 말했다.

"오늘은 더 이상 사과를 더 딸 수 없어. 그럴 기분이 나질 않아."

댄이 말했다.

누구 한 사람도 더 일할 수 없었다. 우리는 어른들이 계신 곳으로 가서 그렇게 알렸다. 어른들은 여느 때 없었던 이해와 동정을 보이며 일하지 않아도 좋다고 말했다. 그래서 우리는 우울한 마음을 서로 위로하기로 했다. 가급적 과수원은 피했다. 그곳은 너무 행복한 생각으로 가득한 곳이었기 때문에 지금의 괴로운 마음과는 어울리지 않았다. 그 대신 가문비나무 숲으로 갔다. 고요함, 검은 그림자, 가지를 스치는 바람의 부드럽고 슬픈 숨소리는 우리의 새로운 슬픔을 거스르지 않았기 때문이다.

피터가 죽어가고 있다니…… 죽는다니…… 실감이 나지 않았다. 노인은 죽는다. 어른도 죽는다. 어린이도 죽는다는 말을 들은 적이 있다. 그러나 명랑하기만 한 우리들 사이에서 한 사람이 죽는다는 건 도무지 믿어지지 않았다. 믿으려 해도 믿을 수 없었다. 그러면서도 혹시 하는 생각이 내 뺨을 철썩 때리는 것 같았다. 우리는 거무스레한 상록수 밑의 이끼 낀 돌 위에 앉아 불행한 생각에 잠겼다. 모두, 심지어 댄조차도 울었다. 오직 스토리 걸 한 사람만 제외하고.

"어쩌면 그렇게 냉정한 기분으로 있을 수 있지, 세라 스탠리? 언제나 피터와 그렇게 사이가 좋았으면서…… 언제나 피터를 염려하는 척했으면서…… 이런 때 눈물 한 방울도 떨구지 않다니?"

펠리시티가 비난했다.

나는 스토리 걸의 마르고 침통한 눈을 보았다. 그리고 문득 깨달았다. 한번도 스토리 걸이 우는 모습을 본 적이 없었다. 슬픈 이야기를 할 때, 스토리 걸의 목소리에는 예전에 이 세상에서 흘린 눈물의 모든 무게가 담겨 있으면서도 자기 자신은 전혀 한 방울도 흘리지 않았던 것이다.

"울 수가 없어." 스토리 걸은 쓸쓸히 말했다. "울 수 있다면 차라리 좋겠어. 여기가……." 스토리 걸이 가는 목 밑을 만졌다. "몹시 아파. 울 수만 있다면 한결 나을 텐데, 그럴 수가 없어."

"피터도 어쩌면 좋아질지 몰라. 의사 선생님이 포기한 뒤에도 회복된 환자들 이야기를 난 많이 들었어."

댄이 울음을 삼키고 말했다.

"살아 있는 동안은 희망이 있는 거야. 다릿목에 도착하지 않고 어떻게 다리를 건널 수 있니? 그것과 같아."

펠릭스도 말했다.

"예삿일이 아니야. 걱정거리만 없다면 속담은 재미있는 것이야. 그렇지만 심각한 문제가 있을 때에는 조금도 재미있는 말이 아니야."

스토리 걸은 괴로운 듯 말했다.

"피터 따위와는 사귈 가치도 없다는 말은 하지 않았어야 했는데 ……. 피터가 나으면 두 번 다시 그런 말은 하지 않을 거야. 그런 생각조차 하지 않을래. 피터는 정말 멋진 아이야. 일꾼이 아닌 보통 애들보다 두 배나 머리가 좋아."

펠리시티가 괴로운 듯이 말했다.

"언제나 예의 바르고 성격이 좋고 친절했어."

세실리가 한숨을 쉬었다.

"근본부터 신사야."

스토리 걸이 말했다.

"피터만큼 성격이 바르고 정직한 아이는 그다지 많지 않아."

댄도 말했다.

"훌륭한 일꾼이야."

펠릭스가 덧붙였다.

"피터만큼 믿을 수 있는 아이는 지금까지 없었다고 로저 삼촌이 그러셨어."

나도 말했다.

"이제 와서 그런 칭찬의 말을 해봐야 아무 소용도 없어."

스토리 걸이 말했다.

"좋아지면 내가 말하겠어." 세실리가 분명히 말했다.

"나한테 키스하려 했을 때 뺨을 때리지 말걸 그랬어. 남자애에게서 키스를 받게 되다니, 물론 기가 막힌 일이야. 그래도 그렇게 쌀쌀맞게 구는 게 아니었어. 그저 단호한 태도만 취했으면 됐는데. 난, '너 같은 애는 정말 싫다'고 말해버렸어. 그건 사실이 아니었는데……. 그렇지만 피터는 그렇게 알고 죽을 거야. 아, 싫어! 싫어! 왜 사람은 후회할 일 따위를 말하게 되는 걸까?"

피터에 대해 무례하게 굴었던 것에 양심의 가책을 느끼고 있는 펠리시티가 말했다.

"피터는…… 죽, 죽어서도 천국에 갈 거라고 생각해. 여름 동안 내내 착한 아이였으니까. 하지만 교회 신자는 아니야."

세실리는 흐느껴 울었다.

"장로교파야!" 무슨 일이 있어도 이 사실만이 피터를 구해주기라도 하는 것처럼 자신만만한 목소리였다. "우리는 누구도 교회 신자는 아니야. 피터는 지옥으로 보내질 까닭이 없어. 그럴 순 없어. 그렇게 성격이며 행실이 바르고, 정직하고 친절한 아이가 그런 곳에 가면 어떻게 된다는 거야?"

"나도 괜찮을 거라고 생각해." 세실리가 한숨을 쉬며 말했다. "하지만 이번 여름까지 교회에도 주일학교에도 간 적이 없었어."

"아버지가 가출하셔서 어머니가 그 애를 키울 돈을 벌기에는 너무 힘겨웠어. 하느님이든 그 누구든, 그런 사정이라면 용서해 줄 거라고 생각하지 않니?"

펠리시티는 필사적이었다.

"물론 피터는 천국에 갈 거야. 다른 곳에 갈 만큼 어른이 되진 않았으니까. 아이들은 모두 천국에 가……. 하지만 그런 곳도, 그 어떤 곳도 가지 않았으면 좋겠어. 이곳에, 이 자리에 있어 주었으면 해. 천국은 멋진 곳임에는 틀림없어. 하지만 피터는 여기서 우리와 즐겁게 지내는 편이 좋다고 말할 게 틀림없어."

스토리 걸이 말했다.

"세라 스탠리, 너무하는구나. 이런 심각한 때에 그런 말 하는 게 아냐. 넌 별난 아이구나."

펠리시티가 비난하는 소리를 퍼부었다.

"너 같으면 천국보다 여기 있고 싶지 않겠니? 어때, 펠리시티 킹? 네 본심을 솔직히 말해 봐!"

스토리 걸이 샐쭉해졌다.

그러나 펠리시티는 별안간 울어버리는 것으로 이 곤란한 질문에서 피해 버렸다.

"무엇이라도 좋으니까 피터에게 도움이 되었으면 해. 무엇 하나 할 수 있는 일이 없다니, 답답해."

나는 몹시 낙담해서 말했다.

"한 가지 할 수 있는 일이 있어. 기도를 드리면 돼."

세실리가 상냥하게 말했다.

"그렇다. 그렇게 하자."

나는 고개를 끄덕였다.

"난 필사적으로 기도드리겠어."

펠릭스가 열의 있게 말했다.

"게다가 우린 아주 착한 아이가 되어야 해."

세실리가 주의를 주었다.

"착한 아이가 아니면 기도드려도 아무 소용이 없어."

"그거라면 간단해." 펠리시티는 안심한 듯 숨을 쉬었다. "난 조금도 나쁜 마음이 없었어. 피터에게 만일 무슨 일이 생긴다면 난 절대로 말괄량이 노릇은 하지 않을 거야. 도저히 그렇게 할 순 없어."

우리는 실제로 매우 진지하게 피터의 쾌유를 빌었다. 패트가 병에 걸렸을 때처럼 '다른 중요한 내용 뒤끝에 패트 이야기를 넣지 않고', 맨 처음부터 피터에 대한 기도를 했다. 회의주의자인 댄까지 기도를 했다. 이 죽음의 그림자가 덮인 골짜기에서는 댄의 회의주의도 옷을 벗듯이 그의 마음에서 벗겨져 나갔다. 죽음의 그림자는 우리 마음을 체로 거르고 우리 영혼에 시련을 주었다. 우리가 어른이든 아이든 자기 자신의 연약함을 깨닫게 되고, 바람에 나부끼는 갈대와 같이 자기 힘이 하잘 것 없는 것임을 깨닫게 되고, 없어도 괜찮다고 교만하게 생각했던 하느님 앞에 두려워하면서 무릎걸음으로 다가갈 때까지 그 시련은 계속될 것이다.

피터는 다음날도 좋아지지 않았다. 피터의 어머니가 슬픔에 빠져 있어서 올리비어 고모가 소식을 알리러 갔다. 우리는 그때부터 일에서 빼달라고 부탁하러 가지 않았다. 도리어 열에 들뜬 것처럼 일에 몰두했다. 필사적으로 일하면 그만큼 슬픔이나 괴로운 생각에 사로잡히는 시간이 적어졌다. 우리는 사과를 따서 억지로 곡물 창고까지 운반해 갔다. 오후가 되자 재닛 숙모가 점심으로 먹으라고 사과 파이를 가져다 주었다. 그러나 우리는 먹을 수 없었다. 피터가 사과 파이를 무척 좋아했다는 것을 펠리시티가 갑자기 울면서 이야기해서 우리는 다시 피터 생각이 났기 때문이다.

그리고 아, 우리는 정말 착한 아이들이었다. 마치 천사 같았다. 그만큼 친절했고 상냥스러웠고 남의 기분을 그토록 염려해 주는 아이들은 여태껏 어느 과수원에도 없었을 것이다. 펠리시티와 댄조차도 꼬박 하루 동안은 뒤틀린 말다툼을 하지 않고 지냈다. 세실리는 토요일 밤 머리에 두 번 다시 컬을 말지 않을 거라며, 그것은 한낱 허영에 지나지 않았다고 나에게 고백했다. 이 귀여운 소녀는 뭔가 후회할 일이 없는가 생각한 끝에 마침내 이 일을 생각해 냈던 것이다.

오후에 주디 피노가 세라 레이의 눈물에 젖은 편지를 전하러 왔다. 피터가 홍역에 걸린 뒤부터 세라는 언덕에 있는 농장에는 올 수 없게 되었다. 세라는 불행한 작은 유형수가 되었고, 세실리에게 보내는 편지만이 영혼의 괴로움을 달래줄 수 있었다. 편지는 충직하고 마음씨 좋은 주디 피노가 전해 주었다. 세라는 편지에 함부로 밑줄을 쳤기 때문에 편지글은 마치 빅토리아 왕조 초기의 문장 같았다.

세실리는 답장을 쓰지 않았다. 병이 전염되면 안 되기 때문에 레이 아주머니는 언덕 농장에서 편지를 절대 갖고 오지 못하도록 금지했다. 세실리는 편지를 보내기 전에 모두 오븐으로 충분히 살균하겠다고 제안했지만 레이 아주머니가 들어주지 않았다. 그래서 세실리

는 주디 피노에게 말로 전달할 긴 메시지를 부탁하는 것으로 만족하
는 수밖에 없었다.

"나만의 소중한 세실리"라고 세라의 편지는 시작하고 있었다.

　나는 방금 가엾은 친구 피터의 슬픈 소식을 받았어. 내 기분은
뭐라고 말하면 좋을지 모르겠어. 견딜 수 없어.
　나는 오늘 낮부터 줄곧 울고 있어. 아! 너에게 날아가고 싶어.
하지만 어머니가 허락해 주질 않으셔. 어머니는 나한테 홍역이 전
염될까봐 그러는 거야. 하지만 이런 식으로 너희들 모두에게서 떼
어놓을 거라면 나는 홍역에 걸리는 편이 열 배나 낫겠어. 하지만
그 '심판의 주일날'이 있은 뒤부터 나는 지금까지보다 더 어머니
말씀을 잘 들어야 한다고 느꼈어. 만일 피터가 어떻게 되는 일이
생기면, 어떻게 되기 전에 너희들이 피터를 한 번이라도 만나게
된다면 내 사랑을 전해줘. 그리고 내가 몹시 걱정한다고 전해줘.
그리고 우리 모두가 언젠가는 더 좋은 세계에서 만나기를 바란다
는 것도 전해줘. 학교는 대체로 전과 같은 모양이야. 선생님은 받
아쓰기에 몹시 엄한 것 같아. 지미 프루언은 어제저녁 기도회 뒤
에 넬리 카우안과 같이 어울려 돌아갔어. 넬리는 겨우 14살인데,
그렇게 어릴 때부터 교제를 시작하다니 무섭다고 생각하지 않
니? 너도 나도 어른이 되기까지는 그런 일은 절대로 하지 말도록
하자. 윌리 프레이저는 요즘 학교에서 몹시 쓸쓸해 보여. 이제 그
만 써야겠어. 어머니는 내가 편지 쓰는 데 너무 시간을 보냈다고
하셨거든. 주디에게 모든 소식을 알려줘.

너의 진정한 벗
세라 레이

추신 : 정말로 피터가 좋아진다면 기쁘겠어. 어머니는 겨울에 입을 갈색 새 원피스를 만들어 주신대.

S.R.

저녁 어둠이 찾아들자 우리는 속삭이는 소리와 한숨 쉬는 소리가 뒤섞이는 전나무 숲 아래로 쉬러 갔다. 아름다운 밤이었다. 하늘은 맑고 바람은 없었으며 손이 곱을 정도로 추웠다. 누군가가 한길로 말을 타고 달려가면서 높은 소리로 흥겹게 노래를 불렀다. 저런 짓을 할 수 있다니, 저건 우리의 불행을 비웃는 것이라고 생각했다. 만일 피터가…… 피터가…… 아니, 무슨 일이 피터에게 일어난다면 우리는 틀림없이 슬픔에 빠져 인생에서의 음악 소리는 거기서 영원히 멎어버릴 것이다. 우리가 이처럼 불행한데 세상의 다른 사람들은 왜 저렇게 행복할 수 있단 말인가?

그때 저녁놀이 비치는 긴 산울타리 길을 지나서 올리비어 고모가 걸어왔다. 머리를 반짝거리며 밝은 색 옷을 입은 고모는 맵시 있는 모습이 마치 여왕 같았다. 우리가 이런 처지에 있는데도 올리비어 고모는 아름답게 보였다. 지금 어른의 눈으로 다시 본다 하더라도 고모는 드물게 아름다운 여자임에 틀림없었다. 가을의 황혼 때, 고모가 마지막 희미한 빛 속에 흔들거리는 나뭇가지 아래에 서서 걱정 때문에 울적해진 우리 얼굴을 보고 빙긋 웃음을 보냈을 때, 고모는 그 어느 때보다도 아름답게 보였다.

"가엾은 꼬마들아, 너희들이 아주 기뻐할 좋은 소식을 갖고 왔다. 조금 전까지 의사 선생님이 와 계셨는데, 피터가 꽤 좋아졌다고 하셨어. 어떻게 이겨낼 것 같다는구나."

우리는 덤덤히 고모를 쳐다보았다. 패트가 나았다는 말을 들었을 때, 우리는 몹시 떠들며 미친 듯이 기뻐했는데 이번에는 몹시 조용했다. 우리는 어둡고 무섭고 불길한 것 옆으로 너무 가까이 간 것 같았다. 그래서 이렇게 갑자기 걱정거리가 없어졌는데도 그 찬 기운과 그림자는 아직도 우리 위에 떠돌고 있었다. 그때까지 키 큰 전나무에 기대 서 있었던 스토리 걸이 갑자기 몸을 웅크리고 땅바닥에 엎드려 엉엉 울기 시작했다. 그처럼 애타게 찢어질 듯한 목소리로 사람이 우는 모습을 나는 여태껏 들어 본 적이 없었다. 소녀들은 우는 일에 익숙했다. 세라 레이의 경우는 그것이 당연한 것 같았고, 펠리시티와 세실리도 때에 따라서 여자의 이 특권을 이용했다. 그런데 여자애가 이렇게 우는 것은 한 번도 본 적이 없었다. 언젠가 아버지가 우는 것을 보았을 때와 마찬가지로 마음이 편치 않은 느낌이 들었다.

"부탁이야, 그만둬. 세라, 그만둬."

나는 스토리 걸의 떨리는 어깨를 어루만지며 위로했다.

"너는 정말 이상한 애야. 피터가 죽을지도 모른다고 생각했을 때는 전혀 울지도 않았으면서. 이제 좀 좋아졌다고 하는데 그렇게 울다니!"

펠리시티가 여느 때보다 훨씬 부드러운 투로 말했다.

"세라, 착한 아이지? 자, 이리 오너라."

올리비어 고모가 스토리 걸 위로 몸을 굽혔다. 스토리 걸은 일어나 올리비어 고모 팔에 부축되어 사라졌다. 울음소리의 메아리도 이윽고 전나무 숲 사이로 사라지고 그것과 함께 우리의 시간을 차지하고 있었던 두려움과 슬픔도 사라지는 것 같았다. 그 반동으로 우리의 기분은 한결 가벼워졌다.

"야, 피터가 건강해진다니 굉장한 일이야!"

댄이 펄쩍 뛰었다.

"이렇게 기쁜 일은 생전 처음이야."

부끄럼도 잊을 정도로 들뜬 펠리시티가 말했다.

"오늘 밤, 어떻게 해서든지 세라 레이에게 알릴 수 없을까? 세라는 혼자 쓸쓸히 있을 테고, 우리가 알려 주지 않으면 내일까지 계속해서 걱정할 거야."

언제나 눈치가 빠른 세실리가 의견을 말했다.

"세라네 집 문까지 내려가서 주디가 나올 때까지 떠들면 어떨까?"

펠리시티가 의견을 냈다.

우리는 곧 출발해서 세라네 집 문앞에 이르러 열심히 떠들기 시작했다. 그런데 주디가 아니라 레이 아주머니가 문에 나타나 불쾌한 표정으로, 대체 뭣 때문에 떠들고 있느냐고 물었다. 우리는 어리둥절했다. 그러나 아주머니는 우리 말을 듣자 예의 바른 일이라고 칭찬을 한 뒤, 그 좋은 소식을 세라에게 전하겠다고 약속했다.

"벌써 침대에 들어갔어. 세라 나이 때는 그러지 않으면 안 돼."

아주머니는 엄하게 덧붙여 말했다.

우리는 아직 2시간 정도는 잘 생각이 없었다. 물론 단점은 있지만 우리 쪽 어른들이 레이 아주머니 같은 타입이 아닌 것에 열심히 감사 기도를 올렸다. 그 다음, 곡물 창고로 장소를 옮겨 댄이 순무로 만든 랜턴에 불을 켜고, 원래 그날 먹으려고 했었는데 먹지 않았던 사과를 실컷 먹었다. 그리고 도깨비 모양의 랜턴 불빛 아래 우리는 즐겁게 앉아 있었다. 정말로, '슬퍼하는 자에게 화관을 주어 그 재를 대신하며 기쁨과 즐거움의 기름으로 그 슬픔을 대신하신 _{(구약성서 이사)(야서 61장 3절)}' 것이었다. 인생은 다시 빨간 장미가 되었다.

"날이 밝으면 맨 먼저 파이 냄비에 가득 차는 큰 파이를 만들 거야. 이상하지. 어제저녁은 기도하는 기분이었는데 오늘 밤은 요리하는 기분이야."

펠리시티가 마음이 들떠 말했다.

"피터를 고쳐 주셨으니 잊지 말고 하느님께 감사 기도를 드려야지."

집으로 돌아가는 길에 세실리가 말했다.

"피터가 진짜로 낫지 않을 거라고 생각한 거야?"

댄이 말했다.

"어머나, 댄. 어떻게 그런 말을 물을 수 있니?"

세실리는 화를 냈다.

"나도 몰라. 방금 우연히 머릿속에 떠오른 생각이야. 오늘 밤 기도 드릴 때 하느님에게 고맙다고 말할 거야. 그것이 예의니까."

편지 꽃다발

위험한 고비를 넘기자 피터는 빨리 회복했다. 그러나 회복기를 지루하게 보내고 있었기 때문에 어느 날, 올리비어 고모는 우리에게 피터가 창가에 나타나 안전 거리에서 대화를 나눌 수 있게 되는 날까지 피터의 마음을 위로하기 위해 '편지 꽃다발'을 쓰도록 권했다.

그 생각은 우리 마음을 끌었다. 그날은 토요일이었고 사과도 다 땄기 때문에 우리는 편지를 쓰기 위해 과수원으로 갔다. 세실리는 마침 지나가는 아는 사람에게 부탁하여 세라 레이에게도 편지 한 통을 보내도록 말해 두었다.

당시 칼라일 생활에 관한 모든 자료를 보존하는 데 열을 올리고 있던 나는, 그 이후에 '꿈의 노트' 여백의 흰 페이지에 편지를 베껴 놓았다. 때문에 나는 오랜 세월의 향기와 함께 보존된 서한집(편지를 모아 묶어 만든 책)을 한 마디 한 구절 그대로 재현할 수 있다. 이 편지들은 낙엽이 흩어져 있고 서리를 맞아 이미 풀이 말라버린 10월 말 한낮에 '부드럽고 즐거운 가을빛 우수에 덮인 과수원'에서 쓴 것이다.

〈세실리의 편지〉

피터에게.

네가 좋아졌다기에 무척 기쁘고 고맙게 생각해. 화요일까지 견딜 수 없는 게 아닐까 우리는 퍽 걱정했어. 그리고 무서웠어. 우리는 모두, 펠리시티까지도 너를 위해 기도를 드렸어. 다른 애들은 이젠 그만두었으리라고 생각하지만, 나는 지금도 매일 밤 기도를 드려. 네가 제발(제발; 이 글자는 틀린 것인지도 몰라. 가까이에 사전이 없는데다 다른 애들에게 물으면 펠리시티가 비웃기 때문이야) 잘못되지 않을까 걱정되어서 말이야.

베일런 평의회 의원님의 배를 따 두었어. 아무도 모르는 곳에 숨겨 두었어. 그런데 댄이 다른 나머지 배를 모두 먹어 버렸기 때문에 내가 숨겨둔 12개밖에 남지 않았단다. 너도 먹으면 정말 맛있다고 할 거야.

우리는 사과 따기를 다 끝냈기 때문에 만일의 경우 우리 모두가 홍역에 걸려도 상관없지만 실은 걸리고 싶지는 않아. 그러나 만약 옮는다면 난 다른 사람보다도 너에게서 옮는 것이 나을 거라고 생각해. 왜냐하면 모두 너를 좋아하니까. 만일 내가 진짜로 홍역에 걸려 어떻게 된다면 펠리시티가 벚꽃 화병을 갖게 돼. 나는 스토리 걸에게 그걸 주고 싶지만, 댄이 아무리 펠리시티가 별나도 자매는 자매니까 어쩔 수 없다는 거야.

나한테 그 밖에는 귀중한 것이 하나도 없어. 하지만 내가 갖고 있는 것 중에 갖고 싶은 것이 있으면 뭐든지 말해. 너에게 주라고 부탁해 둘 테니까. 스토리 걸은 최근에 재미있는 이야기를 여러 번 해주었어. 나도 스토리 걸처럼 영리했으면 좋겠어. 착하기만 하면 영리하지 않아도 좋다고 어머니는 말하지만, 난 착한 아이도 아니야.

이것으로 할 말은 다했어. 그 밖에 하고 싶은 말은 우리 모두가 진정으로 너를 염려하고 있다는 거야, 피터. 네가 병에 걸렸을 때 모두 너에 대해서 좋은 말만 했어. 너무 늦은 건 아닌가 걱정하면서 말이야. 네가 나으면 내가 그것을 알려주려고 했어. 얼굴을 보고 말하기보다 쓰는 편이 쉽구나. 우리는 네가 머리가 좋고, 예의 바르고, 친절하고, 아주 좋은 일꾼이며, 신사라고 생각하고 있어.

진정한 벗,
세실리 킹으로부터

추신 : 회답을 쓸 때는 배에 관한 것은 쓰지 말 것. 아직 남아 있는 것을 댄에게 알리고 싶지 않으니까.

C.K.

〈펠리시티의 편지〉

피터에게.

올리비어 고모가 우리 모두에게 너를 격려하기 위해 편지 꽃다발을 보내라고 하셨어. 네가 좋아졌기 때문에 모두 몹시 기뻐하고 있어. 네가 죽을 거라는 말을 들었을 땐 큰 충격을 받았어. 하지만 곧 나아서 다시 나올 수 있게 됐다니 기뻐. 감기에 걸리지 않도록 조심해. 뭔가 맛있는 걸 만들어서 그곳에 보내줄게. 이젠 네가 먹을 수 있다고 의사 선생님이 말씀하셨으니까. 그리고 식사용인 내 장미 봉오리 무늬 접시를 보낼게. 주는 게 아니고 빌려 주는 거야. 내가 제일 아끼는 보물이니까 절대로 남이 쓰지 못하도록 하고 깨뜨리지 않도록 조심해. 그리고 언제나 너의 어머니 말고 올리비어 고모에게 씻어 달라고 해줘.

여기 남은 우리에게 홍역이 전염되지 않도록 진심으로 바라고 있거든. 온 얼굴에 빨간 점이 생겼다니 네 모습이 형편없겠구나. 그러나 우린 모두 건강해. 스토리 걸은 여전히 이상한 이야기만 하고 있어. 펠릭스는 살이 빠졌다고 생각하지만 실은 전보다 더 뚱뚱해졌어. 사과를 그렇게 많이 먹는데 당연하지. 펠릭스는 마침 내 쓴 사과를 먹는 것을 체념했어. 현관문에 새긴 금으로 재 보니까 베벌리는 7월보다 1센티미터쯤이나 키가 컸기 때문에 몹시 좋아하고 있어. 마법의 씨가 겨우 효과를 낸 거라고 말했더니 베벌리는 화를 냈어. 베벌리는 스토리 걸이 하는 말에는 전혀 화를 내지 않아. 스토리 걸도 때로는 몹시 심술궂은데 말이야. 댄은 말이 통하지 않아 몹시 비위를 건드리지만 나는 인내심을 갖고 참고 있어. 세실리는 건강해. 이젠 머리를 컬로 곱슬곱슬하게 하지 않겠다고 말했어. 퍽 착실한 아이잖니. 난 천연 곱슬머리이기 때문에 다행이라고 생각해. 안 그래?

네가 병에 걸린 뒤 세라 레이는 만나지 못했어. 세라는 몹시 외로워하고 있어. 주디는 세라가 거의 울며 지낸다고 했는데 그건 신기한 일도 아니야. 몹시 가엾기는 하지만 나로선 내가 세라가 아니어서 다행이라고 생각해. 세라도 편지를 보낸다고 했어. 뭐라고 썼는지 내게 보여줘. 보여줄 거지? 앞으로는 멕시코 차를 마셔. 피를 깨끗하게 만들어 주는 약이야.

어머니가 겨울에 입을 귀여운 감색 원피스를 만들어 주신댔어. 세라 레이의 갈색 원피스보다는 훨씬 아름다워. 세라 레이의 어머니에겐 센스가 없어. 스토리 걸의 아버지는 새빨간 원피스와 빨간 비로드 모자를 파리에서 보내주셨어. 그 애 아버지는 빨간색을 퍽 좋아하셔. 난 빨간색은 싫어. 너무 싸구려로 보이니까. 어머니는 나도 비로드 후드를 만들어도 좋다고 하셨어. "그렇게 비싼 비로드를 쓰다니. 미개인이 복음을 간절히 바라며 울고 있는 처지에 그건 좋지 않아"라고 세실리가 말했어. 주일학교 신문을 보고 그런 생각을 하게 된 모양이야. 하지만 무슨 일이 있더라도 후드를 갖고 싶어.

피터, 더 쓸 이야기가 없기 때문에 이번에는 이것으로 끝내겠어.

네가 머지않아 좋아질 것을 기대하며
펠리시티 킹

추신 : 스토리 걸이 어깨 너머로 들여다보고 '너의 친애하는 ○○로부터'라고 쓰지 않으면 안 된다고 말했어. 그러나 이런 건 내가 더 잘 알고 있어. 〈패밀리 가이드〉에는 보통 또래의 젊은 남자에게는 어떤 식으로 써야 좋은지 여러 번 나와 있었어.

F.K.

〈펠릭스의 편지〉

피터에게.

네가 좋아졌다니 무척 기쁘다. 그렇게 되지 않을 거라는 말을 들었을 때는 모두가 슬퍼했었어. 그러나 나는 최근에 너와 사이가 좋지 않았고, 너의 욕을 많이 했기 때문에 다른 애들보다 훨씬 더 슬펐어. 미안하다. 그리고 피터, 네가 좋아하는 것은 뭐든 기도해도 좋아. 나는 이제 반대하지 않겠어. 앨릭 삼촌이 나와서 싸움을 말려 주신 것은 잘한 일이라고 생각해. 만일 내가 너를 때려 눕히고, 네가 홍역으로 죽었다면 다신 돌이킬 수 없는 실수가 될 뻔했어.

사과 수확은 모두 끝났기 때문에 지금은 별로 할 일이 없고, 퍽 즐겁게 지내고 있어. 하지만 모두 너도 함께 있으면 좋을 텐데 하고 생각하고 있어. 나는 전보다 훨씬 말랐어. 사과 짐을 쌓는 일을 열심히 하는 것은 살을 빼는 데 도움이 돼. 여자애들은 모두 건강해. 펠리시티는 여느 때처럼 잘난 체하지만 맛있는 요리를 만들어. 나는 '꿈의 노트'에 쓰는 것을 그만둔 뒤 재미있는 꿈을 몇 가지 꾸었어. 세상일이란 언제나 그런 거야. 우리는 홍역에 걸리지 않는 것이 확실해질 때까지 학교에는 가지 않을 거야. 지금 생각나는 건 이것뿐이기 때문에 이만 마치겠어. 네가 무슨 기도를 드려도 좋다는 걸 기억해 두렴.

펠릭스 킹

〈세라 레이의 편지〉

피터에게.

나는 지금까지 남자에게 한번도 편지를 쓴 일이 없어. 그러니까 잘못된 부분이 있다면 부디 용서해줘. 네가 나아지고 있기 때문에 너무 기뻐. 네가 죽을 것 같다고 했을 때 우리는 무척 걱정했어. 나는 그걸 생각하고 밤새도록 울었어. 그래도 이젠 고비를 넘겼으니까 죽을 것 같다고 생각했을 때 정말 어떤 느낌이었는지 가르쳐 줄 수 있겠지? 이상한 느낌이었니? 몹시, 몹시 무서웠니? 우리 어머니는 지금 언덕 위까지 절대로 보내 주지 않으셔. 만일 주디 피노가 없다면 나는 죽어버릴 거야. 주디는 매우 친절하고 나를 동정하는 것 같아. 혼자 있는 시간에 나는 내 '꿈의 노트'와 세실리의 옛 편지를 읽고 있어. 그건 나를 위로해 준다. 나는 학교 도서관 책도 읽고 있어. 아주 좋은 책이지만 연애 소설을 좀더 많이 마련해 놓았으면 좋겠어. 그건 마음을 들뜨게 해주거든. 하지만 교장 선생님은 장만해 주지 않아.

피터, 만일 네가 죽고 너희 아버지가 그 소식을 들으시면 아버지는 기절하시지 않을까?

좋은 날씨야. 나뭇잎은 물들었고 바람이 산들산들 불어. 대자연 만큼 아름다운 것은 없다고 생각해.

홍역의 모든 위험이 빨리 사라지고 모두 그리운 언덕 위에서 다시 만날 것을 즐겁게 기다리고 있어. 그때까지 건강하길.

진실한 벗,
세라 레이로부터

추신 : 펠리시티에게는 이 편지를 보여 주지 말아. 부탁해.

〈댄의 편지〉

안녕, 피터.

네가 의사 선생님의 소견에도 불구하고 낫게 됐다니 몹시 기쁜 일이야. 그렇게 쉽게 뻗어버릴 녀석이 아니라고 난 생각했어. 여자애들이 얼마나 울었는지 그 얘기를 들려 주고 싶구나.

요새 여자애들은 모두 겨울 나들이 옷을 새로 해 입게 되었다고 그 얘기만 하니까 머리가 지끈지끈해. 스토리 걸은 파리에서 보내 온 옷을 받았기 때문에 펠리시티가 그 애를 굉장히 질투하고 있어. 겉으론 질투하지 않는 척하지만 난 그 속마음을 다 알고 있어.

목요일에 키티 마가 여자애들을 만나러 우리 집에 왔어. 이젠 홍역이 지나갔으니 신경 쓰지 않아도 된다고 했어. 그 애는 제대로 옷을 줄 아는 대단한 여자애야. 난 옷을 줄 아는 여자애를 좋아해. 너도 그렇지?

어저께 페그 보엔 아주머니가 우리 집에 들렀어. 그러자 스토리 걸이 초조해져서 패트를 시켜서 아주머니를 쫓아 버리려고 했던 걸 너에게 보여 주고 싶어. 저주 같은 건 믿지 않는다고 주장했으면서. 페그 아주머니는 너의 류머티스 반지를 끼고 스토리 걸의 푸른 구슬로 장식한 끈을 목에 걸고 세라 레이의 레이스를 옷 앞에 붙이고 있었어. 아주머니는 담배와 채소 조림을 조금 달라고 했어. 어머니가 채소 조림은 주었지만 담배는 없다고 하자 아주머니는 언짢아하면서 나갔지만 채소 조림을 받았기 때문에 저주하지는 않았어.

나는 편지를 쓰는 일이 서툴러서 이제 그만 쓰려고 해. 빨리 일어나 나와라.

댄

〈스토리 걸의 편지〉

피터에게.

아, 네가 좋아졌다고 하니까 정말 기뻐! 좋아지지 않을지도 모른다고 했던 그 날들은 내 인생에서 가장 안타까웠던 때였어. 어쩌면 네가 죽을지도 모른다고 생각하니 너무 무서워서 정말이라고 생각할 수 없었어. 이봐, 피터. 빨리빨리 좋아지기 바란다. 우리는 정말 즐겁게 지내고 있지만 네가 몹시 그립구나. 내가 앨릭 외삼촌을 설득해서 네가 좋아질 때까지 감자 줄기 태우는 것을 연기해 달라고 했어. 네가 감자 줄기 태우는 걸 보면서 무척 좋아한다는 것을 알고 있기 때문이야. 재닛 외숙모는 지금이 감자 줄기 태우기에 가장 적당한 시기라고 말했지만 앨릭 외삼촌은 연기해 주겠다고 말씀하셨어. 로저 외삼촌네는 엊저녁 감자 줄기를 태웠어. 대단히 재미있었어.

패트는 무척 잘 놀고 있어. 그 무서웠던 날 이후 병을 앓은 적은 없어. 네 놀이 동무를 시키려고 생각했지만 재닛 숙모는 패트가 홍역을 옮겨올 것이 염려되어 안 된다고 하셨어. 어떻게 그럴 수 있는지 모르지만 말이야. 재닛 숙모는 우리 모두에게 정말 잘 해 주시고 있어. 하지만 외숙모가 나를 좋아하시지 않는다는 것을 나는 알고 있어. 나는 틀림없이 아버지의 딸이라고 외숙모는 말씀하시고 계셔. 그것이 좋은 뜻에서 하시는 말씀이 아니라는 걸 나도 알고 있어. 왜냐하면 내가 그 말을 들었다는 걸 알았을 때 외숙모는 정말 이상야릇한 표정을 지으셨거든. 그러나 상관없어. 난 아버지를 닮은 것이 기쁜걸. 이번 주에 아버지한테서 멋진 편지를 받았어. 내가 좋아하는 그림이 여러 장 들어 있었어. 아버지는 이제 유명하게 될 새 그림을 그리기 시작하셨어. 그렇게 되면 재닛 외숙모는 뭐라고 말할까?

피터, 어저께 나는 마침내 조상의 유령을 본 것 같아. 산울타리 사이에 난 구멍을 빠져 나가고 있으려니까 앨릭 외삼촌 나무 밑에 푸른 옷을 입은 사람이 서 있는 것이 보였어. 심장이 콩닥콩닥 뛰었어! 내 머리는 무서움에 곤두설 것이라고 생각했는데 그렇게 되진 않았어. 결국 내가 본 것은 단순한 손님이었어. 내가 기뻐한 것인지 놀란 것인지 모르겠어. 유령을 만난다는 건 기분 좋은 경험이라고 생각하지는 않아. 그러나 보았더라면 나는 일약 소문의 주인공이 될 수 있었을 텐데 말이야!

피터, 어떻게 생각하니? 나는 드디어 얼간이 아저씨와 친한 친구가 되었어. 그렇게 간단할 것으로는 생각지 못했는데 말이지.

어저께 올리비어 이모가 고사리를 얻고 싶어했기 때문에 단풍나무 숲까지 그걸 따러 갔었어. 샘터 옆에서 좋은 것을 몇 개 찾아냈어. 그대로 앉아서 샘물을 보고 있으려니까 그곳을 지나던 사람이 다름아닌 얼간이 아저씨였어. 얼간이 아저씨는 내 바로 옆에 앉아서 이야기를 시작했어. 내가 태어난 뒤 여태껏 그렇게 놀란 적은 없어.

　우리는 퍽 재미있게 이야기를 나누었어. 나는 소중히 간직해 두었던 이야기를 두 가지 하고 내 비밀을 많이 털어놓았어. 사람은 자기가 진심으로 좋아하는 것을 솔직히 이야기할 줄 알아야 하거든. 아저씨는 부끄럼쟁이도 얼간이 아저씨도 아니었어. 아름다운 눈동자를 가진 사람이었어. 아저씨는 자기 비밀은 하나도 이야기하지 않았지만 언젠가는 이야기할 걸로 믿어. 물론 앨리스의 방에 대해선 아무것도 묻지 않았어. 그러나 아저씨의 갈색 노트에 대해서는 넌지시 말을 꺼내 봤어. 나는 시를 좋아하기 때문에 곧잘 베껴두고 싶은 기분이 들 때가 있다고 말한 다음, "그런 기분을 느낀 적이 없으세요, 데일 씨?" 하고 물었어. 그러자 아저씨는 "그래, 때때로 그런 기분을 느끼지"라고 말했지만 갈색 노트에 대해선 언급하지 않았어.

　그걸 말했으면 좋았을 텐데. 하지만 세라 레이처럼 초면의 상대에게 무엇이나 재잘재잘 말하는 사람을 나는 좋아하지 않아. 헤어질 때 아저씨는 "다시 한 번 만날 것을 즐거운 마음으로 기다리겠습니다"라고 했어. 마치 내가 버젓한 숙녀라도 되는 양 진지하고 예의 바른 태도로 말했어. 나는 틀림없이 만나게 될 거라고 했어. 그리고 다음에 만날 때 내가 지금보다 긴 스커트를 입었더라도 지금과 같은 사람이니까 혼동하지 말라고 말했단다.

　오늘 나는 아이들에게 처음으로 아름다운 요정 이야기를 들려주었어. 가문비나무 숲을 걸으면서 모두에게 이야기를 해주었어. 가문비나무 숲은 요정 이야기에는 안성맞춤의 장소야. 어디서 이야기해도 다른 느낌이 들지 않는다고 펠리시티는 말했지만, 사실은 장소가 다르면 느낌이 다른 법이야. 너도 함께 있어서 들었으면 좋았을걸. 이제 나으면 네게만 다시 한 번 이야기해 줄게.

　이제부터 쑥을 '애플링기'라 부르기로 했어. 스코틀랜드 어로는 그렇게 부른다고 베벌리가 가르쳐 주었어. 쑥보다는 훨씬 시적으로 들려. 펠리시티는 진짜 이름이 '소년의 사랑'이라고 했지만 그건 바보 같은 말이야.

피터, 그림자란 정말 황홀한 거야. 과수원은 이 순간 그림자로 가득해. 때때로 조용해지면 마치 잠자는 것 같아. 그런가 하면 웃거나 뛰놀기 시작해. 오트밀 밭에 나가면 언제나 숨바꼭질을 하고 있어. 밭에 있는 것은 야생적인 그림자이고 과수원에 있는 건 따로 버릇을 가르쳐서 말을 잘 듣는 그림자야.

가문비나무와 올리비어 이모의 정원에 있는 국화 말고는 모든 것이 더 자라기를 싫어하는 것 같아. 태양 빛은 무겁고 노란빛이고 흐릿하고 귀뚜라미는 온종일 노래 부르고 있어. 새들은 대부분 나그넷길을 떠났고 단풍잎은 거의 떨어졌어.

너를 웃게해 주고 싶어 어제저녁 앨릭 외삼촌이 해 주신 짧은 이야기를 여기 적으려고 한다. 엘더 프루언 할아버지가 밧줄 한 쌍으로 피아노를 집까지 끌고 오려고 했던 이야기야. 재닛 외숙모 말고는 모두 웃었어. 프루언 할아버지는 외숙모의 할아버지였기 때문에 외숙모는 웃을 수가 없었지.

어느 날, 프루언 할아버지가 아직 18살 젊은이였을 무렵 할아버지의 아버지가 돌아와서 말했어.

"애, 샌디야. 오늘 사이먼워드에서 경매가 있었는데 내가 피아노를 샀단다. 가서 그걸 집까지 운반해 오너라."

이튿날, 샌디는 밧줄 한 쌍을 들고 말을 타고 떠났어. 그는 피아노를 집까지 끌고 올 작정이었어. 샌디는 피아노를 짐승이나 그 무엇으로 생각했던 모양이야.

다음으로 로저 외삼촌이 마크 워드 할아버지가 전도회 때 술에 취해서(물론 그 모임에서 취한 건 아니었어. 할아버지는 술에 취해서 그 모임에 참석했던 모양이야) 일어나 연설했다는 이야기를 하셨어. 이것이 그 연설이야.

"신사 숙녀 여러분 ! 그리고 의장님. 저는 이 위대한 전도 문제에 대해서 제 생각을 말할 수 없습니다. 그것은 이 가엾은 인간놈들 속에 살고 있기 때문에(이 말을 하면서 자기 가슴을 두들겼어) 참석하려 해도 참석할 수 없기 때문입니다."

네가 나으면 나머지 이야기도 전부 해줄게. 글로 쓰는 것보다 입으로 말하는 걸 훨씬 잘할 수 있으니까.

'왜 또 이런 긴 편지를 쓰고 있는 것일까' 하고 펠리시티가 의심스럽게 생각한다는 걸 나는 알 수 있어. 그러니까 이젠 그만 쓰는 편이 좋겠구나. 만일 네 어머니가 이것을 대신 읽어 준다면, 어머니로선 모르시는 것이 많이 있을지 모르겠어. 하지만 제인 고모라면 잘 아실 것 같구나.

언제까지나 너의 친한 벗,
세라 스탠리

나의 편지는 복사본을 만들지 않았다. 피터가 좋아졌다니 정말 기쁘다고 쓴 첫 줄 이외의 문장을 깨끗이 잊어버렸다.

우리의 편지를 받은 피터의 기쁨은 대단했다. 그가 답장을 쓰겠다고 주장해서 세심하게 소독한 피터의 편지가 정식으로 우리에게 배달되었다. 올리비어 고모가, 피터가 말하는대로 대신 받아쓰기를 해주었기 때문에 철자법과 구두점에 관한 한, 피터는 덕을 보았다. 단, 피터의 개성은 올리비어 고모의 활달하고 힘 있는 필적의 그늘 속에 가려진 셈이다. 스토리 걸이 피터의 목소리를 흉내내어, 곡물 창고 안 호박으로 만든 양초 불빛 아래에서 그 편지를 읽어 주었기 때문에 우리는 비로소 피터의 향기를 느낄 수 있었다.

〈피터의 편지〉

모두에게, 특히 펠리시티에게.

편지를 받고 무척 기뻤어. 병에 걸리면 아주 중요한 것이 병이
낫는 동안의 시간인데, 그것이 꽤 길게 느껴지는구나. 너희들 모
두의 편지는 어느 것이나 다 좋았지만 가장 마음에 든 것이 펠리
시티의 것이었고, 다음이 스토리 걸의 것이었어. 펠리시티, 네가
먹을 것과 장미 봉오리 무늬 접시를 보내 준다고 하니까 그 친절
이 무척 고맙다. 아주 소중하게 갖고 있을게.

너희들이 홍역에 걸리지 않도록 기도드리고 있어. 홍역은 좋은
것이 아니야. 특히 홍역이 몸 안에 퍼지면 더 나쁜 거야. 그러나
펠리시티라면 얼굴에 빨간 점이 생기더라도 역시 아름답게 보일
거야. 네가 그렇게 하라고 하면 멕시코 차를 시험삼아 먹어 보고
싶지만 어머니가 안 된다고 하셨어. 어머니는 그 효과를 믿지 않
으며 버튼 비터스 쪽이 훨씬 몸에 좋다고 하셨거든. 내가 너라도
역시 비로드 후드를 쓰겠어. 미개인은 따뜻한 나라에 살고 있으니
까 후드 따위는 필요 없을 거야.

세실리, 네가 나를 위해 기도를 드리고 있다는 말을 들으니 기
쁘다. 만일 네가 홍역에 걸리는 일이 있더라도 어떤 나쁜 일은 일
어나지 않을 거야. 그러나 혹시 그런 일이 일어난다면 그 조그마
한 빨간 책 《안전한 나침반》이 필요할 테니 만약을 위해 기억해
둬. 주일날에 읽기에는 아주 좋은 책이야. 재미있고 게다가 종교
적이야. 성경도 그렇고.

나는 홍역에 걸리기 전에 성경을 다 읽지 못했어. 그러나 지금
어머니가 마지막 장을 읽어 주고 계셔. 성경에는 여러 가지 굉장
한 내용이 들어 있어. 나는 고용인의 아들이니까 모두 알 수는 없
지만 그중에는 정말 알기 쉬운 부분도 있어.

나에 대해서 그렇게 좋게들 생각해 주니 너무 기뻐. 그만큼 가치 있는 사람은 못 되지만 앞으로 열심히 노력하겠어. 너희들의 친절을 느끼는 내 기분은 도저히 말로 표현할 수 없을 정도야. 나는 스토리 걸이 편지에 썼던, 마크 워드 할아버지의 일화처럼 참석하려 해도 참석할 수 없는 남자와 같아. 스토리 걸이 설교 선물로 주었던 성모 그림을 내 침대 옆 벽에 걸어 두었어. 그것을 보는 것이 즐거워. 정말 제인 고모를 꼭 닮았어.

펠릭스, 난 혼자서 쓴 사과를 먹을 수 있는 사람이 될 수 있도록 기도드리는 일은 이제 그만두기로 했어. 그런 기도는 두 번 다시 드리지 않을 생각이야. 그것은 올바른 기도가 아니었어. 그때는 몰랐지만 홍역이 몸 속에 퍼진 뒤부터 그렇다는 걸 알았어. 제인 고모도 그런 것을 좋아하시지 않았을 거야. 이제부터는 부끄럽게 느끼지 않을 기도만 드릴 작정이야.

세라 레이, 나는 병이 낫기 전까지는 내가 죽어 가고 있었다는 걸 몰랐기 때문에, 죽어 간다는 것이 어떤 기분인지 몰라. 홍역이 몸 속에 퍼진 뒤부터는 거의 미친 듯했었다고 어머니가 말씀하셨어. 하지만 단지 미친 사람 같았을 뿐이야. 원래 난 미친 사람이 아냐, 펠리시티. 세라, 네가 추신에서 부탁한 것은 지키겠어. 대단히 어려운 일이지만.

페그 보엔 아주머니에게 댄이 붙잡히지 않아서 기뻐. 아마 페그 아주머니는 우리 모두 그 집에 갔던 날 밤, 내게 저주를 한 모양이야. 그 때문에 홍역이 내 몸 속에 퍼진 것 같아. 앨릭 아저씨가 내가 좋아질 때까지 감자 줄기를 남겨 주겠다니 참 기뻐. 그리고 스토리 걸이 이 일을 부탁해 준 걸 고맙게 생각해. 아마 언젠가는 앨리스에 관한 것도 알게 될 거야.

스토리 걸의 편지에는 확실하게 알 수 없는 곳이 몇 군데 있었어. 홍역이 몸 속에 퍼지면 얼마 동안은 바보가 되거든. 어쨌든 좋은 편지였고, 어느 것이나 모두 고맙고 좋은 편지들이었어. 고용인의 신분으로 이렇게 좋은 벗들이 많이 있다는 건 대단히 고마운 일이야. 아마 홍역에 걸리지 않았더라면 그것도 깨닫지 못했을 거야. 그래서 기뻐. 하지만 두 번 다시는 이렇게 되지 않았으면 좋겠어.

너희들의 충실한 종,
피터 크레이그

빛과 어둠 사이

　피터가 친구들을 만나도 좋다고 허락받았을 때, 우리는 과수원으로 피크닉을 가서 11월의 그날을 축하했다. 세라 레이도 겨우 참가할 수 있는 허락을 받았다. 우리에게 올 수 있었던 세라 레이의 기쁨은 정말 감동적으로 보였다. 세라 레이와 세실리는 몇 해 동안이나 헤어져 있었던 것처럼 서로 얼싸안고 눈물을 흘렸다.

　피크닉 날은 날씨가 좋았다. 11월은 마치 5월로 돌아가는 꿈을 꾸는 듯, 공기가 부드럽고 온화했다. 희부옇고 가벼운 아지랑이가 골짜기와 서쪽 언덕의 잎이 다 떨어진 자작나무 위에 떠돌고 있었다. 줄기를 벤 자국이 남은 밭은 마법의 힘을 지닌 듯 웅크리고 있고, 하늘은 새파란 빛이었다.

　사과나무는 팥 색깔로 물들었지만 잎은 아직 무성하게 붙어 있었으며 벤 자국에서 새로 자란 목초의 싹은 선명한 초록색이었고, 어젯밤 내린 차가운 서리에도 아무렇지도 않았다. 바람은 가지 사이에서 사과꽃 사이를 날아다니는 꿀벌의 날개 소리와 비슷한 달콤한 잠을 청하는 속삭임 소리를 내고 있었다.

"마치 봄 같구나."

펠리시티가 말했다.

스토리 걸은 머리를 저었다.

"꼭 같다고는 할 수 없어. 얼핏 보기에 봄 같지만……. 그러나 봄은 아냐. 봄은 일어날 준비를 하는 것인데 지금은 모든 것이 쉬고 있는 느낌이고, 잠잘 준비를 하고 있잖아. 그 차이가 느껴지지 않니?"

"난 봄 같다고 생각해!"

펠리시티는 양보하지 않았다.

설교바위 바로 앞 햇볕 잘 드는 곳에 남자애들이 널빤지 테이블을 폈다. 재닛 숙모는 낡은 테이블보를 그 위에 덮는 것을 허락했다. 닳아 해진 곳은 서리를 맞아 하얗게 시든 양치식물로 교묘히 가렸다. 접시는 부엌에서 쓰는 것을 가져왔다. 그리고 테이블은 벚꽃 화병에 꽂은 세실리의 빨간 제라늄 세 그루와 단풍잎으로 화려하게 장식했다.

먹을 것은 올림포스 산의 신들에게 어울리는 것이었다. 그것을 만드느라 펠리시티는 전날 꼬박 하루와 피크닉 당일 오전을 보냈다. 펠리시티의 최고 걸작은 사치스런 작은 플럼케이크로, 흰 설탕을 입힌 위에 핑크빛 사탕으로 '환영'이라고 씌어 있었다. 그 케이크는 피터 앞에 놓여졌고 피터는 아주 행복해 보였다.

"나 같은 사람을 위해 이렇게 대단한 수고를 하다니!"

피터는 이렇게 말하고 사랑에 넘치는 감사의 눈길을 펠리시티에게 보냈다. 펠리시티는 그 감사를 모조리 자기 것으로 받아들였다. 실은 스토리 걸이 이 아이디어를 내놓았으며 건포도의 씨를 발라냈고 달걀 거품을 만들었다. 또 세실리가 교회 아래쪽 제임슨 부인 가게까지 걸어가서 핑크빛 사탕을 사온 것이었다. 그러나 세상 일이란 이런 것이다.

축하 테이블에 앉자 펠리시티가 말했다.

"자, 감사 기도를 올려야겠어. 누가 해주지 않겠니?"

펠리시티는 나를 보았지만 나는 머리끝까지 새빨개져 벌벌 떨며 머리를 저을 뿐이었다. 어색한 침묵이 흘렀다. 이렇게 우물거리다가 감사 기도를 드리지 않고 음식을 먹으려 했을 때, 갑자기 펠릭스가 눈을 감고 고개를 숙이며 멋진 감사 기도를 거침없이 시작했다. 기도가 끝나자 우리는 존경심이 더욱 깊어져 펠릭스를 쳐다보았다.

"대체 어디서 배웠니, 펠릭스?"

나는 물었다.

"식사 때마다 앨릭 삼촌이 외우는 기도야."

펠릭스가 대답했다.

우리는 어디 쥐구멍이라도 있으면 들어가고 싶었다. 남의 입에서 나오는 기도를 듣고서도 모르고 있었을 정도로 앨릭 삼촌의 기도에 주의를 하고 있지 않았다니, 이게 무슨 꼴인가.

"자, 남기지 말고 먹자."

펠리시티가 들뜬 기분으로 말했다.

그것은 실제로 즐거운 작은 파티였다. '입맛을 위해' 점심을 먹지 않고 왔기 때문에 우리는 펠리시티의 요리를 모조리 먹어 치웠다. 패트는 설교바위 위에 앉아 남은 음식은 자기 차지라는 걸 알고 있는 듯한 얼굴로 노랗고 큰 눈으로 우리를 바라보고 있었다. 대단히 재치가 있는, 적어도 재치가 풍부하다고 생각되는 이야기들을 나누며 요란한 웃음소리를 퍼뜨렸다. 킹 집안 과수원에서 이처럼 자유로운, 이처럼 명랑하고 들뜬 소란은 이제까지 들어본 적이 없었으리라.

피크닉이 끝나자 우리는 이른 저녁 어둠이 내릴 때까지 놀았다. 그리고 앨릭 삼촌과 함께 뒤쪽 밭으로 감자 줄기를 태우러 갔다. 기다렸던 놀이 행사였다.

감자 줄기는 밭 가운데 산더미같이 쌓여 있었고 우리에겐 그것에 불을 붙일 특권이 주어졌다. 그것은 대단한 것이었다. 눈 깜짝할 사이에 온 밭이 벌겋게 타는 화톳불로 밝아졌고 눈을 찌르는 연기의 큰 구름이 하늘 높이 뭉게뭉게 소용돌이치며 올라갔다. 우리는 기쁨의 환성을 지르며 불의 산에서 산으로 뛰어다니며 긴 막대기로 그 산을 하나하나 찌르고는 장밋빛 불꽃이 어둠위로 떠오르는 것을 바라보았다. 엄청난 연기의 소용돌이, 어마어마한 불길. 우리는 얼마나 거칠고 기괴하고 난폭한 그림자의 무리에 둘러싸여 있었던 것일까!

실컷 뛰어다니다 지친 우리는 밭의 바람이 불어오는 쪽으로 돌아가 키가 큰 나무 울타리에 기어올랐다. 울타리는 귀에 익숙하지 않은 은밀한 소리를 내며 거무스레한 소나무 숲을 둘러싸고 있었다.

머리 위에는 은빛 별들을 뿌린 듯한 검은 하늘이 펼쳐져 있었고, 사방에는 눈이 미치는 데까지 몽롱한 수수께끼 같은 목초지와 숲이 있었다. 그것들이 숨을 죽이고 자줏빛 밤 속에 엎드려 있었다. 멀리 동쪽에는 엷은 구름의 궁전 아래 은백색 빛이 반짝거리고 있었는데, 그것은 곧 달이 떠오르리라는 것을 암시하고 있었다.

그러나 우선 우리 눈앞에는 감자 밭이 있었다. 소용돌이치는 연기, 음산한 불길, 그 속을 왔다갔다하는 앨릭 삼촌의 커다란 그림자. 어쩌면 그것은 피터의 마음속에 남아 있는 지옥의 모습과 거의 흡사할지도 몰랐다. 아마 그게 스토리 걸에게도 한 이야기를 떠올리게 한 건지 모르겠다.

"그 이야기를 난 알고 있어." 스토리 걸은 문득 이상한 음영을 목소리에 드리우며 말했다. "악마를 본 사람의 이야기야. 어머, 왜 그러니, 펠리시티?"

"마음이 가라앉지를 않아. 그렇게 불쑥 그, 그 말을 꺼내니까, 네가 악마 이야기를 하니까 그곳 근처에 사는 사람 같아."

펠리시티는 불평했다.

"괜찮아. 계속 이야기해."

나는 호기심이 나서 말했다.

"마크데일에 있었던 존 마틴 부인의 삼촌 이야기야. 언젠가 로저 외삼촌이 이야기하시는 걸 들었어. 창문 밖이었기 때문에 내가 지하실 뚜껑문 위에 앉아 있는 걸 모르셨던 모양이야. 그렇지 않고선 외삼촌이 그런 이야기를 하시지 않았을 거야. 마틴 부인의 삼촌은 '윌리엄 카우안'이라고 하는데 30년 전에 돌아가셨어.

그러나 60년 전에는 아직 젊은 사람으로 아주 난폭한 불량 청년이었던 모양이야. 생각나는 대로 나쁜 일을 저지르고 다녔어. 교회에는 전혀 가지 않았고 종교적인 것은 악마조차 웃음거리로 여겼으니까. 악마조차 믿질 않았어.

그런데 어느 여름날 저녁 때의 일이야. 화창한 일요일이었기 때문에 어머니가 같이 교회에 가자고 권했어. 그러나 그는 가려고 하지 않았어. 교회에 갈 거라면 낚시나 하러 가겠다고 어머니에게 말했어. 교회에 갈 시간이 되자 윌리엄은 낚싯대를 어깨에 메고 하느님께서 싫어하실 벌받을 노래를 부르며 몸을 뒤로 젖히고 으스대면서 교회 앞을 지나갔어. 교회에서 항구까지의 길 중간쯤에 어두컴컴한 솔밭이 있어. 그 안으로는 길이 나 있었지. 윌리엄 카우안이 그 숲길을 반쯤 갔을 때 숲 속에서 그 무엇인가가 나와서 나란히 걸어가기 시작한 거야."

나는 그때 스토리 걸이 아무렇지도 않게 한 말 '그 무엇'만큼 소름이 끼치는 말을 들어본 적이 없었다. 나는 세실리의 얼음같이 차디찬 손이 내 손을 잡는 것을 느꼈다.

"저…… 그…… 그 무엇이란 어떤 녀석이었지?"

호기심으로 무서움을 누르고 펠릭스가 속삭였다.

"그 녀석은 키가 크고 꺼멓고 털투성이였어."

스토리 걸의 눈은 기분 나쁜 번뜩임으로 벌겋게 타올랐다.

"그 녀석은 커다란 털투성이의 갈고리 손톱이 난 손을 이렇게 들고 윌리엄 카우안의 어깨를 먼저 '탁' 하고 한 번, 다음은 반대쪽도 한 번 내리치고 이렇게 말했어. '형제여, 고기를 많이 낚게나.' 윌리엄 카우안은 '악!' 비명을 지르고 머리부터 곤두박질치며 숲 길 위로 넘어졌어.

교회 입구 가까이에 있었던 남자들이 그 비명을 듣고 숲으로 달려왔어. 그 사람들이 본 것은 죽은 듯 길바닥에 쓰러져 있는 윌리엄 카우안뿐이었지. 그들은 윌리엄 카우안을 둘러메고 집으로 데려갔어. 침대에 뉘어 옷을 벗겨 보니 두 어깨에 커다란 손바닥 자국이 뚜렷하게 나 있는 게 아니겠어? 선명하게 살까지 타서 남아 있었어. 그 화상이 낫기까지 몇 주일이나 걸렸고 그 뒤로 자국은 영원히 지워지지 않았어.

윌리엄 카우안은 살아 있는 동안 언제나 어깨에 악마의 손자국을 붙이고 돌아다녔어."

그때 우리만 남겨 두었다면 과연 집으로 돌아갈 수 있었을까. 우리는 무서움에 얼어붙어 있었다. 언제 그 무엇이 펄쩍 뛰어나올 것인지 알 수 없는 괴괴한 소나무 숲에 어떻게 어깨를 향할 수 있을까? 우리들 집 사이에 있는 이 길고 그림자투성이의 밭을 어떻게 넘을 수 있을까? 양치식물이 우거진 캄캄하고 무서운 분지를 어떻게 빠져나갈 것인가?

다행히 그 난감한 상황에서 앨릭 삼촌이 나타나 이젠 불도 거의 꺼졌으니까 돌아가도 좋다고 말해 주었다. 우리는 울타리에서 내려와 되도록 한 무리가 되도록 모여서 앨릭 삼촌 앞을 조심스럽게 걸어서 집으로 돌아갔다.

"그런 거짓말은 난 하나도 믿지 않아."

언제나처럼 의심 많은 성격을 과시하려고 댄이 말했다.

"어떻게 믿을 수 없다고 말할 수 있지? 책에서 읽은 것도 아니고, 모르는 곳에서 일어난 일도 아니야. 저 마크데일에서 일어났어. 나도 그 가문비나무 숲을 본 적이 있어."

세실리가 말했다.

"그때, 윌리엄 카우안은 뭔가에 깜짝 놀랐다고 생각해. 정말 악마를 보았다고는 믿어지지 않아."

"마크데일 아래쪽에 사는 모리슨 할아버지는 윌리엄의 옷을 벗긴 사람들 가운데 하나였어. 그 손자국을 지금도 기억하고 있어."

스토리 걸은 그럴듯한 표정을 지었다.

"그 뒤 윌리엄 카우안은 어떤 사람이 되었니?"

내가 물었다.

"사람이 아주 달라졌어."

스토리 걸은 사뭇 점잔을 빼고 말을 이었다.

"너무 변했어. 두 번 다시 웃는 일이 없었어. 대단히 신앙심 깊은 사람이 되었어. 그건 좋은 일이지만 퍽 우울한 사람이 되어 즐거운 일이란 모두 죄악이라고 생각하게 되었어. 먹는 것도 살아가는 데 꼭 필요한 만큼만 먹으려고 했어. 로저 외삼촌 얘기로는 윌리엄 카우안이 가톨릭 신자였더라면 분명 수도사가 되었을 거라고 했어. 그러나 장로교인이었기 때문에 별난 사람밖에 되지 못했어."

"그렇구나. 하지만 로저 아저씨는 악마가 어깨를 두드리거나 형제라고 말한 적이 한 번도 없어. 만약 그런 일을 겪었다면 아무리 로저 아저씨라도 엉뚱한 말을 할 수는 없었을 거야."

피터가 말했다.

펠리시티는 몹시 화가 났다.

"부탁이야, 제발! 그, 그런 말을 어두운 데서 하는 건 그만둬. 나는 너무 무서워서 뒤에서 들려오는 아버지의 발소리가 '그 무

엇'의 발소리처럼 들려서 참을 수가 없어. 알겠니? 우리 아버지
말이야!"

스토리 걸은 펠리시티의 팔에 자기 팔을 끼고 위로했다.

"염려 마. 다른 이야기를 해줄 테니까. 악마 따위는 아예 잊어버
릴 수 있는 아름다운 이야기 말이야."

스토리 걸은 안데르센의 더없이 아름다운 이야기를 해주었다. 그
목소리의 신비한 힘이 우리의 공포를 깨끗이 씻어 주었다. 따라서
양치식물 분지를 지나 달빛 비치는 밭의 은빛 개울가에 둘러싸인 그
림자의 호수로 들어섰을 때도 악마 생각은 전혀 하지 않고 빠져 나
갈 수 있었다. 우리의 눈앞에는 언덕 위, 농가 창문에서 우리 집의
불빛이 그리운 사랑의 빛처럼 반짝이고 있었다.

푸른 옷궤가 열리던 날

11월은 마치 아침에 일어나기 거북한 얼굴처럼 5월의 꿈에서 깨어났다. 피크닉 다음날에는 차가운 가을비가 내렸다. 잠에서 깨어나니 세계는 물이 흥건한 밭과 흐리고 답답한 하늘, 비에 흠뻑 젖어 바람 부는 장소로 바뀌어 있었다.

비는 옛 슬픔을 생각하며 흘리는 눈물같이 지붕을 흠뻑 적셨다. 문가의 큰 버드나무는 길쭉한 가지들을 거칠게 흔들고 있었는데, 마치 근육질의 손을 괴로워서 버둥거리다가 꽉 쥐고 있는 성질 사나운 괴물과도 같았다.

과수원에 있는 나무들은 뼈만 앙상했다. 그 가운데 튼튼해서 믿음직한 가문비나무의 고목 말고는 어느 것도 전과 같은 모습으로는 보이지 않았다.

그날은 금요일이었으나 우리는 월요일까지 학교에 가지 않을 예정이었으므로, 곡물 창고에 가서 사과 선별 작업과 이야기로 하루를 보냈다. 저녁이 되자 비는 멎었다. 바람은 북서쪽으로 바뀌더니 갑자기 얼어붙을 것 같았다. 그리고 검은 언덕 저쪽으로 기우는 차가운 노란 해는 보다 나은 내일을 예고하는 것 같았다.

펠리시티, 스토리 걸, 그리고 나는 걸어서 우체국까지 편지를 가지러 갔다. 길을 걸어오려니까 우리 앞을 마른 잎이 저절로 빙글빙글 날아오르거나 떨어지면서 독특하고 기분 나쁜, 괴이한 춤을 추었다. 어젯밤에는 이 길에 소름이 끼칠 것 같은 소리가 가득 차 있었다. 전나무 가지가 삐걱거리는 소리, 우듬지를 지나는 바람의 휘파람 소리, 울타리에 세운 자작나무가 바람에 흔들리는 소리⋯⋯. 그러나 우리는 마음속에 여름과 햇빛을 간직하고 있었다. 그러므로 바깥의 황폐해져 추한 모습도 마음속에 간직한 빛을 더욱 빛낼 뿐이었다.

펠리시티는 목에 하얀 털가죽으로 된 멋진 칼라가 달린 새 비로드 후드를 쓰고 있었다. 금빛 머리는 아름다운 얼굴을 둘러싸고 바람이 핑크빛 뺨을 스치며 뺨을 더 새빨갛게 물들였다. 왼편에는 멋진 갈색 머리에 빨간 모자를 쓴 스토리 걸이 걷고 있었다.

스토리 걸은 이야기를 옛 동화의 진주나 다이아몬드처럼 길에 뿌리면서 걸었다. 나는 내가 천박하리만큼 잘난 체하면서 걸어가고 있었던 것이 생각난다. 가는 도중에 칼라일 학교의 몇몇 친구들과 만났는데, 그때 나는 한편에 미인을, 다른 한편에는 매력 있는 여주인공을 거느리고 있으므로 좀처럼 보기 드문 행운아라고 느끼고 있었다.

우리 아버지로부터 펠릭스 앞으로 온 여느 때처럼 얇은 편지 한 통, 스토리 걸의 아버지의 가는 글씨로 수취인 이름이 적힌 두꺼운 외국 편지, 학교 친구로부터 세실리 앞으로 온, 한 귀퉁이에 '속달'이라고 비뚜름하게 적혀 있는 편지. 재닛 숙모 앞으로 온 몬트리올의 소인이 찍힌 편지 한 통, 그것이 다였다.

"이건 누구에게서 온 걸까? 짐작이 가질 않아. 몬트리올에서 어머니에게 편지를 보낼 사람이 없는데 말이야. 세실리의 편지는 엠 프루언이 부친 것이고, 무엇을 쓰거나 관계없이 언제나 '속달'이라고 겉봉에 쓰니까. "

펠리시티가 말했다.

집에 돌아오자 재닛 숙모는 몬트리올에서 온 편지를 펴서 읽어보고는 놀라는 얼굴로 사방을 둘러보았다.

"그렇구나, 사람이란 모두……. 언젠가는……. "

"대체 무슨 말이오? "

앨릭 삼촌이 물었다.

"이 편지는 몬트리올의 제임스 워드 부인에게서 온 거예요. 레이철 워드 언니가 돌아가셨대요. 언니는 제임스의 부인에게 나더러 그 푸른 옷궤를 열어 보라고 전해 달라는 말을 남긴 모양이에요. "

재닛 숙모는 조용한 투로 차분하게 말했다.

"만세! "

댄이 외쳤다.

"도널드 킹! "

재닛 숙모가 꾸짖었다.

"레이철 워드 언니는 네 친척이고 이제 돌아가셨어. 그게 무슨 태도냐? "

"하지만 전 그분과 만난 일도 없는걸요. 그분이 돌아가셨다고 해서 만세를 부른 게 아니에요. 마침내 옷궤를 열어볼 수 있게 되었기 때문에 만세를 부른 거예요. "

댄은 부루퉁했다.

"결국 가엾은 레이철 워드도 이 세상을 떠났단 말인가……. 대단한 할머니였을 테지. 75살이었을 거야. 내가 기억하는 모습은 그래도 꽤 봐줄 만한 아가씨였는데. 그렇구나, 그렇구나. 그럼 겨우 그 낡은 옷궤도 열어볼 수 있다는 거로구나. 안의 물건들은 어떻게 하라고 했소? "

앨릭 삼촌이 말했다.

"레이철 언니는 유언을 남겼어요."

재닛 숙모는 이렇게 대답하고 편지를 계속 읽었다.

"웨딩드레스와 면사포와 편지는 태워 없앨 것. 물병 두 개는 제임스의 부인에게 보낼 것. 나머지 것들은 친척들에게 '고인을 회고하는 기록'으로 한 사람에게 하나씩 줄 것."

"대단하군요. 오늘 밤 곧 열면 안 되나요?"

펠리시티가 정신없이 물었다.

"아니, 안 돼!"

재닛 숙모가 잘라 말한 다음, 편지를 접었다.

"그 옷궤는 벌써 50년 동안이나 열쇠가 잠겨진 채로 있었으니까 앞으로 하룻밤 더 잠겨진 채로 있어도 마찬가지야. 지금 열면 너희들은 한잠도 자지 못할 것이 뻔해. 진귀한 물건들을 보고 흥분해 버릴 테니까."

"어쨌든 잠이 올 것 같지 않아요. 그래요. 하여튼 내일 아침 제일 먼저 열 거죠? 그렇죠, 어머니?"

"아니다. ,그렇게 하진 않을 테다. 맨 먼저 그 물건이 방해가 되지 않도록 치워놓고 싶어. 게다가 로저도 올리비어도 여기 오고 싶어 할 테니까. 내일 오전 10시로 정하기로 하자."

재닛 숙모는 냉철한 결정을 내리며 말했다.

"아직 16시간이나 남았어요."

펠리시티가 한숨을 쉬었다.

"전 지금 곧 스토리 걸에게 알려주고 오겠어요. 틀림없이 흥분할 거예요."

세실리가 말했다.

우리는 모두 흥분했다. 그날 저녁은 옷궤에 들어 있을 것 같은 물건을 이것저것 추측하면서 시간을 보냈다. 밤에 세실리는 옷궤에 들어 있었던 것들이 모두 벌레에 먹혀 버린 비참한 꿈을 꾸었다.

이튿날 아침, 아름다운 세계 위에 날이 밝았다. 밤새 눈이 조금 내렸다. 거무스름한 상록수와 단단히 얼어붙은 땅 위에 얇은 투명 레이스의 베일을 펼쳐 놓은 듯한 눈밭이었다. 제철이 아닌 새로운 꽃철이 과수원을 찾아온 것만 같았다. 집 뒤편 가문비나무 숲은 마법의 천을 뒤집어 쓴 것 같은 모습이었다. 첫눈을 맞은 전나무 숲처럼 아름다운 것은 다시 없을 것 같았다. 햇빛이 잿빛 구름에 덮여 있었으므로 이 세상의 것 같지 않은 아름다움이 온종일 남아 있었다.

스토리 걸은 아침 일찍 왔다. 절친한 세실리가 말을 전해 줘 세라 레이도 얼굴을 비췄다. 펠리시티는 그것이 마음에 들지 않았다.

"세라 레이는 친척도 아무것도 아니잖니. 그러니까 여기에 얼굴을 내밀 자격이 없어."

펠리시티는 세실리에게 잔소리를 했다.

"나의 특별한 친구인걸. 그 애는 무슨 일이나 우리와 함께 해왔어. 그러니까 이 일에도 그 애를 끼워주지 않으면 몹시 상처를 입을 거야. 피터도 친척도 아무것도 아니지만 옷궤를 열 때는 여기 올 거야. 왜 세라는 안 된다는 거지?"

세실리는 펠리시티 말에 아랑곳하지 않고 말했다.

"피터는 현재 가족의 일원이 아니야. 하지만 언젠가 그렇게 될지 몰라. 그렇지, 펠리시티?"

댄이 말했다.

"넌 굉장히 영리하구나, 댄 킹." 펠리시티는 얼굴이 새빨개져서 말했다. "키티 마에게도 알려주는 게 좋지 않을까? 그 앤 너의 큰 입을 보면 틀림없이 놀려댈 거야."

"10시가 아직도 안 된 모양이야." 스토리 걸이 한숨을 쉬었다. "준비가 모두 갖추어졌고, 올리비어 이모도 로저 외삼촌도 와 계시니까, 이제 열어도 될 텐데. ”

“어머니는 10시라고 하셨고, 또 그렇게 생각하시고 계실 거야. ”
펠리시티는 지르퉁하여 말했다. “사실은 9시밖에 안 됐어. ”

“시계를 30분 빨리 해놓자. 현관 시계는 멎어 있으니까 아무도 눈
치채지 못할 거야. ”

스토리 걸이 말했다.

우리는 서로 얼굴을 쳐다보았다.

“난, 할 수 없어. ”

펠리시티가 모호한 태도로 말했다.

“어머, 겨우 그렇게밖에 말 못하니? 그럼, 내가 할 거야. ”

스토리 걸이 말했다.

시계가 10시를 쳤다. 9시에서 그다지 많이 지나지 않았는데도 전
혀 깨닫지 못하고 재닛 숙모가 부엌으로 들어왔다. 우리는 몹시 양
심의 가책을 느끼는 표정을 짓고 있었는데, 어른들은 우릴 전혀 의
심하지 않았다. 앨릭 삼촌이 도끼를 들고 나타났다. 삼촌은 우리들
이 숨을 죽이고 지켜보는 가운데 푸른색 낡은 옷궤 뚜껑을 비틀어
열었다.

다음에는 짐을 풀기 시작했다. 정말 흥미 있는 구경거리였다. 재
닛 숙모와 올리비어 고모가 이것저것 다 꺼내어 부엌 테이블 위에 진
열했다. 우리는 물건을 만지지는 못했으나 다행히 보고 말할 수는
있었다.

“할머니가 선물한 핑크빛 금 꽃병이야. 정말 아름답구나! ”

올리비어 고모가 엷은 포장지를 벗기고 위쪽에 금빛 작은 잎이 있
는 비뚜름한 모양의 고풍스럽고도 멋진 복숭앗빛 유리 꽃병 한 쌍을
꺼냈을 때, 펠리시티가 말했다.

“와, 굉장해! ” 세실리가 기쁨의 환성을 질렀다. “저것이 손잡이
에 사과가 달린 도자기 과일바구니야. 진짜 과일 같아. 난 늘 꿈에

서 보았어. 부탁이에요, 어머니. 1분간이라도 좋으니 제가 만져 보도록 해 주세요. 정말, 정말 조심조심 다룰 테니까요."

"할아버지께서 선물한 도자기 세트야. 아, 가슴이 메일 것 같아. 레이철 워드가 아름다운 물건과 함께 설레는 마음까지 몽땅 옷궤 속에 가두어 버렸다니."

스토리 걸이 깊은 생각에 잠긴 듯 말했다.

이들 물건에 이어서 푸른빛 도자기로 된 색다른 작은 촛대가 나왔다. 다음에는 제임스 워드의 부인에게 보낼 예정인 물그릇 2개였다.

"이건 정말 아름답군." 재닛 숙모는 부러운 듯이 말했다. "100년은 넘었을 거야. 세라 워드 숙모가 레이철 언니에게 준 것이니까, 그때까지 적어도 50년을 갖고 있었던 셈이지. 제임스의 부인에게는 하나만으로 충분할 것 같은데. 하지만 물론 레이철 언니의 소원대로 해 주어야지. 어머, 여기에 주석으로 만든 파이 접시가 한 세트나 있군그래."

"주석으로 만든 파이 접시라니, 별로 로맨틱하지 못해요."

스토리 걸이 불만스러운 듯 말했다.

"그 안에 넣어서 구울 수 있는 거라면 좋아할 텐데. 이 파이 접시에 대해서는 들었어. 우리 할머니의 옛날 하녀가 갖고 있었던 것을 레이철 언니에게 준 거야. 뭔가 했더니, 다음은 린넨 제품이야. 이것은 에드워드 워드 삼촌의 선물이었어. 어쩌면 이렇게 노랗게 색이 바랬을까."

재닛 숙모가 말했다.

우리들은 푸른색 낡은 옷궤 밑에서 나오는 셔츠나 테이블보나 베갯잇에는 별로 흥미를 느끼지 않았다. 그러나 올리비어 고모는 진심으로 몹시 기뻐했다.

"어머, 이 바느질 솜씨! 이걸 봐요, 재닛. 바느질 자리를 찾는 데 확대경이 있어야 할 정도예요. 어쩜, 이 단추 채우기로 된 고풍스런 베개 커버는 잘도 만들었군요."

"여기에는 손수건이 한 묶음 있어요. 하나하나 귀퉁이에 수를 놓은 머리글자를 봐요. 레이철은 이 스티치 수를 몬트리올의 수녀에게서 배웠어요. 마치 원단에 수가 놓여있는 것 같지요?"

재닛 숙모가 말했다.

"누비이불들이 많네요. 이건 워드 숙모가 선물한 파랑과 하양 두 색깔의 이불이로군요. 그 다음에 있는 해돋이 모양의 누비이불은 레이철의 고모인 낸시가 만든 거구요. 끈이 달린 무릎덮개도 있어요. 색깔은 조금도 바래지 않았네요. 재닛, 나는 이 무릎덮개가 갖고 싶어요."

올리비어 고모가 말했다.

린넨 제품 아래에는 레이철 워드의 결혼식용 옷들이 들어 있었다. 이것을 본 소녀들의 흥분은 정말 대단했다. 포장지에 싸여 있었기 때문에 상점에서 파는 물건임을 알 수 있는 페이즐리 숄, 그리고 조금 노래진 커다란 레이스 스카프가 있었다. 펠리시티의 얼굴이 놀라 빨개지도록 만든 수놓은 페티코트, 레이철 워드의 처녀 시절에 유행한 아름답게 만든 고급 모슬린 언더슬리브 세트가 한 다스.

"이것은 예식 후 갈아입을 드레스로 쓸 예정이었군그래."

올리비어 고모가 비단벌레 무늬가 들어 있는 초록색 비단을 들어 올려 보였다.

"이제는 너덜너덜해졌지만 전에는 얼마나 보드랍고 고운 색깔이었을까. 이 스커트를 봐요, 재닛. 치맛단으로 옷감을 몇 야드나 썼는지 모를 정도군요."

"그 무렵에는 후프스커트를 입고 있었지요. 웨딩 모자가 없네요. 그것도 같이 넣었다고 했는데."

"나도 들었어요. 하지만 그렇게 하지 않았는지도 몰라요. 여기에는 없는 것 같아요. 하얀 깃털 장식은 꽤 값이 나간다는 얘기를 들었는데. 이건 검은 비단 망토군요. 이런 옷을 입고 뽐내다니 신성 모독죄를 범하는 것 같아요."

"올리비어, 바보 같은 말을 하는 게 아니에요. 어쨌든 짐 푸는 일은 제대로 끝내야 해요. 이렇게 심하게 상했으니까 모두 태워버려야겠어요. 하지만 이 자줏빛 드레스는 아주 잘 보존되어 있군요. 마음에 들게 고칠 수 있겠어요. 그런데 올리비어, 당신한테 잘 맞을 것 같은데요."

"천만에요. 난 필요없어요."

올리비어 고모는 목소리를 떨었다.

"그걸 입으면 유령이 된 것 같은 기분이 들 거예요. 당신이 가져요, 재닛."

"그럼 그렇게 하죠, 필요 없다면. 난 그런 변덕스러움에는 현혹되지 않으니까요. 자, 이 상자로 마지막인 것 같아요. 이 속에는 틀림없이 웨딩드레스가 들어 있을 거예요."

"와!" 여자애들은 숨을 들이키며 올리비어 고모가 상자를 꺼내서 끈을 자르는 그 주위에 모두들 와르르 모여들었다. 그 안에는 예전에는 흰빛이었던 것이 세월이 지나 완전히 노랗게 바랜 소프트실크 드레스와, 마치 안개라도 접어넣은 것처럼 긴 세월을 통해 향기를 간직한 옛 향수의 이상야릇한 냄새가 풍기는 하얀 면사포가 들어 있었다.

"가엾은 레이철 워드. 여기에 손으로 짠 레이스 손수건이 있어. 레이철 워드가 손수 만든 거야. 마치 거미줄 같구나. 이것은 월 몬터규가 레이철에게 보낸 편지야. 그리고 이건. 두 사람 사진이구나, 레이철과 월의."

올리비어 고모는 조용히 말했다.

고모는 녹슨 금도금이 된 빨간 비로드 케이스를 꺼냈다.

우리는 낡은 케이스의 은판 사진을 뚫어지게 들여다보았다.

"어머, 레이철 워드는 조금도 미인이 아니었군요."

스토리 걸이 아주 실망한 듯이 말했다.

확실히 레이철 워드는 조금도 아름답지 않았다. 그것은 부정할 수 없었다. 사진에 찍힌 여자는, 성미가 강해 보이고 정돈되지 않은 이목구비에 커다란 눈동자의 젊은 얼굴이었으며 검은 곱슬머리가 어깨 위에 드리워져 있었다.

"레이철은 아름답진 않았어. 하지만 얼굴색이 좋았고 빙긋 웃는 모습이 뭐라 할 수 없이 예뻤어. 이 사진은 너무 딱딱하게 찍혔구나."

앨릭 삼촌이 말했다.

"목과 가슴은 아름다웠지."

올리비어 고모가 비판하듯 말했다.

"하지만 윌 몬터규는 정말 잘생겼네요."

스토리 걸이 말했다.

"잘생긴 머저리였어. 내 마음엔 들지 않았어. 난 그 무렵 겨우 10살의 꼬마였지만 그의 정체는 알고 있었어. 레이철 워드는 사람이 너무 좋았어."

앨릭 삼촌이 웅얼거리듯 말했다.

우리는 편지 내용도 한 번 보고 싶었다. 그러나 올리비어 고모는 허락해 주지 않았다. 읽지 않고 태워야 한다고 주장했다. 고모는 웨딩드레스, 베일, 사진액자, 편지 등을 갖고 갔다. 분배되지 않은 나머지 물건들은 옷궤 속에 도로 넣었다.

재닛 숙모는 우리 남자아이들에게는 손수건을 한 장씩 주었다. 스토리 걸은 푸른빛 촛대를, 펠리시티와 세실리는 핑크색과 금색의 꽃병 하나씩을 받았다. 세라 레이까지 도자기 접시를 받고 좋아했다. 그 접시 한가운데에는 파라오 앞에 서 있는 모세와 아론을 진한 색깔로 칠한 그림이 그려져 있었다. 모세는 새빨간 망토를 두르고 있었고 아론은 눈이 번쩍 뜨일 푸른빛 옷으로 몸을 두르고 있었다. 파라오는 샛노란 옷을 입고 있었다. 그리고 접시 가장자리를 초록색 잎을 연결하여 장식하고 있었다.

세라는 아주 좋아하며 말했다.

"이 접시로 음식을 먹진 않겠어. 거실 벽난로 위 선반에 장식해 둘 거야."

"접시를 장식물로 쓰다니 아무 가치도 없을 텐데."

펠리시티가 말했다.

"볼 만한 가치가 있는 걸 갖고 있으니까 가슴이 뛰는걸."

영혼에도 몸에도 똑같이 먹을 양식이 필요하다고 생각하는 세라는 이렇게 말했다.

"나는 매일 밤 자기 전에 촛대에 촛불을 켤 거야. 빼놓는 일 없이 불쌍한 레이철 워드의 일을 생각하고 불을 켜기로 하겠어. 하지만 레이철 워드가 미인이었다면 더 좋았을걸."

스토리 걸이 말했다.

펠리시티는 힐끗 시계를 보았다.

"자, 이것으로 모두 끝났어. 재미있었어. 하지만 저 시계는 오늘 안에 어떻게 해서든지 제 시간으로 돌려놓아야지. 난 잠자는 시간이 여느 때보다 30분이나 빨라지는 건 싫어."

오후가 되어 재닛 숙모가 로저 삼촌과 올리버 고모를 마을까지 데려다 주기 위해 옆집으로 간 사이에 시계를 원래대로 돌려 놓았다. 스토리 걸과 피터는 우리 집에 자러 왔다. 그래서 우리는 부엌에서 친절하게도 어른들이 일부러 우리에게 맡기고 간 태피
(당밀에 땅콩을 넣어 굳힌 캔디)를 만들었다.

"낡은 옷궤의 짐을 꺼내어 보는 건 정말 재미있었어. 하지만 이렇게 일이 끝나고 나니까 열어본 것이 후회스러운 기분이 들어. 이젠 비밀도 그 무엇도 없어졌어. 모두 알아버린 지금은 그 안에 무

엇이 들어 있을까 상상하는 일도 없어졌어."

스토리 걸이 깊은 쇠냄비에 들어 있는 태피 재료들을 기세 좋게 휘저으며 말했다.

"상상하기보다 알아버리는 편이 좋아."

펠리시티가 말했다.

"아냐, 그게 아냐." 스토리 걸이 얼른 대답했다. "사물을 알게 되면 그 알고 있는 것에 이끌려 다니게 돼. 하지만 꿈을 꾸고 있는 동안은 자유롭거든."

"얘, 넌 태피를 태우고 있구나. 그 일에 전념하는 게 좋을 텐데. 넌 코가 없니?"

펠리시티는 코를 킁킁거렸다.

침대에 들어갔을 때, 마음을 녹이는 하얀 매혹의 여신인 달이, 창밖의 눈에 덮인 세계를 요정의 나라로 바꾸어 놓았다. 내가 누워 있는 곳에서는 은백색 하늘을 향해 우뚝 솟아 있는 가문비나무의 뾰족한 우듬지가 보였다. 이슬이 내리고 바람은 자고 땅은 신비에 싸여 누워 있었다.

복도 건너편에서는 스토리 걸이 펠리시티와 세실리에게 고대 그리스의 아르고스의 헬레네(트로이 전쟁의 발단이 된 미녀)와 마음이 비뚤어진 파리스에 대한 옛 이야기를 들려 주고 있었다.

"그건 나쁜 이야기야. 헬레네는 남편을 버리고 다른 남자와 도망쳤잖아."

이야기가 끝나자 펠리시티가 말했다.

"4000년 전에는 나쁜 일이었지. 그러나 지금은 나쁜 부분이 모두 빠지고 사라졌어. 좋은 것만 오래 살아남을 수 있는 거야."

스토리 걸은 말했다.

우리의 여름은 끝났다. 아름다운 여름이었다. 우리는 평범한 기쁨의 감미로움을, 새벽의 환희를, 한낮의 꿈과 마력을, 한가한 밤의 느긋하고 아름다운 평화를 알게 되었다. 새들의 지저귐, 초록빛 넘치는 들에 내리는 은빛의 비, 나무들을 스쳐 지나가는 센 바람, 꽃 피는 목장, 속삭이는 잎들의 이야기, 그런 것들을 즐겼다. 바람이나 별들, 책이나 이야기, 가을철 난로에서 타는 불과 우리는 친구가 되었다. 나날의 즐거운 작은 일들이, 즐거운 교제가, 서로 나누는 기분이, 모험이 우리의 것이 되었다. 지금은 지나가 버린, 많은 열매를 맺은 몇 개월 동안의 추억에 둘러싸여 우리는 모두 풍요로웠다. 그때 깨닫고 느꼈던 것보다 훨씬 풍요로웠다. 그리하여 우리 앞에는 이제 봄의 꿈이 펼쳐져 있었다. 봄의 꿈은 언제나 틀림이 없다. 반드시 찾아와 주니까. 만일 상상 그대로의 것이 아니라 하더라도, 그 상상보다 훨씬 아름다운 것이니까.

루시 모드 몽고메리의 학창시절
케빈 맥케이브

1874년 모드가 태어났을 때 캐번디시에는 두 개의 교회와 학교, 마을회관 등이 있었다. 마을회관에서는 해마다 '캐번디시 문인회'가 열렸고, 여러 모임에서 초청한 연사나 정치가들이 마을 사람들을 대상으로 연설을 했다. 그 시절의 가족 구성은 대가족 형태였고, 학교는 교실 하나에서 여러 학년이 배웠다. 주택은 보통 농장 일을 하는 대가족을 모두 수용할 만큼 방이 많았다. 세월이 흘러 아이들이 자라 집을 떠나게 됨에 따라 빈 방이 생기면——교통 통신의 발달로 날이 갈수록 마을을 떠나는 젊은이들이 많아졌다——잠시 방문한 친척들이나 하숙생, 농장 일꾼, 노처녀 이모와 고모들, 입양한 아이들이 그 방을 차지하기도 했다.

모드 외조부모님의 집은 캐번디시 학교에서 매우 가까운 곳에 있었다. 때문에 그녀의 외조부모님은 모드와 넬슨 집안의 사내 아이들 외에 캐번디시의 학교 선생님들을 대상으로 하숙을 치기도 했다.

1881년, 모드는 외조부모님 댁 바로 길 건너편에 위치한 학교에

다니기 시작한다. 집과 학교와의 거리가 가까웠던 까닭에 선생님들이 맥닐 댁에서 하숙을 하기도 했지만, 모드는 대부분의 학생들이 학교에서 점심 식사를 하는 동안 집에 와서 점심을 먹어야 했다. 또래 아이들과의 연대감과 소속감을 원했던 어린 모드는 이것을 몹시 싫어했다고 한다.

모드는 입학하기 전에 집에서 글 읽는 법을 미리 배웠기 때문에, 선생님으로부터 다른 아이들보다 글을 훨씬 잘 읽는다고 칭찬을 받았다.

날씨가 따뜻해지면 아이들은 맨발로 학교에 왔다. 그러나 모드는 언제나 단추를 채워야 하는 부츠를 신고 다녀야 했다. 그보다 더욱 괴로운 일은 외할머니가 사주신 소매 달린 에이프런을 입어야 했던 것이다. 전에 그런 에이프런을 본 적이 없었던 학교 친구들은 이것을 보고 '아기 에이프런'이라고 놀려댔다.

모드가 기억하는 최초의 선생님은 '앵거스 래먼트'였다. 그는 붉은 머리와 붉은 구레나룻의 기혼자였기 때문에 캐번디시 학교의 교사들 중에서도 눈에 띄었다. 그즈음은 교사 월급이 매우 적었던 때라 (몇 년 뒤에 부임한 해티 고든은 연봉 220달러를 받았다) 교사들은 직장을 옮겨서 좀더 많은 월급을 타려는 희망을 품었다.

모드가 가장 좋아했던 선생임인 '존 K. 프레이저'는 나중에 목사가 되었고, 그녀가 가장 싫어했던 '존 머스타드' 또한 뒤에 목사가 되었다. 상대적으로 낮은 월급 때문에 교사직은 차츰 남자들보다 여자들이 더 많이 선호하는 직업이 된다. 평생 그 직업을 계속하기에는 연봉이 많지 않았지만, 결혼 전까지 스스로를 부양하기에는 충분한 액수였기 때문이다.

앵거스 래먼트가 모드의 기억에 자리잡게 된 것은, 겨우 7살인 모드에게 어려운 수학 공식을 잘못된 방법으로 가르치려 했기 때문이다. 모드는 그 때 어른들의 생각을 그대로 받아들였지만, 나중에는 선생님들을 비판적인 눈으로 바라보게 된다.

　모드가 8살이 되던 해에 존 프레이저가 맥닐 댁에 하숙을 들게 된다. 그는 밤에 숲 속을 걷곤 했는데 그런 밤산책을 상상조차 할 수 없었던 어린 모드에게 그것은 강한 인상을 남겼다. 프레이저는 또한 과제를 잘한 학생에게 상을 주었는데, 모드는 동화책을 탔고, 웰 넬슨은 안데르센 이야기집을 탔다. 어린 학생들은 프레이저를 좋아했지만, 그로서는 큰 학생들을 다루는 것이 쉽지가 않았다. 이런 문제는 학생들이 때로 교사보다 더 나이가 많고 덩치가 컸던 그즈음에 흔히 볼 수 있는 일이었다. 프레이저의 후임으로 엄격한 제임스 매클라우드가 부임하여 3년간 캐번디시 학교에서 학생들을 가르쳤다. 그는 학생들에게 인기 있는 선생님은 아니었지만 (그는 체벌을 자주 가했다) 공정한 교사였다. 학생들은 그를 싫어해서 자기들끼리만 있을 때엔 그를 '짐'이라고 불렀지만, 그가 내주는 과제만은 모두들 열심히 했다.

　모드가 자신이 시를 쓸 수 있다는 것을 발견한 때는, 짐 매클라우드 선생님에게서 배울 때였다. 그녀는 수업 시간에도 동급생인 앨머 맥닐과 함께 시를 짓곤 했다. 다음은 앨머가 쓴 시이다.

　　사과나무 위, 나뭇가지 아래에서
　　데이지는 소리를 지른다
　　소를 돌려달라고.

　그들이 무엇보다도 즐겨 했던 것은 친구들에 대한 풍자시 짓기였다. 다음의 글도 앨머가 쓴 것으로, 이 시에는 모드의 친구인 펜지 맥닐이 언급되고 있다.

　　젊은 찰리 맥켄지에 대해 들어본 적이 있나요?

들어본 적이 없다면 펜지에게 물어보세요.
그는 맥 맥루어와 함께 가고 있던가, 아니면
거름더미 위로 경운기를 몰고 가지요.

이런 식으로 동급생들 모두에 대해 풍자시를 쓰고 난 뒤, 모드와
앨머는 그 풍자 대상의 영역을 넓혀 교사들에 대해서까지 풍자시를
지었다. 이 시문들은 대부분 비슷한 것으로, 그들의 낭만적인 기질
이 반영돼 있다. 모드는 석판 위에 짐 메클라우드와 그의 아름다운
애인에 대한 시를 썼다. 그런데 갑자기 메클라우드 선생님이 돌아서
서 모드의 손에서 석판을 빼앗았다. 모드는 깜짝 놀랐지만, 놀랍게
도 선생님은 석판 위에 적힌 것을 읽지 않고 조용히 돌려주었다. 이
일이 있은 뒤로 모드와 앨머는 좀더 조심성을 갖게 되었다.

교회 예배나 기도회 모임에 참석할 때 모드에게는 예배 자체보다
도 사교생활이 더 중요했다. 그녀의 일기를 읽은 사람들은 그녀가
규칙적으로 기도회 모임에 참석하면서도 기도회나 종교적인 면에
대해서는 별로 이야기하지 않고 있는 것을 알 것이다. 그 대신 그녀
는 누구와 함께 가느냐, 거기에 누가 있느냐, 그리고 집에 돌아올
때 누구와 함께 오느냐에 관심을 두었다. 그러나 학교는 그녀의 지
적 호기심을 충족시키고 그녀의 문학적 야망을 실현시킨다는 점에
서 교회보다 훨씬 중요했다. 모드는 열의를 가지고 수업에 참여했
고, 혹 일이 있어서 수업에 빠지게 되면 무척 속상해 했다.

모드는 재미를 추구하는 소녀였고, 다른 아이들처럼 숲속에서 어
린시절을 보냈다. 《그린게이블즈 빨강머리 앤》에서 앤과 다이애너가
그랬던 것처럼. 또한 모드는 지금의 야구 초기 스타일의 구기운동을
잘했다. 쉬는 시간에 운동장에서 하는 놀이는 이 밖에도 많았는데,
때로 선생님의 눈을 피해 실내에서 놀이를 즐기기도 했다.

매클라우드 선생님은 모드가 12살 때 캐번디시를 떠났다. 그는

떠나기 전에 "우리가 헤어져야 할 시간이 왔다"라는 말로 시작되는 작별 수업을 해서 모든 여자아이들의 울음보를 터뜨렸다. 모드는 《그린게이블즈 빨강머리 앤》에서 필립스 선생님으로 하여금 이와 비슷한 작별의 인사말을 하게 한다.

매클라우드의 후임은 캐번디시 최초의 여교사인 '이지 로빈슨'이었다. 미스 로빈슨이 부임하기 1년 전에 캐번디시 문인회에서는 여교사를 받아들일 것인지에 대해 논쟁이 있었고, 찬성쪽이 더 많은 지지를 받았다. 캐번디시처럼 보수적인 곳에서 이런 일이 있었다는 것은 이미 사회 분위기가 예전에 비해 많이 달라졌음을 뜻했다.

이지 로빈슨은 맥닐 댁에 하숙을 정했다. 모드의 말로는 로빈슨 선생님은 하숙에서 이것저것 요구가 많았다. 아마도 이 때문에 모드의 할아버지와 이지 사이에 알 수 없는 불화의 기류가 흘렀을 것이다. 그들의 반목은 날이 갈수록 더 심해져 갔다. 마침내 그들의 반목이 공개적인 적개심으로 표출되면서 이지는 하숙을 옮겼다. 모드는 그 전에 이지에게 '저녁의 꿈'이라는 자작시를, 유행하는 노랫말이라고 하며 보여주었다. 로빈슨 선생님은 "글귀가 매우 아름답다"고 말했고, 이 칭찬은 그 뒤 오랫동안 어린 시인의 가슴을 설레게 했다.

그러나 이 말은 모드가 이지에게서 들은 유일한 칭찬이었을 것이다. 로빈슨 선생님은 알렉산더 맥닐에게 당한 것을, 학생들 앞에서 그의 외손녀를 창피를 주는 것으로 갚았다. 모드에 의하면 이지는 그녀를 부를 때 "대마왕 모드"라고 불렀으며, "이렇게 맘에 안 드는 학생은 처음"이며 "이런 학생에게 무언가를 가르치는 것은 무리"라고 말했다. 그럼에도 불구하고 모드는 계속 공부하기를 원했다. 여기서 그녀의 학교와 친구들에 대한 사랑을 엿볼 수 있다. 때문에 외할아버지가 그녀에게 학교를 그만두라고 선언했을 때 모드는 몹시 실망했다.

모드는 거의 1년 동안 학교를 떠나 있어야 했다. 이 기간을 그녀는 매우 힘들게 보냈는데, 특히 이지가 계속 캐번디시 학교에 근무할 것처럼 보였기 때문에 그녀의 마음 고생은 이루 말할 수 없었다.

그러나 마침내 모드가 14살이 되던 1890년에 이지가 학교를 떠나고, 해티 고든이 새로 부임했다. 그 차이는 극과 극이었다. 모드에게 있어서 이지 로빈슨이 가장 싫어할 만한 교사상을 구현했다면, 해티 고든은 가장 뛰어난 교사의 표상이었다. 《에밀리 초원의 빛》에 나오는 브라우넬 선생님은 이지를 모델로 한 것이고, 《그린게이블즈 빨강머리 앤》에 나오는 사랑스런 스테이시 선생님은 해티를 모델로 한 것이다.

해티 고든은 모드에게 문학적, 학문적, 직업적 성취를 이루도록 격려해준 최초의 선생님이다. 모드는 고든 선생님이 "공부에 대한 흥미를 일깨워 주었고, 메마른 학교 생활을 활기있고 재미난 것으로 만들어 주었다"고 회고한다. 게다가 해티 고든의 관심과 열정은 모드의 꿈과 일치하는 것으로 보인다. 해티 고든은 모드에게 정기적으로 작문 과제를 내주며 그녀의 문학적 재능을 인정해준 캐번디시 최초의 교사였다.

고든 선생님은 자신의 학생들에게 캐번디시 문인회에 참석해 자작시를 낭송하게 했다. 1890년 11월 23일, 모드는 이 모임에서 '어린 순교자'라는 시를 낭송해 뜨거운 반응을 얻는, 고무적인 경험을 한다.

해티 고든은 또한 봄소풍이나 콘서트, 그 밖의 행사 등을 열어 학교생활의 사교적인 면을 지향했다. 모드는 해티의 지도 아래 열심히 배웠으며 그 덕분에 그녀는 학업과 문학의 꿈에 대한 자신감과 확신을 되찾게 되었다.

그러나 고든 선생님의 지도를 받게 된 지 겨우 18개월 만에 모드의 아버지, '휴 존 몽고메리'는 (모드는 6살 때 뒤로는 아버지를 보지 못했다) 그가 재혼해 새 가정을 꾸린 서스캐처원 주의 프린스앨버트로 그녀를 불러 같이 살고 싶다는 뜻을 전한다. 모드는 기쁜 마음으로 아버지의 부름에 응한다.

프린스앨버트에서 모드를 맡은 선생님은 '존 머스타드'였다. 모드에게는 존 머스타드가 구애하고 청혼을 한 것을 제외하면, 그에 대한 특별한 기억이 없다. 그즈음에는 이런 일이 예외적인 일이 아니었으며, 스승이 제자와 사귄다고 해서 사회적인 지탄의 대상이 되거나 금기시 되는 일은 없었다. 나이 많은 학생들은 선생님과 나이 차이가 그다지 많이 나지 않았으며, 그 무렵의 풍조가 조혼을 바람직하게 여겼기 때문이다. 모드의 아버지는 이 혼담에 반대하지 않았으며, 그녀의 새어머니는 적극적으로 찬성했다. 그러나 모드 자신은 머스타드 선생님에게 관심이 없었다. 마침내 그녀는 그와 결혼할 생각이 전혀 없다는 뜻을 밝혔다.

1891년 9월, 모드가 캐번디시로 돌아왔을 때는 이미 신학기가 시작된 상태였다. 그녀는 어쩌면 다음 해에 있을 프린스오브웨일스 대학 입학시험을 준비하기에는 시간을 너무 많이 빼앗겼다고 생각했을지도 모른다. 아니면, 외조부모님과의 사이에 아직 대학 진학 문제가 결정되지 않았을 수도 있다. 모드와 예전의 동급생들은 해티 고든과 캐번디시 학교 학생들이 준비하는 크리스마스 콘서트에 함께 참여했다.

해티 고든은 1892년 6월에 캐번디시를 떠났다. 그녀의 후임으로 미스 웨스트가 왔다가 건강이 악화돼 11월에 사직했다. 새로 부임한 선생님은 '셀레나 로빈슨'으로, 다행히 이지 로빈스과 친척은 아니었다. 모드는 7월에 복학했다. 그녀는 셀레나의 교수법에 감탄하지는 않았지만, 그녀와의 교제를 즐거워했다.

모드가 특별히 교사직을 소명으로 생각했는지의 여부는 알 수 없지만, 그녀의 이 결정에 해티 고든의 영향이 컸음은 말할 나위가 없다. 그녀는 가르치는 일을 학문과 문학적인 성취, 그리고 활발한 사교생활과 결부시켰고, 이 모든 것이 다 젊은 작가로서 바람직하게 여겨지는 것들로 생각했다.

프린스오브웨일스 대학의 입학시험을 치를 준비가 덜 되어 있다는 모드 스스로의 판단은 괜한 걱정에 불과했다. 그녀는 264명의 지원자 중에 다섯 번째로 좋은 성적을 거두었고, 2년 과정을 1년 만에 마치는 쾌거를 이룩했다. 1급 정교사 자격증을 1년 만에 딴 것이다. 대학 시절의 그녀는 많은 시험을 치러내느라 바빴다. 그러나 그녀는 그 시절을 돌아보며 아마도 그녀의 생애에서 가장 행복한 시절이었다고 말하리라. 그녀의 대학시절은 학문과 문학과, 또한 그녀가 늘 갈망하던 사교생활이 한데 어우러진 즐거운 나날이었다.

교사생활이 그녀에게 충분한 만족과 자극을 주었는지는 알려지지 않고 있지만, 몇 가지 정황으로 미루어 볼 때 꼭 그렇다고 생각할 수 만은 없을 것 같다. 그녀가 학생으로, 또 교사로 생활하던 이후 5년 동안 여러 가지 일들이 있었고, 결국 그녀는 외할머니의 간병을 위해, 그리고 자신의 문학적 야심을 추구하기 위해 교사직을 떠나게 된다.

모드는 늘 그녀의 학창시절에 대한 기억을 소중히 간직했다. 그녀의 일기에는 학창시절의 선생님들과 친구들에 대한 일화가 많이 등장한다. 그리고 학창시절의 일화는 그녀의 변치않는 문학의 주제가 되었다. 그러나 모드는 한 때 친구들과 공유했던 생각들, 좋아하고 싫어했던 모든 것들에 대해 더 이상 연연해하지 않았다. 《처녀시절 (Anne of Avonlea)》은 늘 그녀를 이해하고 격려해주었던 해티 고든에게 헌정되었다. 모드가 캐번디시 학교에서 받은 인상과 느낌은 그녀의 생애를 따라다니며 그녀의 작품 속에 등장하는 주인공 학생과 교사로 다시 태어나게 된다.

김유경
숙명여자대학교 미술대학 〈서양화 전공〉 졸업
창작미협전 「정월」 특선 목우회전 「주왕산」 입상
지은책 「조선 세시 열두달 이야기」 옮긴책 「잉걸스·초원의 집」
「몽고메리·그린게이블즈 빨강머리 앤」 10권

ANNE'S BOOKS
7
세라 사랑의 기쁨

루시 모드 몽고메리 지음/김유경 옮김
초판 발행/2004. 1. 1
발행인 고정일/발행처 동서문화사
창업 1956. 12. 12. 등록 16-345(윤)
서울강남구신사동 540-22 ☎ 546-0331~6 (FAX) 545-0331
www.epascal.co.kr
＊잘못 만들어진 책은 바꾸어 드립니다.
전10권 각권 9,800원
＊

사업자등록번호 211-90-02201
ISBN 89-497-0305-X 04840
ISBN 89-497-0289-3 (세트)